श्रेष्ठ भारतीय साहित्य

भारतीय ज्ञानपीठ

प्रेमचन्द, गोर्की एवं लू शुन का कथा साहित्य

(संचयन)

प्रेमचन्द, गोर्की
एवं
लू शुन का कथा साहित्य

फणीश सिंह

भारतीय ज्ञानपीठ

लोकोदय ग्रन्थमाला : ग्रन्थांक 1370

ISBN 978-93-87919-13-6

प्रेमचन्द, गोर्की एवं लू शुन का कथा साहित्य
(संचयन)
फणीश सिंह

प्रकाशक : **भारतीय ज्ञानपीठ**
18, इन्स्टीट्यूशनल एरिया, लोदी रोड, नयी दिल्ली–110 003

मुद्रक : भारतीय ज्ञानपीठ, नयी दिल्ली–110 003

आवरण : महेश्वर

PREMCHAND, GORKI EVAM
LOO SHUN KA KATHA SAHITYA
(Collection)
By Fanish Singh

Published by
Bharatiya Jnanpith
18, Institutional Area, Lodi Road, New Delhi-110 003
Ph. : 011-24698417, 24626467; 23241619 (Daryaganj)
Mob. : 9350536020; e-mail : bjnanpith@gmail.com
sales@jnanpith.net; website : www.jnanpith.net

First Edition : 201 9
Price : Rs. 410

प्रेमचन्द, गोर्की एवं लू शुन का कथा साहित्य

दो शब्द

कहानी तद्‌युगीन समाज का इतिहास दर्पण होते हुए भी कोरा इतिहास नहीं है, बल्कि इतिहास से भिन्न है। भूकम्प लेखी यन्त्र जिस प्रकार भूकम्प तरंग को उठती गिरती लकीरों को दर्शाता है, इतिहास उसी प्रकार बीती घटनाओं का लेखा-जोखा मात्र है। कहानी अपने लघु कलेवर में तद्‌युगीन समाज का जीता-जागता प्रतिबिम्ब तो है ही एक जीवन्त उपदेष्टा है जो एक मोड़ देकर सत्य पथ पर अग्रसारित करती है। प्रेमचन्द आलोचकों की दृष्टि में प्रथमत: उपन्यासकार और द्वितीयत: कहानीकार ठहरते हैं। पर जहाँ तक हिन्दी कहानी साहित्य को प्रेमचन्द की देन है, वह कहानियाँ की विशाल निधि तथा कहानियों में निहित सच्चाई, आदर्श यथार्थ और गहराई को देखते हुए मेरी समझ है कि प्रेमचन्द अधिक जीवन्त और खरे दृष्टिगत होते हैं। लगभग यही बात गोर्की के विषय में भी कही जा सकती है, वैसे आलोचकों के मतों में पूर्ण एकता नहीं है। लू शुन तो अपनी कहानियों के लिए ही विश्व साहित्य के पटल पर आए।

पुस्तक में इन तीनों महान लेखकों की संक्षिप्त तस्वीर प्रस्तुत करने की कोशिश की गयी है जिसे साधारण पाठक भी ग्रहण कर सके, और एक अध्याय में इन दो लेखकों की सामाजिक, राजनीतिक एवं सांस्कृतिक पृष्ठभूमि का आकलन तुलनात्मक ढंग से करने का प्रयत्न किया गया है। तीनों लेखकों ने अपनी रचनाओं के माध्यम से जिस संघर्ष की शुरुआत की थी वह सामाजिक, राजनीतिक एवं सांस्कृतिक जीवन की थी। इन लेखकों के यथार्थवाद और समाजवादी यथार्थवाद का जिक्र होना भी आवश्यक था, क्योंकि तीनों पूँजीवादी एवं विदेशी शोषण के शिकार थे। पुस्तक का प्रथम अध्याय प्रस्तावना के रूप में प्रस्तुत किया गया है जिसे विषय पर परिचयात्मक टिप्पणी कह सकते हैं। द्वितीय अध्याय में तीनों महान लेखकों का संक्षिप्त तुलनात्मक परिचय प्रस्तुत किया गया है। तृतीय अध्याय में तीनों लेखकों की चर्चा लेखकीय परिवेश में की गयी है। चतुर्थ अध्याय में प्रेमचन्द की कहानियों

का विश्लेषण प्रस्तुत किया गया है। उसी तरह पाँचवें और छठे अध्याय में क्रमशः गोर्की एवं लू शुन की कहानियों का आलोचनात्मक विवरण प्रस्तुत किया गया है। रूस की अपनी पाँचवीं यात्रा में हम सितम्बर में गोंकी (निज्नीगिरोड) पहुँच सके थे। गोर्की की यात्रा ने ही हमें प्रथम रचना के लिए उत्साहित किया था। उद्देश्य था संक्षेप में हमलोग जो प्रेमचन्द को तो जानते ही हैं, इस रूसी प्रेमचन्द को भी जानें। उसी सन्दर्भ में मेरी पहली रचना 'प्रेमचन्द एवं गोर्की का कथा-साहित्य' प्रो. डॉ. परमानन्द श्रीवास्तव एवं डॉ. सुरेन्द्र नारायण चौधरी की देखरेख में सन् 2000 में प्रकाशित हुई और लोकप्रिय रही।

गोर्की (निज्नीगिरोड) जाने के पश्चात् गोर्की के विषय में काफी जानकारियाँ मिलने लगीं। उसके बाद सन् 2000 आते आते लू शुन को जानने के लिए मेरा मन छटपटाने लगा। अन्त में सन् 2006 में मुझे यह सफलता मिली जब चीनी मैत्री संघ के निमन्त्रण पर एक प्रतिनिधिमंडल में मैं चीन जा सका। वहाँ देहातों के अलावा बीजिंग, हाँगजु एवं शंघाई में रहने का मौका मिला। लू शुन ने अपने अन्तिम दिनों में शंघाई में ही अपना निवास बना लिया था। वहाँ उनके बारे में काफी जानकारियाँ मिलीं। चीन और रूस के देहात को देखकर मुझे लगा ही नहीं कि हम भारत के गाँवों के बाहर हैं। यहाँ मैं स्पष्ट करना चाहूँगा कि लू शुन के साहित्य की चर्चा उनके संघर्षमय जीवन की ही चर्चा है। लू शुन को चीन से, चीन के मेहनती-शोषित जनगण से अपार स्नेह और प्यार था। चीन के इसी जनगण को कुसंस्कार, कनफ्यूशियसवाद तथा सामन्ती-शोषण से मुक्त होने की प्रेरणा देना, शिक्षित करना उनके जीवन का प्रधान लक्ष्य था। लू शुन जहाँ और जब कभी बुर्ज्वा वर्ग के ढोंगों और पाखंडों के प्रति घृणा प्रकट करते हैं, वहाँ उनका अपने देश और साधारण जनगण के प्रति प्रेम अत्यन्त ओतप्रोत रूप में प्रकट होता है। चीन को शोषण-मुक्त, स्वाधीन करने का संघर्ष उनके जीवन तथा शिल्प कर्म की मूल प्रेरणा था।

इस पुस्तक की संरचना के लिए मुझे वरिष्ठ साहित्यकार डॉ. खगेन्द्र ठाकुर का सान्निध्य मिला उसके लिए मैं उनका ऋणी हूँ। इसके अतिरिक्त टाटा इंस्टीच्यूट ऑफ सोशल साइंस के प्राध्यापक श्री पुष्पेन्द्रजी से कुछ मूल्यवान पुस्तकें प्राप्त हुईं और लू शुन के विषय में भी विचार विमर्श हुआ। मैं उनका भी आभारी हूँ। पुस्तक की तैयारी के लिए पुस्तकालयों की मदद एवं कुछ साहित्यकार बन्धुओं से वार्तालाप करने का सुयोग मिला। उन सबके हम आभारी हैं।

—फणीश सिंह

भूमिका

डॉ. फणीश सिंह हिन्दी के जाने माने प्रतिष्ठित लेखक हैं। वे लगातार सृजन कर्म में लगे रहते हैं। यह बड़ी बात है। उन्होंने साहित्य क्षेत्र में तीन तरह के काम किये हैं— एक तो यह कि प्रसिद्ध विद्वानों और नेताओं के भाषणों का संकलन किया है। इस तरह के एक सौ भाषणों का संग्रह बहुत ही ज्ञानवर्द्धक और उपयोगी है। आज की पीढ़ी अपनी पूर्वज पीढ़ी के समय की परिस्थिति, राजनीति और संस्कृति को जान सकती है। दूसरा काम यह है कि साहित्य से सम्बन्धित विषयों पर भी उन्होंने जम के लिखा है। इस तरह का काम करने वाले हिन्दी में बहुत नहीं हैं। डॉ. फणीश सिंह इस तरह के विरल लेखक हैं। उनका एक और काम है सांस्कृतिक इतिहास लिखने का। दक्षिण पूर्व एशियाई देशों की संस्कृति और सांस्कृतिक सम्बन्ध पर उन्होंने जो लिखा है वह बहुत महत्त्वपूर्ण है। उल्लेखनीय है कि उन्होंने दक्षिण पूर्व एशियाई देशों की यात्रा भी की है भारत के साथ उनके सम्बन्धों को अनुभव भी किया है। यात्रा तो उन्होंने पूरी दुनिया की की है। यात्रा के अनुभवों का आना बाकी है।

प्रेमचन्द एवं गोर्की के साहित्य का डॉ. फणीश सिंह ने विशेष अध्ययन किया है। अभी मेरे सामने उनकी ताजा और प्रकाशनाधीन पुस्तक 'प्रेमचन्द, गोर्की एवं लू शुन का कथा साहित्य' है। इस पुस्तक में लेखक ने पहले तो तीनों की कहानियों का तुलनात्मक अध्ययन किया है और फिर उनकी कहानियों का अलग-अलग विश्लेषण प्रस्तुत किया है। एक अध्याय में लेखकीय परिवेश की भी व्याख्या की गयी है। परिवेश को समझने से लेखक को समझने में आसानी होती है इन कारणों से यह एक पठनीय और संग्रहणीय पुस्तक हो गयी है। मुझे प्रसन्नता है कि इस महत्त्वपूर्ण पुस्तक की भूमिका लिखने का अवसर लेखक ने दिया है। लेनिन ने रूसी क्रान्ति से एक वर्ष पहले ही 1916 में कहा था कि रूस, चीन और भारत तीनों मिल कर जिधर जाएँगे, शेष दुनिया को उधर ही जाना पड़ेगा। यह कथन राजनीति की दृष्टि से जितना महत्त्वपूर्ण है उतना ही महत्त्वपूर्ण है सांस्कृतिक दृष्टि से प्रेमचन्द, गोर्की और लू शुन के कथा-साहित्य का अध्ययन करके उनके समान रचनात्मक धरातल और उद्देश्य की खोज करना।

गोर्की का देहान्त 1936 में ही प्रेमचन्द से कुछ पहले हुआ। प्रेमचन्द उन दिनों बीमार थे। फिर भी रात में जगकर गोर्की के बारे में लिखते रहे, जिसे अगले दिन शोक सभा में पढ़ना था। शिवरानी देवी ने प्रेमचन्द से कहा— बीमार हो फिर भी इतनी रात में जगकर क्या कर रहे हो। प्रेमचन्द ने कहा—गोर्की के बारे में लिख रहा हूँ कल शोक सभा में पढ़ना है। इस पर शिवरानी ने कहा—वे कौन भारत के थे? इस पर प्रेमचन्द बोले—गोर्की जैसे लेखक के बारे में ऐसा नहीं कहते, वे हमारे अपने थे। प्रेमचन्द, गोर्की और लू शुन जैसे लेखक के ध्यान में मानव मूल्य और मानवता रहती है। डॉ. फणीश सिंह ने प्रस्तुत पुस्तक की प्रस्तावना में लिखा है—''गोर्की को भारत में कितनी दिलचस्पी थी इसका इतना ही प्रमाण काफी है कि वे भारत के इतिहास और भारतीय संस्कृति तथा गाँधी और रवीन्द्रनाथ के नामों से खूब परिचित थे। इतना ही नहीं, गोर्की ने विभिन्न नेताओं से पत्र व्यवहार भी किया था। इस बात के अनेक प्रमाण उपलब्ध हैं कि भारत में होने वाली तत्कालीन छोटी-बड़ी घटनाओं पर गोर्की की निगाह थी। उनका भारत और उस समय चल रहे आन्दोलनों से विशेष लगाव था।'' गोर्की ने भारत के बारे में एक पूरा लेख लिखा था, जो सेंट पीट्सबर्ग से प्रकाशित पत्रिका 'सोब्रेमेयिन्नक' में छपा था। अँग्रेजों के खिलाफ आन्दोलन तेज हो रहा है और अब भारतीयों को सामाजिक और राजनीतिक कार्य अपने हाथ में लेना चाहिए। डॉ. फणीश सिंह ने यह जानकारी भी दी है कि गाँधीजी ने 1905 में 'इंडियन ओपीनियन' में एक लेख लिखा था जिसमें गोर्की को मानव अधिकारों का महान योद्धा कहा था।

गाँधीजी ने यह भी लिखा—''कुछ समय पहले रूस में एक विद्रोह हुआ। उसमें भाग लेने वाले प्रमुख व्यक्तियों में गोर्की भी थे। उनका जन्म और पालन पोषण गरीबी में हुआ था। उन्होंने एक मोची के साथ उसके सहायक के रूप में काम करना शुरू किया, लेकिन शीघ्र ही उन्हें काम से हटा दिया गया। बाद में वे फौज में भर्ती हो गये। फौज में काम करते हुए उनमें पढ़ाई, लिखाई के प्रति रुचि पैदा हुई। 1892 में उन्होंने अपनी पहली पुस्तक लिखी। वह पुस्तक इतनी दिलचस्प थी कि वह शीघ्र ही लोकप्रिय हो गये। उन्होंने लिखना जारी रखा। उनका मुख्य उद्देश्य जनता को सजग रखना था ताकि वह अपने अधिकारों के लिए संघर्ष करने को तैयार रहे। उन्होंने रुपये पैसे की भी चिन्ता नहीं की। उनकी कृतियाँ इतनी तीखी थीं कि सरकारी अधिकारी चौकन्ने हो गये। उन्हें जनता की सेवा में जेल भी जाना पड़ा। वह जेल को एक सम्मानित स्थान समझते थे। कहा जाता है कि यूरोप में गोर्की जैसा कोई दूसरा लेखक नहीं, जिसने जनता के अधिकारों के लिए संघर्ष किया हो।'' गोर्की को जेल में आठ फीट लम्बे और आठ फीट चौड़े कमरे में कैद रखा गया था, लेकिन गोर्की का व्यक्तित्व उसमें समा नहीं सकता था। दुनिया भर में उसकी मुक्ति

के लिए आवाज उठी। वे रिहा कर दिए गये।

महात्मा गाँधी गोर्की के बारे में पूरी जानकारी रखते थे, उनके व्यक्तित्व को भी सही-सही समझते थे, यह किसी के लिए भी चौंकाने वाली बात हो सकती है, लेकिन वास्तव में गाँधीजी को साहित्य के बारे में अच्छी जानकारी और समझ थी। वे जैसे राजनीति में सही बात कहते थे, वैसे ही साहित्य में भी। उनका अध्ययन व्यापक और गहरा था। इस प्रसंग में मुझे प्रेमचन्द के बारे में कही उनकी एक बात याद आयी है, उन्होंने कहा— यदि किसी तरह बीसवीं सदी के भारत का राजनीतिक इतिहास गुम हो जाए तो उसे प्रेमचन्द के कथा-साहित्य के आधार पर फिर से लिखा जा सकता है।

डॉ. फणीश सिंह ने प्रेमचन्द के कथा साहित्य के इस परिप्रेक्ष्य को सही ढंग से समझा और प्रस्तुत किया है।

डॉ. फणीश सिंह ने हिन्दी में प्रतिष्ठित आलोचक आचार्य नन्ददुलारे बाजपेयी का यह कथन उद्धृत किया है—''सच्चे कवि और साहित्यकार प्राय: प्रगतिशील ही हुआ करते हैं, किन्तु कवि का काम सिर्फ प्रगतिशील होना ही नहीं है। प्रगतिशील सामाजिक प्रेरणाओं, स्वरूपों और प्रवृत्तियों को सौन्दर्य संवेदना का स्वरूप देना उसका कार्य है।'' यहाँ पर मुझे प्रेमचन्द का यह प्रसिद्ध कथन याद आ रहा है— लेखक स्वभावत: प्रगतिशील होता है, लेकिन बहुत से लेखक हैं, जो साम्राज्यवाद, पूँजीवाद, सामन्तवाद आदि के खिलाफ नहीं लिखते। प्रेमचन्द कहते हैं, जो साहित्य हमें जगाए नहीं हम में उत्तेजना न भरे, उसे हम साहित्य नहीं मानते। अब और सोना मृत्यु का लक्षण है। डॉ. फणीश सिंह ने सही लिखा है कि ''प्रेमचन्द साहित्य में जिस मूल्य को प्रतिष्ठित देखना चाहते हैं, वह जन चेतना की उभरती हुई संवेदना थी। उनका आग्रह था कि लेखक जनता की तरफदारी करके दलितों और पीड़ितों की जीवन संवेदना को लेकर साहित्य का निर्माण करें।'' उन्होंने प्रेमचन्द के शब्दों को उद्धृत किया है—''साहित्यकार का लक्ष्य केवल महफिल सजाना और मनोरंजन का सामान जुटाना नहीं है—उसका दर्जा इतना न गिराइए। वह देशभक्ति और राजनीति के पीछे चलने वाली सच्चाई नहीं, बल्कि उसके आगे मशाल दिखाती हुई चलने वाली सच्चाई है।'' प्रेमचन्द ने माँग की थी कि 'हुश्न का मेपार' (सौन्दर्य की कसौटी) बदलनी होगी। हिन्दी में मूर्द्धन्य आलोचक आचार्य रामचन्द्र शुक्ल ने भी लिखा है कि सौन्दर्य केवल राजाओं के भवनों में नहीं किसानों की झोपड़ियों में भी, बिल्ली के द्वारा चुरा कर दूध पी जाने में भी है। कहने का अर्थ यह है कि साहित्य में जीवन और समाज का चित्रण व्यापक ढंग से होना चाहिए। प्रेमचन्द ने अपने लेखन के दूसरे और तीसरे दौर में जो लिखा है—उसने हिन्दी कथा साहित्य को ऊपर उठा कर साहित्य के इतिहास में गरिमापूर्ण स्थान दिया। दूसरे दौर की कहानियों में 'नमक

का दारोगा' सर्वाधिक चर्चित कहानी है, जिसकी व्याख्या यह कहकर की जाती है कि यह असत्य पर सत्य की विजय की कहानी है। मैं तो यह देखता हूँ कि कभी नदी किनारे अलोपीदीन को तस्करी के जुर्म में गिरफ्तार करने वाला वंशीधर अन्त में अलोपीदीन को चाकरी में चला गया, क्योंकि वंशीधर की ईमानदारी को कहीं समर्थन नहीं मिला, न विभाग में, न अदालत में और न परिवार में, पिता, माता या पत्नी के द्वारा। 'ठाकुर का कुआँ' अन्तिम दौर की कहानी है, प्राय: 1933 के आसपास लिखित। गाँधीजी उन्हीं दिनों अछूतों के मन्दिर प्रवेश के अधिकार के लिए लड़ते हैं और प्रेमचन्द साफ पानी पीने के अधिकार का सवाल उठाते हैं।

सन् 1934 में बिहार में भयानक भूकम्प आया था। गाँधी जी ने कहा था—यह हमारे पापों का परिणाम है। प्रेमचन्द ने इसका प्रतिवाद करते हुए लिखा था कि आज अदना सा विद्यार्थी भी जानता है कि भूगर्भ की रासायनिक प्रक्रिया से भूकम्प होता है।

प्रेमचन्द का चिन्तन वैज्ञानिक यथार्थ पर आधारित था और उनका कथा साहित्य इसी यथार्थ पर रचा गया है। उन्होंने अपने जीवन के अन्तिम दिनों में 'महाजनी सभ्यता' लेख लिखा, उसे पढ़ना चाहिए।

लू शुन भी गोर्की और प्रेमचन्द के समकालीन थे। लू शुन चीन की शोषित-पीड़ित जनता से जुड़े हुए थे। 'एक पागल की डायरी' में वे महान मानवतावादी के रूप में दिखाई पड़ते हैं। लू शुन ने कहानियाँ लिखने के अपने उद्देश्य के बारे में बताया है—"दर्जनों साल पहले की तरह आज भी मैं महसूस करता हूँ कि मुझे अपनी जनता, मानवता को जगाने और उसकी बेहतरी के लिए लिखना चाहिए और इसलिए मेरे विषय में प्राय: वे लोग थे जो इस असामान्य समाज में अभागे थे। मेरा उद्देश्य था बीमारी को सामने लाना और उसकी तरफ ध्यान खींचना, जिससे कि इलाज हो सके।"

फणीश बाबू ने इसी आधार पर यह लिखा है—जनता को दुर्दशा और जहालत से उबारने का एक ही तरीका है समाज को बदलना। यह 'बदलना' कैसे होगा? गाँधी जी हृदय परिवर्तन का उपाय अपनाने की बात करते रहे हैं। लेकिन प्रेमचन्द ने 1933 में ही एक लेख में लिखा कि यह उम्मीद करना कि शोषण करने वाले किसी दिन शोषण करना छोड़ देंगे। कुत्ते से चमड़े की रखवाली करने की उम्मीद करना है। अपने अन्तिम और अधूरे उपन्यास 'मंगल सूत्र' का प्रारम्भ ही इस वाक्य से होता है—अब हमें दरिन्दों से लड़ने के लिए कमर में कटार बाँधकर चलना होगा। प्रेमचन्द हिंसावादी नहीं थे। हिंसा तो शोषक और शासक वर्ग के लोग करते हैं। प्रेमचन्द उनका मुकाबला करने की बात कहते हैं। मध्यकाल के महान कवि तुलसीदास के जीवन का यह प्रसंग ध्यान देने लायक है। एक बार एक मित्र उन्हें

वृन्दावन ले गया और राधाकृष्ण की मूर्ति के सामने खड़ा कर दिया। तुलसी खड़े रहे, मूर्ति को देखते रहे। मित्र ने कहा प्रणाम करो, ये भी ईश्वर ही हैं। इस पर तुलसीदास ने कहा—

''कहा कहौ छवि आज की भले बने हो नाथ
तुलसी मस्तक तब नते धनुष बाण लेहु हाथ।''

लू शुन की कहानियों में भी विद्रोह की भावना दिखाई पड़ती है। डॉ. फणीश सिंह ने लिखा है कि—''सभी उत्पीड़ितों की तरह आ क्यू भी अपने को मुक्त कर सकता है जब वह बाधाओं से लड़ने अर्थात क्रान्ति के लिए तैयार हो। ...इन कहानियों में लू शुन जीवन और समाज के पुराने ढर्रे को अस्वीकार करते हैं। उन्हें पढ़कर लोग इस बात से सहमत होते हैं कि इन बुराइयों और लोगों के कष्टों का अन्त आमूल सामाजिक क्रान्ति से ही हो सकता है।'' लू शुन ने उत्पीड़ितों के दुःख दर्द के साथ उनकी शक्ति का भी इजहार किया है। यह प्रवृत्ति गोर्की और प्रेमचन्द में भी अनेक स्थलों पर दिखाई पड़ती है।

मैं डॉ. फणीश सिंह की प्रस्तुत पुस्तक के लिए बधाई देता हूँ और समझता हूँ कि पाठक इस पुस्तक से लाभान्वित होंगे। किसी रचना के प्राथमिक आलोचक या समीक्षक पाठक ही होते हैं। गोर्की, प्रेमचन्द और लू शुन जैसे सामाजिक यथार्थवादी लेखकों ने पाठकों की रुचि का ध्यान रखते हुए उनकी चेतना को माँजने का भी ऐतिहासिक काम किया है। ये लेखक हमारे लिए आज भी प्रासंगिक इसलिए नहीं है कि आज भी समाज में गरीबी है, शोषण-उत्पीड़न है, वे हमारे लिए इसलिए प्रासंगिक हैं कि उन्होंने वास्तव में भग्नवीस संवेदना की दृष्टि से यथार्थ को देखा, परखा और समझा है। प्रस्तुत पुस्तक के लेखक ने भी गोर्की, प्रेमचन्द और लू शुन के लेखन में मानवीय संवेदना की खोज की है, बड़े ही सार्थक ढंग में।

इस महत्त्वपूर्ण खोज का मैं अभिनन्दन करता हूँ।

—खगेन्द्र ठाकुर

अनुक्रम

प्रस्तावना

एक सामाजिक कार्यकर्त्ता एवं हिन्दी का पाठक होने के नाते मेरी जिज्ञासा हिन्दी कथाकारों को अधिक से अधिक जानने की रही है। बचपन में दशम वर्ग की पढ़ाई समाप्त होने के पूर्व प्रेमचन्द एवं वृन्दावन लाल वर्मा की लगभग सारी रचनाएँ पढ़ गया। विश्व के अन्य कथाकारों की कृतियों से साक्षात्कार हुआ। मार्क ट्वेन, जेम्स ज्वायस, कोपर्ड, बालजाक, मोपासाँ, लियो टाल्सटाय, रोमानिफ, पिकोन, हेजर मेन्स, कापेक, इमानोव, लू शुन आदि की कहानियों को पढ़ने का सुअवसर मिला। प्रेमचन्द एवं अन्य हिन्दी कथाकारों की कहानियों के अतिरिक्त हम मैक्सिम गोर्की की रचनाओं से सर्वाधिक प्रभावित रहे। यद्यपि सोवियत संघ की यात्रा का सुअवसर मुझे 1972, 1984, 1986 एवं 1991 में मिला, किन्तु गोर्की के विषय में मुझे जानकारी हासिल करने का सुअवसर नहीं मिल सका।

हिन्दी के प्रगतिशील कवि कन्हैया जी से विद्यार्थी जीवन में मेरी मुलाकातें होती थीं, जिसमें कई बार उन्होंने मैक्सिम गोर्की के साहित्य की उपादेयता की चर्चा की थी। लेकिन तब तक मैं उन्हें विदेशी साहित्यकार के रूप में मानता रहा। 1962 के चीनी आक्रमण के वक्त कुछ दिन कन्हैया जी के साथ बिताने का मुझे अवसर मिला जिसमें हमें और रूसी साहित्यकारों के अतिरिक्त मैक्सिम गोर्की पर सर्वाधिक जानकारी हासिल हुई। उसी वक्त से मैक्सिम गोर्की की रचनाओं में हमारी रुचि बढ़ती गयी और कालक्रम में उनके सारे उपन्यास, कहानियाँ, नाटक आदि पढ़ डाले।

वैसे तो लू शुन के बारे में मुझे एकाध कहानियों को छोड़ कुछ खास पढ़ने को नहीं मिला था, किन्तु 2006 में सितम्बर की अपनी चीन यात्रा में मैंने उनके बारे में जानने का प्रयास किया। उस यात्रा में मुझे दो-तीन दिन शंघाई में रुकना पड़ा था। उल्लेखनीय है कि वे अपने जीवन के अन्तिम काल में शंघाई के पास ही चले आए थे और उन्होंने वहाँ अपना घर भी बना लिया था। आजकल उनके पुराने घर में ही पुस्तकालय है और बगल के मकान में उनसे सम्बन्धित म्यूजियम है।

भारत कहानियों का आदी देश माना जाता है, किन्तु यूरोपीय साहित्य में

उन्नीसवीं सदी का उत्तरार्द्ध कहानियों का स्वर्णकाल रहा। हिन्दी में प्रेमचन्द और प्रसाद युग का दशक हिन्दी कहानी का उत्कर्ष काल माना जा सकता है।

यूरोप और भारतवर्ष की आत्मा में बहुत अन्तर है। यूरोप की दृष्टि सुन्दर पर पड़ती है, पर भारत की सत्य पर। प्रेमचन्द ने कहा था कि नीति और धर्म हमारे जीवन के प्राण हैं। हम पराधीन हैं, लेकिन हमारी सभ्यता पाश्चात्य सभ्यता से कहीं ऊँची है। उन्होंने आगे कहा था कि यथार्थ पर निगाह रखने वाला यूरोप हम आदर्शवादियों से जीवन संग्राम में बाजी मार ले जाए, किन्तु हम अपने परम्परागत संस्कारों का आधार नहीं त्याग सकते। साहित्य में भी हमें अपनी आत्मा की रक्षा करनी होगी। प्रेमचन्द के उपरोक्त विचारों के सन्दर्भ में ही मेरा ध्यान प्रसिद्ध जर्मन पत्रकार पत्रदेंगर की उस लेखनी की ओर गया जिसमें उन्होंने लिखा है—जब कोई गोर्की को पढ़ता है तो वह रूस को देखता है। ऐसे में बराबर ही हमारा ध्यान इन दोनों लेखकों के अध्ययन की ओर खिंचता गया और हमारा इन दोनों महान विभूतियों की कृतियों का अध्ययन जारी रहा।

यूरोप के अन्य देशों की यात्रा के अतिरिक्त अक्टूबर, 1993 में मुझे पुनः एक बार रूस जाने का अवसर मिला। यह यात्रा मेरे लिए उल्लेखनीय इस कारण है कि इस बार मुझे गोर्की (पहले निज्नीगिरोड) जाने का सुअवसर मिला। वहाँ हम लोगों ने गोर्की के नाना का घर (जो अब म्यूजियम में परिवर्तित हो गया है) देखा। गोर्की के उपन्यास में वही चर्चित टेबुल, मैदान, कपड़ा रँगने का सामान, नाना-नानी के कपड़े एवं नाना की अविस्मरणीय छड़ी, जिससे वे गोर्की की पिटाई करते थे, को देखने का मौका मिला। मन रोमांचित हो उठा, लगा कि ज़िन्दगी का एक सपना पूरा हो गया और इसी यात्रा में यह इच्छा जागृत हुई की गोर्की के विषय में जो सोचता हूँ उसे लिखूँ। फिर सोचा न तो मैं विद्वान हूँ, न लेखक, आखिर लिखूँ क्या? इसी क्रम में मेरा विचार हुआ कि गोर्की जो हमें रूसी प्रेमचन्द की तरह लगे क्यों न इन पर कुछ विशेष अध्ययन किया जाए।

गोर्की को भारत से कितनी दिलचस्पी थी, इसका इतना ही प्रमाण काफी है कि वे भारत के इतिहास और भारतीय संस्कृति के तथा गाँधी और रवीन्द्रनाथ के नामों से खूब परिचित थे। इतना ही नहीं, गोर्की ने विभिन्न नेताओं से पत्र व्यवहार भी किया था। इस बात के अनेक प्रमाण उपलब्ध हैं कि भारत में होने वाली तत्कालीन छोटी-बड़ी घटनाओं पर गोर्की की निगाह थी। उनका भारत देश और उसके उस समय चल रहे आन्दोलनों से विशेष लगाव था।

प्योत्र वारन्निकोव के एक लेख के अनुसार गोर्की ने सन् 1923 में रोमा रोलाँ को लिखे एक पत्र में भारत की विस्तृत चर्चा की है। उस पत्र में गोर्की ने लिखा था—"जिन लेखों के लिए आपने वचन दे रखा है, क्या उनके अलावा गाँधी के

सम्बन्ध में अपना लेख आप हमें नहीं दे सकेंगे? मेरी प्रार्थना है कि आप उसे हमें अवश्य दें। उनके बारे में हमें अखबारों से ही जानकारी है। ऐसे विचारों के मूल स्रोत से परिचित हो लेना रूसियों के लिए अच्छा होगा जिन्हें वे स्वयं भी पूरी तरह स्वीकार करते हैं।''

गोर्की को भारत के सम्बन्ध में अँग्रेज लेखकों द्वारा लिखी गयी पुस्तकों की जानकारी थी। उनके आधार पर गोर्की ने अपना मत स्पष्ट करते हुए लिखा भी था—''यह सुविदित तथ्य है कि अँग्रेज़ी सभ्यता के प्रति भारतवासियों के सन्देहवादी रुख से इंग्लैंड में बेकारी बढ़ रही है।'' गोर्की ने सेंट पीट्सबर्ग से प्रकाशित 'सोब्रेमेन्निक' नामक पत्रिका में एक पूरा लेख भारत के सम्बन्ध में लिखा था जिसकी पंक्ति थी—राष्ट्रीय मुक्ति के लिए और इंग्लैंड के क्रूर शासन के विरुद्ध आन्दोलन भारत में बहुत तेजी से बढ़ रहा था। एक स्थान पर गोर्की ने लिखा—''इस बात का पूरे निश्चय के साथ प्रचार करने वाली आवाजें भारत में आए दिन सुनी जा सकती हैं कि अब भारतवासियों को सामाजिक और राजनीतिक कार्य अपने हाथ में लेना चाहिए और गंगातट पर अँग्रेज़ी राज अब पुराना पड़ चुका है।'' इन प्रमाणों से स्पष्ट है कि गोर्की बराबर भारत, उसकी संस्कृति, उसके इतिहास और उसके राष्ट्रीय मुक्ति संघर्ष के प्रति आकर्षित रहे।

एक बात और ध्यान देने की है कि गोर्की जहाँ भारत के प्रति दिलचस्पी रखते थे, वहीं भारत में भी उनके प्रति उत्सुकता और जानकारी कम न थी। अपने अफ्रीका प्रवास काल में ही गाँधी जी गोर्की से परिचित हो गये थे। उन्होंने सन् 1905 में ही अपने पत्र इंडियन ओपीनियन में गोर्की के सम्बन्ध में एक लेख लिखकर गोर्की को मानव अधिकारों का एक महान योद्धा घोषित किया था। गाँधी जी ने लिखा था—''कुछ समय पहले रूस में एक विद्रोह हुआ। उसमें भाग लेने वाले प्रमुख व्यक्तियों में गोर्की भी थे। उनका जन्म और पालन-पोषण घोर गरीबी में हुआ था। उन्होंने एक मोची के साथ उसके सहायक के रूप में काम करना शुरू किया, लेकिन शीघ्र ही उन्हें काम से हटा दिया गया। बाद में वे फौज में भर्ती हो गये। फौज में काम करते हुए उनमें पढ़ाई-लिखाई के प्रति रुचि पैदा हुई। 1892 में उन्होंने अपनी पहली पुस्तक लिखी। वह पुस्तक इतनी दिलचस्प थी कि वह शीघ्र ही लोकप्रिय हो गये। उन्होंने लिखना जारी रखा। उनका मुख्य उद्देश्य जनता को सजग रखना था ताकि वह अपने अधिकारों के लिए संघर्ष करने को तैयार रहे। उन्होंने रुपये पैसे की भी चिन्ता नहीं की। उनकी कृतियाँ इतनी तीखी थीं कि सरकारी अधिकारी चौकन्ने हो गये। उन्हें जनता की सेवा में जेल भी जाना पड़ा। वह जेल को एक सम्मानित स्थान समझते थे। कहा जाता है कि यूरोप में गोर्की-जैसा कोई दूसरा लेखक नहीं जिसने जनता के अधिकारों के लिए संघर्ष किया हो।''

ध्यातव्य है कि लू शुन का चीन के साहित्य में वही स्थान है जो भारत में मुंशी प्रेमचन्द का और रूस में मैक्सिम गोर्की का। उन्होंने साहित्य को चीनी जनता की अन्तरात्मा को जगाने का शस्त्र माना। उनका साहित्य चीन की जनता के सांस्कृतिक, सामाजिक, आर्थिक संघर्ष की गाथा है जिसमें अवरोध पैदा करने वाले किसी को भी उन्होंने नहीं छोड़ा है। विश्व साहित्य में लू शुन ने कहानियों के अतिरिक्त निबन्धों का विपुल भंडार सौंपा है, जिसमें व्यंग्य, विनोद, हुंकार, ललकार और गहरी संवेदनशीलता एक साथ दिखलाई पड़ती है। लू शुन का जन्म 25 सितम्बर, 1881 को शाओशिंग में हुआ था। वे सैनिक अकादमी में खदानों के यान्त्रिक अध्ययन के पश्चात जापान में चिकित्सा विज्ञान पढ़ने गये किन्तु उन्होंने चिकित्सा विज्ञान की महत्ता को छोड़कर साहित्य को चुना और जीवन पर्यन्त लेखन करते रहे। यहाँ यह उल्लेख करना जरूरी लगता है कि ये तीनों महान लेखक अलग-अलग तिथियों पर जन्मे किन्तु इन तीनों की मृत्यु वर्ष 1936 में ही हुई। आगे की पंक्तियों से यह स्पष्ट होगा कि ये तीनों अपने अपने राष्ट्र के प्रगतिशील साहित्य के नायक थे।

गोर्की की कहानियों की उपलब्धता का भी हम कुछ जिक्र करना चाहेंगे। काफी प्रयास के पश्चात हिन्दी में उनकी 60-70 कहानियाँ ही उपलब्ध हो सकीं। यह बात ठीक है कि ये सारी कहानियाँ ही उनकी महत्त्वपूर्ण कहानियाँ हैं। किन्तु हम इस सीमा में भी बँधे हैं कि हमारे सारे विचार यहाँ मात्र 60-70 कहानियों पर आधारित होंगे।

यहाँ एक बात स्पष्ट कर देना चाहूँगा कि आम लोग कथा साहित्य का अर्थ उपन्यास एवं कहानी दोनों से लगाते हैं। किन्तु आजकल कथाकार कहानीकार का पर्यायवाची और कथा-साहित्य कहानियों का पर्यायवाची बन चुका है और हमने जब इस पुस्तक के नामकरण का प्रस्ताव 'प्रेमचन्द, गोर्की एवं लू शुन का कथा साहित्य' रखा तो मेरा अभिप्राय तीनों की कहानियों से ही था।

इस पुस्तक में संक्षेप में ही हम तीनों महान कलाकारों के कथा साहित्य का चित्र प्रस्तुत करने की कोशिश करेंगे। कहना न होगा कि लेखक किसी भौगोलिक परिधि में बँधा नहीं होता और उसका दृष्टिकोण सारे मानव की समस्या को प्रस्तुत करना होता है। इसलिए इन तीनों महान कलाकारों का यह संक्षिप्त अध्ययन विश्व की सारी मानवता के लिए सुखकर होगा।

मैं शुरू में ही बता चुका हूँ कि किन परिस्थितियों में हमें यह रचना शुरू करने की प्रेरणा मिली। मैं प्रेमचन्द से प्रभावित था और बचपन में ही उनका सारा साहित्य पढ़ जाने का अवसर भी मिला। गोर्की से सर्वप्रथम मेरा परिचय उनके उपन्यास 'माँ' के कारण ही हुआ किन्तु जब मैंने उनका 'मेरा बचपन' पढ़ा तो पता नहीं क्यों वह रचना मुझे बहुचर्चित 'माँ' से भी श्रेष्ठ लगी और उपन्यासों को पढ़ने का अवसर

मिला। यह कठिनाई अवश्य रही कि उनकी कहानियों को जहाँ-तहाँ ढूँढ़ना पड़ा और उनकी अँग्रेज़ी में अनूदित कहानियों पर ही निर्भर रहना पड़ा।

गोर्की के कथा साहित्य में प्रवेश के पश्चात ही मैं उनकी ऊँचाई के विषय में आश्वस्त हुआ। इस तुलना में प्रेमचन्द की कहानियों की उपलब्धता में कोई दिक्कत न रही। मानसरोवर (8 भागों में), प्रेम द्वादसी, उनका 'अप्राप्य कहानियों का संग्रह' भी पढ़ने का अवसर प्राप्त हुआ। इधर लोक भारती प्रकाशन ने प्रेमचन्द की सम्पूर्ण कहानयिों का प्रकाशन दो खंडों में किया है, जिनमें उनकी 208 कहानियाँ हैं। इससे पाठकों का काम काफी आसान हो गया है। सरस्वती प्रेस द्वारा प्रकाशित 'प्रेमचन्द की श्रेष्ठ कहानियाँ' भी उल्लेखनीय है क्योंकि इसमें संग्रहित 13 कहानियों का चयन स्वयं प्रेमचन्द ने किया था। इसकी भूमिका भी प्रेमचन्द ने लिखी है।

गहरी छानबीन के पश्चात भी लू शुन का कोई उपन्यास देखने का अवसर मुझे प्राप्त नहीं हुआ है। उनके साहित्य का अपार भंडार तीन कहानी संग्रहों, 16 निबन्ध संग्रहों और दर्जनों विदेशी पुस्तकों के चीनी भाषा में अनुवाद में फैला हुआ है। चन्द्रधर शर्मा गुलेरी की तरह उन्हें भी सिर्फ एक कहानी 'पागल की डायरी' ने विश्व साहित्य में अमर बना दिया। इस कहानी में उन्होंने नरभक्षी सामन्तवादी व्यवस्था की भीषण एवं निर्मम आलोचना की है। 1918-26 के बीच उन्होंने 'ललकार, 'कब्र', 'गर्म हवा', 'विचरण', 'जंगली घास', आदि कहानियों के अनेक संकलन प्रकाशित किए जिसमें उनकी देशभक्ति और क्रान्तिकारी तथा जनवादी भावनाओं का दिग्दर्शन हुआ है। 1927 में शंघाई आकर मार्क्सवाद का अध्ययन करने लगे। 1930 के बाद उन्होंने चीनी स्वातन्त्र्य लीग, चीनी वामपन्थी लेखक संघ एवं अन्य प्रगतिशील संगठनों की सदस्यता ग्रहण की। उन्होंने चीनी कथा साहित्य का संक्षिप्त इतिहास की रचना की एवं अनेक प्रगतिशील पत्रिकाओं का प्रकाशन किया। उन्होंने एक स्थल पर अपने लेख में कहा है कि जापान के सुधार का बड़ा कारण जापान में पश्चिमी चिकित्सा विज्ञान का पढ़ाया जाना है, इसलिए मैंने जापान के चिकित्सा कॉलेज में प्रवेश ले लिया। वे सोच रहे थे कि अगर युद्ध शुरू होगा तो मैं सेना में डॉक्टर बन जाऊँगा और अपने देश के लोगों की सेवा के साथ-साथ उनको जगाने का भी काम करूँगा। लेकिन बाद में उन्होंने सोचा कि सबसे महत्त्वपूर्ण है कि उनकी आत्मा को बदलना और उन्होंने महसूस किया कि इसके लिए साहित्य, सर्वाधिक कारगर हथियार है। उन्होंने आगे लिखा है—"जहाँ तक मेरा सवाल है, मुझे अपने को अभिव्यक्त करने की कोई बड़ी जरूरत अब महसूस नहीं होती। लेकिन क्योंकि मैं अपने अतीत के अकेलेपन को भूला नहीं हूँ इसलिए मैं कभी-कभी उन संघर्षरत लोगों का उत्साहवर्धन करता हूँ जो अकेलेपन में जी रहे हैं या जिससे कि वे निराश न हों।"

उन्होंने आगे लिखा है—''मेरी कहानियाँ कला की कसौटी पर पूरी खरी नहीं उतरतीं। मैं तो अपने आपको इसी से भाग्यशाली समझता हूँ कि उन्हें अभी भी कहानियाँ माना जाता है और उन्हें एक संकलन में छापने लायक भी समझा गया। हालाँकि इस सौभाग्य से मुझे परेशानी होती है, लेकिन फिर भी मुझे यह सोचकर ख़ुशी होती है कि अभी भी दुनिया में उनके पढ़ने वाले लोग हैं।''

1927 से 1935 के बीच लु शून ने बहुत से निबन्धों की रचना की। छोटे होते हुए भी ये निबन्ध प्रतिक्रियावादी शासकों के विरुद्ध सुतीक्ष्ण 'कटार' अथवा 'भाले' की भाँति कारगर सिद्ध हुए। मार्क्सवाद को अपना पथ-निर्देशक मानकर लिखे गये इन निबन्धों में लु शून की महान राजनीतिक दूरदर्शिता तथा आग्रहयुक्त संग्रामशीलता के साथ-साथ विविध सामाजिक समस्याओं की विश्लेषण-क्षमता भी स्पष्ट दिखाई देती है। लु शून ने चीन की संस्कृति में भी महान योगदान दिया है। उन्होंने 'अनाम सभा', 'भोर मंजरी सभा' तथा अन्य प्रगतिशील साहित्यिक संस्थाओं का संगठन और नेतृत्व किया एवं 'विशाल मैदान', 'प्रचंड प्रवाह', 'अंकुर', 'अनुवाद' आदि अनेक साहित्यिक पत्रिकाओं का निर्देशन और प्रकाशन भी किया। युवा लेखकों की सहायता करने के लिए वे सदा उत्सुक और तत्पर रहा करते थे। उन्होंने अनेक विदेशी साहित्यिक रचनाओं का अनुवाद भी किया तथा समुद्र पार देशों की सचित्र कलाकृतियों और काष्ठ चित्रों से चीनी जनता को परिचित भी करवाया। प्राचीन चीनी संस्कृति के प्रवाह को अक्षुण्ण बनाए रखने के विचार से उन्होंने अनेक क्लासिकी साहित्यिक कृतियाँ एकत्रित कर उनका अनुसन्धान और सम्पादन किया तथा 'चीनी कथा साहित्य का संक्षिप्त इतिहास' एवं 'चीनी साहित्य का इतिहास (रूपरेखा)' नामक ग्रन्थों की रचना की।

'लु शून की सम्पूर्ण रचनाएँ' (20 खंडों में) सर्वप्रथम 1938 में प्रकाशित हुई थीं। चीन लोक गणराज्य की स्थापना के पश्चात लू शुन की रचनाओं के संग्रह, 'लू शुन की संग्रहीत रचनाएँ', (10 खंडों में) तथा 'लू शुन की संग्रहीत अनुवाद' (10 खंडों में), 'लू शुन की डायरी' (2 खंडों में) तथा 'लू शुन के संग्रहित पत्र' शीर्षकों से प्रकाशित किए गये। इस तरह हम देखते हैं कि प्रेमचन्द ने जिस तरह प्रगतिशील लेखक संघ की अध्यक्षता की उसी तरह चीन में लू शुन भी प्रगतिशील साहित्यिक संगठनों को मजबूत करने में लगे रहे।

तुलनात्मक पृष्ठभूमि

महात्मा गाँधी ने सन् 1905 में ही गोर्की की प्रतिभा को श्रेष्ठ मान लिया था और थोड़े दिनों बाद, यानी बीसवीं शताब्दी के दूसरे दशक के आते-आते, भारत का बुद्धिजीवी समाज गोर्की से परिचित हो गया था, बल्कि कहना गलत न होगा कि प्रभावित भी होने लगा था।

गोर्की की प्रसिद्ध कृति 'माँ' का परिचय भारत को उसके प्रकाशन के तत्काल बाद हो गया था। संयोग की बात है कि सम्भवतः भौगोलिक भिन्नता के कारण ही समय का अन्तर पड़ता रहा, वरना रूस में जो परिवर्तन आए, जो संघर्ष हुए, कुछ वर्षों बाद अपने बहुत सूक्ष्म बदलाव के साथ वही सब कुछ भारत में भी घटता रहा। लगता है कि मानव मुक्ति और सामाजिक न्याय के लिए संघर्ष को ताकत देने वाली, रूस और भारत में बहने वाली हवा एक ही थी।

'माँ' का पहला प्रकाशन अँग्रेज़ी में हुआ, फिर रूसी में और सम्भवतः रूसी के बाद ही भारत में। माँ का हिन्दी अनुवाद प्रेमचन्द की प्रेरणा से चन्द्रभाल जौहरी ने सन् 1930 के लगभग किया था, बाद में प्रेमचन्द ने माँ को ही आधार बनाकर मजदूर नामक फिल्म की पटकथा लिखी, लेकिन तत्कालीन बरतानिया हुकूमत ने उस पर रोक लगा दी थी।

ये बातें बताती हैं कि गोर्की और भारत किस हद तक एक दूसरे से जुड़े हुए थे। आज यदि सूची बनाई जाए तो यह सत्य ज्ञात होना कितना सुखदायी होगा कि भारत की सभी भाषाओं में 'माँ' के एकाधिकार अनुवाद उपलब्ध हैं। हिन्दी में तो 'माँ' के दर्जन भर से अधिक अनुवाद हुए और वे भी उच्चस्तरीय लेखकों के द्वारा। हिन्दी में गोर्की की लगभग सभी रचनाएँ अनूदित होकर लोकप्रियता प्राप्त कर चुकी हैं।

अतः निःसन्देह कहा जा सकता है कि गोर्की जितने रूस के लेखक हैं उतने ही भारत के भी अपने हैं क्योंकि आज भारत का प्रगतिशील बुद्धिवादी वर्ग मात्र गोर्की से ही प्रभावित होता है और फासिज़्म के विरोध में तथा समाजवादी समाज की रचना के संघर्ष में गोर्की से ही प्रेरणा पाता है।

गोर्की रूस के सर्वहारा यथार्थवादी साहित्यिक व सांस्कृतिक जागरण के प्रतीक रूप में जाने जाते हैं। लेकिन गोर्की जैसे महान लेखक का रूस जैसे महान देश के निर्माण में कितना हाथ था, इसे निकट से व आत्मीयता से जानने के लिए हमें गोर्की के समस्त जीवनव्यापी संघर्ष की कहानी पर दृष्टि डालनी होगी, तभी समझा जा सकता है कि ऐसे एक पूरे युग और पूरे राष्ट्र की करुणा कैसे गोर्की ने अपने में समेट ली थी और युगव्यापी कड़ुवाहट को पीकर नीलकंठ बनने के बाद वे रूस के ही नहीं, सारे विश्व के बौद्धिक जागरण के शिव बन गये थे।

यहाँ यह उल्लेखनीय है कि 'भारतीय जनता का मुख्य शोषक भारत में रूस की तरह देशी पूँजीवाद नहीं था, विदेशी साम्राज्यवाद था। दोनों देशों की परिस्थितियों में भारी अन्तर था।' प्रेमचन्द के उपन्यास भारत की उन गम्भीर समस्याओं पर प्रकाश डालते हैं जिनका सम्बन्ध भारत के हितों से नहीं बल्कि सारे संसार के हितों से है। इसी धारणा के अनुरूप श्री जनार्दन झा राष्ट्रहित की समस्याओं को अन्तर्राष्ट्रीय परिप्रेक्ष्य में देखने की सलाह देते हैं और वह प्रेमचन्द के साहित्य को भारतीय और विश्व साहित्य के परिप्रेक्ष्य में देखते हैं।

श्री झा ने प्रेमचन्द की तुलना मैक्सिम गोर्की से भी की है। यह तुलना अध्ययन करने योग्य है—

"रूसी भाषा के सुप्रसिद्ध उपन्यासकार मैक्सिम गोर्की अपनी रचनाओं में अपने देश की स्थिति का चित्रण उसी तरह करते हैं जिस तरह प्रेमचन्द। गोर्की वर्तमान रूस की सामाजिक और राजनीतिक क्रान्ति के सबसे बड़े विश्लेषक हैं और प्रेमचन्द आधुनिक भारत की सामाजिक और राष्ट्रीय भावनाओं के। गोर्की के मदर (माँ) नामक उपन्यास की समस्याओं के स्वरूप में बड़ी समता है। डिकेन्स की तरह गोर्की की रचनाओं में भी चोरों, डाकुओं, पियक्कड़ों आदि के बड़े आकर्षक चरित्र-चित्रण देखने को मिलते हैं। वस्तुतः समाज के दीन हीन लांछित और बहिष्कृत लोगों के आभ्यान्तरिक जीवन की व्याख्या करने में ये कमाल करते हैं। कर्मभूमि के काले खाँ-जैसे दो-एक इसी वर्ग के पात्रों का चरित्र-चित्रण प्रेमचन्द ने भी अपनी रचनाओं में किया है, किन्तु ऐसा करते समय इन्होंने मार्मिकता से उतना काम नहीं लिया है जितना दार्शनिकता से। उनकी छिपी हुई मनुष्यता के मार्मिक उपकरणों का उद्‌घाटन और विश्लेषण करना गोर्की की कला का उद्‌देश्य रहता है, किन्तु प्रेमचन्द की कला का उद्‌देश्य रहता है उन्हें बाहरी नैतिक दृष्टान्तों द्वारा मनुष्यता के आदर्श रूप का बोध कराना।"

गोर्की भारत के प्राचीन इतिहास और संस्कृति से भली-भाँति परिचित थे। मानव जाति के इतिहास के बारे में उन्होंने लिखा है कि मानव जाति का इतिहास यूनान और रोम से नहीं, भारत और चीन से आरम्भ करना चाहिए। जब विश्व

साहित्य के प्रकाशन की योजना तैयार हुई तो गोर्की ने उसमें रामायण, महाभारत और पंचतन्त्र को भी सम्मिलित किया। उनके अपने निजी पुस्तकालय में रामायण, प्राचीन भारतीय दन्त कथाएँ, हठ योग, गाँधी जी की जीवनी और रवीन्द्रनाथ के उपन्यास मौजूद थे। इन सब बातों से प्रेमचन्द और गोर्की के महत्त्व को समझा जा सकता है।

गरीबों, किसानों, मजदूरों, दलितों की दुरावस्था पर ध्यान केन्द्रित करना प्रगतिशील साहित्य की विशेषता रही। 'जिस तरह रूस के कहानी लेखकों तथा उपन्यासकारों की रचनाएँ रूस की राज्य क्रान्ति का चित्र उपस्थित करती रहीं, उसी तरह प्रेमचन्द अपनी कृतियों में अपने समय का सर्वांग चित्रण कर भारतीय कथा-साहित्य के संसार में आज अपने समय के सबसे विश्वस्त प्रतिनिधि कलाकर कहे जा सकते हैं।' इसी सन्दर्भ में प्रो. केसरी कुमार का कहना है कि प्रेमचन्द एक महापुरुष थे। जीवनपर्यन्त वे कठिनाइयों से जूझते रहे। अधजली बीड़ी कान पर रख कर लिखते रहे, किन्तु उन्होंने बेजुबानों को जबान दी, नेत्रहीनों को नयन दिए और किसान मजदूरों के बेताज बादशाह बने रहे। प्रेमचन्द ने पहली बार कथा को जीवन की अभिव्यक्ति का माध्यम बनाया।

हम तुलनात्मक पृष्ठभूमि की चर्चा करते हुए विषय की उपादेयता के पक्ष में महान चीनी लेखक श्री श्येनमिन के कुछ वाक्यों को उद्धृत करना चाहेंगे, 'चीनी जनता तमाम आधुनिक भारतीय लेखकों में से कई से सुपरिचित है और वे सबसे पसन्दीदा भी हैं। प्रेमचन्द उनमें से एक हैं। उन्होंने आजीवन औपनिवेशिक शासन और देश की पिछड़ी सामन्ती व्यवस्था का विरोध किया। वे सोवियत संघ की अक्टूबर क्रान्ति से भी प्रभावित हुए और उन्होंने अपनी रचनाओं में 'जोतने वाले खेत' के मालिक का प्रगतिशील विचार अभिव्यक्त किया है। वह भारत के लू शुन या भारत के गोर्की कहलाते हैं।' वे वाकई ऐसा कहलाने के योग्य हैं। यहाँ से एक दिलचस्प संयोग की चर्चा करता हूँ। इन तीनो प्रेमचन्द, गोर्की और लू शुन का जन्म वर्ष तो अलग-अलग है, लेकिन उनका निधन वर्ष एक ही सन् 1936 है।

स्पष्टत: प्रेमचन्द अन्तर्राष्ट्रीय स्तर पर मेहनतकशों की आवाज के रूप में अवतरित हुए। डॉ. रामविलास शर्मा ने जीवन शीर्षक लेख में लिखा है, 'करोड़ों मनुष्यों का संहार करने वाले दो महायुद्धों के बीच प्रेमचन्द की वाणी अपने भविष्य में अटल विश्वास रखने वाली भारतीय जनता की वाणी है। राजनीतिज्ञों के कोलाहल और तोपों की गड़गड़ाहट को भेदती हुई वह वाणी आज भी स्पष्ट सुनाई देती है।''

प्रेमचन्द का विश्वास था कि शोषक और शोषित वर्ग के बीच की खाई तभी पाटी जा सकती है, जबकि जमींदार और उद्योगपति अपने विशेषाधिकार छोड़ दें, बुद्धिवादी अपने अभिमान का त्याग कर दें, कलाकार जनता के लिए साहित्य सृजन करने लगें, प्रत्येक मनुष्य अपना जीवन यापन करे यही उनकी केन्द्रीय भावना है।

प्रसिद्ध आलोचक डॉ. इन्द्रनाथ मदान ने अपनी पुस्तक 'प्रेमचन्द एक विवेचन' में लिखा है—'रूस की नई सभ्यता उनको बहुत अच्छी लगी। उन्होंने कहा कि इस देश में मनुष्य के द्वारा मनुष्य का शोषण नहीं होता। उनको आशा थी कि भारत भी जीवन के इस आदर्श को प्राप्त करेगा। एक बार उन्होंने अपनी पत्नी से कहा था कि यदि क्रान्ति हुई तो वे गरीबों के साथ मिल जाएँगे। उनकी लेखनी हथौड़े या हँसिये जैसी थी। उसने भी धरती पर स्वर्ग उतारने का वैसा ही काम किया, न वहाँ भय होगा और न अभाव होंगे। वह मानव जीवन का रूप ही बदल देगी। प्रेमचन्द नई समाज व्यवस्था के लिए क्रान्ति की अपेक्षा सामाजिक विकास के मार्ग को पसन्द करते थे। उनका आदर्श वह समाज था, जिसमें सबको समान अवसर मिले। इस स्थिति तक विकास के मार्ग द्वारा ही पहुँचा जा सकता था। जब तक मनुष्य समृद्ध नहीं हो सकता। कभी-कभी क्रान्ति जनता को तानाशाही के उस निकृष्ट रूप की ओर ले जाती है जिसमें सभी प्रकार के व्यक्तिगत स्वातन्त्र्य का निषेध होता है। प्रेमचन्द निश्चय ही एक सुधारक थे, क्रान्तिकारी नहीं।''

मैक्सिम गोर्की की मृत्यु के दो महीने के बाद ही यह महान भारतीय लेखक 8 अक्टूबर, 1936 को सुख की नींद सो गया।

प्रेमचन्द की प्रासंगिकता की चर्चा करते हुए डॉ. विश्वम्भर नाथ उपाध्याय ने प्रेमचन्द के विषय में अपना मत प्रकट करते हुए लिखा है। 'प्रेमचन्द का जनाधार इतना विराट है कि उन्हें अप्रासंगिक सिद्ध करना असम्भव है। वर्तमान सभ्यता के चाक्यचिक्य से वंचित चालीस करोड़ से अधिक लोग गरीबी की रेखा से नीचे हैं, 'प्रेमचन्द इनके लिए प्रासंगिक लेखक हैं और रहेंगे।' उन्होंने आगे अंकित किया है कि प्रेमचन्द की प्राय: शरतचन्द्र और गोर्की से तुलना की जाती है, किन्तु बड़ी प्रतिभाओं की भूमिका और विशिष्टता देखी जानी चाहिए, उनमें तारतम्य स्थापित करने की कोशिशें व्यर्थ हैं। उदाहरण के लिए गोर्की और शरतचन्द्र को प्रेमचन्द से बड़ा लेखक माना जाता है क्योंकि उनमें मानवमन का चित्रण करते समय नैतिक या सदाचार का आतंक नहीं है, जबकि प्रेमचन्द जीवन-संघर्ष और सामाजिकता के लेखक हैं। वहशत, बहशीपन और मनोदशाओं की मनमानी से वह बचते हैं, किन्तु अपने व्यक्तित्व और भूमिका के अनुरूप लेखक को अपने को बाँधते हैं, अत: प्रेमचन्द की शक्ति और नित्य नवीनता उनके द्वारा चित्रित वास्तविक जीवन के संघर्ष में है जो अपनी परिणति और प्रभाव में स्वत: सांकेतिक और प्रतीकात्मक हो जाता है। यह शक्ति गोर्की और शरतचन्द्र में कम है। इसके सिवा प्रेमचन्द के पात्र सक्रिय हैं, शरत के पात्रों में अनुभूति और तर्क है पर उनमें आत्मदमन अधिक है। शरत सूरदास जैसा पात्र नहीं रच सकते थे और न 'शतरंज के खिलाड़ी' जैसी कहानी, जो एक पूरी सभ्यता के ह्रास की प्रतीक बन गयी है।'

गोर्की, प्रेमचन्द और लू शुन समकालीन लेखक थे। प्रेमचन्द का गोर्की के प्रति श्रद्धावनत होने का कारण यह था कि गोर्की जनता का कलाकार था। उसने चित्रित करने और उन्हें ऊपर उठाने की प्रेरणा देने के लिए या राजनीतिक जागरण लाकर देश में परिर्वतन लाने, क्रान्ति पैदा करने के लिए लिखा था। प्रेमचन्द के साहित्य का भी यही उद्‌देश्य था। अपने ही उद्‌देश्य को गोर्की के द्वारा साहित्य में स्थान देते और उस साहित्य से सोवियत जनता को प्रेरित हो जागृत होते देखकर प्रेमचन्द का हृदय उबल उठता है 'धन्य है गोर्की जिसने अपने साहित्य से अपने देशवासियों में ऐसी जागृति पैदा कर दी कि सोवियत जनता ने क्रान्ति करके अपने देश में ऐसा महान परिर्वतन ला दिया कि अब वहाँ गरीब मजदूरों एवं किसानों का ही राज्य स्थापित हो गया और शोषण की समाप्ति हो गयी।' जहाँ शोषण नहीं, कोई शोषित नहीं, प्रेमचन्द के लिए वही स्वर्ग है और ऐसी ही व्यवस्था आनन्द प्रदायिनी है।

हम ज्यों-ज्यों गोर्की को जानने की कोशिश करते हैं, गोर्की, प्रेमचन्द एवं लू शुन में साम्य होने की बात स्पष्ट होती जाती है। मशहूर रूसी लेखक पेकोनी जाम्यातिन ने अपने संस्मरण में लिखा है—

"गोर्की एक स्वयंशिक्षित व्यक्ति थे, अपने सारे जीवन में केवल छह महीना स्कूल गये। ऐसा स्वयं कहा कि क्रान्ति और गोर्की से मेरा साक्षात्कार प्राय: एक ही समय पर हुआ। इसीलिए मेरी स्मृति में गोर्की का बिम्ब सदा क्रान्ति उपरान्त रूस से जुड़ा हुआ प्रकट होता है।" उन्होंने इसके पूर्व अपने संस्मरण में लिखा है "वे दोनों साथ-साथ रहते थे। गोर्की और पेशकोव। भाग्य ने दोनों को अटूट बन्धनों से जोड़ था। वे एक दूसरे से बहुत मिलते-जुलते थे, लेकिन बिल्कुल एक जैसे नहीं थे। ऐसा भी होता था कि वे आपस में बहस करते और झगड़ते थे, लेकिन फिर सुलह कर लेते थे और जीवन के पथ पर कन्धे से कन्धा मिलाकर चलते थे। उनके रास्ते अभी कुछ ही समय पहले जुदा हुए हैं। जून, 1936 में अलेक्सेई पेशकोव का देहान्त हो गया और साधारण से नाम पेशकोव वाला आदमी वही था, जिसने अपना उपनाम गोर्की चुना।"

"मैं दोनों को जानता था, लेकिन मैं यहाँ लेखक गोर्की की बात करने की जरूरत नहीं समझता, उनके बारे में तो उनकी किताबें ही सबसे अच्छी तरह बताती हैं। मैं यहाँ एक ऐसे आदमी की बात करना चाहता हूँ, जिसका हृदय विशाल था, और जीवन घटनापूर्ण।

"अनेक ऐसे विलक्षण लेखक है, जिनका जीवन घटनापूर्ण नहीं होता, एक मेधावी पर्यवेक्षक के रूप में ही वे जाने जाते हैं। किन्तु गोर्की कभी भी मात्र दर्शक बनकर नहीं रह सकते थे, वह सदा जीवन की मँझधार में छलाँग लगाते थे, वह कुछ

करने को उतावले रहते थे। उनमें इतनी उर्जा थी कि उसके लिए पुस्तकों के पृष्ठों का दायरा तंग पड़ता था। वह जीवन में बहती थी। उनका अपना जीवन पुस्तक, एक हृदयग्राही उपन्यास है।

''यह नगर, जहाँ सोलहवीं और बीसवीं सदी का रूस अगल-बगल रहते थे यह निजनी नोवोगोरोव गोर्की की जन्मभूमि है। जिस नदी के तट पर वह बड़े हुए वह वोल्गा है, जिसने रूस के नामी वागियों—राजिन और पुगाचोव—को जन्म दिया। वही वोल्गा, जिसके बारे में रूसी गुनवाहों ने इतने गीत रचे हैं। गोर्की का सम्बन्ध सर्वप्रथम वोल्गा से है उनके नाना यहाँ रस्से (तून) से नाव खींचने का काम करते थे। गुनवाह थे।

''वह अमरीकी ढंग के रूसी थे—सेल्फ मेड मैन गुनवाह के तौर पर ज़िन्दगी शुरू की और अन्त में ईंट के तीन भट्ठों और कई मकानों के मालिक बन गये। इस कंजूस और सख्त बूढ़े के घर में गोर्की का बचपन बीता। वह बहुत छोटा था। आठ साल की उम्र में उसे मोची की दुकान पर काम सीखने के लिए बिठा दिया गया, उसे जीवन की मैली मँझधार में फेंक दिया गया, जहाँ से उसे खुद ही उबरना था। यह लालन-पालन की वह पद्धति थी, जो उसके नाना ने उसके लिए चुनी थी।

तदुपरान्त घटनाक्रम तूफानी गति से बदलता है। नये-नये स्थान, नये-नये पेशे और जीवन के नये-नये अनुभव। यह सब गोर्की को जैक लन्दन से, यहाँ तक कि फ्रांसुआवियों से (बीसवीं सदी के रूस में ले आए तो) जोड़ता है। गोर्की जहाज पर छोटा बावर्ची बनता है, गोर्की देवप्रतिमाएँ बेचता है (कैसी विडम्बना है), गोर्की कबाड़िया है, डबलरोटी बेचता है, गोर्की कुली का काम करता है, गोर्की मछेरा बनता है। वोल्गा, कास्पियन सागर, क्रीमिया, कुदाब, काकेशिया पर्वत और यह सब पैदल ही बेघर घुमक्कड़ों, मस्त आवारों के साथ स्तेपी में, अलाव के पास, उजाड़ मकानों में, औंधी नावों तले रातें काटते हुए। कितनी घटनाएँ, मुलाकातें, दोस्तियाँ, लड़ाइयाँ और आपबीती, जगबीती के कितने किस्से। भावी लेखक के लिए कैसी विपुल सामग्री और भावी क्रान्तिकारी के लिए कैसी शिक्षा। इन चन्द रागात्मक पंक्तियों में जाम्यातिन ने गोर्की की पूरी कथा ही चित्रित कर दी है।

प्रसिद्ध रूसी लेखक त्योचेएलाव वोवोज्दीझेस्फी ने गोर्की के साहित्य की विशेष व्याख्या करते हुए उनके बारे में बड़ा ही हृदयग्राही चित्रण प्रस्तुत किया है। उसने लिखा है 'बीसवीं सदी में साहित्य के विकास में गोर्की की भूमिका असाधारण रही है। उसके मूल्यांकन भिन्न-भिन्न हो सकते हैं, परन्तु उसे अस्वीकार कोई नहीं कर सकता। गोर्की उस साहित्यिक आन्दोलन के एक प्रवर्तक थे, जो एक सशक्त और बहुमुखी घटना में विकसित हुआ और समाजवादी यथार्थवाद के नाम से जाना गया। गोर्की एक सजीव सृजनशील व्यक्ति थे, उनकी अपनी जीवन-गाथा थी,

अपनी आकांक्षाएँ, रुझान और अन्तर्विरोध थे। उनका जीवन पथ, देश और काल के साथ पूरी तरह अन्तर्गुंथित था।''

गोर्की अपने युग के जनजीवन की गहराइयों में पले। बचपन से ही उन्होंने एक शहरी टटपुँजिया संस्तरों को निकट से देखा तथा दूसरी ओर पितृसत्तात्मक किसान संस्तरों के जिनकी देश की आबादी में अधिसंख्या थी, रहन-सहन और आचार व्यवहार को भी पास से देखा, जाना। यह परस्पर विरोधी सामाजिक मनोवैज्ञानिक गुणों से भरा परिवेश था।

अब हम चीन के महान जनप्रिय लेखक लू शुन की बात करेंगे।

लू शुन का बचपन लगातार बढ़ते साम्राज्यवादी हमलों में ही बीता जब छिंग साम्राज्य अधिकाधिक भ्रष्ट और नपुंसक होता जा रहा था। अपने शासन को बनाए रखने की ख़ामख़्याली में उसने विदेशी शक्तियों को ख़ुश करने के लिए उनके सामने घुटने टेक दिए और देश की स्वायत्तता और भू-भाग उन्हें सौंप दिया। साथ-साथ जनता के देशभक्तिपूर्ण प्रतिरोध को दबाया। चीन की स्थिति एक अर्द्ध-उपनिवेशी देश की हो गयी और साम्राज्यवादियों द्वारा उसके बँटवारे का वास्तविक ख़तरा पैदा हो गया। लेकिन जिस चीज़ ने लू शुन को क्रान्ति के रास्ते पर अग्रसर किया वह थी विदेशी ताकतों द्वारा चीन पर कब्ज़े की घटना और चीनी सामन्तवाद का दिवालियापन। जिस चीज ने लू शुन के व्यक्तित्व और उनके लेखन को अत्यधिक प्रभावित किया वह था ग्रामीण जीवन से उनका गहरा परिचय। उनके बचपन के बहुत से दोस्त साफदिल और ईमानदार किसानों के बच्चे थे। बड़े होने पर लू शुन इन सम्बन्धों और दोस्तियों को अपने जीवन का सबसे खूबसूरत समय मानते थे। इसमें सन्देह नहीं कि श्रमिक जनता से उनके भावनात्मक लगाव में इन चीज़ों का बहुत बड़ा हाथ था।

जब लू शुन तेरह वर्ष के थे तो उनके बाबा को जेल में डाल दिया गया जो लू शुन के जन्म के समय पेइचिंग में सरकारी पद पर थे। उनका परिवार इस धक्के के बाद फिर सँभल नहीं पाया। लू शुन के पिता विद्वान थे, परन्तु उन्हें सरकारी नौकरी नहीं मिली। वे हमेशा निर्धन रहे। इसी समय वे इतने गम्भीर रूप से बीमार पड़े कि असहाय हो गये। तीन साल बाद उनकी इसी अवस्था में मृत्यु हो गयी। इस सबके कारण लू शुन के परिवार की हालत बहुत ही खराब हो गयी। उनकी माँ समर्थ महिला थीं। वे एक विद्वान की पुत्री थीं हालाँकि उनका पालन-पोषण गाँव में हुआ था फिर भी उन्होंने पढ़ना सीख लिया था। उनकी उदारता और हिम्मत का उनके पुत्र पर गहरा असर रहा। उनका परिवार का नाम लू था और लू शुन ने अपना लेखकीय नाम उन्हीं से लिया था। लू शुन की लोक कलाओं में भी गहरी रुचि थी। नए वर्ष की तस्वीरों, कथाओं और पुराकथाओं, धार्मिक उत्सवों और ग्रामीण नाटकों के प्रति

उनका बड़ा आकर्षण था।

शाओशिग बाहरी दुनिया से एक हद तक कटा था, लेकिन समूचे देश के सामने उपस्थित सामाजिक संकट और ख़तरे से वह भी अछूता नहीं रहा। लू शुन के परिवार की बरबादी की घटना उस समय घटी जब विदेशियों के हमलों का ख़तरा पैदा हुआ और सामन्ती शासन ध्वस्त होने लगा। इसने संवेदनशील युवा लू शुन को अपने आसपास के लोगों के साथ-साथ अपने देश के भविष्य के बारे में सोचने पर मजबूर किया। अपने परिवार की ग़रीबी और पिता की बीमारी के कारण लू शुन तेरह से सत्रह वर्ष की आयु में ही चीज़ें गिरवी रखने की दुकानों और दवाइयों की दुकानों से अच्छी तरह परिचित हो गये थे। वहाँ जो दुर्व्यवहार उन्होंने सहा उसका उन पर गहरा प्रभाव पड़ा। वे सामन्ती, पितृसत्तात्मक समाज की दमनकारी प्रवृत्ति के प्रति सचेत होने लगे। उन्होंने उसकी खामियों और अन्तर्विरोधों को देखा तथा उसके प्रति उनके मन में घृणा और विरोध पैदा हुए। न तो वह अपने बाबा या पिता के पदचिह्नों पर ही चलना चाहते थे, न शाओशिग के उन्नतिशील लोगों के बच्चों की तरह व्यापारी या मजिस्ट्रेट के दफ़्तर में क्लर्क बनना चाहते थे। उन्होंने एकदम भिन्न रास्ता चुना।

लू शुन जब अठारह वर्ष के थे तो वे नौसेना अकादमी की प्रवेश परीक्षाओं में बैठने के लिए नानचिंग गये। उनकी माँ ने किसी तरह उनके किराए का बन्दोबस्त किया। उन्होंने परीक्षा उत्तीर्ण की लेकिन संस्था से वे सन्तुष्ट नहीं थे। अगले साल वे इस संस्था को छोड़ नानचिग में ही स्थित च्यांगनान सेला अकादमी से सम्बद्ध रेलों और खदानों के विद्यालय में दाखिल हो गये। इस संस्था से भी वे सन्तुष्ट नहीं हुए। परन्तु यहाँ रहकर उनका परिचय पूँजीवादी सुधार और संवैधानिक राजशाही के विचारों से हुआ और उन्होंने विदेशी लेखकों के द्वारा लिखी आधुनिक साहित्य तथा विज्ञान की रचनाएँ पढ़ीं।

लू शुन चार वर्ष तक नानचिंग में रहे। इसी दौरान संवैधानिक राजशाही की स्थापना के लिए 1898 का सुधार आन्दोलन चला, यहाँ थ्वान का साम्राज्यवाद-विरोधी विद्रोह हुआ, जिसके बाद 1900 में आठ साम्राज्यवादी शक्तियों की भिन्न सेनाओं ने पेइचिंग पर आक्रमण किया और 1901 में चीन पर आक्रमणकारी शक्तियों ने उस समय अपमानजनक संधि थोपी जब देश का भविष्य डाँवाडोल था। इन चार वर्षों में लू शुन का यह दृढ़ मत बन गया कि सारे देश को साम्राज्यवाद और छिग साम्राज्य के विरुद्ध विद्रोह के लिए उठ खड़ा होना चाहिए। इसी काल में टी.एच. हक्सले की पुस्तक 'विकास और नीतिशास्त्र' का उन पर गहरा प्रभाव पड़ा। इसने उनको डार्विन के विकास के सिद्धान्त को अपनाने के लिए ही प्रेरित नहीं किया बल्कि उन्होंने विज्ञान के अध्ययन और प्रसार को अपने क्रान्तिकारी मार्ग के रूप में

चुना।

1901 में उन्होंने रेलों और खदानों के विद्यालय से स्नातक परीक्षा उत्तीर्ण की और अगले वर्ष उन्हें जापान में पढ़ने के लिए सरकारी छात्रवृत्ति मिल गयी। लू शुन सीधे जापान आए और वहाँ वे और अधिक पक्के देशभक्त बन गये। वहाँ चीनी छात्रों के बीच छिंग-विरोधी आन्दोलन ज़ोरों पर था। जापान एक साम्राज्यवादी शक्ति बनने की भरसक तैयारी कर रहा था। चीन के हालात के प्रति लू शुन के मन में बेहद क्षोभ था। उन्होंने अपना जीवन देश की सेवा के लिए समर्पित करने का निर्णय लिया। अपने खाली समय में वे यूरोपीय विज्ञान, दर्शन और साहित्य का अध्ययन करते थे। जापान में ही पहले पहल उन्होंने बायरन, शेली, हाइने, पुश्किन, लर्मेतोव, मिकिलिज और पैतोफी जैसे क्रान्तिकारी कवियों को ढूँढ़ा। उनकी रचनाओं को उन्होंने जापानी या कुछ मुश्किल से जर्मनी भाषा में पढ़ा।

उन्होंने इस आशा से सुन ताइ स्थित चिकित्सा कॉलेज में दाख़िला लिया कि चिकित्सा विज्ञान से वे चीन के क्रान्तिकारी आन्दोलन में मददगार हो सकते हैं। लेकिन दो वर्ष भी नहीं बीते थे कि अचानक उनकी मानसिक स्थिति में परिवर्तन हुआ। उन्होंने रूसी-जापानी युद्ध की समाचार-फिल्म देखी जिसमें चीन के शोषित-पीड़ित लोगों की दुखद उपेक्षा दिखाई गयी थी। इस घटना ने उन्हें अन्दर तक झकझोर दिया।

उसके तुरन्त बाद लू शुन ने चिकित्सा कालेज को छोड़ दिया क्योंकि उनके अनुसार—"इस फिल्म से मुझे विश्वास हो गया है कि चिकित्सा विज्ञान कोई ऐसी महत्त्वपूर्ण चीज़ नहीं है। एक कमज़ोर और पिछड़े देश के लोग, चाहे वे कितने भी शक्तिशाली और स्वस्थ क्यों न हों, इस तरह अर्थहीन दृश्यों के उदाहरण या गवाह बनाकर ही पेश किए जाते हैं। यह कोई बड़ी बात नहीं है कि उनमें से कुछ बीमारी से मर जाते हैं। सबसे महत्त्वपूर्ण बात है उनकी आत्मा को बदलना। और उस समय से ही मैंने महसूस किया कि इस उद्देश्य की प्राप्ति के लिए साहित्य ही सबसे कारगर साधन है। इसलिए मैंने साहित्यिक आन्दोलन खड़ा करने का निर्णय लिया।" यह 1906 ई. की बात है।

हालाँकि 1906 और 1907 के बीच टोकियो से जो साहित्यिक पत्रिका निकालने की योजना उन्होंने बनाई थी वह प्रतिफलित नहीं हो सकी, लेकिन उसी साल 'जनतान्त्रिक कवियों पर' जैसे उनके निबन्ध तथा 1908 ई. में रूसी तथा पूर्वी और उत्तरी यूरोप के लेखकों के किए अनुवाद उनके साहित्यिक जीवन की महत्त्वपूर्ण शुरुआत है। 1908 ई. में वे क्वांग फू हुई नाम की छिंग-विरोधी क्रान्तिकारी पार्टी में शामिल हो गये। इस प्रकार जापान में बिताए इन आठ सालों में लू शुन एक क्रान्तिकारी जनवादी बनकर लौटे। उनका यह विश्वास दृढ़ होता गया कि देशवासियों

को जगाने के लिए साहित्य ही सबसे कारगर साधन है।

लू शुन 1909 में चीन लौटे। लौटकर उन्होंने च च्याँग नार्मल स्कूल और शाओशिग माध्यमिक स्कूल में शरीर विज्ञान और रसायनशास्त्र पढ़ाए। उसके बाद 1911 जिसका लू शुन ने तहेदिल से स्वागत किया। उन्होंने अपने छात्रों को उसमें भाग लेने के लिए प्रेरित किया। उन्होंने शाओशिग नार्मल स्कूल का प्राचार्य पद सम्भाला। 1912 में जब चीनी गणराज्य की प्रान्तीय सरकार कायम हुई तो उन्हें शिक्षा मन्त्रालय का सदस्य नियुक्त किया गया। लेकिन शीघ्र ही उनका मोहभंग हो गया। उन्हें वैचारिक ऊहापोह और यन्त्रणा से गुज़रना पड़ा। 1911 की क्रान्ति बहुत ही महत्त्वपूर्ण घटना थी। लेकिन इसने अपना ऐतिहासिक दायित्व पूरा नहीं किया। इसने केवन छिग साम्रज्य का तख्ता उलटा, लेकिन साम्राज्यवाद और सामन्तवाद ज्यों-के-त्यों बने रहे। राज्यसत्ता ऐसे सेनाध्यक्ष सामन्तों और विभिन्न गिरोहों के राजनेताओं के हाथ में आ गयी, जिनका उपयोग साम्राज्यवादी ने चीन पर हमला करने के लिए किया। सेनाध्यक्ष सामन्तों ने अपने स्वतन्त्र राज्य बना लिए। गृह-युद्ध शुरू हो गया। साम्राज्यवादी शक्तियों में अपने-अपने प्रभाव क्षेत्र बढ़ाने के लिए खींचतान शुरू हो गयी। इस तरह देश की अर्द्ध-सामन्ती, अर्द्ध-उपनिवेशी हालत और भी बिगड़ी।

लू शुन की मानसिक यन्त्रणा 1918 तक बनी रही जो कि 4 मई आन्दोलन की पूर्वबेला का समय था। लू शुन ने पूरा समय पेइचिंग में बिताया। वे केवल दो बार अपनी माँ से मिलने शाओशिग गये। उन्होंने वहाँ ग्रामीण क्षेत्रों की बढ़ती हुई बरबादी देखी जिसका उन पर गहरा असर पड़ा। इन वर्षों में शिक्षा मन्त्रालय में काम करते हुए वे चीनी संस्कृति के अध्ययन के महत्त्वपूर्ण कार्य में लगे हुए थे। उन्होंने क्लासिकल पुस्तकों की सन्दर्भ सहित व्याख्या करते हुए उनका संकलन किया, ताँबे और पत्थर के शिलालेखों पर शोध किया। इसी काल में उन्होंने तीसरी शताब्दी के महान देशभक्त कवि ची कांग की रचनाओं का सम्पादन किया। ची कांग लोगों की भावनाओं को प्रतिबिम्बित करने वाले कवि थे जिन्होंने अन्तिम दम तक सामन्तों और कट्टर कन्फ्यूशियन परम्पराओं का विरोध किया था। इसी बीच देश में लू शुन ने तीसरी शताब्दी के बाद चीनी में अनूदित हुए बुद्धधर्म के भारतीय क्लासिकों का भी अध्ययन किया।

इस बीच देश में बड़े-बड़े परिवर्तन हो रहे थे। यूरोपीय और अमरीकी शक्तियाँ प्रथम महायुद्ध में इस बुरी तरह फँसी हुई थीं कि उन्हें चीन पर अपना शिकंजा ढीला करना पड़ा। इससे चीन के राष्ट्रीय पूँजीवाद को विकसित होने का कुछ अवसर मिला। इसी समय 1917 की अक्तूबर क्रान्ति ने चीन में नया क्रान्तिकारी उभार पैदा किया। इसका नेतृत्व क्रान्तिकारी बुद्धिजीवी कर रहे थे। यह उभार बाद में

साम्राज्यवाद-विरोधी, सामन्तवाद-विरोधी संघर्ष में परिणत हुआ। 1919 के चार मई के आन्दोलन में वह सामने आ गया।

विश्व कथा-साहित्य की चर्चा के सन्दर्भ में प्रेमचन्द, लू शुन और मैक्सिम गोर्की अपने-अपने देशों की वास्तविक परिस्थितियों और जनजीवन के विरल चित्रकार के रूप में याद किए जाते हैं। गोर्की को छोड़ दें तो प्रेमचन्द और लू शुन अपनी भाषाओं के सर्वश्रेष्ठ कथा-लेखक भी माने जाते हैं।

इन महान लेखकों ने अपने-अपने देशों की अजेय जनता की आवाज को अपने साहित्य में बड़ी बुलन्दी के साथ पाठकों के समक्ष रख दिया है। इन सबों की मान्यता रही है कि हमें मात्र अपने क्लासिक साहित्य से ही नहीं सीख लेनी चाहिए बल्कि दुश्मनों से भी सीखना चाहिए यदि वे अक्लमन्द हों।

गोर्की ने लिखा है : ''मनुष्य से अधिक सुन्दर, अधिक जटिल, अधिक मोहक मैं कोई और चीज नहीं जानता। वही सब कुछ है।'' लू शुन ने 1930 में 'वामपन्थी लेखक लीग' के उद्घाटन भाषण तथा प्रेमचन्द ने 1936 में 'प्रगतिशील लेखक संघ' के अध्यक्षीय भाषण में ऐसी ही बातें कही थीं। इनका सम्पूर्ण कथा-साहित्य मनुष्य जाति की इसी गरिमा की खोज से सम्बद्ध है। लू शुन, गोर्की और प्रेमचन्द ऐसे साहित्य-निर्माता हैं जिन्होंने जनता से सीखकर जनता के लिए ही सब कुछ लिखा। इन जनवादी कथाकारों ने मनुष्य की रचना शक्ति में घोर आस्था व्यक्त की है, अपने साहित्य के माध्यम से जनता को अन्धविश्वासों से मुक्त कर, मानवीय प्रयत्नों में विश्वास करना सिखाया, बताया कि प्रत्येक त्रिया, चुनाव और सामाजिक सम्बन्धों के प्रति सचेतनता तथा गहराई से अपने दायित्व को महसूस करना मनुष्य मात्र का दायित्व है।

भारत, चीन और रूस, इन लेखकों के जमाने में, दो राष्ट्रीय संस्कृतियों वाले देश थे। बुर्ज्वा-भूस्वामियों की संस्कृति अलग और जनसाधारण की संस्कृतियाँ अलग। दो विरोधी हितों के रहते दो विरोधी संस्कृतियाँ होंगी ही। इन तीनों देशों में कृषक-मजदूरों और सामन्तों के बीच का द्वन्द्व सबसे प्रमुख समस्या से कन्नी काटते हुए संस्कृति-चिन्तन का बघार मारते थे। गोर्की को चर्नीशेवस्की, हर्जेन जैसे चिन्तकों की विरासत मिली थी। जारशाही और सामन्तवाद के खिलाफ संघर्ष में चर्नीशेवस्की तथा हर्जेन ने देखा था कि आदर्शवाद और उदारपन्थ शोषक वर्ग बहुविज्ञापित औजार हैं। अत: उन्होंने 'वस्तुवाद' के वैज्ञानिक विकास में ही शोषक वर्ग की मुक्ति की सम्भावना को लक्ष्य किया। इस विरासत के साथ ही गोर्की को मार्क्सवादी दर्शन और लेनिन जैसा महान संघर्षशील नेता मिला था जिनके नेतृत्व में रूस की जनता संघर्ष की दिशा में बहुत आगे निकल चुकी थी। गोर्की की यह घोषणा इसी विरासत का परिणाम है कि ''पूँजीवाद न पुरुष को स्वाधीनता देता है न

स्त्री को। इस व्यवस्था में स्त्री वेश्या बनती है और मर्द भूखा और बेकार तथा भिखारी।''

लू शुन और प्रेमचन्द को चीनी तथा भारतीय जनता की शोषण के प्रति उदासीनता देखकर, उन्हें जागरूक बनाने के लिए, साहित्य क्षेत्र में आना पड़ा। जब ये साहित्य-निर्माण में जुटते हैं, उस समय दोनों देशों में साम्राज्यवाद और सामन्तवाद की जड़ें दूर तक धँसी थीं। इन दोनों साहित्यकारों ने धर्म और अन्धविश्वास के चंगुल में फँसे हुए देशवासियों के बीच शोषण और अत्याचार के प्रति चेतना-प्रसार का जो समारम्भ किया उससे साम्राज्यवादियों और उनके समर्थक सामन्तों-जमींदारों को गहरा धक्का लगा। ये दोनों एक असाधारण वीर्यवान व्यक्तित्व से भरपूर थे। गोर्की निर्विवाद रूप से समाजवादी और पूँजीवादी देशों में सर्वाधिक मान्य और विवादास्पद रहे हैं। इन्होंने साफ-साफ लिखा है कि हम ईश्वर में विश्वास नहीं करते क्योंकि पंडे-पुरोहित, जमींदार, पूँजीपति अपने शोषणकारी हितों की पूर्ति और संरक्षण के लिए ही निरन्तर ईश्वर की दुहाई देते हैं। ये सभी पुरातनपन्थ और अन्धी-आस्था के घोर विरोधी थे, मूर्ति-भंजक थे, इस कारण परम्परा के अन्ध भक्त तथा गुलाम इनसे जलते थे और शत्रुता बरतते थे। इन प्रतिक्रियावादी तत्त्वों ने प्रेमचन्द पर निरन्तर हमले किए, किन्तु इन योद्धाओं ने हर प्रकार के हमलों का मुँहतोड़ जवाब दिया।

गोर्की की तरह ही प्रेमचन्द ने अपने पात्रों को साहस और प्रतिरोध की शक्ति प्रदान की है। इनके पात्र अन्याय, अत्याचार, छल-प्रपंच का डटकर विरोध करते हैं, समाज जीवन और अपनी दुनिया को बदल डालने का शतश: प्रयास करते हैं, संघर्ष करते हैं। हिंसा, शोषण-दोहन, अन्याय-अत्याचार के घिनौने परिवेश में रहकर भी, निराशा को समर्पित नहीं होते, उज्ज्वल भविष्य की ओर देखते हैं और नई संस्कृति के निर्माण में लगे रहते हैं। प्रेमचन्द हों या गोर्की या लू शुन, इनके साहित्य में पाखंड, अन्याय, अत्याचार, धूर्तता का सर्वत्र पर्दाफाश किया गया है। बुढ़िया इजरगील, छब्बीस आदमी और एक लड़की, एक पागल की डायरी, आ: क्यू की सच्ची कहानी, समरयात्रा, सवा सेर गेहूँ, पशु से मनुष्य, ठाकुर का कुआँ, कफन जैसी कहानियों को उदाहरण के रूप में देखा जा सकता है। इनकी कहानियों का मुख्य अभिप्राय प्राचीन-शोषण, अनाचार पर आधारित समाज की कटु आलोचना है। शिल्प की नवीनता की दृष्टि से भी इनमें समानता है। इनके पूर्ववर्ती किसी भी शिल्पी ने उस शिल्प का प्रयोग नहीं किया था, जिसका प्रयोग इन्होंने किया। निर्माण-कौशल व कथा के विधान-पक्ष में नूतनत्व और विस्फोटक भंगिमा का समावेश इनकी विशिष्टता है।

प्रेमचन्द की 'कफन' की बुधिया और लू शुन की 'नववर्ष का बलिदान' के शिर्यांग लिन की पत्नी दोनों का अन्त सामन्ती नैतिकता के जंगली नियमों के तहत

होता है। नववर्ष का बलिदान में फिर भी कनफ्यूशियस के दर्शन का प्रभाव मँडराता-सा है। लू शुन की विश्वविख्यात कहानी—'आ: क्यू की सच्ची कहानी' के नायक की तुलना प्रेमचन्द के सूरदास के साथ की जा सकती है। अनेक भिन्नताओं के बावजूद आ: क्यू और सूरदास इस तथ्य के ज्वलन्त उदाहरण हैं कि वर्गविभाजित समाज में गरीबों पर किस कदर अन्याय-अत्याचार के पहाड़ ढाए जाते हैं, कैसी-कैसी अमानवीय मानसिक-शारीरिक यातनाएँ दी जाती हैं। प्रेमचन्द और गोर्की की भाँति लू शुन की कहानियों में भी शोषित वर्ग के जीवन को उजागर किया गया है। इनके पात्र इतने पीड़ित किए गये हैं कि एक प्रकार से वे पीड़ा के प्रति उदासीन हो गये हैं। गोर्की की अपेक्षा प्रेमचन्द ने किसान-ग्रामीण जीवन का अधिक सफल चित्रण किया है। इस दृष्टि से प्रेमचन्द, तोल्सतोय और शोलोखोब के अधिक करीब हैं। लू शुन के साहित्य में ग्रामीण समाज को समग्रता में देखने की प्रवृत्ति है। इसका कारण यह है कि क्रान्ति के पूर्व तक मजदूरों की अपेक्षा किसान अधिक सक्रिय थे तथा भारत की भाँति ही चीन में किसानों की ही समस्या प्रमुख थी।

लू शुन और प्रेमचन्द ने साम्राज्यवाद और सामन्ततन्त्र के विरुद्ध, अन्धविश्वासों तथा अवक्षयी ध्यान-धारण के विरुद्ध, व्यक्ति और शिल्पी दोनों रूपों में गर्जना की थी तथा मन-प्राण देकर इनके विरुद्ध संघर्ष छेड़ दिया था। लू शुन ने आरम्भ में ही यह समझ लिया था कि संघर्ष के बिना मनुष्य की समग्र मुक्ति सम्भव नहीं है। मनुष्य के पास से, संघर्ष के मैदान से विच्छिन्न रहने का अर्थ ही है—आत्महत्या। लू शुन की समस्त साहित्य-सृष्टि में यही जाग्रत भाव विद्यमान है। प्रेमचन्द 'गोदान' या 'मंगलसूत्र' तक पहुँचकर ही ऐसी बेबाक और दोटूक घोषणा करते हैं।

लू शुन और प्रेमचन्द मृत्युपर्यन्त कार्यरत रहे। लू शुन जीवन के अन्तिम दो-तीन वर्ष टी.बी. से बुरी तरह पीड़ित थे। फिर भी नियमित रूप से समाचार पत्रों तथा साहित्यिक पत्रिकाओं का अध्ययन करते और साहित्य तथा राजनीतिक क्षेत्र में होने वाली बदतमीजियों के सम्बन्ध में 'शेन पाओ' पत्र में तीखी आलोचनाएँ लिखा करते। अभिप्राय यह कि जिस उद्देश्य से वे लेखन क्षेत्र में आए थे, उसका निर्वाह अन्तिम दिनों तक किया। प्रेमचन्द किसानों की जमींदारों सामन्तों के चंगुल से मुक्ति के अगुआ हैं। गाँधीजी ने स्वाधीनता-प्राप्ति के लिए जनजागरण की जो ऐतिहासिक भूमिका निभाई है, वह भारतीय इतिहास में बेमिसाल है, ठीक उसी तरह जनशिक्षण की दिशा में प्रेमचन्द का कथा-साहित्य भारतीय साहित्य में बेमिसाल है। इस दृष्टि से भारतीय साहित्य में प्रेमचन्द का वही स्थान है जो चीनी साहित्य में लू शुन का है। गोर्की के लेखन में जो आग है, उसके नियामक कारणों में प्रमुख कारण यह है कि 'गोर्की समाज के सबसे निचले वर्ग से निकलकर आए थे, और अच्छी तरह जानते थे कि गरीबी किसे कहते हैं।' 'बेनेडिक्शन' में लू शुन ने भी धार्मिक कुरीतियों व

पुरोहितों की धाँधली का भंडाफोड़ किया है। अभिप्राय यह कि इन जनवादी लेखकों ने युग-जीवन की समस्याओं में गहरी दिलचस्पी तथा अपने जानलेवा और असभ्य परिवेश के प्रति आलोचनात्मक रुख अख्तियार कर लिया। कूपमंडूकी व्यक्तिवाद के दर्शन का प्रतिवाद इनके साहित्य-चिन्तन का केन्द्रीय विषय बन गया।

लू शुन, गोर्की तथा प्रेमचन्द की एक और समानता हमारा ध्यान आकृष्ट करती है, वह यह कि इन्होंने अपने समकालीन महत्त्वपूर्ण राजनीतिक विचारकों को साहित्यिक दुनिया की ओर देखने को विवश किया था; लेनिन, गाँधी जैसे राजनीतिज्ञों को अपनी रचनाओं का सक्रिय पाठक बनाने का वातावरण तैयार किया था अर्थात् इन लेखकों ने अपनी रचनाओं में उन प्रश्नों को आधार बनाया जो जातीय जीवन की मुक्ति से जुड़े थे और स्वयं ये राजनीतिक विचारक जिनसे जूझ रहे थे। इन युगचेता रचनाकारों की कृतियाँ इस बात की प्रतीति देती हैं कि इन्होंने अपने समय को समग्रता में जिया था। इन्होंने अपनी स्थिति को पहचानते हुए वर्तमान के साथ ही अतीत की विरासत से भी अपनी ज्ञान-राशि के कोश को समृद्ध किया था, अतीत के गहन अध्ययन से ही यह जाना था कि एक रचनाकार को अपने परिवेश की, देश की प्रमुख समस्याओं की व्यापक जानकारी होनी चाहिए। यदि ऐसा नहीं है तो कोई रचनाकार अपने देश-समाज के बारे में अधूरी सूझ-बूझ का ही परिचय देगा, जनगण का यथार्थ चित्रण न कर सकेगा। लू शुन में वर्तमान को पढ़कर भविष्य को जान लेने की अद्‌भुत क्षमता थी। जीवन संघर्ष की लड़ाई में शामिल होकर श्रेष्ठ रचनाकार अपनी कथा-सामग्री का चयन करता है, मल्टिडाइ-मेंशन में से प्रासंगिक को चुन या छाँट लेता है। इस कला में लू शुन, गोर्की और प्रेमचन्द की निपुणता सर्वविदित है।

गोर्की, प्रेमचन्द और लू शुन की रचनाएँ इस तथ्य का बहुत ही अच्छा दृष्टान्त हैं। कि, एक कलाकार के पास अनेक शक्तिशाली मार्ग है। जिनके माध्यम से वह 'जीवन की घोषणा और रचनात्मक पुष्टि करके ऐतिहासिक कार्य सम्पन्न कर सकता है, तो भारत जैसे देश में 'आदर्शोन्मुख यथार्थवाद' की घोषणा को कुछ कम महत्त्वपूर्ण कार्य नहीं कहा जा सकता। जिसे प्रेमचन्द ने आदर्शोन्मुख यथार्थवाद कहा है वह 'समाजवाद की अवधारणा' ही थी अर्थात् प्रेमचन्द का 'आदर्श' समाजवाद ही था। गोर्की की तरह ही प्रेमचन्द व लू शुन ने भी किसी तरह के मिथक, अर्धमिथक, धार्मिकता एवं किसी भी ऐतिहासिक घटना की रहस्यात्मक व्याख्या से अपने को एकदम मुक्त कर लिया था।

इस तरह हम देखते हैं कि प्रेमचन्द, गोर्की एवं लू शुन की लेखकीय पृष्ठभूमि काफी मिलती है। ये तीनों अलग-अलग देशों में रहते हुए एक ही तरह की समस्याओं और परिस्थितियों के नायक थे।

लेखकीय परिवेश

प्रेमचन्द, गोर्की एवं लू शुन की कहानियों के विशाल पुंज में प्रवेश के पूर्व हम तत्कालीन परिस्थिति का संक्षिप्त आकलन करेंगे।

आचार्य नन्द दुलारे बाजपेयी ने लिखा है : ''देश, काल और वातावरण का प्रभाव प्रत्येक व्यक्ति और समाज पर पड़ता है। कवि की दृष्टि तो और भी तीव्र और ग्राहिका शक्ति सजग रहती है। इसीलिए सच्चे कवि और साहित्यकार प्राय: प्रगतिशील ही हुआ करते हैं, किन्तु कवि का काम सिर्फ प्रगतिशील होना ही नहीं है। प्रगतिशील सामाजिक प्रेरणाओं, स्वरूपों और प्रवृत्तियों को सौन्दर्य-संवेदना का स्वरूप देना उसका कार्य है।''

प्रेमचन्द के साहित्य के सम्बन्ध में भी ऐसा ही कहा जा सकता है। उनका साहित्य केवल सामाजिक यथार्थ का कैमरा चित्र नहीं, उसमें अनुभूति और संवेदना की वह सप्राणता वर्तमान है, जो साहित्य की मूल्यवान अर्थवत्ता है। प्रेमचन्द सामयिक यथार्थ की जिस करुणा की सृष्टि करते है, यह हमें केवल अवसाद में ही प्रतिष्ठित नहीं करती, वरन् वह हमें ऊपर उठाने की भी प्रेरणा देती है। इस अर्थ में उनका साहित्य संस्कारशील के साहित्य का महत्त्व पा लेता है। साहित्य की व्याख्या करते हुए वे लिखते हैं : ''साहित्य उसी रचना को कहेंगे जिसमें कोई सच्चाई प्रकट की गयी हो, जिसकी भाषा प्रौढ़, परिमार्जित और सुन्दर हो और जिसमें दिल और दिमाग पर असर डालने का गुण हो, और साहित्य में यह गुण पूर्ण रूप से उसी अवस्था में उत्पन्न होता है जब उसमें जीवन की सच्चाइयाँ और अनुभूतियाँ व्यक्त की गयी हों।''

स्पष्ट है कि प्रेमचन्द साहित्य में जिस मूल्य को प्रतिष्ठित देखना चाहते हैं, वह जन-चेतना की उभरती हुई संवेदना थी। उनका आग्रह था कि लेखक जनता की तरफदारी करके दलितों और पीड़ितों की जीवन संवेदना को लेकर साहित्य का निर्माण करे। वे किसी भी कीमत पर अत्याचार और उत्पीड़न का साथ नहीं देना चाहते थे। वे सच्चे अर्थों में नई मानवता के अग्रदूत थे। इस सम्बन्ध में उनकी धारणा

स्पष्ट है, 'साहित्यकार का लक्ष्य केवल महफिल सजाना और मनोरंजन का सामान जुटाना नहीं है—उसका दर्जा इतना न गिराइए। वह देशभक्ति और राजनीति के पीछे चलने वाली सच्चाई भी नहीं, बल्कि उसके आगे मशाल दिखाती हुई चलने वाली सच्चाई है।''

वस्तुतः प्रेमचन्द अपने युग की एक ऐसी ही जीवन्त सच्चाई थे। उनका साहित्य देशभक्ति और राजनीति के पीछे चलने वाली सच्चाई नहीं, उसके आगे मशाल दिखाती हुई चलने वाली सच्चाई है। उनका साहित्य केवल हमारा मनोरंजन अथवा कौतूहल वृत्ति को ही उपरामित नहीं करता, संघर्षों के बीच राह बनाने की प्रेरणा भी देता है। वे सच्चे अर्थों में एक युग-निर्माता साहित्यकार थे। साहित्य में केवल युगनाम के ही दर्शन नहीं होते, अपने समय के व्यक्ति, समाज और जीवन को उनसे नई गति और नई दिशा भी प्राप्त होती है।

जिस काल खंड में प्रेमचन्द का साहित्य क्षेत्र में प्रादुर्भाव हुआ था, वह काल खंड साहित्य की सामन्ती परम्परा का काल खंड था। भारतेन्दु युग में सामन्ती राष्ट्रीयता नई पूँजीवादी राष्ट्रीयता के युग में प्रवेश कर रही थी। साहित्यकार की प्रवृत्ति मुख्यतः आदर्शवादी और भावधारा के माध्यम से अपने को अभिव्यक्त कर रही थी। आदर्शवाद सामन्ती राष्ट्रीयता से प्रभावित था। कविता में छायावाद जन्म ले रहा था और गद्य में सुधारवादी सम्भावनाएँ अपनी अभिव्यक्ति की राह ढूँढ़ रही थीं। प्रेमचन्द की पूर्ववती कहानियों में भी, चाहे वे तिलस्मी या जासूसी हों या सामन्ती, प्रेम कथा हों या सुधारवादी, सबके नायक सामन्ती वर्ग के ही होते थे और उन्हीं की जीवन समस्या का यान्त्रिक चित्रण कहानियों में होता था। प्रेमचन्द ने अपने युग के इस प्रभाव को भली भाँति परखा था। हिन्दी साहित्य में उन्होंने ही पहली बार अपने समय के भाव और शिल्प रूढ़ियों की संकीर्णता से साहित्य को मुक्त कर उसे अभिव्यक्ति का नया स्वर, चेतना की नई वाणी दी। वे साहित्यकार की तटस्थता में विश्वास नहीं करते थे। उनकी मान्यता थी कि जो साहित्यकार लहरों के बीच तैरना स्वयं नहीं जानता है, वह दूसरों को लहरों के बीच तैरने के लिए उत्साहित कर ही नहीं सकता। उनके साहित्य की प्राणवत्ता का यही जाना-पहचाना रहस्य है। वस्तुतः वे जनता के दुःख-दर्द में भाग लेने वाले साहित्यकार थे। उन्होंने समय की हर उभरती हुई चेतना को आत्मसात कर अपने साहित्य का निर्माण किया है। उनका साहित्य केवल अपने युग का प्रतिबिम्ब ही नहीं, आने वाले युग की सम्भावनाओं को भी प्रदर्शित करता है। उनकी कहानियाँ इस बात को उद्‌बोधित करती हैं कि उन्होंने परिवेश और समाज के सम्बन्धों का अत्यन्त ही निकट से अध्ययन किया था। वस्तुतः प्रेमचन्द एक सामाजिक दार्शनिक हैं। आर्थिक, राजनीतिक और सामाजिक समानता पर आद्धृत समाज की उत्तरोत्तर प्रगति में उनका सहज विश्वास था। उनकी

रचनाओं से यह ध्वनित होता है कि वह एक ऐसे समाज के निर्माण के आकांक्षी थे जो विषमताओं और असंगतियों की विकृति से अछूता हो, जहाँ भेद-भाव के अभिशाप से मानवता पीड़ित हो, जहाँ महानता और उच्चता की परख के लिए सम्पत्ति को मान्यता न दी जाए, जहाँ जीवन के अधिकार समान रूप से सबके लिए सुलभ हों, जहाँ सब महान और सब समान हों। इनकी कहानियों के पात्रों के माध्यम में यह समाजवादी विश्वास अत्यन्त ही सशक्त रूप में व्यक्त हुआ है। घीसू माधव, हल्कू, गोबर आदि जितने भी पात्र इनकी कहानियों में अभिचित्रित हुए हैं वे सभी युगबोध की नवीन चेतना से जुड़े हैं। परिवेश की जीवन्तता का भाव उन पात्रों में है और इसीलिए जीवन को एक संघर्ष के रूप में उनके पात्र स्वीकार कर चलते हैं। इनकी कहानियों में युग-चेतना के इन्ही स्वरों का रेखांकन हुआ है।

प्रेमचन्द ने अपनी कहानियों के माध्यम से यह सिद्ध करना चाहा है कि जिस समाज में मानव जी रहा है वह शोषण और लूट-खसोट पर ही आधारित है। इसे हम वर्ग समाज की संज्ञा दे सकते हैं। ऐसे समाज में दो वर्गों का अस्तित्व अनिवार्यत: पनप आता है। एक वर्ग वह है जो दूसरों की मेहनत का परिणाम भोगता है और दूसरा वह जो अपने श्रम के परिणाम को आहूत होते देखता है। उसके प्रतिशोध के सारे प्रयत्न कुचल दिए जाते हैं। इसीलिए सर्वहारा वर्ग उन तलवों को सहलाने में ही अपना कुशल मानता है, जिनके नीचे दर्शन दबी है। इस वर्ग के शोषित जीवन की विषमताओं का प्रेमचन्द ने इतना जीवन्त चित्रण किया है कि उसकी करुणा पाठकों को द्रवित कर देती है। इसी प्रकार उन्होंने परावलम्बी और क्रूर पूँजीपतियों की वर्ग शीलता का आकलन कर पाठक मन की घृणा और हिंसा-भावना को उत्प्रेरित किया है। इस वर्ग के पोषक लक्ष्मी के वरद पुत्र हैं जो अपनी विद्या-बुद्धि और अर्थ का उपयोग समस्त उत्पादनों से अपने आधिपत्य की स्थापना ही करते हैं। ये साम्राज्यवाद, युद्ध और धार्मिकता के बाह्याडम्बर की आराधना में ही अपने जीवन की सार्थकता महसूस करते हैं। देश भर के उद्योग पर इनका आधिपत्य है। फलत: उनके शोषण की नीति लता फैलती जाती है। ये पूँजीपति जनता को अपने द्वैत व्यक्तित्व से निरन्तर छलते रहते हैं। ऊपर से ये देशभक्ति, करुणा और समता का राग अलापते हैं, पर मूल में वे क्रूर और शोषक ही है। लेकिन सर्वहारा की दमित चेतना जब जागती है तब वह विध्वंस पर उतर आती है। प्रेमचन्द अपनी कहानियों के माध्यम से समय की इस उभरी चेतना को ध्वनित करना चाहते हैं।

समाज की मूल विषम समस्याओं का आकलन प्रेमचन्द ने किया है, उन सबके मूल में सामाजिक बुद्धि के अभाव का संकोच ही व्यक्त हुआ है। सामान्यत: ग्रामीण व्यक्ति रूढ़ियों और जड़ता की उपासना में ही जीवन की कृतार्थता महसूस करते चलते हैं। नगर के पढ़े-लिखे लोग ग्रामीण व्यक्तियों की इस अशिक्षा से लाभ

उठाते हैं। ग्रामीणों की अशिक्षा तथा कथित आभिजात्य वर्ग के शोषण का आधार बन जाती है। इसीलिए 'सवा सेर गेहूँ' का वह किसान और उसके जैसे लोग बार-बार ठगे जाते हैं। शोषण की दुहरी तिहरी शृंखला में पिसने वाला किसान निरन्तर अभावों की चक्की में पिसते-पिसते अपने जीवन की आखिरी साँसें चुका देता है। वस्तुत: किसानों के जीवन में कर्ज एक ऐसा मेहमान बनकर आता है जो एक बार आने के बाद फिर जाने का नाम नहीं लेता। प्रेमचन्द ने कहानी साहित्य में समाज और युग-चेतना का सर्वांगीण चित्रण और ग्रामीणों के जीवन के यथार्थ और आदर्श का समन्वय किया है। पाश्चात्य कहानियों के प्रभावों को ग्रहण करने और उसके अनुसार अपने कथा साहित्य को मोड़ देने की अद्भुत शक्ति उनमें थी।

अपनी कहानी 'पूस की रात' तक आते-आते तो वे बिल्कुल बदले नजर आते हैं। आदर्श की भूमि से उतरकर वे यथार्थ की कठोर भूमि पर खड़े हो गये हैं।

गोर्की ने भी क्रान्ति के पूर्व का दमघोंटू जीवन अपनी समस्त यातनाओं, कथाओं, और क्रूरताओं के साथ उद्घाटित किया है। गोर्की ने पूरे समाज को अपनी कहानियों में हू-ब-हू चित्रित किया है। दोबी जहाज का बावर्ची उनसे अक्सर कहता है 'मेरे मित्र, पुस्तकें बाग के समान हैं, जिससें तुम्हें वह चीज मिलेगी जो सुहावनी और लाभदायक है।' नानी के सम्पर्क में आने के बाद जैसा कि गोर्की ने स्वयं लिखा है, उनके अन्दर जीवन के प्रति अटूट आस्था जगी और उदार एवं अच्छा बनने की प्रेरणा मिली। नानी के विषय में गोर्की ने लिखा है, ''वह जीवन भर के लिए मेरी मित्र, मेरे हृदय के बहुत ही निकट, सुबोध और सबसे अधिक प्रिय व्यक्ति हो गयी। जीवन के प्रति उसके निस्वार्थ मोह ने मेरे जीवन को नवीन प्रेरणा से ओत-प्रोत कर दिया और मुझे वह शक्ति प्रदान की जिससे मैं कठिन भविष्य का सामना कर सका।''

इस सन्दर्भ में हम गोर्की की प्रसिद्ध कहानी 'एक पाठक', जो सन् 1898 में छपी थी की चर्चा किए बिना नहीं रह सकते जिससे लेखक के इर्द गिर्द की परिस्थिति की झलक हमें मिलती है। जब लेखक रुक जाता है तो पाठक उसे चुप देखकर स्वयं ही अपने प्रश्नों का उत्तर देने लगता है। साहित्य का उद्देश्य व्याख्यायित करते हुए वह कहता है— 'शायद मेरी बात से तुम सहमत होगे अगर मैं कहूँ की साहित्य का उद्देश्य है खुद अपने को जानने में मानव की मदद करना, उसके आत्मविश्वास को दृढ़ बनाना और उसके सत्यान्वेषण को सहारा देना, लोगों की अच्छाइयों का उद्घाटन करना और बुराइयों का उन्मूलन करना, लोगों के हृदय में हयादारी, गुस्सा और साहस पैदा करना, ऊँचे उद्देश्यों के लिए शक्ति बटोरने में उनकी मदद करना और सौन्दर्य की पवित्र भावना से उनके जीवन को शुभ बनाना।' यद्यपि लेखक पाठक की बातों की सहमति में अपना सिर हिलाता है पर जब वह

अनुभव करता है कि उसकी रचनाएँ, साहित्य के इस ध्येय की पूर्ति नहीं करतीं तो उसकी खीज और झुँझलाहट और अधिक बढ़ जाती है। पाठक उसकी घबराहट समझ लेता है, इसलिए वह पुराने साहित्यकारों के विषय में कहता है :

"एक समय था जब यह धरती लेखन कला विशारदों, जीवन और मानव हृदय के अध्येताओं और ऐसे लोगों से आबाद बनाने की सर्वप्रबल आकांक्षा एवं मानव प्रकृति में गहरे विश्वास से अनुप्राणित थे। उन्होंने पुस्तकें लिखीं जो कभी विस्मृति के गर्भ में विलीन नहीं होंगी। कारण, वे अमर सच्चाइयों को अंकित करती हैं और उनके पात्रों से कभी न मलिन होने वाला सौन्दर्य प्रस्फुटित होता है। उनमें चित्रित पात्र जीवन के सच्चे पात्र हैं, कारण कि प्रेरणा ने उनमें जान फूँकी है। इन पुस्तकों में साहस है, दहकता हुआ गुस्सा और उन्मुक्त तथा सच्चा प्रेम है। तुमने, मैं जानता हूँ, ऐसी ही पुस्तकों से अपनी आत्मा के लिए पोषण ग्रहण किया है। फिर भी तुम्हारी आत्मा उसे पचा नहीं सकी। कारण कि सत्य और प्रेम के बारे में तुम जो लिखते हो वह झूठा और अनुभूतिशून्य प्रतीत होता है। लगता है जैसे शब्द जबरदस्ती मुँह से निकाले जा रहे हों।" पाठक अपनी बात को आगे बढ़ाते हुए लेखक और उसके समकालीन साहित्यकारों पर आक्षेप करते हुए कहता है—

"तुम्हारी लेखनी चीजों की सतह को ही खरोचती है, जीवन की तुच्छ परिस्थितियों को तुम बेकार ही कुरेदते-कोंचते हो, और चूँकि तुम साधारण लोगों के साधारण भावों का वर्णन करते हो, इसलिए हो सकता है कि तुम उन्हें अनेक साधारण-महत्त्वहीन-सच्चाइयाँ सिखाते हो। लेकिन क्या तुम नाम-मात्र को ही सही, ऐसे भरम की भी रचना कर सकते हो जो मानव की आत्मा को ऊँचा उठाने की क्षमता रखता हो। नहीं। तो क्या इसलिए हो सकता है कि तुम सचमुच इसे इतना महत्त्वपूर्ण समझते हो, इस बात को कि सभी जगह छितरे कूड़े के ढेरों को कुरेदा जाए, जहाँ सत्य के कोरों टुकड़ों के अलावा कुछ नहीं मिलता और सिद्ध किया जाए कि मानव मूर्ख और सम्मान की भावना से बेखबर है, यह कि वह पूर्णतया और हमेशा के लिए बाह्य परिस्थितियों का गुलाम है और यह कि वह कमजोर, दयनीय और एकदम अकेला है? पुस्तक में अपने को देखते समय जैसा कि तुम उसे पेश करते हो उसे अपना भौड़ापन तो नजर आता है, लेकिन यह नजर नहीं आता कि उसके सुधार की भी कोई सम्भावना हो सकती है। क्या तुममें इस सम्भावना को उभारकर रखने की क्षमता है?"

लेखकों द्वारा दी जाने वाली शिक्षा की आलोचना करते हुए पाठक कहता है— "आजकल तुम सब सीख देने वाले लोग जनता को उतना देते नहीं जितना कि उससे लेते हो। कारण कि तुम केवल उनकी कमजोरियों का ही जिक्र करते हो, सिवा उनके और कुछ उनमें नहीं देखते, लेकिन निश्चय ही आदमी में गुण भी होते

हैं...तुम्हारी कृतियाँ कुछ नहीं सिखातीं और पाठक सिवा तुम्हारे अन्य किसी चीज पर लज्जा अनुभव नहीं करता।....आत्मा के विद्रोह और आत्मा के पुनर्जागरण की आवश्यकता के बारे में लोग कब बोलना शुरू करेंगे? रचनात्मक जीवन की वह ललकार कहाँ, वीरत्व के दृष्टान्त और प्रोत्साहन के वे शब्द कहाँ हैं जिन्हें सुनकर आत्मा आकाश की ऊँचाई को छूती है?''

पाठक लेखक को आगाह करते हुए कहता है कि लेखक का उद्देश्य 'लोगों के दिमागों को उनके घटना विहीन जीवन के फोटोग्राफिक चित्रों का गोदाम बनाना नहीं है।' ''अगर तुम्हारा स्तर भी वही है जो कि जीवन का, अगर तुम्हारी कल्पना ऐसे नमूनों की रचना नहीं कर सकती जो जीवन में मौजूद न रहते हुए भी उसे सुधारने के लिए अत्यन्त आवश्यक है, तब तुम्हारा कृतित्व किस मर्ज की दवा है और तुम्हारे धन्धे की क्या सार्थकता रह जाती है? क्या तुम जीवन की नब्ज को तेज और उसमें स्फूर्ति का संचार करना चाहते हो, जैसा कि अन्य लोग कर चुके हैं?''

पाठक की बातें सुनकर लेखक का मस्तिष्क उद्वेलित हो उठता है। वह अपने साहित्यिक जीवन और उद्देश्य के विषय में गम्भीरता से सोचता है। जिस प्रकार उसके चारों ओर की बर्फ से ढँकी जमीन सूर्य की किरणों से चमचमा उठती है, उसी प्रकार उसका मस्तिष्क भी दैवीय आभा से आलोकित हो उठता है। पाठक इतनी खामोशी और तेजी से गायब हो जाता है कि लेखक को पता ही नहीं चल पाता।

इसी सन्दर्भ में हम प्रसिद्ध सोवियत लेखक इवानोव द्वारा प्रस्तुत विचारों का अवलोकन करेंगे जिसकी चर्चा उन्होंने तत्कालीन परिस्थिति की जिक्र करते हुए किया है—

''गोर्की के चेहरे का सारा हाव-भाव होमेरी था, ओलिम्पियन था। एक बार फिर मैं यह कहना चाहूँगा कि उन्हें त्योहार, उत्सव बहुत अच्छे लगते थे और वह उन्हें समझते थे। और जब कोई उत्सव आता या फिर किसी उल्लासमय बुद्धि के धनी व्यक्ति से उनकी भेंट हो जाती तो वह मानो मन ही मन एक ऊँची लहर पर सवार हो जाते जो उन्हें संसार में बहाती ले जाती उनके कोलाहलपूर्ण शब्दों और गूँजती हँसी की, उनकी मर्मभेदी अथाह नीली आँखों की चमक चारों ओर फैलाती।'' बड़ी अधीरता से वह उन गायकों-वादकों के आने की बाट जोहते जो नववर्ष पर सोरेंतो में घर-घर जाते हैं, जैसे हमारे यहाँ रूस में क्रिसमस पर भजन गायक देहातों में घूमते हैं लेकिन यहाँ भजन नहीं, दुनियावी गीत गाये जाते हैं और पहनावा भी उनका बहुरूपियों जैसा होता है, हालाँकि वे मुखौटे नहीं पहनते।

अन्ततः गायक आ गये। नाचते हुए वे स्टूडियो में घुसे, चेहरे पीले, आँखों में उत्तेजना की चमक। पता चला है कि यहाँ आने से पहले इस दल का एक दूसरे दल से झगड़ा हो गया था। वह भी गोर्की के यहाँ सबसे पहले पहुँचना चाहता था। एक

गायक की ओर बरबस ध्यान जाता था—उसका माथा नम और पीला-सा था, उसकी गतियों में भव्यता थी, हाथ में डफली लिए था, और कोट पर उसने नींबू समेत छोटी-सी टहनी खोंस रखी थी। वह बड़े उन्मुक्त, उत्फुल्ल और अनुप्राणित भाव से गाता और डफली बजाता था। चित्रकार उसका चित्र बनाने को आतुर हो गये। यह जानकर उन्हें विशेष आश्चर्य हुआ कि यह गायक मोची है।

"इसमें हैरानी की कोई बात नहीं कि वह मोची है" गोर्की ने कहा, 'हमारे यहाँ रूस में मोचियों में बहुत से अच्छे गाने वाले हैं। यह मजाक मत करिए कि गाते मोचियों की तरह है और जूते सीते है गायकों की तरह। उस दूसरे, छोटे कद वाले को देखिए। वह चिमनियाँ साफ करता था। अभी कुछ दिन पहले इसने हमारे यहाँ चिमनियाँ साफ की थीं। अपने काम में उस्ताद है।"

गाना खत्म हो गया। कोट पर नींबू लगाए मोची जिसने गाने की धुन छेड़ी थी, जाम उठाए गोर्की के पास आया।

"गाने का जाम" जाम खनकाते हुए उसने कहा।

गोर्की ने भावभीने स्वर में उत्तर दिया—

"सारी दुनिया गाये। बहुत-बहुत शुक्रिया!"

उन दोनों की आँखें नम हो गयीं। गायक जब परे हट गया, तो गोर्की ने हमें बताया—

"मुसोलिनी ने अब सड़कों पर गाने की मनाही कर दी है। पहले आप नेपुल्स में जाते तो देखते सारा शहर गा रहा है—भूखे हैं, नंगे हैं पर गा रहे हैं। अब मुँह सीं दिया है। एक बात और देखिए, गलियों में कपड़े सुखाने के लिए नहीं टाँग सकते। कहते हैं, कपड़ों से विदेशी फासिस्टों के लिए नजारा खराब होता है। अपने कमरे में कपड़े सुखाओ और वही गाओ, और कमरे तो हैं नहीं। कभी जाकर देखिएगा यहाँ के गरीब लोग कैसे तंग हालात में रहते हैं। इसकी तो मैं बात ही नहीं करता कि एक कमरे में कई-कई खिड़कियाँ हैं।"

रात तीन बजे तक गायक गाते-नाचते रहे। गोर्की नेपुल्स के बहुत-से गीत जानते थे, जब कोई जाना-पहचाना गीत सुनाई देता, तो वह बहुत ख़ुश होते। गायन में बाधा न डालने की कोशिश करते हुए वह चुपके से, दबे पाँव गायकों के पास जाते और उन्हें निहारते।

क्रान्ति के पश्चात लेखक गोर्की की बलि दी गयी। कई साल के लिए वह एक प्रकार से अनौपचारिक संस्कृति मन्त्री बन गये, बुद्धिजीवियों के लिए, जिनकी गाड़ी पटरी से उतर गयी थी और जो भूखे मर रहे थे, भाँति-भाँति के सामाजिक कार्यों के संगठनों से जुड़ गये। इसी तरह चीन में भी लू शुन को सांस्कृतिक विभाग का कार्य कुछ दिनों तक भोगना पड़ा।

यह तथ्य विचारणीय है कि राजनीति में गाँधी युग के उत्कर्षकाल और साहित्य में प्रेमचन्द के उत्कर्षकाल तक भी ग्रामीण समाज का कपाट नई रोशनी के लिए लगभग बन्द था। समाज सुधार आन्दोलनों से प्रभावित शिक्षित ग्रामीण भी कठोर रूढ़िवादी दंड व्यवस्था के कारण इन्हें व्यावहारिक रूप से ग्रहण नहीं करते थे। सुधारों के समर्थक भी वैचारिक स्तर पर ही समर्थन करते थे। इस तरह तत्कालीन समाज में दो वर्ग थे। एक वर्ग पुरानी रूढ़ियों और कुप्रथाओं से चिपका हुआ था और दूसरा वैचारिक स्तर पर ही समर्थन करते थे। वृद्धों, अपाहिजों और निठल्ले लोगों को आश्रय भी मिल जाता था। किन्तु आधुनिक काल की नवीन आर्थिक शक्तियाँ, बढ़ते हुए आद्योगीकरण, कृषि पर बढ़ते हुए आर्थिक दबाव और शिक्षित एवं अशिक्षित की भिन्न मानसिकता आदि कारणों से संयुक्त परिवार का विघटन हो रहा था।

राजा राममोहन राय के युग में नारी का समाज के लिए क्रूर प्रथाओं से मुक्ति का मार्ग प्रशस्त हो चुका था। गाँधी युग में तो समाज में नारी की स्थिति में क्रान्तिकारी परिर्वतन हुआ। गाँधीदर्शन आत्मबल का बड़ा महत्त्व है। उनके दर्शन में अन्य पक्ष विवाद का कारण हो सकते हैं, किन्तु इतना निश्चित है कि नारी और पुरुष की समानता का इतना पुरजोर समर्थन किसी अन्य दर्शन में नहीं मिलता। उन्होंने पुरुषों में रूढ़िवादी दृष्टिकोण की भर्त्सना की और कहा कि यदि अहिंसा हमारे मूल्यांकन की कसौटी है तो निश्चय ही भविष्य का निर्माण स्त्रियों के हाथों में है।

पुरुष प्रधान समाज की स्त्रियों के लिए पवित्रता की क्रूर मान्यताओं की भी गाँधी ने निन्दा की थी। उनका विश्वास था कि नैतिक पवित्रता अन्तर्मन से विकसित होती है। पुरुष को कोई अधिकार नहीं है कि वह उसका नियन्ता बने। अत: 1921 ई. के असहयोग आन्दोलन में स्त्रियों का सक्रिय सहयोग उन्हीं की प्रेरणा का प्रतिफल था।

समग्र रूप में स्वतन्त्रता पूर्व का सामाजिक जीवन संक्रमण की स्थिति में था। सामाजिक जीवन में सम्बन्धों और मूल्यों में तीव्रता से परिर्वतन हो रहा था। परिर्वतन के दो मुख्य कारण थे—राजनैतिक संघर्ष और पूँजीवादी अर्थव्यवस्था का विकास। सामाजिक क्षेत्र में एक ओर पश्चिम की आधुनिक सभ्यता का आकर्षण था, दूसरी ओर अपनी प्राचीन संस्कृति का मोह। इस सारी संक्रमणशील स्थिति का दबाव सामाजिक जीवन पर पड़ा फलस्वरूप परिर्वतन अनेक समस्याओं एवं अन्तर्विरोधों के रूप में प्रकट हुआ। अत: उस काल के सामाजिक जीवन की कहानियों का संसार इन्हीं समकालीन सत्यों से निर्मित हुआ है।

इस युग की कहानियाँ आधुनिकीकरण की संक्रमणशील स्थिति से गुजरते हुए भारतीय सामाजिक जीवन के विविध क्षेत्रों में परिर्वतन के अनेक रूपों को अनेक रंगों में प्रस्तुत करती है। सामाजिक जीवन के दो मुख्य पक्ष है—संयुक्त परिवार और

नारी जीवन। संयुक्त परिवारों में सम्बन्धों में भावनात्मक मूल्यों का टूटना, स्त्री पुरुष सम्बन्धों में प्राचीन मान्यताओं का अर्थहीन हो जाना, जीवन में विधवा जीवन की आर्थिक नैतिक समस्याएँ सम्पत्ति अधिकार से वंचित नारियों, सामाजिक अन्याय से दारुण दुख भोगती और समाज में सम्मान पाने के लिए संघर्ष करती वेश्याएँ, दहेज प्रथा की समस्याएँ, कहानियों में चित्रित हुई हैं। ये कहानियाँ परिवर्तन को ग्रहण करती हुई सामाजिक चेतना के क्रमशः विकास को भी रेखांकित करती है।

सुधारवादी और पुनरुत्थानवादी प्रभाव से ये कहानियाँ समस्या का समाधान, यथार्थ की विषमता का विकल्प भी खोजती है। यह और बात है कि समाधान या विकल्प वैयक्तिक तथा काल साक्षेप होकर रह गये हैं।

आर्थिक परिस्थितियाँ सम्बन्धों को बड़ी तीव्रता से प्रभावित करती हैं। मन्मथनाथ गुप्त का कथन है 'आर्थिक शक्तियाँ काम करती हैं' किन्तु वे सीधे-साधे काम नहीं करती, वे बहुत घुमाव-फिराव के साथ अप्रत्यक्ष रूप से काम करती है। अपने ही हित में बात करना एवं खर्चे में होड़ ही संयुक्त परिवार के विघटन का कारण बनता है। प्रेमचन्द की कहानी 'स्वामिनी' का नामक मथुरा शहर में काम करता है, उसकी पत्नी दुलारी संयुक्ता खेती की आय से सन्तुष्ट नहीं है। वह शहर में जाकर जेठानी बहन से मुक्त होकर रहना चाहती है। दुलारी के लिए विधवा बहन की व्यवस्था एक बोझ, एक बन्धन है। 'बेटी का धन' में भी संयुक्त परिवार का एक पिता सुखू चौधरी ही पारिवारिक मर्यादा की चिन्ता में छटपटा रहा है और मर्यादा बचाती है उसकी बेटी अपने गहने देकर। पुत्रबधुएँ और पुत्र अपने-अपने सुख पर केन्द्रित है। पुत्र कहता है 'इस गाँव में क्या धरा है? जहाँ कमाऊँगा वहाँ खाऊँगा।' जब तक घर की कुर्की नहीं हो जाती वे अपना हिस्सा पाने की होड़ में यहीं जमे रहते हैं, और घर का सामान अपने-अपने ठिकाने पर ढोते रहते हैं।

गोर्की ने 'मेरा बचपन' में अपने समय के रूस के सामाजिक जीवन का बहुत ही सुन्दर, विशद और प्रभावपूर्ण वर्णन किया है। इसके दूसरे अध्याय में ही गोर्की यह स्पष्ट कर देते हैं—मैं अपनी नहीं उस दमघोंटू और भयानक वातावरण की कहानी कहने जा रहा हूँ जिसमें साधारण रूसी अपना जीवन बिताता था। वास्तव में बहुत ही भयानक और घुटन भरे सामाजिक जीवन का चित्र हमारे आमने-सामने उभरता है। सभी तरह के अभावों और अज्ञानता के शिकार तत्कालीन निम्न वर्ग और निचले लोगों का समूचा वातावरण धार्मिक अन्धविश्वासों, रूढ़ियों, लालच, अन्धी स्वार्थ भावना, शत्रुता और नीचता से भरा हुआ दिखाई देता है। धर्म का विकृत रूप किस तरह लोगों में अन्धविश्वास पैदा करता है यह हमें गोर्की के रूस और प्रेमचन्द के भारत में समान रूप से देखने को मिलता है। भूत-प्रेतों में आम लोगों का विश्वास अज्ञानता और अन्धविश्वास का ही नतीजा होता है। गोर्की की प्यारी नानी

का मानना था कि उसे फरिश्तों से ही नहीं भूतों-पिशाचों से भी मुलाकात होती थी। कभी किसे अकेले, कभी झुंड के झुंडों। एक दिन उसने अलेक्सेई को पिशाचों के बारे में अपनी यह आप बीती सुनाई : 'लेंट (धार्मिक उपवास) के दिनों में एक बार मैं रूदोल्फ के घर के पास से जा रही थी। चाँदनी रात थी, चारों ओर उजाला था। एकाएक देखती क्या हूँ कि छप्पर पर चिमनी के पास एक काला पिशाच पैर फैलाकर बैठा हुआ है—बहुत बड़ा, पूरी देह पर लम्बे-लम्बे बाल। दोनों सींग चिमनी के पास सटाये हुए वह जोर-जोर से कुछ सूँघ रहा था। वह अपने को रगड़ता हुआ छत पर दुम पटक रहा था। मैंने झट सलीब का निशान बनाया और प्रभु का नाम जपने लगी। फिर ईसा का जन्म होगा और ईश्वर के शत्रु परास्त होंगे।' एक दिन ऐसे ही छोटे-छोटे पिशाच मानो नानी को घेर लेते हैं। वह अलेक्सई को बताती है 'मेरी अकल ही गुम यह भी नहीं सूझा कि सलीब का निशान बनाऊँ, हे भगवान उस दिन मुझ पर जो गुजरी, मैं ही जानती हूँ। मैं मूर्छित हो गयी।' इसी तरह का एक प्रसंग हमें गोर्की के आत्मकथात्मक उपन्यास के दूसरे खंड 'जीवन की राहों पर' में मिलता है। उसमें बताया जाता है कि कैसे कालीनिन नाम का बूढ़ा शिकारी, जिसका कुछ ही समय पहले देहान्त हुआ था, मानो भूत बनकर रात को किसी चीज की खोज में कब्रिस्तान में इधर-उधर फिरता रहता था। इसी भूत को लेकर लड़कों में बहस हो गयी और बालक नाम के एक लड़के के चुनौती देने पर अलेक्सई सारी रात कब्रिस्तान में जाकर बैठा रहा, भूत का डर तो उसे भी लगा, मगर वह इस कठिन परीक्षा में उत्तीर्ण हो गया।

आम रूसी लोग जादू-टोना में भी विश्वास करते थे। 'जीवन की राहों पर' उपन्यास में लंगड़ी ल्युद्मीला कहती है— 'हमारी पड़ोसन ने मुझ पर जादू-टोना कर दिया था। लड़ाई तो उसकी हुई मेरी माँ से और इसका बदला लेने के लिए टोना कर दिया मुझ पर।''

गोर्की और प्रेमचन्द ने समान रूप से अन्धविश्वासों और अज्ञानता के कुसंस्कारों और ढकोसलों पर जोरदार प्रहार किए हैं। रूस में ईसाई धर्म के पादरी साधारण लोगों को मूर्ख बनाते थे और भारत में हिन्दू धर्म के ठेकेदार-महंत, पंडे-पुजारी। दोनों लेखकों ने ऐसे लोगों का भंडाफोड़ किया है। चूँकि प्रेमचन्द के समय का भारत धार्मिक कुसंस्कारों से कुछ अधिक जकड़ा हुआ था, इसलिए प्रेमचन्द को धर्म के ठेकेदारों पर चोट करने के लिए अधिक साहस का परिचय देना पड़ा। इसी कारण उनके विरोधियों ने जो उनकी कलम के तीखेपन से तिलमिला उठते थे, उन्हें घृणा कर प्रचारक तक कहा। किन्तु प्रेमचन्द विचलित नहीं हुए। वह धर्म की ऐसी अहितकर भूमिका के अधिकाधिक कटु आलोचक होते गये और जीवन के अन्तिम वर्ष में तो लगभग नास्तिक और भौतिकवादी हो गये।

समाज में नारी की स्थिति उसके नैतिक स्तर का मापदंड मानी जा सकती है।

इस दृष्टि से गोर्की के रूस और प्रेमचन्द के भारत में यदि कोई अन्तर था तो यही कि भारतीय नारियों की स्थिति और भी अधिक बुरी थी। दोनों देशों की नारियाँ अपमान, अवहेलना, पतियों की मार-पीट और अज्ञानता-निरक्षरता के कारण पशुओं जैसा जीवन बिताने को विवश थी। गोर्की के 'मेरा बचपन' में उसकी नानी ने अपनी पिटाई की इस तरह चर्चा की है— 'एक बार ईस्टर के पहले तेरे नाना ने मुझे सवेरे पीटना शुरू किया और शाम तक कोड़ा या जो कुछ भी हाथ में आ जाता उसी से मारते थे, फिर थोड़ी देर सुस्ताते थे और सुस्ता कर फिर मारना शुरू करते थे। सूर्यास्त तक यही क्रम चलता रहा।' इसी रचना से हमें पता चलता है कि गोर्की के एक मामा ने मार-मार कर अपनी बीवी की जान ही ले ली थी।

गोर्की ने 'मेरा बचपन' में बच्चों की पिटाई का जो चित्रण किया है वह तो लोमहर्षक है। स्वयं बालक गोर्की को अपने नाना की इतनी बेंतें खानी पड़ी थीं कि उसके कई दिन बाद तक वह चारपाई थामे रहा था। भारत में भी बच्चों के प्रति सम्भवत: इतनी ही दुर्बलता दिखाई जाती थी और समाज अपने उत्तरदायित्व के मामले में बहुत कम सजग था। निचले तबके और निम्न मध्य वर्ग के यतीम बच्चे तो भीख माँगने और दर-दर की ठोकरें खाने के लिए छोड़ दिए जाते थे। गोर्की को सौतेले बाप और प्रेमचन्द की सौतेली माँ के व्यवहार का कटु अनुभव हुआ। बच्चों की ऐसी पारिवारिक और सामाजिक अवहेलना के प्रश्न की ओर दोनों लेखकों ने ध्यान दिया।

तरुण पेशकोव जब विश्वविद्यालय में पढ़ने की इच्छा मन में सँजोये हुए कजान पहुँचे, उस समय कजान की 1 लाख 20 हजार की आबादी में 20 हजार ऐसे ही बेरोजगार और आवारा घूमने वाले लोग थे। स्वयं गोर्की ने अपनी उन दिनों की स्थिति का इन शब्दों में वर्णन किया है : 'वहाँ पल्लेदारों, आवारों और उठाइगीरों के बीच मैं अपने को दहकते अंगारों में घुप से घुसेड़ दिए और लोहे के टुकड़े के समान अनुभव करता। मुझे हर दिन ढेरो बहुत-सी तीव्र और तीखी अनुभूतियाँ प्राप्त होती।' गोर्की इन्हीं लोगों के बीच रहे और उन्हें निकट से देखने-समझने के अवसर के परिणामस्वरूप ही 'मकर चुद्रा' 'चेल्काश' 'कोनोवालोव' 'माल्वा' 'मेरा साथी' जैसी ऐसी अद्भुत कहानियों का जन्म हुआ जिनके बारे में लेव तोल्स्तोय जैसे महान लेखक ने भी अपनी डायरी मे यह लिखा—"हम सब जानते हैं कि आवारे भी इंसान और हमारे भाई हैं, किन्तु शब्दों में उन्होंने (गोर्की ने) उन्हें प्यार करते हुए उन्हें उनके सम्पूर्ण रूप में हमें दिखाया है और हममें भी उनके प्रति प्यार जगाया है।"

तो ऐसी थी उस समय के रूस की आर्थिक स्थिति जब तरुण गोर्की अनुभूतियों के कोष संचित कर रहे थे। छोटे और मँझोले उद्योगों की तबाही, छोटे किसानों की बरबादी और अन्य कारणों से बेरोजगारों की अत्यधिक वृद्धि की स्थिति से लाभ उठाते हुए पूँजीपति वर्ग मजदूरों का अधिकाधिक शोषण करने लगा।

काम के दिन जो पहले ही बहुत लम्बे होते थे और बढ़ा दिए गये तथा 18 घंटे तक चलते थे, मजदूरी बहुत कम दी जाती थी और उसका अधिकांश जुर्मानों के रूप में काट लिया जाता था। मजदूरों को कारखानों के मालिकों की दुकानों से सौदा खरीदने के लिए विवश किया जाता था और वहाँ बाजार-भाव की तुलना में कहीं अधिक कीमतें ली जाती थीं। कोढ़ में खाज वाली कहावत के अनुसार जब 9वें दशक में आर्थिक संकट के विकट होने पर बहुत बड़ी संख्या में मजदूरों को काम से अलग कर दिया गया तो मजदूरों के सब्र का प्याला छलक उठा। यों तो 8वें दशक में भी मजदूरों ने अपनी आर्थिक रक्षा और स्थिति सुधार के लिए हड़तालें की थीं किन्तु 9वें दशक में उनका संघर्ष बहुत उग्र हो उठा। 7 जनवरी, 1885 को मोजोरोव के कारखाने में हुई हड़ताल मजदूरों के इस रोष की चरम सीमा थी। मजदूरों ने फैक्ट्री की इमारत तोड़ डाली, प्रबन्धकों के फ्लैटों का बुरा हाल कर दिया और सेना का डटकर मुकाबला किया। इसी के फलस्वरूप जारशाही को 1886 में मजदूरों से कारखानों में लिए जाने वाले जुर्मानों से सम्बन्धित कानून बनाना पड़ा। लेनिन ने इस सम्बन्ध में ठीक ही लिखा है कि ''जब तक मजदूर डटकर विरोध नहीं करने लगे तब तक सरकार ने उन्हें राहत देने के लिए कुछ भी नहीं किया चाहे फैक्ट्रियों के पुराने तौर तरीके कितने ही बेहूदा क्यों न थे।''

तत्कालीन सांस्कृतिक पृष्ठभूमि की चर्चा करते हुए प्रसिद्ध रूसी समालोचक व्याचेस्लाव वोज्द्वीझेंस्की ने अपनी रचनाओं में गोर्की के सम्बन्ध में यों लिखा—गोर्की के साहित्यिक पथ का चरम शिखर था चार खंडीय उपन्यास क्लीम समगीन का जीवन (1925-1936) यहाँ इस बारे में कुछ शब्द कहे जाने चाहिए कि गोर्की मानव संस्कृति को कैसे समझते थे। उनका यह अडिग विश्वास था कि संस्कृति के मूल्यों की रचना केवल सामूहिक सृजन से ही होती है। सृजनशील व्यक्ति जन-साधारण द्वारा, सामाजिक समुदाय द्वारा तैयार की जा चुकी खोजों को मूर्त रूप ही प्रदान करता है। ''जेउस की रचना जन-साधारण ने की। फिडियस ने उसे संगमरमर में मूर्तित किया।'' यह है गोर्की का सूत्र। व्यक्तिगत सृजन अपने सामूहिक स्त्रोत से जितना अधिक दूर होता है, उतनी ही उसकी सार्थकता कम और अखंडता क्षीण होती है। यही कारण है कि अक्टूबर पूर्व रूस के सांस्कृतिक और साहित्यिक जीवन के प्रति गोर्की ने संशयशील रुख अपनाया। बेशक, वह उसकी सम्पदाओं को देखते और उनकी कद्र करते थे। यह कोई संयोग नहीं कि क्रान्तिकारी उथल-पुथल के वर्षों में वह इतनी चिन्ता और उत्साह से उनकी रक्षा करने में जुट गये। परन्तु इसके साथ ही गोर्की पूर्ववर्ती शताब्दी की संस्कृति को मुख्यत: व्यक्तिगत सृजन की उपज समझते थे और इसलिए यह मानते थे कि वह नि:शेष हो चुकी है, अधोमुखी है, सुफलों की उपेक्षा कचरा, भटकाव और संकट ही अधिक प्रदान कर रही है।

1909 में 'व्यक्तित्व का विघटन' शीर्षक में गोर्की ने पहली बार अपनी संकल्पना पूरी स्पष्टता के साथ व्यक्त की और तदुपरान्त अपने सारे जीवन-पथ में इसमें कोई विशेष परिवर्तन नहीं किया। जीवन के अन्तिम वर्षों में अपने सबसे महत्त्वपूर्ण भाषण लेखकों की पहली काँग्रेस में अपनी रिपोर्ट में उन्होंने मानव संस्कृति का मूलतः वही मूल्यांकन प्रस्तुत किया। इस संकल्पना के आधार पर ही यह विचार उपजा कि व्यक्तित्व के रूस के प्रिज्म से पिछले 40 वर्षों के दौरान रूस के सामाजिक और आत्मिक जीवन का इतिहास दिखाया जाए। इस विचार को ही गोर्की ने 'क्लीम समगीन का जीवन' उपन्यास में मूर्तित किया। यह उपन्यास अक्टूबर पूर्व रूस और उसकी बुर्जुआ संस्कृति को आखिरी सलाम था।

संस्कृति के भविष्य को गोर्की अपने समकालीन जन-साधारण के उत्थान और सर्वहारा के समाजवादी आन्दोलन से जुड़ा समझते थे। इस आन्दोलन को मूर्तित करने वाले लोग ही उसके लिए इतिहास के प्रमुख नायक थे। मेश्चाने के नील और माँ के पावेल व्लासोव को गोर्की ने अपने अन्तिम उपन्यास में बोल्शेविक स्तेपान कुतूजोव के बिम्ब में विकसित किया जो एक शक्तिशाली और अखंड चरित्र का धनी है।

गोर्की के साहित्य के एक गम्भीर अध्येता डॉ. वाकनकिव ने ठीक ही लिखा है 'इस युग (गोर्की के युग) की एक लाक्षणिक विशेषता यह है कि सर्वहारा रूस के मुक्ति आन्दोलन का मुखिया बन गया। उसने जारशाही के विरुद्ध संघर्ष का झंडा अपने पूर्वगामी क्रान्तिकारी जनवादियों के हाथों से ले लिया। इसी मजदूर वर्ग और वोल्शेविक पार्टी के नेतृत्व में केवल रूस के ही नहीं, बल्कि सारी दुनिया के इतिहास में एक नये समाजवादी युग का सूत्रपात हुआ। गोर्की ने रूस के आर्थिक राजनीतिक जीवन के क्षेत्र में मजदूर वर्ग की निरन्तर बढ़ती हुई भूमिका के महत्त्व को समझा और अपनी जोरदार लेखनी की शक्ति उसे अर्पित की।''

हम कह सकते हैं कि यदि रूस की आर्थिक राजनीतिक परिस्थितियाँ वैसी न होतीं जैसी थीं, यदि गोर्की उनके भुक्त भोगी न होते, यदि वह रूस के गाँवों और कृषि के पुराने ढाँचे को टूटते हुए न देख पाते, यदि मजदूर आन्दोलन की शक्ति और मार्क्सवादी विचारों की प्राणवत्ता के महत्त्व को जानने-समझने का इन्हें अवसर न मिलता तो शायद वह न बनते जो बने। उस समय के रूस की परिस्थितियों में ही गोर्की का जन्म हो सकता था।

साहित्य जगत में गोर्की के पदार्पण के पहले रूसी साहित्य अपने विकास का एक लम्बा, महत्त्वपूर्ण और अनुकरणीय पक्ष तय कर चुका था। गद्य के क्षेत्र में तो उसकी प्रगति विशेषतः उल्लेखनीय थी। सम्भवतः फ्रांस को छोड़कर संसार का सर्वोत्कृष्ट गद्य साहित्य तत्कालीन रूस में ही लिखा गया और वह भी 19वीं

शताब्दी के दूसरे चरण से आरम्भ करके 20वीं शताब्दी के पहले दशक तक के लगभग 80-90 वर्षों में। जैसा कि सामान्यत: सभी देशों में साहित्यिक उत्थान क्रम में देखने को मिलता है, रूस में भी कविता के रूप में साहित्यिक पुष्प खिले और फिर गद्य के रूप में साहित्य उपवन महक उठा। महाकवि पुश्किन और लेर्मोन्तोव के काव्य-कुसुमों के रूस में जो साहित्यिक उत्थान आरम्भ हुआ, वह गोगोल के काव्यमय गद्य, तुर्गनेव की गीतिमयता और भाषा की प्रांजलता, लेव तोल्स्तोय के महान चिन्तन और कला निखार, गोन्चारोव की मनोग्राही सुन्दर शैली, श्चेद्रीन के तीखे व्यंग्य, दोस्तोएव्स्की के गहन मानसिक विश्लेषण, चेखव की सांकेतिक, पैनी और नपी तुली, अभिव्यक्ति कला और कोरोलन की रोचकता तथा सुघड़ गद्य शिल्प के रूप में अपने शिखर पर पहुँचा। इन महान लेखकों की विश्वविख्यात रचनाओं पर किसी भी देश को गर्व हो सकता है। वे विश्व साहित्य की अमर निधियाँ हैं। स्वयं गोर्की ने 19वीं शताब्दी में रूस की कलात्मक और साहित्यिक प्रगति के बारे में 1917 में यह कहा था—

"अत्यधिक भयानक परिस्थितियों में श्रेष्ठतम साहित्य, अद्‌भुत चित्रकला और मौलिक संगीत की रचना करके, जिस पर सारा संसार मुग्ध है, रूसी लोगों ने अनूठी शक्ति का परिचय दिया है।"

प्रेमचन्द ने भी रूसी गद्य की साहित्य की उपलब्धियों का बहुत ऊँचा मूल्यांकन किया है।

स्पष्ट है कि ऐसे मानवतावादी, जनवादी साहित्य को परखने के लिए मापदंड भी ऐसे ही हो सकते हैं। चुनांचे बेलीन्सकी और हर्जेन जैसे प्रतिभाशाली समालोचकों ने साहित्य के ध्येय, लक्ष्यों उसके कलागत पक्षों और आलोचना के आधारों को नया अर्घ्य प्रदान किया और चैर्निशेव्सकी तथा दोब्रोल्यूबोब ने उन्हें परिमार्जित किया। चैर्निशेव्सकी ने कला के लिए की जगह मानव के लिए पाठ्यपुस्तक होने का नारा लगाया। इस तरह देखते हैं कि साहित्य क्षेत्र में गोर्की के आगमन के पहले ही रूसी साहित्य की विशेष मान्यताएँ उनकी मानवतावादी जनवादी परम्पराएँ बन चुकी थीं। ऐसी परम्पराएँ इसीलिए बन पायी थीं कि रूसी साहित्य का रूसी जनता के जीवन से घनिष्ट सम्बन्ध रहा था। लेखकों ने किसानों के विद्रोह, बुद्धिजीवियों के मानसिक असन्तोष और निरंकुश शासन से सभी कुपरिणामों की ओर से न केवल आँखें ही नहीं मूँदी थीं, बल्कि अपने युग की अन्य समस्याओं पर अपनी दृष्टि केन्द्रित की थी तथा बड़े कलात्मक ढंग से उन्हें अपने कृतित्व में उभारा था।

जब गोर्की ने साहित्य जगत में कदम रखा अपने शिखरों को छू चुकने वाला महान रूसी साहित्य जीवन और जनहित विरोधी प्रवृत्तियों का शिकार हो रहा था किन्तु अच्छी बात यह थी कि जहाँ ये प्रवृत्तियाँ गद्य की तुलना में पद्य में ही अधिक

जोर से उभरीं वहीं गद्य के क्षेत्र में रूसी साहित्य के कुछ महारथी अभी भी सृजन कर रहे थे और उसकी यथार्थवादी, जनवादी, मानवतावादी और लोक कल्याण की परम्पराओं को आगे बढ़ा रहे थे। इनमें श्चेद्रीन ग्लेब उस्पेन्सकी, लेव तोलस्ताय, अनतोन चेखव और व. कोरोलेन्कने के नाम विशेष रूप से उल्लेखनीय है। उन लेखकों को पिछली शताब्दी के 9वें दशक की कुछ रचनाओं, जैसे लेव तोलस्ताय के उपन्यास 'पुनरुत्थान' और चेखव की रचना 'घोंघां' ने तो रूसी साहित्य के जनवादी मोर्चे को मजबूत करने और जनवाद विरोधी मोर्चे को तोड़ने में बड़ा योग दिया।

गोर्की रूसी साहित्य की महान परम्पराओं को लेकर ही आगे बढ़े। उन्होंने उन परम्पराओं को आगे बढ़ाया और उनमें एक नयी, बड़ी मजबूत और शानदार कड़ी जोड़ी। गोर्की की सबसे बड़ी उपलब्धि यह थी कि उन्होंने अपने युग की असंगतियों और विरोधी शक्तियों के स्वरूप को बहुत जल्दी ही समझ लिया। इस तरह उन्होंने रूसी साहित्य में उभरते हुए निराशावाद और हॉसवाद के स्वरों का जोरदार विरोध किया और लेखकों साहित्यकारों को उनके सामाजिक कर्तव्य का बोध कराया। अपने कृत्तित्व द्वारा उन्होंने एक नया आदर्श प्रस्तुत किया और रूसी साहित्य को ही नहीं, विश्व साहित्य को भी एक नया मोड़ दिया।

लू शुन की कला एवं साहित्य की चर्चा करने के पहले हम तत्कालीन समय में उनके साहित्य प्रवेश की चर्चा कर अपनी कला में लू शुन युवा लोगों के निकट सम्पर्क में थे। 1920 से वे पेइचिंग विश्वविद्यालय में प्राध्यापक थे। उन्होंने एक दैनिक अखबार के परिशिष्ट का सम्पादन किया और अनेक साहित्यिक संगठनों की स्थापना में नौजवानों की मदद की। वे युवा लेखकों की पांडुलिपियों को पढ़ने में काफी समय देते थे और ध्यानपूर्वक उनमें सुधार करते थे। अनेक नौजवान उनसे मिलने आते रहते थे और बहुतों से उनका पत्र-व्यवहार था। 1925 ई. में जब वे पेइचिंग में महिला नार्मल कॉलेज में प्राध्यापक थे तो उन्होंने शिक्षा मन्त्री द्वारा कॉलेज को गै़र-कानूनी ढंग से बन्द करने के विरोध में छात्राओं के आन्दोलन को पूरा समर्थन दिया। साहित्य के मोर्चे पर उन्होंने जो संघर्ष छेड़ा तथा नौजवानों को जो निर्देश और सहायता दी, इसके कारण 1924 ई. से 1926 ई. के बीच पेइचिंग में वे अत्यन्त प्रिय व्यक्ति बन गये।

जनवरी, 1927 में वे क्वांग छु (कैंटन) गये और वहाँ सन-यात-सेन विश्वविद्यालय में चीनी भाषा और साहित्य के सहभागी विभागाध्यक्ष बन गये। उसी साल अप्रैल में जब च्यांग-काई-शेक ने क्रान्ति के साथ गद्दारी की और कम्युनिस्टों तथा दूसरे क्रान्तिकारियों को पकड़कर उनकी हत्याएँ शुरू कीं तो उनमें सन-यात-सेन विश्वविद्यालय के भी अनेक छात्र पकड़े गये और मार दिए गये। लू शुन ने इसके विरोध में अपने पद से त्यागपत्र दे दिया। चूँकि उनका जीवन खतरे में था वे

पेइचिंग छोड़कर शंघाई चले गये और वहीं अन्त तक रहे। सारा जीवन उन्होंने लेखन में लगा दिया। आगे चलकर उन्होंने अनेक साहित्य आन्दोलनों का नेतृत्व किया।

1930 ई. में बनी चीनी स्वतन्त्रता लीग के संस्थापकों में से वे एक थे। जब शंघाई में मार्च, 1930 ई. में वामपन्थी लेखक लीग की स्थापना की गयी तो लू शुन उसके भी संस्थापकों में से एक थे। वे 1936 ई. तक उसके प्रमुख नेता रहे, जब बदलती स्थितियों में उसका पुनर्गठन किया गया। जनवरी, 1933 ई. में वे नागरिक अधिकारों के लिए चीनी लीग संस्था में शामिल हुए। मई में उन्होंने शांघाई स्थित जर्मन दूतावास को जाकर नाजी नृशंसताओं के विरोध में एक विरोधपत्र दिया। उन्होंने शंघाई में होने वाले साम्राज्यवाद-विरोधी, फासीवाद-विरोधी अन्तराष्ट्रीय सम्मेलन को संगठित करने में सहयोग दिया जो सरकारी आतंक के कारण बहुत ही गुप्त रूप में हुआ। इन्हीं दस वर्षों के दौरान लू शुन ने सोवियत तथा जर्मन कलाकार कीथ कौलविज के ठप्पाचित्रों से चीनी जनता को परिचित कराया। इसके साथ ही उन्होंने चीन में नई क्रान्तिकारी ठप्पाचित्र कला को प्रोत्साहन और दिशा-निर्देश दिया।

लू शुन के समय का एक-तिहाई हिस्सा विभिन्न पत्रिकाओं के सम्पादकीय काम देखने, युवा लेखकों की पाडुलिपियाँ पढ़ने और उनमें सुधार करने तथा पत्रों का जवाब लिखने में जाता था। शायद ही कभी उन्होंने आराम किया हो। यहाँ तक कि 1936 की अपनी अन्तिम बीमारी में भी वे युवा लेखकों की पांडुलिपियाँ पढ़ते रहे और उनकी भूमिकाएँ लिखते रहे तथा कोमिनतांग द्वारा मार दिए गये प्रमुख चीनी कम्युनिस्ट छू-छ्यू-पाइ की रचनाओं और अनुवादों के सम्पादन और प्रकाशन के काम में लगे रहे। लू शुन इस बीच कुछ नौजवानों तथा एक-दो कम्युनिस्टों से ही गुप्त रूप में सम्पर्क रख सके। उन्हें अकेलेपन की ज़िन्दगी बितानी पड़ी और उनके सिर पर हमेशा गिरफ्तारी या कत्ल की तलवार लटकती रहती थी। फिर भी अन्त तक लड़े और उन्होंने प्रगतिशील लेखकों और कलाकारों को सुदृढ़ नेतृत्व प्रदान किया। इससे भी अधिक उन्होंने सांस्कृतिक मोर्चे को सँभाले रखा और क्रान्तिकारी लेखकों को समाप्त करने के कोमिनतांग के दस-साला अभियान को नाकाम कर दिया।

लू शुन की कलम से जो अन्तिम लेख लिखे गये वो जुलाई और अगस्त, 1936 में बीमारी के दौरान उन्होंने लिखे। इनमें एक खुले पत्र में उन्होंने चीन के उन त्रात्स्कीवादियों की कलई खोली है जो जापान के विरुद्ध कम्युनिस्ट पार्टी की संयुक्त मोर्चे की नीति को अवहेलना की दृष्टि से देखते थे। हालाँकि वे तपेदिक से पीड़ित थे फिर भी उन्होंने अन्त तक विश्राम नहीं किया। 19 अक्तूबर, 1936 को शंघाई में उनकी मृत्यु हो गयी।

लू शुन के जीवन से हमने जाना कि जब उन्होंने लिखना शुरू किया उस समय वे चीन के करोड़ों शोषित-पीड़ित लोगों की मुक्ति के संघर्ष से जुड़ चुके थे। उनकी

'एक पागल की डायरी' ने पहले-पहल ध्यान आकर्षित किया। इस कहानी में वे एक ऐसे मानवतावादी के रूप में सामने आते हैं जो सामन्ती व्यवस्था और उसके विचारों तथा नैतिकता को पूर्णतया अस्वीकार करते हैं। उस पर पाठकों की प्रतिक्रिया तत्काल और उत्साहजनक थी। उन्होंने माना कि सामन्तवाद के विरुद्ध शक्तिशाली विद्रोह चीनी साहित्य में एक नई शुरुआत है। यह लू शुन की पहली यथार्थवादी रचना थी। उन्होंने उसी तरह की अनेक महत्त्वपूर्ण रचनाएँ दीं।

लू शुन ने बाद में यह बताते हुए कि 'मैंने कहानियाँ क्यों लिखीं' कहा कि "दर्जनों साल पहले की तरह आज भी मैं महसूस करता हूँ कि मुझे अपनी जनता, मानवता के जगाने और उसकी बेहतरी के लिए लिखना चाहिए और इसलिए मेरे विषय प्राय: वे लोग बने जो इस असामान्य समाज में अभागे थे। मेरा उद्देश्य था बीमारी को सामने लाना और उसकी तरफ ध्यान खींचना जिससे कि उसका इलाज किया जा सके।"

उन्होंने दिखाया कि इस स्थिति से उबरने का एकमात्र रास्ता समाज को बदलने का है, क्रान्ति का है। उदाहरण के लिए, अपनी कालजयी कहानी 'आ क्यू की सच्ची कहानी' के बारे में लू शुन ने कहा कि वे इसमें 'जनता की मौन आत्मा' को चित्रित करना चाहते थे जो हज़ारों साल से 'चट्टान के नीचे दबी घास की तरह पैदा होती हैं, मरती हैं और लुप्त हो जाती हैं। आ क्यू का चित्रण करते समय लू शुन आ क्यू और उन जैसे अन्य लोगों के पक्ष में आवाज़ उठा रहे हैं। वे आ क्यू के माध्यम से लोगों को हज़ारों साल से चले आ रहे चीनी जनता के उत्पीड़न से परिचित कराना चाहते हैं। यहाँ वे एक प्रतिभा सम्पन्न यथार्थवादी के रूप में सामने आते हैं। वह स्पष्ट दिखाते हैं कि आ क्यू की सबसे बड़ी कमजोरी है पराजित होने पर स्वयं और दूसरों का धोखा देने की उसकी आदत। वह अपने को यह सोचकर सांत्वना देता है कि उसने नैतिक जीत हासिल की है। यह पराजित मानसिकता है। इसके भी ऊपर आ क्यू न केवल अपने शत्रुओं और उत्पीड़कों को भूल जाता है, बल्कि अपने से कमजोर लोगों से उसका बदला लेता है और खुद एक उत्पीड़क बन जाता है। लू शुन दिखाते हैं कि यह हज़ारों वर्षों के सामन्ती शासन और सौ वर्षों के विदेशी साम्राज्यवादी आक्रमण का परिणाम है।

दूसरी चीज़ जो लू शुन स्पष्ट करना चाहते हैं वह यह है कि आ क्यू और उसके उत्पीड़कों के बीच टकराव में आ क्यू समर्पण और विद्रोह के बीच झूलता है, लेकिन विद्रोह की भावना उसमें हमेशा है। सभी उत्पीड़ितों की तरह आ क्यू भी अपने को तभी मुक्त कर सकता है जब वह बाधाओं से लड़ने अर्थात् क्रान्ति के लिए तैयार हो। जब 1911 की क्रान्ति आती है तो आ क्यू का भाग्य उससे जुड़ जाता है। यह तथ्य कि उसे क्रान्ति में भाग लेने से रोका जाता है इस बात का सबूत है कि

क्रान्ति असफल हो गयी है। लेकिन आ क्यू में विद्रोह की भावना फिर भी मौजूद है, उसके लिए क्रान्ति का रास्ता अभी भी बचा है। यही लू शुन का निष्कर्ष है। इन कहानियों में हम लू शुन की यथार्थ के चित्रण में निर्भीकता और बुराइयों के प्रतिकार की शक्ति देखते हैं। उस समय चीन में जो हालात थे उनमें अधिकाश उत्पीड़ित लोग दुखों के प्रति एकदम संवेदनशून्य बन गये थे। लेकिन लू शुन ने उत्पीड़ितों के दिलों में दर्द की उठती कराहों को सुना और उसे वाणी दी।

इन कहानियों में लू शुन जीवन और समाज के पुराने ढर्रे को पूरी तरह अस्वीकार करते हैं। उन्हें पढ़कर लोग इस बात से सहमत होते हैं कि इन बुराइयों और लोगों के कष्टों का अन्त आमूल सामाजिक क्रान्ति से ही हो सकता है। 'एक पागल की डायरी', 'मेरा पुराना घर', 'आ क्यू की सच्ची कहानी' तथा 'नए साल की बलि' सभी का यही सन्देश है। वहीं 'औषधि' कहानी के बारे में भी सच है जो 1911 ई. के क्रान्तिकारी की याद में लिखी गयी है और क्रान्ति की असफलता के मूल कारणों पर रोशनी डालती है।

लू शुन उत्पीड़ितों के दुख-दर्दों का ही वर्णन नहीं करते बल्कि उनकी शक्ति को भी दिखाते हैं। उनकी कई कहानियाँ चीन की श्रमिक जनता के श्रेष्ठ गुणों को सामने लाती हैं। लू शुन ने निराशा को आशा से जीता और यह जीत ल्यू वइ फू के मोहभंग या वे ल्यान शु के आत्मध्वंश से एकदम भिन्न है। लू शुन को इस बड़े मैदान की ज़रूरत इसलिए थी क्योंकि उन्हें 'पुराने बदले चुकाने थे और एक नई लीक बनानी थी।' उन्हें इतिहास और समाज के प्रत्येक पक्ष की पड़ताल करने के लिए इस क्षेत्र की ज़रूरत थी। वे मनुष्य की ज़िन्दगी के हर कोने में झाँकना चाहते थे, हर मुख़ौटे को फाड़ना चाहते थे और दुश्मनों को खोजकर उन पर आक्रमण करना चाहते थे।

इससे स्पष्ट है कि अपनी कहानियों में लू शुन जिस उद्देश्य को प्राप्त करने के लिए प्रयत्नशील थे वह उनके निबन्धों में और तीखे रूप में उभरा और उनमें उसकी प्राप्ति के लिए अधिक गहरा विश्वास आया। उनकी महत्त्वपूर्ण ऐतिहासिक भूमिका, उनकी महानता, राजनीतिक विचार धारा और कला में उनके योगदान को उनकी कहानियों से अधिक उनके निबधों में अच्छी तरह देखा जा सकता है। वे अतीत की ओर पीठ करके जनता और चीन के भविष्य को देख रहे हैं। उन्होंने अगर कभी पीछे फिर कर देखा भी तो केवल 'पीछे से वार करने वाले शत्रु पर वार करने के लिए' ही। दुनिया की कोई ताकत उन्हें समझौता करने के लिए बाध्य नहीं कर सकती थी, कोई बाधा उनके रास्ते को नहीं रोक सकती थी। उन्हें पूरा विश्वास था कि अपनी सड़ी-गली चीज़ों के साथ पुराना समाज और जीवन का पुराना ढर्रा अवश्य ही ख़त्म होगा और नए समाज और नए जीवन की जीत अवश्यंभावी है।

इन वर्षों में वर्ग-संघर्ष और क्रान्ति की समस्याएँ भी उनकी कहानियों से

अधिक उनके निबन्धों में अधिक सटीक और विस्तार से अभिव्यक्त हुईं। इन निबन्धों में लू शुन की कलात्मक प्रतिभा को सामने आने की अधिक स्वतन्त्रता मिली। एक क्रान्तिकारी के रूप में जैसे-जैसे उनका मानसिक विकास होता गया वैसे-वैसे उनकी कलात्मक प्रतिभा नई ऊँचाइयाँ छूती गयी। एक महान निबन्धकार की अपनी इस भिन्न शैली के कारण लू शुन चीन की सांस्कृतिक क्रान्ति में एक प्रसिद्ध विवादी और महानतम प्रतिभा के लेखक बन गये जिन्होंने अपने से पूर्व के सभी लोगों को पीछे छोड़ दिया।

प्रेमचन्द की कहानियाँ

यहाँ हम प्रेमचन्द की कहानियों का संक्षिप्त वर्णन प्रस्तुत करना चाहेंगे। प्रेमचन्द की कहानियाँ संख्या में 300 के करीब हैं। इनके अतिरिक्त 100 कहानियाँ उर्दू में भी हैं। ये सारी कहानियाँ एक अन्तराल में लिखी गयी हैं, इस कारण इनमें कलात्मक विकास की विभिन्न कमियों का दिखाई देना स्वाभाविक है। प्रारम्भिक कहानियाँ अधिक गठित, संक्षिप्त तथा नाटकीय प्रभाव से सम्पन्न हैं। मानो एक प्रभावशाली चित्र का प्रदर्शन कर समाप्त हो गयी हैं।

यहाँ देखना होगा कि कला की दृष्टि से आरम्भ और अन्त की कहानियों में अन्तर आ गया है। यहाँ यह उल्लेखनीय है कि भाव के क्षेत्र में प्रेमचन्द की आरम्भिक कहानियाँ भावना प्रधान और आदर्शवादी हैं। वह प्रत्येक स्थिति में किसी ऊँचे आदर्श पर जाकर समाप्त होती है। उनका प्रभाव स्वभावतः पूर्ण और उपदेशात्मक होता है। किन्तु आगे चलकर प्रेमचन्द की कहानियों में चित्रित परिस्थितियों और व्यक्त भावों के बीच और अधिक गहरा सामंजस्य स्थापित हो गया है। आगे उनके चित्रण अधिक मनोवैज्ञानिक, तथ्यपूर्ण और अकृत्रिम होने लगे हैं। इस दौर की कहानियों में ज्यादा कलात्मक ऊँचाई है।

श्री नन्द दुलारे वाजपेयी ने इस विषय पर अपना मन्तव्य प्रस्तुत करते हुए लिखा है। यद्यपि मानव स्वभाव पर अमिट विश्वास के कारण प्रेमचन्द की आदर्शवादी प्रवृत्ति अधिक संयमित है पर जिन कहानियों में प्रेमचन्द ने किसी आदर्श का चित्रण नहीं किया है, उदाहरण के लिए—कफन, पूस की रात, नशा आदि वहाँ भी परिस्थिति की विवशता के प्रति प्रेमचन्द की व्यंग्यात्मक दृष्टि परिलक्षित हुई है। उन कहानियों में भी मुख्य प्रभाव परिस्थिति के विरुद्ध विद्रोह करने का ही है। प्रेमचन्द ने ऐसी कहानियाँ नहीं लिखीं जो विशुद्ध निराशामूलक हों। उनके पात्र परिस्थितियों से लड़ते और पराजित होते भी दिखाए गये हैं पर लेखक ने जीवन में आस्था बनी रहने दी है। इसीलिए उन कहानियों का प्रभाव विषादात्मक न पड़कर व्यंग्यात्मक ही पड़ता है। इस दृष्टि से प्रेमचन्द की कहानियाँ जीवन के प्रगतिशील और आस्थावादी

दृष्टिकोण को व्यक्त करती हैं।

विचारों के क्षेत्र में भी प्रेमचन्द क्रमशः प्रौढ़ होते गये हैं। उन्होंने जीवन सम्बन्धी अपने अनुभवों को निरन्तर बढ़ने दिया है। खुली आँख और खुले मस्तिष्क से वह समस्त परिस्थितियों को देखते और आँकते थे। अनुभव की वृद्धि के साथ उनके अध्ययन का भी विस्तार होता गया। वह भारतीय साहित्यकारों के अतिरिक्त पश्चिमी विचारकों और कलाकारों से बहुत कुछ परिचित हुए। सामाजिक परिस्थितियों के परिवर्तन के साथ स्वाभाविक रूप से बदलने वाले पुरुषों के साथ उसकी सामाजिक समानता का निरूपण और उद्घोष उन्होंने अपनी पिछली कहानियों में स्पष्ट रूप से किया है। नारी के पतिव्रत और उसकी गार्हस्थिक निपुणता के साथ ही प्रेमचन्द ने उसके समान अधिकारों का भी प्रतिपादन किया है। इसी प्रकार अन्य क्षेत्रों में भी वह क्रमशः आगे बढ़ते गये हैं।

यहाँ यह कह देना आवश्यक प्रतीत होता है कि प्रेमचन्द सामयिक, सामाजिक आन्दोलनों और राजनीतिक गतिविधियों के बाहर अपनी कहानियों में बहुत ही कम गये हैं। उनका समस्त क्षेत्र बीस पच्चीस वर्षों के भारतीय जीवन के विकास पर केन्द्रित है। दूसरे शब्दों में, प्रेमचन्द प्रत्यक्षवादी कलाकार ठहरते हैं। उन्होंने मानव विकास के उन पहलुओं पर ध्यान नहीं दिया, जिनका सम्बन्ध इतिहास तथा अन्य प्राणी विज्ञान सम्बन्धी तथ्यों से है। यह भी कह सकते हैं कि उनकी कल्पना सामयिकता की परिधि से ऊपर उठने में अक्षम थी और दैनिक जीवन की स्थितियों को ही अपनाने में प्रवीण थी। इसका एक परिणाम यह भी हुआ कि प्रेमचन्द सदैव सामान्य परिस्थितियों के भीतर सामान्य चरित्रों की अवतारणा करते हैं। असामान्य और विशिष्ट जीवन चित्रों की विवेचना जो मनोविज्ञान तथा अन्य सम्बन्धित विज्ञानों के गहरे और विशिष्ट अनुभवों से सम्बद्ध है, प्रेमचन्द की कहानियों की सभी सीमा में नहीं आते। सामान्य के अन्तर्गत भी प्रेमचन्द का मुख्य झुकाव सुधारवाद और आदर्शात्मक मनोविज्ञान की ओर ही अधिक है। तटस्थ मनोवैज्ञानिक चित्रण उनकी कहानियों में कम ही मिलते हैं। नारी स्वभाव और नारी प्रकृति की भीतरी विशेषताओं में जाने के लिए प्रेमचन्द को समय न था और वह चरित्र की ऐसी रूपरेखाओं को ही अंकित कर सके, जिन्हें इस वैचित्र्यपूर्ण मानव समाज में प्रायः देखा जाता है। प्रेमचन्द की कहानियाँ इसीलिए सब्जेक्टिव या भावात्मक श्रेणी में आती हैं जो यथार्थ अनुभव पर आधारित है। निश्चय ही वह सामाजिक विकास के लिए महत्त्वपूर्ण अस्त्र का काम कर चुकी हैं, परन्तु समय के बीत जाने पर उनकी क्या स्थिति होगी यह एक विचारणीय प्रश्न है। प्रेमचन्द के बाद लगभग सौ साल होन वाले हैं, फिर भी वे ज्यादा पढ़े जा रहे हैं, ज्यादा प्रासंगिक हैं।

विभिन्न विचारकों ने प्रेमचन्द की कहानियों के आलोक में अपने अलग-

अलग विचार प्रस्तुत किए हैं। सर्वप्रथम हम श्री गंगा प्रसाद विमल के विचार प्रस्तुत करना चाहेंगे। उन्होंने अपनी पुस्तक 'प्रेमचन्द आज का सन्दर्भ' में कहा है। हिन्दी कहानी की पुष्ट परम्परा का आरम्भ प्रेमचन्द से होता है, इसमें सन्देह नहीं है। इसका आधार भूत कारण यह है कि प्रेमचन्द की रचनात्मकता एक ऐसा मानक स्तर कायम करती है कि उनके समकालीन या बाद के रचनाकारों की उन जैसी या वैसी कहानियों के अतिरिक्त कहानियाँ साहित्यिक स्तर की नहीं मानी जातीं। यह आधारभूत कारण छोटा होने पर भी इसीलिए समर्थ है क्योंकि यह कहानी की रचनात्मकता के मानक से जुड़ा हुआ है। प्रेमचन्द ने अपनी कहानियों में जीवन के विराट फलक को उतारा था और उनका प्रेक्ष्य बिन्दु मनुष्य का वह रूप था जो अपने समसामयिक संघर्षमय जीवन की पीड़ाओं का वहन करता था। दरअसल देखा जाए तो अपनी महीन बुनावट के कारण प्रेमचन्द की कुछ कहानियाँ मानवीय त्रासदी का इतिहास लगती हैं। परन्तु उनमें भारतीय जन जीवन की जागृति और सांस्कृतिक उत्थान के नये अनुभव भी जुड़े हुए हैं, इसलिए उनमें जीवन का एक आशावादी स्वर भी मुखरित होता है। इनकी आरम्भिक कहानियाँ ही नहीं, बहुत सारी बाद की कहानियाँ भी आदर्शवादी स्वर की अतिवादिता से ग्रस्त हैं, इसलिए सभी कहानियों को मानवीय त्रासदी के इतिहास से नहीं जोड़ा जा सकता। खास तौर पर उन कहानियों को जिनमें उपदेश का स्वर सतही और आरोपित लगता है। प्रेमचन्द की 254 कहानियों में से बहुत कम कहानियाँ ऐसी हैं जो कहानी के मानक के नये स्तर का निर्माण करती हैं, परन्तु इसका अर्थ यह कदापि नहीं कि शेष कहानियाँ इसी आधार पर महत्त्वहीन हैं। कुछ कहानियाँ गुणात्मक परम्परा की अभिवृद्धि करती हैं तो शेष कहानियाँ अपने कुछ एक महत्त्वपूर्ण पहलुओं को प्रकट कर चर्चा का विषय बताती हैं। इतना अवश्य कहा जा सकता है कि एक रचनाकार और कहानीकार के रूप में जो कहानियाँ प्रेमचन्द के रचना व्यक्तिगत बिम्ब का निर्माण करती हैं उनकी संख्या ज्यादा नहीं है।

प्रसिद्ध आलोचक डॉ. रामविलास शर्मा के अनुसार 'विश्व साहित्य में प्रेमचन्द के स्थान का निर्धारण उनके कथा साहित्य के किसानों के चित्रण के आधार पर होगा। ये किसान इतने सजीव हैं कि लगता है प्रेमचन्द उनके अन्तर में पैठ कर देख आएँगे वे क्या सोचते विचारते हैं। प्रेमचन्द ने बहुत अच्छी कहानियाँ लिखी हैं पर विभिन्न वर्गों के परस्पर घात-प्रतिघात का विशद् चित्रण उनके उपन्यासों में ही मिलता है। तालस्ताय की तरह वह भी कहानी लेखक की अपेक्षा उपन्यासकार के ही रूप में अधिक मान्य हैं।' परन्तु हमारे दूसरे आलोचक नलिन विलोचन शर्मा का मत है कि प्रेमचन्द ने हिन्दी कथा साहित्य के क्षेत्र में अहिंसक क्रान्ति की थी। उन्होंने लिखा है ''प्रेमचन्द ने भारतेन्दु युग और प्रलंबित भारतेन्दु युग से भिन्न नवीन युग

का कैसे और कब प्रर्वतन किया था, यह समय की कुछ दूरी से देखने वाले हम तो समझ पाते हैं, किन्तु इस महत्त्वपूर्ण घटना को प्रत्यक्षदर्शियों ने शायद ही समझा था। हम राजनीति की दृष्टि से अहिंसक क्रान्तियों की बात कभी-कभी सुनते हैं। प्रेमचन्द ने हिन्दी कथा साहित्य के क्षेत्र में अहिंसक क्रान्ति की थी। साहित्य के इस क्षेत्र में उनकी कृतियों ने युगान्तर उपस्थित कर दिया और किसी ने पुराने को ढहते और नये को उठते देखा तक नहीं।''

प्रसिद्ध आलोचक श्री शम्भूनाथ ने प्रेमचन्द की प्रासंगिकता के सन्दर्भ में लिखा है कि बेशक प्रेमचन्द की कुछ कहानियाँ आज प्रासंगिक नहीं हैं। उन्हें पढ़ने पर लगता है कि हम गुजरे जमाने के किस्से पढ़ रहे हैं। शुरू से आखिर तक नपे-तुले ऐसे किस्सों में आज के समकालीन जीवन को संवेदित करने की ताकत नहीं है। मगर प्रेमचन्द की ऐसी कहानियाँ भी हैं जिनका रूप भले पुराना हो पर मानवीय संवेदना की सच्ची पहचान कराने और जीवन की यथार्थवादी तस्वीर प्रस्तुत करने की दृष्टि से वे आज भी महत्त्वपूर्ण हैं। ऐसी कहानियों पर चर्चा भी हुई है। भावात्मक मानवतावाद के आदर्शों से प्रेरित आलोचकों ने उनकी कुछ खास कहानियों को उछाला है। 'पंच परमेश्वर', 'बड़े घर की बेटी', 'सुजान भगत' अथवा 'नमक का दारोगा' जैसी कहानियाँ उन्हें पसन्द आईं क्योंकि इनमें आर्थिक शोषण का चित्र नहीं है। नयी कहानी आन्दोलन के दौरान 'कफन', 'पूस की रात', 'शतरंज के खिलाड़ी' जैसी चन्द कहानियों की चर्चा ने ज्यादा स्थान घेरा क्योंकि ये नये कहानीकारों की मानसिकता से मेल खाती थीं। जाहिर है प्रेमचन्द की अनेक अच्छी कहानियाँ उपेक्षित पड़ी रहीं। इन पर जो भी चर्चा हुई उसके माध्यम से कहानियों का मूल्यांकन कम संकुचित राजनैतिक दृष्टि का प्रक्षेपण अधिक हुआ।

प्रेमचन्द के कथा साहित्य पर बात करना किसी आलोचक द्वारा अपनी स्वयं की समझदारी का परिचय देना भी है। उनकी कहानियों को उछालने और कुछ को उपेक्षित करने में विभिन्न तरह की राजनीतिक सक्रियता रही है। इधर उनकी कई उपेक्षित कहानियों का महत्त्व पहचाना गया है और कई चर्चित कहानियों पर पुनर्विचार हुआ है। निश्चय ही इस पर समकालीन राजनीति के ठोस सन्दर्भों का दबाव है। फिर भी यहाँ हमारा मुख्य उद्देश्य प्रेमचन्द की कहानियों के ऐतिहासिक विकास का मूल्यांकन करना और एक आलोचनात्मक दृष्टि प्रस्तुत करना है।

एक ओर दूसरे आलोचक श्री इन्द्रनाथ मदान का मत है कि प्रेमचन्द उपन्यासकार के नाते और भी महान हैं। यह सच है कि पीछे चलकर उनका उपन्यासकार ही अधिक प्रकाश में आया, लेकिन पहले वे कहानीकार ही थे और इस क्षेत्र में उनकी सफलता और लोकप्रियता अद्वितीय है। वे कहानी लेखन कला के अग्रदूत थे और उन्होंने तीन सौ के लगभग कहानियाँ लिखीं जिनमें कई साहित्य की अमर निधि हैं।

उन्होंने कहानी को बिल्कुल नया रूप दिया है।

वे पहले व्यक्ति थे जो सामग्री के लिए गाँवों की ओर गये और जिन्होंने सीधे-सादे ग्रामीणों के घटनाहीन जीवन को अपनी कहानियों का विषय बनाया। उन्होंने इन सीधे-सादे धरती पुत्रों, क्लर्कों और बड़े व्यापारियों के मामूली मुंशियों के मन की हलचल को व्यक्त किया। वे उनके संघर्षों, प्रलोभनों और कमजोरियों, उनकी आशाओं और आक्षांकाओं, उनकी सहज धार्मिकता और अन्धविश्वासों से भलीभाँति परिचित थे। किसान का मन उनके लिए खुली हुई पुस्तक के समान था।

प्रसिद्ध आलोचक डॉ. रामविलास शर्मा के अनुसार उनकी कहानियाँ कला और विषय वस्तु के लिहाज से काफी ऊँचे नीचे स्तरों की हैं। यह बात उनके उपन्यासों के बारे में भी कही जा सकती है। फिर भी उनके अच्छे से अच्छे और घटिया से घटिया उपन्यासों के बीच इतना बड़ा फासला न मिलेगा जितना उनकी बढ़िया और घटिया कहानियों के बीच मिलता है।

प्रेमचन्द सिर्फ एक ऊँचे दर्जे के कहानीकार ही नहीं थे। जब हम संसार के चोटी के कहानीकारों का ध्यान करे या स्वयं उपन्यासकार प्रेमचन्द से कहानीकार प्रेमचन्द की तुलना करे जब हम हिन्दुस्तान की दूसरी भाषाओं की तरफ नजर डालते हैं, तब हम उन्हें अच्छे से अच्छे कहानीकारों की पंक्ति में बैठने का हकदार पाते हैं और ब्रिटेन और अमेरिका के अच्छे से अच्छे कहानीकारों से कई बातों में आगे बढ़ा हुआ भी पाते हैं।

प्रेमचन्द की लगभग पचास कहानियाँ ऐसी होगीं जो हिन्दी में अपना अमर स्थान बना चुकी हैं। हिन्दुस्तान की जिन भाषाओं में उनकी कहानियों का अनुवाद हुआ है, उनमें भी उनकी लोकप्रियता में सन्देह नहीं रह गया।

डॉ. शर्मा के अनुसार भारतीय कथा साहित्य की जातीय परम्परा से प्रेमचन्द की कहानियों का बहुत घनिष्ठ सम्बन्ध है। कहानी फुरसत की चीज है, काम-धाम से छुट्टी पाकर सोचने की चीज और जल्दबाजी से काम बिगड़ जाता है। प्रेमचन्द के कहानी कहने में वह फुरसत का भाव मिलता है। वह कहानी सुनाते हैं, अक्सर लच्छेदार जबान में वाक्यों को स्वाभाविक गति से फैलाने की आजादी देकर अँग्रेज़ी बाग के माली की तरह उनकी डालियाँ और पत्ते कतरकर नहीं, फूलों और पत्तियों को हवा में बढ़ने और लहराने की आजादी देकर। ज़िन्दगी के अनुभवों पर टीका-टिप्पणी भी साथ में चला करती है, व्यंग्य, अनूठी उपमाएँ और हास्य बीच-बीच में पाठक को गुदगुदाते रहते हैं।

प्रेमचन्द की कहानियाँ केवल मनोरंजन के उद्‌देश्य से नहीं लिखी गयीं। उन सभी में कोई-न-कोई सुझाव, जीवन के प्रति नया दृष्टिकोण, किसी समस्या का हल जरूर मिलता है। 'हमें प्रेमचन्द की समस्त कहानियों पर एक साथ विचार कर

लेना भी आवश्यक है।' डॉ. शर्मा के मतानुसार ''सबसे पहले हम उनकी कहानियों के निर्माण के क्षेत्र को देखें। लेखक की कल्पना उसकी रुचि और अध्ययन उसकी जीवन सम्बन्धी अभिज्ञता उसे कितने व्यापक क्षेत्रों में ले गयी है? यहाँ हम यह कहने को बाध्य होते हैं कि प्रेमचन्द की कहानियों का क्षेत्र बहुत अधिक प्रसारित नहीं है। उन्होंने सामयिक जीवन की ही कहानियाँ लिखी हैं और वे भी प्राय: राष्ट्रीय उत्थान के विशिष्ट उद्देश्य से उनकी कल्पना तथा उनके अध्ययन और अनुभव उनको जीवन के विविध क्षेत्रों में नहीं ले जा सके और स्पष्ट लक्ष्य की प्रमुखता के कारण उनकी कहानियों में तटस्थ चित्रण, वस्तु का स्वतन्त्र निरीक्षण और स्वतन्त्र परिणाम दर्शन पूरी मात्रा में नहीं आ पाया। यह उनकी कहानियों की मुख्य सीमा है, परन्तु इस सीमा के अन्तर्गत उन्होंने विस्तृत विशेष कार्य किया है। उनकी कहानियों की संख्या और परिणाम किसी बड़े कलाकार के रूप से वस्तु ग्रहण की क्षमता में जो कमी दिखाई देती है उसकी बहुत कुछ पूर्ति प्रेमचन्द ने सीमित वस्तु की विविधता और अनेकरूपता द्वारा पूरी कर ली है।''

हम ऊपर कह चुके हैं कि प्रेमचन्द की मुख्य प्रेरणा जिसके आधार पर उन्होंने कहानियों का निर्माण किया, प्रगतिशीलता थी। वे समाजहित और समाजोत्थान की भावनाओं से प्रेरित थे। इस मूल प्रेरणा के कारण प्रेमचन्द की कहानियों में एक विलक्षण आशावाद, मानव महत्त्व के प्रति अमिट विश्वास और समाज की अनिष्टकारी शक्तियों के विरुद्ध एक कठोर व्यंग्य का भाव भरा हुआ है। यह प्रेमचन्द के व्यक्तित्व की विशेषता रही है, और इसका शुभ परिणाम उनकी कहानियों में सर्वत्र देखा जाता है, परन्तु इस उदात्त उद्देश्य के कारण अनेक स्थलों पर कलात्मक त्रुटियाँ भी रह गयी हैं। उदाहरण के लिए उनकी कितनी ही कहानियों में हल्की भावुकता, आदर्शात्मकता और उपदेशात्मक प्रवृत्ति (जिसे इतिवृत्तात्मकता भी कह सकते हैं) स्थान पा गयी है। 'कहानियों में वस्तु और परिस्थिति के साथ भाव की जो संयुक्त सृष्टि होनी चाहिए वह अनेक बार उपेक्षित हो गयी है। दूसरे शब्दों में प्रेमचन्द ने सर्वत्र वस्तु और भाव के नैसर्गिक तारतम्य का ध्यान नहीं रखा। वे भावना में बह गये हैं, जिससे उनकी कहानियाँ वास्तविक वस्तु निरीक्षण और तज्जन्य प्रभावशीलता से अनेक बार वंचित रह गयी हैं। परन्तु अपनी प्रौढ़ कृतियों में प्रेमचन्द अधिक तटस्थ और मार्मिक निरीक्षण से काम ले सके हैं, जिसके परिणामस्वरूप उनकी पिछले समय की कहानियाँ अधिक प्रभावशाली हुई हैं।''

देश की लगन वाले इस लेखक के चरित्र, घटनावली और परिस्थितियाँ सचमुच उसी रंग में रँगी हैं। उपन्यासों से लेखन शुरू करने वाले प्रेमचन्द कहानी की दुनिया में 1907 में आए। इसके साथ ही एक अजीबोगरीब सिलसिला आगे जाकर शुरू हुआ कि कभी वह उर्दू में पहले लिखते थे तो कभी हिन्दी में। कहानियाँ दोनों

भाषाओं में आती रहीं, लेकिन यहीं उनकी कहानी के प्रेमियों के लिए एक नई दुविधा उठ खड़ी हुई। सिर्फ उर्दू या सिर्फ हिन्दी जानने वालों के लिए नहीं उनके लिए जो दोनों जबान जानते थे और पढ़ते रहे। शायद ऐसे पाठक और साहित्य चिन्तक इस बात से असहमत नहीं होंगे। प्रेमचन्द कि उर्दू जबान हिन्दी के मुकाबले कहीं ज्यादा असरदार मालूम पड़ती है। यह कहानियाँ एक भाषा से दूसरी भाषा में हू-ब-हू अनुवाद नहीं हैं। श्रीपत राय का कहना है 'प्रेमचन्द की कहानियों का सम्पूर्ण आकलन अभी तक नहीं हो सका है। यह काम कठिन है और इस दिशा में प्रयत्न होते रहेंगे बहुत समय तक। इसका कारण है वे हिन्दी तथा उर्दू दोनों ही भाषाओं में कहानियाँ लिखते थे। कभी पहले हिन्दी में तो कभी उर्दू में। हिन्दी में लिखी गयी कहानी को बाद में उर्दू रूप देते थे। पर वह अनुवाद न होकर स्वतन्त्र रचना होती थी। इसी प्रकार पहले उर्दू में लिखी गयी कहानी को हिन्दी रूप प्रदान करते थे।''

डॉ. कमल किशोर गोयनका ने खासी मेहनत और समय लगाकर इस दिशा में काम किया है। बावजूद इसके 'अभी प्रेमचन्द के सम्पूर्ण मूल्यांकन के लिए किसी मौलिक प्रतिभा को अपना जीवन लगाना होगा।'

प्रेमचन्द के कहानीकार ने यदि निरन्तर विकास किया तो इसकी वजह यही है कि वह कहानी के लिए जरूरी चीजों के महत्त्व को न सिर्फ समझ रहे थे बल्कि रेखांकित भी कर रहे थे। क्या था प्रेमचन्द के गल्प का आधार? आइए उन्हीं की जबान में पढ़ें ''घटना का कोई स्वतन्त्र महत्त्व ही न रहा। उनका महत्त्व केवल पात्रों के मनोभावों का व्यक्त करने की दृष्टि से ही है—उस तरह जैसे शालिग्राम रूप से केवल पत्थर का एक गोल टुकड़ा है, लेकिन उपासक की श्रद्धा से प्रतिष्ठित होकर देवता बन जाता है। खुलासा यह है कि गल्प का आधार अब घटना नहीं, अनुभूति है।''

हम उनकी कुछ प्रमुख कहानियों पर दृष्टिपात करें। 'बड़े घर की बेटी' पहले पहल उर्दू के मासिक जमाना में दिसम्बर, 1910 के अंक में प्रकाशित हुई थी। बाद में या पहले हिन्दी की किसी पत्रिका में छपी भी या नहीं, यह जानकारी नहीं मिलती। हाँ, कहानी संग्रह 'सप्त सरोज' (1917) में जरूर दी गयी थी। यदि यह कहानी कई अर्थों में प्रासंगिक है तो इसलिए कि टूटते परिवारों के सच में बिखरते समाज को यदि कोई बचा सकता है तो वह है स्त्री। समाज की महत्त्वपूर्ण संस्था परिवार की इस धुरी को प्रेमचन्द ने कुछ इस तरह पेश किया कि बड़े घर की बेटी होना एक मुहावरे में ही तब्दील हो गया। हिन्दी और उर्दू में यह एक ही शीर्षक से प्रकाशित हुई।

'पंच परमेश्वर' उन कहानियों में से है जो हिन्दी उर्दू में करीबन एक साथ प्रकाशित हुईं। सरस्वती के जून, 1916 के अंक में हिन्दी और जमाना मई-जून, 1916 के अंक में उर्दू में। प्रेमचन्द की यह सर्वाधिक यादगार कहानी बहुत सहज

अन्दाज में एक बात गहरे में समझा जाती है कि अपने उत्तरदायित्व का ज्ञान हमारे संकुचित व्यवहार का सुधारक होता है। जब हम रास्ता भटक जाते हैं तब यही ज्ञान हमारा सही पथ प्रदर्शक बनता है। उर्दू में यह 'पंचायत' शीर्षक से प्रकाशित हुई थी।

'ईदगाह' अगस्त, 1938 के चाँद में उर्दू में इसी वर्ष इस्मत मासिक में प्रकाशित हुई थी। दोनों भाषाओं में शीर्षक एक ही था। पाठकों के जेहन में हामिद जैसे हमेशा के लिए बैठ जाता है। ईद का माहौल उत्साह में भरे बच्चों और हामिद सरीखे बच्चे का मनोजगत कमेंटरी वाले अन्दाज में खोलती यह कहानी भारतीय साहित्य की अमूल्य निधि है। 'ईदगाह', 'गुल्ली डंडा' और 'रामलीला' का अध्ययन बालमनोविज्ञान की दृष्टि से एक साथ करने पर कई महत्त्वपूर्ण नतीजे सामने आ सकते हैं।

नमक का दारोगा के अलोपीदीन और मुंशी वंशीधर को कौन भुला सकता है। आज भी यह पात्र शायद इसलिए मौजूँ बने हुए हैं कि जिस पतनशील समाज में जीने को हम विवश हैं वहाँ हमारी चेतना के कुहासे को छाँटते हुए ये दोनों बार-बार आ खड़े होते हैं। शायद यही वजह है कि आधुनिक कथाकारों ने भी 'नमक का दारोगा' को अपने-अपने अन्दाज में फिर से लिखने की कोशिश की है। यह कहानी 'सप्त सरोज' संग्रह में 1917 में प्रकाशित हुई थी, लेकिन इससे चार वर्ष पहले उर्दू मासिक हमदर्द में इसी शीर्षक से 1913 के अक्टूबर अंक में छप चुकी थी।

'दो बैलो की कथा' 2 अक्टूबर, 1931 में हंस में प्रकाशित होने के बाद से लगातार चर्चा में रही है। जहाँ यह कहती है कि सीधे बने रहने से बात नहीं बनती, वही पशुओं की भलमनसाहत और इंसानों के पशुत्व को भी खूब उजागर करती है। उर्दू में यह 1931 में ही चन्दन मासिक में प्रकाशित हुई थी।

- जो गोली मरवा दे?
- मर जाऊँगा, पर उसके काम तो न आऊँगा।
- हमारी जान को कोई जान ही नहीं समझता।
- इसलिए कि हम इतने सीधे हैं।

इन संवादों को उस समय को ध्यान में रखते हुए गम्भीरता से पढ़ा जाए तो यह कहानी सिर्फ बैलों की नहीं है। बैलों के बहाने भारतीय जनता को झकझोरने का प्रयास भी है जो मालिक के इशारे पर बैलों की तरह जोती जा रही थी। बाद में तो इस कहानी पर हीरा-मोती नाम की फिल्म भी बनी।

'सवा सेर गेहूँ' किसान के बन्धुआ हो जाने की दुखद घटना पर आधारित है। सवा सेर गेहूँ उधार लेने का जो फल उसे विप्र महाराज की कृपा से भुगतना पड़ा उसे बयान करते-करते जैसे प्रेमचन्द समूचे ग्रामीण समाज का क्लोज-अप ही खींच देते हैं। जातिगत बन्धन हो या महाजन के शोषण का शिकंजा और उसके भय से मूक

बने शेष ग्रामवासी सभी तो नंगे हो जाते हैं। इस कहानी का अन्त प्रेमचन्द जिस ढंग से करते हैं वह उल्लेखनीय है 'पाठक इस वृत्तांत को कपोल कल्पित न समझिए। यह सत्य घटना है। ऐसे शंकरों और विप्रों से दुनिया खाली नहीं हुई है।' मासिक चाँद में सन् 1924 में प्रकाशित हुई यह कहानी उर्दू के संग्रह फिर दो से खयाल में भी इसी शीर्षक से है। यह सन् 1929 में प्रकाशित हुआ था।

राजनैतिक अध:पतन की चरम सीमा है 'शतरंज के खिलाड़ी।' मीर और मिर्जा की विलासिता की चरम सीमा दिखाकर प्रेमचन्द पूरी गहराई से अपने चरित्रों का पर्दाफाश करते हैं कि देश की उन्हें कोई परवाह नहीं। शतरंज के वजीर की हिफाजत के लिए तो दोनों लड़ते-लड़ते प्राण दे डालते हैं, लेकिन मुल्क की हिफाजत के बारे में सोचते तक नहीं। इस कहानी का अन्त झकझोर कर रख देता है। डॉ. रामविलास शर्मा ने ठीक ही कहा है कि इस कहानी में प्रेमचन्द 'कला-कला के लिए' का खूब मजाक उड़ाते हैं। माधुरी मासिक के अक्टूबर, 1924 के अंक में प्रकाशित हुई यह कहानी उर्दू मासिक जमाना के दिसम्बर, 1924 के अंक में प्रकाशित हुई। लेकिन वहाँ इसका शीर्षक है—शतरंज की बाजी।

श्याम बेनेगल की तेलुगु फिल्म 'ओका ओरी' की कथा प्रेमचन्द की सर्वाधिक चर्चित और विवादपस्द कहानी 'कफन' पर आधारित है। यह कहानी उर्दू में जामिया के दिसम्बर, 1935 के अंक में इसी शीर्षक से पहले और हिन्दी मासिक चाँद में चार महीने बाद प्रकाशित हुई। दरअसल यह प्रेमचन्द की कहानी कला का उत्कर्ष है। टूटते जीवन मूल्यों का विचित्र रूप उन्हें आकर्षिक कर रहा था। भीतरी कमजोरियों के साथ उसके इंसान के रूप में सोचने का यहाँ वही रूप नहीं है जो उनकी आदर्शवादी कहानियों में नजर आता है।

जीते मरते पात्रों को प्रेमचन्द ने यहाँ यथार्थपरक ढंग से प्रस्तुत किया है। घीसू और माधव को भूलना कठिन है और कठिन है उन स्थितियों को भूलना भी जहाँ वह सोचते हैं कैसा बुरा रिवाज है कि जिसे जीते जी तन ढँकने को चीथड़ा भी न मिले, उसे मरने पर नया कफन चाहिए। सच कहे तो यह घीसू और माधव के गिरते चले जाने से कही ज्यादा ऐसे कमजोर होते समय की कहानी है जहाँ इंसान-इंसान की तरह जी भी नहीं पा रहा। यहाँ सद्‌गति का दुखी और कफन के ये पात्र कई कारणों से स्मृति में बस जाते हैं।

कफन : मानवता पर पड़ा घिनौना कफन

मुंशी प्रेमचन्द हिन्दी साहित्य के चक्रवर्ती सम्राट माने जाते रहे हैं। उन्होंने सबसे पहले हिन्दी साहित्य की उपन्यास और कहानी विधा की अपरिपक्वता की ओर अपना ध्यान आकृष्ट किया था और अपनी रचनाओं से इन दोनों ही विधाओं को

अभूतपूर्व परिपक्वता प्रदान की थी। इतना ही नहीं उस अग्रणी कथा मनीषी ने आधुनिक भाव- बोध को भी अपनी कुछेक रचनाओं के द्वारा कथ्य और कला, वस्तु और शिल्प के धरातल पर सफलतापूर्वक प्रतिष्ठित करके एक नये युग का सूत्रपात कर दिया था। उनकी 'कफन', 'पूस की रात' और 'शतरंज के खिलाड़ी' शीर्षक रचनाओं में इसी आधुनिक भाव बोध के चरम शिखर छविमान हैं। यहाँ हम इन कहानियों का पुनर्मूल्यांकन करने की चेष्टा कर रहे हैं।

'कफन' प्रेमचन्द की एक मास्टरपीस कहानी मानी जाती है। और एक कहानीकार के रूप में उनकी स्थायी ख्याति का आधार रही है। वस्तु और शिल्प उभय धरातलों पर यह कहानी हिन्दी कहानी में सुदीर्घ मात्रा में आधुनिक भाव बोध का एक प्रस्थान बिन्दु (स्टर्टिंग प्वाइंट) कही जा सकती है। इस कहानी का प्रकाशन काल सन् 1936 है।

प्रो. मधुरेश ने अपने लेख 'कहानीकार प्रेमचन्द' में लिखा है कि लगता है जैसे कहानी के शुरू में ही बड़े सांकेतिक ढंग से प्रेमचन्द बुझ चुके अलाव के द्वारा पारिवारिक सद्भाव और उष्मा के चुक जाने की ओर इशारा कर रहे हैं और गाँव का अन्धकार मे लय हो जाना मानो पूँजीवादी व्यवस्था का ही प्रगाढ़ होता हुआ अन्धेरा है।

प्रख्यात कथाकार ने इस कहानी में चमारों के एक ऐसे कुनबे का अत्यन्त निर्मम अक्षरसूचिका से चित्रांकन किया है, जिसमें मानवता के शव पर कफन पड़ चुका है। इस कफन का उत्तरदायी वह क्रूर समाज है जिसमें घीसू और माधव अपने चमारी व्यवसाय को त्याग कर निठल्ले घूमते और भटकते हैं।

कफन कहानी के आरम्भ में माधव की पत्नी बुधिया प्रसव वेदना से छटपटा रही है, किन्तु माधव और उसका निष्ठुर पिता घीसू दोनों ही किसी खेत से खोदकर लाए गये आलू खाने में ही दत्तचित्त हैं। दोनों ही कामचोर बन जनों की करुणा और सहानुभूति का अपने ढंग से शोषण करके अपने पेट का दोजख भरते चले जाते हैं।

पुत्र माधव प्रसव वेदना से पछाड़ें खा रही अपनी पत्नी बुधिया को देखने के लिए केवल इसीलिए झोपड़े के भीतर नहीं जाता क्योंकि उसे भय है कि उसकी अनुपस्थिति का अनुचित लाभ उठाकर उसका पिता घीसू आलुओं का एक बड़ा भाग ही साफ न कर दे। यही आशंका उसके निर्मम पिता को भी है। सो, वह बेमुरोव्वत हो यह तर्क अपने पुत्र को देता है कि भला वह अर्द्धनग्नावस्था में लेटी हुई अपनी पुत्र वधू के सामने कैसे जा सकता है? इस प्रकार पिता और पुत्र दोनों ही भीतर जाने की सोचते हैं। पिता तथाकथित शिष्टाचार की ही शरण लेता है और इस प्रकार स्वार्थ सिद्धि करता है। अत: आज का मानव पारिवारिक सम्बन्धों की उष्मा से ही ऐसा हो गया है और दिनोंदिन इसी प्रकार का होता चला जा रहा है।

चूँकि गाँव में परिश्रम करने वालों की हालत घीसू और माधव की हालत से

कुछ खास बेहतर न थी, इसीलिए ये दोनों मुख्य पात्र अत्यन्त अकर्मण्य, ढीठ और निर्लज्ज हो गये थे। जवाबदेही के खौफ और बदनामी की फिक्र से परे हो चुके थे। कहानीकार के ही शब्दों में 'इन सब भावनाओं को उन्होंने बहुत पहले ही जीत लिया था।'

'कफन' कहानी के दोनों पात्रों के जीवन का भी ध्येय यही सिद्धान्त वाक्य कहा जा सकता है। वास्तव में उनके समाज में कृषकों की दुर्बलताओं से लाभ उठाने वाले महाजन, जमींदार आदि उनसे कहीं अधिक सम्पन्न नजर आते हैं। इसी घोर सामाजिक अन्याय ने उन दोनों को अकर्मण्य जीव बना छोड़ा था, साथ ही मथुरा के पंडों सा पेटू भी। कम से कम उन्हें निर्धनता में भी यही एक आत्म सन्तोष है कि शोषण से बचे हुए हैं और कोई भी शोषक उनकी सरलता और निरीहता का बेजा फायदा तो नहीं उठा रहा है।

लेखक ने एक पूर्वदीप्तिमयी स्मृति के माध्यम से घीसू को बीस वर्ष पूर्व की ठाकुर की वह एक बारात याद दिलाई है, जिसमें उसे पकवान आदि भरपेट खाने को मिले थे और जिस भोज में ठाकुर के दिल-दरियाव होने का सिक्का उसके दिलोदिमाग पर जमकर रह गया था। आज भी दोनों पिता-पुत्र अपने गाँव के उसी जमींदार के आगे एक कुत्ते की ही तरह से दुम हिलाते रहते हैं।

आगे जब बुधिया के मर जाने के बाद अन्य ग्रामीणों से उन्हें चन्दे के रूप में तीन रुपये मिल जाते हैं तो प्राप्त धन से कफन खरीदने की अपेक्षा वे दोनों आदमी शराब पी डालते हैं। फिर अचार, चटनी, कलेजियाँ, पूड़िया इत्यादि खा पीकर वे ईश्वर से प्रार्थना करते हैं कि वह बुधिया को अवश्य स्वर्ग पहुँचाए और अन्त में धराशायी हो जाते हैं।

इस प्रकार कफन कहानी मानवता का एक करुण दुखान्त है। जार्ज बर्नाड शॉ ने कहीं पर लिखा है कि यह जीवन उन लोगों के लिए दुखान्त है जो कि इसे महसूस करते हैं, किन्तु उनके लिए एक सुखान्त ही है जो कि इसके विषय में सोचते हैं।

कफन कहानी में आद्योपान्त कथाकार की एक तीखी पैनी व्यंग्य दृष्टि मिलती है। मुंशी प्रेमचन्द के भीतर का विदूषक सर्वत्र मुस्कराता भासित होता है। उदाहरण स्वरूप माधव कहता है—''मरना ही है तो जल्दी मर क्यों नहीं जाती?' इस कथन में उसके पत्नी प्रेम का उपहास ही उड़ाया गया है।

कहानी में दोनों मरभुक्खे पात्र 'पूरी बोतल बीच में होने' पर अपने को भाग्य के बली समझने लगते हैं। क्या ऐसा कहने में प्रेमचन्द ने आधुनिक माध्यमों को कोई सन्देश नहीं दे डाला है? इतना ही नहीं, एक भिखारी को अपनी बची खुची पूड़ियाँ देकर माधव जीवन में पहली बार दान देने का गौरव, आनन्द और उल्लास अनुभव

करता है। निर्धनों को ऐसे आनन्द जीवन में भला बार-बार कब मिला करते हैं? एक पात्र कहता है—गाढ़ी कमाई के पैसे हैं।

यहाँ कथाकार के भीतर कहीं जमा बैठा विदूषक सिर उठाने लगता है कि वहाँ पहले से ही जमा बैठा उपदेशक बोल उठता है—"अस्थिरता नशे की खासियत है।"

अतः घीसू और माधव दोनों पात्र दुखी और निराश हो जाते हैं। अब माधव के मुख से सच्चाई फूल की तरह झरने लग जाती है। 'बेचारी ने ज़िन्दगी में बड़ा दुख भोगा। कितना दुख झेल कर मरी।' फिर दिवंगत पत्नी के लिए उस बेचारे का आर्त क्रंदन आरम्भ हो जाता है। इस प्रकार मदिरा पान ने दोनों ही पात्रों के मुखों से जीवन की गहन सच्चाइयाँ दार्शनिक अन्दाज में उगलवा दी हैं।

पूस की रात : आर्थिक विवशता की त्रासदी

'कफन' की तरह 'पूस की रात' कहानी भी उसी युग के चित्रण की रचना शृंखला की एक और कड़ी है। इसका प्रकाशन काल सन् 1934 है। जो अकर्मण्यता और निर्लज्जता कफन कहानी की मूल संवेदना में गुँथी है, उन्हीं का मिलता-जुलता ताना-बाना 'पूस की रात' कहानी में विद्यमान है। मुंशी प्रेमचन्द ने कथा नायक हल्कू के चरित्र की रेखाओं में शीत के कारण आलस्य और कामचोरी के स्वभाव को एकदम मानवीय धरातल पर रेखांकित किया है, किन्तु केवल इतना ही होता, तो यह कहानी प्रतिक्रियावादिनी विचारधारा की पोषिका होकर रह जाती। वस्तुस्थिति इसके ठीक विपरीत है, क्योंकि 'कफन' कहानी के अन्त की ही भाँति यहाँ भी क्रूर अन्त के लिए समुचित पृष्ठभूमि पहले से तैयार कर दी गयी है। यहाँ भी निर्मम सामन्ती समाज को हल्कू की उस चरित्रगत अधोगति का उत्तरदायी ठहराया गया है। जबरा कुत्ता ठंड की अधिकता दिखाने के लिए लाया गया है क्योंकि वह भी कूँ-कूँ कर रहा है।

'पूस की रात' कहानी के अन्त में हल्कू कृषक की निष्क्रियता का मूल कारण सहना नामक महाजन जैसे शोषकों का शोषण करने का रवैया ही ठहराया जा सकता है। सहना महाजन के ऋण को उतारकर हल्कू हल्का तो हो जाता है, किन्तु इस प्रकार ऋण मुक्ति से होने वाला उसका यह आत्मसन्तोष उसे बहुत महँगा पड़ता है? क्योंकि सर्दी के कम्बल खरीदने के लिए पैसे तो उसने महाजन को देकर अपना ऋण उतारा है।

कहानी 'पूस की रात' के अन्त में नीलगायों का झुंड उस हल्कू किसान का सारा खेत चर जाता है, किन्तु वह अलाव के ही सामने ठंडाया हुआ बैठा रहता है। समूचा खेत नष्ट-भ्रष्ट हुआ देखकर उसकी पत्नी मुन्नी दर्द भरे स्वर में उससे कहती है, "अब मजूरी करके मालगुजारी भरनी पड़ेगी।"

इस पर शीत संत्रस्त हल्कू अत्यन्त प्रसन्न भाव से कहता है—रात की ठंड में यहाँ सोना तो नहीं पड़ेगा। हल्कू जैसे ग्रामीणों का इस दीन-हीन रूप में चित्रण करके लेखक ने हमारे हृदयों में उनके प्रति दया भाव ही जगाया है। यह कथन हल्कू विवशतापूर्ण जीविका इजहार है।

स्थूल दृष्टि से देखने पर 'पूस की रात' का कथ्य कुछ लुका-छिपा-सा लगता है, किन्तु सूक्ष्म दृष्टि से देखने पर उसका तीखा पैना व्यंग्य उजागर होता चला जाएगा। यही प्रेमचन्द के कलाकार कथाकार की विजय है। अँग्रेज़ी के प्रसिद्ध निबन्धकार चैस्टर्टन ने लिखा है —"एक बुरी कहानी कोई उपदेश दिया करती है, जबकि एक अच्छी कहानी स्वतः एक उपदेश हुआ करती है।"

'पूस की रात' कहानी भी इसी अर्थ में स्वतः प्रकाशित सन्देश कही जा सकती है। कहानी के आरम्भ में हल्कू अपनी पत्नी मुन्नी से कहता है "बला से जाड़ों में मरेंगे, बला तो सिर से टल जाएगी।"

एक और बात। पूस की रात कहानी की अन्य उपलब्धि शीर्षक अनुरूप प्रकृति की सुरम्य पृष्ठभूमि भी प्रस्तुत करना मानी जा सकती है। पूस की अँधेरी रात में आकाश में ठिठुरते हुए तारों का उद्दीपन रूप में चित्रण तो यहाँ हुआ ही है, साथ ही खेत के किनारे ऊख के पत्तों की छतरी, बाँस का खटोला, पुआल, बर्फीली पछुआ हवा, उससे अग्नि का धधकना, अन्धकार के बाद ऋषियों-सप्तऋषियों की चढ़ाई से रात बीतने का अनुमान लगाने की प्राचीन जन शैली, पतझड़ में पत्तियों को बटोरकर आग जलाना, अरहर के खेत में पौधे उखाड़ कर झाड़नुमा उपला सुलगाना, अन्धकार में निर्दय पवन द्वारा पत्तियों को कुचलते हुए चला जाना, वृक्षों से ओस बूँदों का टप-टप टपकना इत्यादि मनोरम रूपगत बिम्ब हैं, कहीं-कहीं संकेत पूर्ण होने के कारण व्यंजनपरक भी है। इस प्रकार अन्धकार को सिरों पर सम्भाले खड़े विशालकाय वृक्ष और उनमें उस अलाव का प्रकाशतम सागर में एक नौका के समान हिलता-मचलता भासित होता है। ऐसे अनेक नयनाभिराम रूप चित्रों की सृष्टि कथाकार करता चलता है। ये अग्नि बिम्ब कहानी 'पूस की रात' के कथ्य के सर्वथा समानरूप ही बन पड़े हैं। इनसे कथाकार प्रेमचन्द के भीतर के कवि और चित्रकार भी उद्घाटित हुए हैं।

ईदगाह : गरीबी और करुणा का मिलन

तीस रोजों के बाद ईद का दिन आया है। गाँव में सभी जगह हलचल है। सब लोग ईदगाह के मेले में जाने को तैयार हैं। गाँव के बालकों में विशेष उत्साह है। घर के लोग त्योहार की तैयारी में ज्यादा मशगूल हैं। किन्तु बच्चे मेला जाने के लिए अधिक उतावले हैं। गाँव में बच्चे महमूद, मोहसिन, नूरे, सम्मी आदि सभी ईदगाह

की तरफ चलते हैं। उन्हीं के साथ हामिद (इस कहानी का नायक) भी है। हामिद एक अत्यन्त गरीब लड़का है। उसके न बाप हैं न माँ, केवल एक बूढ़ी दादी है। अन्य बच्चों के पास मेले में खर्च करने को पैसे हैं किन्तु हामिद को बूढ़ी, गरीब दादी तीन पैसे मात्र ही उसको दे सकती है।

तीन कोस का पैदल रास्ता तय कर सभी लड़के अन्य कई बुजुर्गों के साथ ईदगाह पहुँच जाते हैं। पूरे रास्ते भर बाल-सुलभ वार्तालाप होता रहता है। नमाज खत्म होती है और सभी लोग आपस में मिल-जुलकर अपने-अपने घरों की तरफ चल पड़ते हैं। जिन बच्चों के पास पैसे हैं वे मिठाइयाँ, रेवड़ियाँ आदि खरीद कर खाते हैं, किन्तु हामिद के पास तो महज तीन पैसे हैं। वह ललचा कर रह जाता है। इसके बाद बच्चे खिलौने खरीदते हैं। महमूद सिपाही खरीद लेता है, मोहसिन एक भिश्ती खरीद लेता है, नूरे को वकील पसन्द आया और सम्मी ने एक धोबन खरीद ली। हामिद भी इन खूबसूरत खिलौनों की तरफ आकर्षित होता है। वह भी खिलौने खरीदना चाहता है, किन्तु उसके पास तो केवल तीन ही पैसे हैं। वह यह सोचकर सन्तोष कर लेता है कि ये खिलौने आखिर मिट्टी के ही तो है। एक दिन टूट ही जाएँगे। ऐसी चीज खरीदने से क्या लाभ जो दो-चार दिन बाद समाप्त हो जाए।

हामिद सोचने लगता है कि वह आखिर अपने तीन पैसों का क्या करे। उसे अचानक अपनी बूढ़ी दादी (हामिदा) की याद आ जाती है। उसे याद आया कि उसकी दादी रोटी पकाते वक्त रोज अपना हाथ जला लेती है, क्योंकि उसके पास चिमटा नहीं है। वह तर्क करने लगता है कि मिठाइयाँ खाने से क्या लाभ इनसे तो सिर्फ जबान चटोरी होती है और फोड़े-फुंसियाँ निकल आती हैं। और खिलौना, ये तो मिट्टी के हैं। इन पर पैसा खर्च करने से क्या लाभ? उसने अपने विवेक का इस्तेमाल किया और मिठाइयाँ तथा खिलौने के स्थान पर लोहे का चिमटा खरीद लिया।

सब बच्चे घर आते हैं। हामिद भी अपनी बूढ़ी दादी हामिदा के पास पहुँच जाता है। बड़े संकोच से चिमटा दादी को देते हुए हामिद बोलता है, 'तुम्हारी उँगलियाँ तवे से जल जाती थीं, इसलिए मैंने इसे ले लिया।' बुढ़िया की आँखों में आँसू आ गये। हामिद इसका रहस्य क्या समझता। एक अँग्रेज़ी आलोचक ने कहानी को गद्य में लिखी हुई कविता कह दिया है। ईदगाह नामक कहानी का प्रभाव कुछ इस प्रकार का है। गरीब बच्चे हामिद का अपनी दादी के लिए लोहे का चिमटा खरीद लेना इस घटना का क्या महत्त्व है? इसे हामिद का विवेक कह सकते हैं। यह विवेक है भी, इसको दूरदर्शिता भी कहा जा सकता है। उसके पास सिर्फ तीन पैसे थे। वह जैसे चाहता उन पैसों को खर्च कर सकता था—मिठाई खाकर या खिलौने खरीद कर। किन्तु उसके हृदय में स्नेह का एक अथाह सागर है। वह अपनी बाल-सुलभ माँगों का परित्याग कर देता है, और उसके अन्दर छिपी मानवता का एक वृहद

रूप पाठक के सम्मुख प्रकट होता है। बड़ी बात यह है कि बच्चे हामिद ने बूढ़े हामिद का पार्ट खेला था।

जब बच्चे अपने-अपने खिलौने की तारीफ करते हैं तो उनकी बातें ठीक उसी तरह होती हैं जैसी इस उम्र के बच्चों की होनी चाहिए, लेकिन प्रेमचन्द अपनी बात कहने से बाज नहीं आते। जब हामिद अपने चिमटे को अन्य बच्चों के मिट्टी के खिलौने से अधिक महत्त्वपूर्ण बताता है तो प्रेमचन्द कह उठते हैं—उसके पास न्याय का बल है और नीति की शक्ति। एक मिट्टी है दूसरा लोहा जो इस वक्त अपने को फरियाद का फौलाद कह रहा है। वह अजेय है, घातक है।

प्रेमचन्द की ईदगाह नामक कहानी की खूब प्रशंसा की गयी है—इसके यथार्थ के लिए। किन्तु स्मरण रखना चाहिए कि प्रेमचन्द जितने बड़े यथार्थवादी हों उनकी कला निखर कर तभी सामने आती है जब वे मानव हृदय की भावनाओं का उद्घाटन करती हैं। उनका हामिद एक ऐसा चरित्र है जो यथार्थ के ऊपर उठाकर एक महान आदर्श का प्रतीक बन जाता है। शायद यही इस कहानी का वास्तविक मर्म है।

यह कहानी प्रेमचन्द की यथार्थानुभूति की अभिव्यक्ति के लिए बहुचर्चित है, इसकी भावनात्मक गहराई की तरफ भी पाठक का ध्यान अवश्य जाना चाहिए तभी इनका सही मूल्यांकन हो सकता है। इस कहानी की निम्नलिखित पंक्तियाँ द्रष्टव्य है—'बुढ़िया का क्रोध तुरन्त स्नेह में बदल गया, और स्नेह भी वह नहीं जो प्रगल्भ होता है और अपनी सारी कसक शब्दों में बिखेर देता है। यह मूक स्नेह था, खूब ठोस, रस और स्वाद से भरा हुआ।' बच्चों में कितना त्याग और कितना सद्भाव और कितना विवेक है। दूसरों को खिलौने लेते और मिठाई खाते देखकर इसका मन कितना ललचाता होगा। इतना जब्त हुआ कैसे? वहाँ भी इसे अपनी बुढ़िया दादी की याद बनी रही। अमीना का मन गद्गद हो गया। और अब एक बड़ी विचित्र बात हुई हामिद के इस चिमटे से भी विचित्र। बच्चा हामिद ने बूढ़े हामिद का पार्ट खेला था। बुढ़िया अमीना बन गयी। वह रोने लगी। दामन फैलाकर हामिद को दुआएँ देती जाती थी और आँसू की बड़ी-बड़ी गिराती बूँदे रही। हामिद इसका रहस्य क्या समझता।

शतरंज के खिलाड़ी : व्यसन और व्यक्तिवाद का अतिरेक

प्रेमचन्द ने यह कहानी सितम्बर, 1924 में लखनऊ जाने के तुरन्त बाद लिखी थी और यह अगले मास की माधुरी पत्रिका की शोभा भी बनी थी। एक कहानीकार के रूप में उनकी ख्याति के स्थायी आधारों में यह कहानी भी एक मील पत्थर सी खड़ी है। अब तो इस कहानी पर एक सुविख्यात निर्देशक श्री सत्यजीत राय का एक हिन्दी चलचित्र बनकर बहुचर्चित भी हो चुका है। इसे श्री अमृत राय ने एक अच्छी तस्वीर

माना है।

कहानी के दो मुख्य पात्र हैं—मिर्जा सज्जाद अली और मीर रौशन अली। ये दोनों शतरंज खेलने के बेहद शौकीन है। चूँकि उनके पास मोरूसी जागीरें थीं, इसीलिए उन्हें हिन्दी फिल्मों के प्रेमी नायिकाओं और नायकों की तरह से रोजी-रोटी की चिन्ता तो थी नहीं। लिहाजा वे आठों पहर ही शतरंज खेलकर वक्त कटी किया करते थे। नाश्ते के बाद से ही उनकी शतरंज की बारी आ जाती थी और उसकी बिसात बिछ जाए करती थी। चूँकि अभी मिर्जा की बेगम सो रही होती थी, सो वे अपने पति को चाहकर भी शतरंज की बिसात बिछाने से रोक न पाती थी। मिर्जा के अनुसार उनके मित्र अली ने ही उन्हें बिगाड़ा था, चाहे यह उन पर एक मिथ्या आरोप था, फिर भी इससे अनभिज्ञ होने के कारण उनकी पत्नी ने उनका नाम मीर बिगाड़ रख छोड़ था। एक दिन बेगम साहिबा के सिर में दर्द होने लगा और उन्होंने लौंडी के हाथ मिर्जा साहिब को बुलावा भेजा ताकि वे फौरन जाकर किसी हकीम से दवा ले आएँ, पर शतरंज की बाजी भी शराब की ही तरह थी, जिसके बारे में यही कहा जा सकता है 'छूटती नहीं मुँह से यह काफिर लगी हुई।'

जब मिर्जा बाजार जाने के लिए अपनी बेगम के आगे टाल-मटोल करने लगे, तब उनकी बेगम ने अपने ही हकीम के यहाँ चले जाने की धमकी दे डाली। चूँकि तब दो ही किस्तों में मीर रौशन अली की मात हुई जाती थी, सो उन्होंने एकाग्रता और मनोयोग का अत्यन्त व्यंग्यपूर्ण किन्तु स्वाभाविक चित्रण किया है। यह इसलिए किया गया है ताकि उन दोनों खिलाड़ियों की उस व्यसनजन्य तल्लीनता और दीन-दुनिया से बेखबर होने की आत्ममग्नता पर भरपूर कटाक्ष हो सके। लेखक यहाँ अपनी चेष्टा में पूर्णतः सफल भी रहा है।

मिर्जा साहिब बेहद झुँझलाकर अन्दर गये और बेगम साहिबा की जली-कटी सुनकर उल्टे मीर साहिब को ही दोष देने लगे। उन्हें बड़ा लती आदमी आदि कहकर उन्हीं को बुरा भला सिद्ध करते हुए बेगम के सामने आप सुर्खरू होने लगे। बेगम के दिल को यह बात तो लगी कि मिर्जा साहिब केवल मजबूरी में ही मीर के साथ खेला करते थे, पर उन्हें मित्र को दुत्कारने में पूर्णतः असमर्थ जानकर वे स्वयं वैसा करने के लिए जनानखाने से बाहर निकल आई। फिर भी दीवानखाने के द्वार तक जाते ही पर पुरुष का ध्यान कर उनके पाँव बँध से गये थे। यहाँ पर इस्लामी पर्दा-प्रथा पर हौले से पर्दा उठाया गया है। मीर ने मित्र की अनुपस्थिति में कुछ मोहरें इधर-उधर कर दिए थे और उस समय अपनी सफाई जाहिर करने के लिए बाहर जाकर चहलकदमी कर रहे थे। बेगम ने खाली कमरे में जाकर सुनहरा मौका देखकर शतरंज की पूरी बाजी उलट दी और कुछ मोंहरे बाहर फेंक दिए। मीर ने मौके की नजाकत भाँप कर अपने घर की राह ली।

तदनन्तर मिर्जा हकीम मीर के घर पर ही जा पहुँचे। अपनी बेगम को सिर पर चढ़ा रखने का इल्जाम लगाया और आगे से जरा तन जाने का सत्परामर्श दे डाला। साथ ही आगे उन (मीर अली) के घर पर ही शतरंज खेलना तय हुआ।

खैर, यहाँ पहला कथा मोड़ शुरू होता है। प्रेमचन्द के अनुसार मीर रौशन अली की बेगम किसी अज्ञात कारण से पति का घर से दूर रहना ही बेहतर समझती थी। वह कारण क्या था, यह कहानी के अन्त तक स्पष्ट नहीं किया गया है। अब बेगम की स्वतन्त्रता में बाधा एक कारण। इसी तरह से बैठे-ठाले रहने वाले घर के नौकर-चाकरों को भी अब दिक्कत महसूस होने लगी, सो शतरंज के खेल की बुराइयों को लेकर बहुत हुज्जत करनी शुरू कर दी। उन्होंने सामाजिक अन्धविश्वास की आड़ लेकर मीर की बेगम से यहाँ तक कह डाला कि—मगर यह खेल मनहूस है। इसका खेलने वाला कभी पनपता नहीं, घर पर कोई आफत जरूर आती है।

यदि हम सामाजिक यथार्थ के चश्मे से देखें तो समाज में आजकल और पहले भी ऐसे भी सुविधाभोगी लोग पनपते आए हैं और ऐसे तथाकथित आगे भी पनपते रहेंगे। इधर शतरंज के दोनों खिलाड़ी खेल-खेल में लड़-झगड़कर फिर सुबह कर लेते थे, पर घर में खेलना नहीं छोड़ते थे। मीर रौशन अली की पत्नी ने फौज के एक अफसर द्वारा अपने पति को एक झूठी शाही आज्ञा सुनवा दी कि बादशाह हुजूर ने उन्हें फौरन तलब किया फरमाया है। लिहाजा, दोनों दोस्तों ने आगे से एक पुरानी वीरान मस्जिद को शतरंज खेलने का अड्डा बनाया। वहीं वे अपने साथ तम्बाकू, चिलम, मदरिया आदि भी लेते जाते थे। भोजन भी दोनों दोस्त किसी नानबाई की ही दुकान पर वहीं कर लिया करते थे।

एक दिन उधर से गोरों की सेना गुजरी, जो लखनऊ पर अधिकार करने के लिए वहाँ आ पहुँची थी। चूँकि मीर रौशन अली उस समय बाजी हार रहे थे, सिर्फ इसीलिए उन्हें यही ठीक लगा कि शतरंज से ध्यान हटाने के लिए मिर्जा को कहे कि नगर पर आए हुए उस महान संकट की ओर भी ध्यान देना चाहिए। दूसरी ओर मिर्जा जो जीत रहे थे से उन्हें उस समय उस ओर देखने की फुर्सत ही कहाँ थी। दोनों सज्जन उसी तरह तीन बजे तक खेलते रहे—एकाग्रचित होकर। तब तक सेना नवाब वाजिद अली शाह को पकड़कर किसी अज्ञात स्थान पर ले जाने के लिए लौट भी रही थी। चार बजे थे। सारा शहर उस समय पूरी तरह से शान्त था। यहाँ प्रेमचन्द ने ऐश की नींद में मस्त लखनऊ पर वहाँ की जनता की कायरता पर आँसू बहाने जैसी कोई बात नहीं लिखी, ऐसा नहीं है। वे तो ऐसा करने के साथ-साथ वहाँ के निवासियों को भरपूर ताने भी देते हैं, क्योंकि बिना रक्तपात किए एक स्वाधीन देश अवध के सम्राट के पराधीन हो जाना कोई अहिंसा न थी, जिस पर देवगण प्रसन्न होते हैं।

जब आगे चलकर मिर्जा की बाजी कमजोर पड़ने लगी, तब वे बेचारे नवाब

वाजिद अली शाह की दर्दनाक हालत से कुछ ऐसी हमदर्दी जतलाते हैं, जो स्वार्थ सनी होने के कारण असली न होकर नकली है, साथ ही दिखावटी और बनावटी भी। वे मीर अली को बड़े बेदर्द कहकर लताड़ते हैं। यह तो है हारते और जीतते हुए खिलाड़ियों का अत्यन्त यथार्थपरक मनोविश्लेषण। उस एक बाजी में हार जीत का निपटारा होते ही दोनों खिलाड़ियों की मानसिक प्रतिक्रियाएँ प्रतिकूल हो जाती हैं। अब मीर साहिब नवाब के मातम में एक मरसिया (शोकगीत) पढ़ना चाहते हैं, किन्तु अब हार को जीत में बदलने के लिए बेताब मिर्जा तथाकथित राजभक्ति का स्थान शतरंज की अगली बाजी ले चुका था। नवाब वाजिदअली शाह की ओर बँटा हुआ ध्यान पुनः बाजी की ओर लौटता है। यहीं से कथा का तीसरा मोड़ शुरू हो जाता है।

शाम तक मिर्जा तीन बाजियाँ हार जाते हैं। सो, वो चौथी बाजी खेलते समय खीझते-कुढ़ते और पराजित खिलाड़ियों की तरह से धाँधली करते दीखते हैं। उधर जीतते हुए मीर रौशन अली द्वारा गजलों का गाना और चुटकियाँ लेना जैसे आग में घी की आहुतियों का काम कर रहा था। लिहाजा एक फर्जी के खाने से उठाने धरने की बात पर दोनों दोस्त हुज्जत करने लगे हैं। नौबत तू-तू-मैं-मैं और गाली गलौज तक आ जाती है। अन्त में, अपना-अपना हौसला या जातीय शौर्य दिखलाने के लिए वे दोनों तलवारें निकाल कर लड़ने लगते हैं और लड़ते-लड़ते उसी खंडहरनुमा वीरान मस्जिद में ही ढेर हो जाते हैं। कथाकार के अनुसार उन्हें अपने बादशाह के लिए तो मरना कबूल न था, पर व्यक्तिगत वीरता का उनमें अभाव न था। सो, उन्होंने शतरंज के मामूली वजीर की रक्षा में अपने प्राण तक दे डाले। शौर्य का यह विचित्र विरोधाभास है, जिस पर खंडहर की खंडित मेहराबें, गिरी दीवारें और धूल-धूसरित मीनारें निष्प्राण होने पर भी मानो उन लाशों को देखती हुई अपना सिर धुन रही थी। वहाँ कोई प्राणवान दर्शक तो था नहीं, वही तो उन दो शौकीन खिलाड़ियों की जानलेवा मूर्खता की चश्मदीद गवाह थी, असली शहादत थी।

इस कहानी के सम्बन्ध में डॉ. कृष्ण भावुक का विचार उद्धृत है—'इस प्रकार वीरता दिखाने वाले शतरंज के दो खिलाड़ियों के माध्यम से कथाकार ने अवध प्रान्त विशेषतः लखनऊ में लोकप्रिय रहने वाले खेल और चतुर्दिक व्याप्त घोर विलासिता के वातावरण पर व्यंग्य बाण फेंके हैं। यह कहानी उन जैसे खिलाड़ियों और सामान्यतः उन लखनऊवासियों की चरम सीमा की व्यसनप्रियता और विलासिता के एक ऐतिहासिक शिलालेख या दस्तावेज-सी प्रमाणिकता लिए हुए नजर आ सकती है जो कि उस समय वहाँ पर प्रचलित रहे होंगे। वैसे आज भी इस खेल के धुनी खिलाड़ियों की कमी नहीं है। सच तो यह है कि उन दो खिलाड़ियों के इस खंडित नैतिक चरित्र को कुशल और सिद्धहस्त कथाकार प्रेमचन्द ने वातावरण के चश्मे से इस प्रकार दिखलाया है कि बेशक दाद देनी ही पड़ती है।''

इस प्रकार यह कहानी राजनीति की अपेक्षा वैयक्तिक चेतना की चरम सीमा के ही दुष्परिणाम दिखाने के उद्देश्य से रची गयी जान पड़ती है।

इस अध्याय को समाप्त करने के पूर्व हम यहाँ इस बात का उल्लेख करना चाहेंगे कि 1917 की रूसी राज्य क्रान्ति ने प्रेमचन्द के मन को एक अनुभूतिजन्य कल्पना दी। 1919 में प्रथम विश्वयुद्ध की समाप्ति के पश्चात् गाँधीजी ने अपनी आत्म निर्णय की माँग को दोहराया। वस्तुतः यहाँ से भारतीय राजनीति में गाँधी युग का प्रारम्भ होता है। प्रेमचन्दजी ने उन सभी स्रोतों से प्रेरणा ली चाहे वे स्वराष्ट्रीय (गीता, गाँधी आदि) रहे हों या अन्तर्राष्ट्रीय (रोमा रोलाँ) आदि। अपने युग एवं वातावरण के प्रभाव से प्रेमचन्द के मन में बढ़ती देश प्रेम की भावना सन् 1907 में प्रकाशित उनकी पहली कहानी 'दुनिया का सबसे अनमोल रत्न' हमारे सामने स्पष्ट रूप से आ जाती है। जब कहानीकार यह लिखकर अन्त करता है कि खून का वह आखिरी कतरा जो वतन की हिफाजत में गिरे दुनिया की सबसे अनमोल चीज है। 'सोजे वतन' संग्रह की अन्य कहानियों में भी स्वदेश प्रेम की और राष्ट्रीयता की झलक मिलती है। उनकी यह पुस्तक सरकार द्वारा जब्त कर ली गयी थी।

गोर्की की कहानियाँ

वैसे गोर्की की कहानियाँ चाहे अँग्रेज़ी में मिलीं या हिन्दी में हम उन्हें उपलब्धता की कोटि में ही मानते हैं। यहाँ हम कहानियों का सर्वेक्षण इसलिए भी प्रस्तुत करना चाहेंगे कि उनकी बहुत कम ही कहानियाँ हिन्दी में उपलब्ध हैं। यहाँ यह उल्लेखनीय है कि प्रेमचन्द की तरह गोर्की भी हमेशा इस बात के लिए चर्चित रहे हैं कि वे उपन्यासकार के रूप में बड़े हैं या कथाकार के रूप मे। इस निरर्थक बहस में न जाकर हम इस विषय पर अपने विचार रखना चाहेंगे। यद्यपि हमने गोर्की के लगभग सभी उपन्यास पढ़ डाले हैं, कहानियाँ कम ही पढ़ी हैं, अनुपलब्धता के कारण, किन्तु हमें गोर्की अपनी कहानियों में अधिक सशक्त लगे। हम यहाँ कहना चाहेंगे कि हमारी राय में गोर्की विश्व के सर्वश्रेष्ठ कहानीकार हैं।

मैं साहित्य का मात्र अध्येता हूँ, पंडित नहीं। प्रसंगवश कहना चाहूँगा कि अँग्रेज़ी के मार्क ट्वेन, जेम्स ज्वायस, मैन्स फील्ड, कोपर्ड, फ्रांस के बाल्जाक, मौपाँसा, अनतोले फ्रांस, रूसी साहित्य के टाल्सटाय, चेखव, रोमानोफ, स्पैनिश भाषा के पिकोन, जर्मन भाषा के हेजरमेन्स, वासरतेन, चीन के लू शुन आदि की कहानियाँ पढ़ने का सुअवसर भी मिला है। हिन्दी की सर्वश्रेष्ठ कहानियाँ 'उसने कहा था' एवं प्रेमचन्द की लगभग सभी कहानियों को पढ़ा है। यद्यपि पसन्द नापसन्द अपनी-अपनी है, किन्तु मेरी नजर में गोर्की की कहानियाँ विश्व की कहानियों में आएँगी। 'बाज का गीत' तो मेरी दृष्टि में विश्व की सर्वश्रेष्ठ कहानी है।

अब हम यहाँ एक-एक करके गोर्की की प्रमुख उपलब्ध एवं महत्त्वपूर्ण कहानियों की चर्चा करेंगे।

गोर्की की प्रारम्भिक कहानियाँ दो भिन्न-भिन्न शैलियों—रोमांटिक (स्वच्छन्दतावादी और यथार्थवादी) में लिखी गयी हैं। अपनी रोमांटिक कहानियों में उन्होंने जीवन के प्रेरणादायक और उदात्त चित्र प्रस्तुत कर अपने अभावों और दरिद्रता से भरे जीवन की परिस्थितियों को भूलने का प्रयत्न किया है। इसलिए उन्हें कल्पना की रंगीनियों से सजाया है। ये कहानियाँ मनुष्य के शौर्य, साहस और

स्वतन्त्रता की भावनाओं से अनुप्रमाणित हैं, और इनमें ऐसे स्वप्नों की अभिव्यक्ति है जो आज को यथार्थ को बेधकर आगामी कल को यथार्थ को देखते हैं। 1928 में प्रकाशित अपने लेख 'मैंने लिखना कैसे सीखा' में गोर्की ने रोमांसवाद की दो विरोधी प्रवृत्तियों पर प्रकाश डाला है। निश्चेष्ट रोमांसवाद जो लोगों का ध्यान यथार्थ जीवन की समस्याओं से हटाकर कल्पनालोक में भ्रमित करता है, और उसके विपरीत सक्रिय रोमांसवाद जो मानव के जीवन संकल्प को दृढ़ करता है, आस-पास के जीवन और उसके सभी प्रकार के उत्पीड़न के विरुद्ध विद्रोह की भावना जगाता है। गोर्की की रोमांटिक कहानियों में इसी सक्रिय या क्रान्तिकारी रोमांसवाद का प्रयोग हुआ है। वैसे उनकी रोमांटिक कहानियाँ भी यथार्थ जीवन पर आधारित हैं। यथार्थ जीवन में अपने सम्पर्क में आए लोगों से जो कहानियाँ उन्होंने सुनी थीं, उन्हीं को उन्होंने इन कहानियों में कलात्मक रूप में प्रस्तुत किया है। अपनी यथार्थवादी कहानियों में गोर्की ने वास्तविक जीवन के अपने व्यापक अनुभवों का सच्चाई और ईमानदारी से सजीव चित्रण किया है। इन कहानियों में वर्णित चरित्र और घटनाएँ यथार्थ जीवन से ली गयी हैं। उनको कल्पना के रोमानी रंगों से भरने का प्रयत्न नहीं किया गया है। लेकिन गोर्की की यथार्थवादी कहानियों में भी रोमांसवाद का पुट जहाँ जीवन दृष्टि के रूप में मिल जाता है, उनके साहित्य का उद्‌देश्य मनुष्य के जीवन को बेहतर बनाना था, इसलिए दृष्टि जीवन में यथार्थवाद में रोमांसवाद का पुट होना, जो स्वस्थ्य आत्मिक उभार के लिए अनिवार्य है, उचित था। उनके विचार में यथार्थवाद और रोमांसवाद का यह संचयन विश्व के सभी महान लेखकों बाल्जाक, तुर्गनेव, पुश्किन, तोलस्तोय और चेखव आदि की रचनाओं में मिलता है।

गोर्की ने एक बार अपने भाषण में कहा था "मैं सोचता हूँ कि यथार्थवाद का रोमानियत से संगम होना चाहिए। केवल यथार्थवादी नहीं, केवल रोमानी, स्वच्छन्दतावादी नहीं, बल्कि यथार्थवादी भी और रोमानी भी-एक ही अस्तित्व के दो रूप।"

प्रसिद्ध सोवियत लेखक कोस्तांतीन फेदिन का विचार है कि "यथार्थवाद और रोमानियत, स्वच्छन्दतावाद के विलय के बारे में इन शब्दों में मैंने बीते वर्षों में सोवियत लेखकों के सारे काम का मूल्यांकन सुना। यह रूसी साहित्यिक जीवन पर अनन्त चिन्तन मनन से उत्पन्न एक निष्कर्ष था। मुझे लगा कि इन दो सिद्धान्तों का विलय स्वयं गोर्की के लिए लाक्षणिक है। हमारी जनता के महान भविष्य के बारे में उनके स्वप्न की रोमानियत और उनके भविष्य के निर्माण का यथार्थ हम उनकी रचनाओं में पाते हैं।"

रोमांटिक शैली में लिखी गयी कहानियों में 'मकर मुद्रा' और 'बुढ़िया इजरगिल' सबसे महत्त्वपूर्ण हैं। यद्यपि गोर्की के अधिकांश कहानी संग्रहों में उनकी

रोमानी रंग से लिखी रचनाओं 'बाज का गीत' और 'तूफान का अग्रदूत' को भी कहानियों के रूप में सम्मिलित किया जाता है, किन्तु उन्हें कहानी न कहकर गद्य गीत कहना अधिक उपयुक्त होगा। उनकी पहली कहानी 'मकर मुद्रा' एक बूढ़े जिप्सी मकरमुद्रा के अवलोकन बिन्दु से लिखी गयी है। अपने घुमक्कड़ी के जीवन में गोर्की की भेंट इस जिप्सी से सीमाहीन स्तेपी से घिरे एक समुद्र तट पर होती है और वह उन्हें स्वतन्त्रता के दीवाने के हृष्ट-पुष्ट और आकर्षक नवयुवक लोइको जोबार तथा अत्यधिक सुन्दर नवयुवती राद्दा के प्रेम की मार्मिक कहानी सुनाता है। कहानी कहने से पूर्व गोर्की से किए गये अपने वार्तालाप के दौरान वह जीवन के विषय में अपने असाधारण मनोरंजक विचार उद्घाटित करता है, जिनसे उसके स्वयं के चरित्र पर प्रकाश पड़ता है। उसे आजादी से अत्यधिक प्यार है। और उसी को यह जीवन का मुख्य उद्देश्य समझता है। उसे अच्छा नहीं लगता कि कोई व्यक्ति जन्म से लेकर मृत्यु के दिन तक गुलाम की तरह परिश्रम करते हुए अपना जीवन खपाता रहे। स्वतन्त्र जीवन बिताने के महत्त्व पर बल देने के लिए वह वृद्ध जिप्सी लेखक को गर्वीले लोइकी जोबार और परम सुन्दरी राद्दा की, जो एक-दूसरे से अत्यधिक प्यार करते हुए भी अपनी स्वतन्त्रता रखने के लिए अपनी जान तक गवाँ देते हैं, कहानी सुनाता है। लोइको और राद्दा दोनों ही बड़े स्वाभिमानी और अपनी स्वतन्त्रता को जी जान से चाहने वाले हैं। राद्दा अनुपम सुन्दरी है और कितने ही व्यक्ति उस पर अपनी जान छिड़कते हैं। पर वह किसी के प्रति आकर्षित नहीं होती। एक बार बहुत ही धनी व्यक्ति राद्दा से विवाह करने के लिए उसके पिता दानिलों को मुँहमाँगी रकम देने को तैयार हो जाता है पर राद्दा उसकी ओर नजर भी नहीं उठाती और दानिलों उस धनी व्यक्ति से कह देता है 'बेचने का काम तो बड़े लोग करते हैं—सुअरों से लेकर अपनी आत्मा तक, चाहे जो खरीद लो। जहाँ तक मेरा सम्बन्ध है, मैं कौशून की कमान में लड़ चुका हूँ और बेचने का धंधा नहीं करता।' लेकिन जब सुन्दर और आकर्षक वीर नवयुवक लोइको जोबार और राद्दा की भेंट होती है तो वे एक-दूसरे को जी-जान से प्यार करने लगते हैं फिर भी दोनों में से कोई भी अपनी आजादी खोकर प्रेम और जीवन का सुख पाने के लिए तैयार नहीं है।

एक बार जिप्सियों के पूरे गिरोह के सामने लोइको राद्दा से कहता है 'खुदा और स्वयं अपनी आत्मा को साक्षी बना तथा तुम्हारे पिता और इन सब लोगों की मौजूदगी में तुम्हें अपनी पत्नी बनाता हूँ। लेकिन यह चेताए देता हूँ कि मेरी आजादी में आड़े आने की कोशिश न करना। मैं आजादी पसन्द आदमी हूँ और हमेशा वैसे ही रहूँगा जैसे मेरा जी चाहेगा। दूसरी ओर राद्दा उत्तर में उससे कहती है अब तक किसी से भी मैं प्यार नहीं कर सकी। लेकिन जोबार, तुम्हें मैं प्यार करती हूँ। लेकिन मैं अब तुम्हारे बिना उसी तरह जीवित नहीं रह सकती, जिस तरह तुम मेरे बिना

जीवित नहीं रह सकते, और मैं चाहती हूँ कि तुम मेरे बनो—शरीर और आत्मा दोनों से मेरे। फिर उसकी पत्नी बनने के लिए अपनी शर्त रखते हुए वह उससे कहती है समूचे कैम्प की मौजूदगी में जब तुम मेरे कदमों के आगे झुकोगे और मेरे दाहिने हाथ का चुम्बन करोगे, केवल तभी मैं तुम्हारी पत्नी बन सकूँगी।' अगले दिन जोबार अपना चाकू राद्दा की छाती में भोंक कर उसे मार देता है और कहता है अब मैं तेरे पाँवों की धूल लूँगा, मेरी गर्बीली रानी। फिर धरती पर गिरकर मृत राद्दा के पाँवों से उसने अपने होंठ सटा दिए और इसी प्रकार निश्चल पड़ा रहा। उसी समय दानिलों जोबार का खून कर देता है और इस प्रकार स्वतन्त्रता के दोनों प्रेमियों का अन्त होता है। स्वतन्त्रता के इसी स्वर को सुनने के लिए विद्रोही रूसी आत्मा छटपटा रही थी, इसीलिए गोर्की की इस कहानी ने उनके हृदयों को गहराई से आन्दोलित किया और वह बहुत लोकप्रिय हुई।

'बुढ़िया इजरगिल' सबसे पहले 1895 में समारस्काया गजेता (समारा समाचार पत्र) में प्रकाशित हुई अपनी चेखोब को भेजे गये एक पत्र में गोर्की ने इस कहानी के विषय में लिखा था 'लगता है कि बुढ़िया इजरगिल के समान कसी हुई और सुन्दर मैं अन्य कोई रचना नहीं लिख पाऊँगा।' लेकिन गोर्की के इस मत से सहमत होना सम्भव नहीं है क्योंकि इसमे एक कहानी के स्थान पर तीन कहानियों का वर्णन है। पहली और तीसरी कहानियाँ लोक साहित्य के आधार पर लिखी गयी दन्तकथात्मक काल्पनिक रचनाएँ हैं। दूसरी कहानी यथार्थवादी है और उसमें 'बुढ़िया इजरगिल' के युवा जीवन की प्रेम कथाएँ हैं। इस प्रकार बुढ़िया इजरगिल में गोर्की ने रोमांटिक और यथार्थवादी शैलियों का एक साथ प्रयोग लिखा है।

यह कहानी बुढ़िया इजरगिल के अवलोकन बिन्दु से लिखी गयी है। इसमें इजरगिल लेखक को भी दम्भी लारा, अपने प्रेमियों और वीर दान्कों की कहानियाँ सुनाती है। लारा (जिसका अर्थ है लांछित और बहिष्कृत) एक सुन्दर युवती और बाज पक्षी का पुत्र है। वह बहुत क्रूर अभिमानी है तथा अपने को सबसे श्रेष्ठ समझता है। उसे अपने कबीले, अपनी माता किसी से भी प्यार नहीं है। वह व्यक्तिवादिता की प्रतिमूर्ति है और अपने व्यक्तिगत स्वार्थ के लिए कुछ भी कर सकता है। वह बड़ी निर्ममता से एक सुन्दर लड़की की हत्या कर देता है क्योंकि लड़की उसके प्यार की अवहेलना करते हुए उसे अपने से दूर ढकेल देती है। कबीले के लोग उसे कठिन से कठिन सजा देना चाहते हैं। इसलिए वे उसे बहिष्कृत करके अपना स्वार्थी जीवन अकेले ही बिताने के लिए स्वतन्त्र छोड़ देते हैं। कुछ दिनों के बाद अपने एकांकी जीवन से उकताकर वह आत्महत्या करना चाहता है, परन्तु दैवी प्रकोप से सफल नहीं हो पाता।

इसके विपरीत दान्कों की कहानी में एक उदात्त और ओजस्वी व्यक्ति का

चित्रण है। दान्कों एक साहसी और वीर नौजवान है जो अपने साथियों के जीवन और स्वतन्त्रता की रक्षा के लिए अपने प्राणों की आहुति दे देता है और जब वे उसे बाहर निकालने में अपने को कठिनाई या असमर्थता अनुभव करते हुए निराश हो उठते हैं तो वह उन्हें कठिनाइयों के बीच अपना मार्ग स्वयं बनाने के लिए प्रेरित करते हुए कहता है—''राह की चट्टानें सोचने से नहीं हट जातीं। जो कुछ करते नहीं वे कुछ पाते भी नहीं। सोने और विसूरने में हम क्यों अपनी शक्ति बर्बाद करें। उठो, जंगल को चीरते हुए आगे बढ़ें, और तब तक बढ़ते चलें जब तक दूसरे छोर पर न पहुँच जाएँ।' वह आगे बढ़कर उनका नेतृत्व करता है। उसकी हिम्मत अडिग थी और मस्तिष्क धुन्ध से मुक्त, लेकिन एक दिन जब तूफान जंगल को घेर लेता है और चारों ओर अन्धकार छा जाता है और उसके साथी उसे कोसने लगते हैं तो सहसा अपना वक्ष चीर अपने हृदय को नोचकर बाहर निकाल देता है और उसे अपने सिर से ऊँचा उठाकर उसके प्रकाश द्वारा अपने साथियों का मार्ग प्रदर्शन करता है।

दान्कों अपने जलते हृदय को खूब उठाए तेजी से आगे बढ़ते हुए चिल्लाकर कहता है—मेरे साथ बढ़े चलो। इस कहानी की प्रशंसा करते हुए जालोमोव नामक एक क्रान्तिकारी मजदूर ने जो गोर्की के उपन्यास 'माँ' में ब्लासोव का मूल आधार था, लिखा था दान्कों के हृदय ने हम सभी में उमंगों का संचार किया। उसमें हमें अपने हृदयों की ही धड़कन सुनाई देती है। हममें से प्रत्येक को ऐसा अनुभव हुआ जैसे हमारा हृदय समाजवादी क्रान्ति की आग से प्रज्वलित है, और हमें लगा कि हमारा एकमात्र सुख हमारी सार्थकता इस क्रान्ति की विजय के लिए संघर्ष में ही है।

'बाज का गीत' की तरह ही रोमानी रंग में लिखा गया एक अन्य गद्य 'तूफान का अग्रदूत' जो उनके 1898 में प्रकाशित संग्रहों में नहीं था, बाद में 1901 में रचा गया, किन्तु प्रसंगवश हम उसकी चर्चा कर रहे हैं। जैसा कि हम पहले कह चुके हैं 19वीं शताब्दी के अन्त में रूस के वातावरण में बड़ी बेचैनी थी, मजदूरों में अधिकाधिक जागृति आ रही थी, वे संगठित हो रहे थे। लेनिन के नेतृत्व में मार्क्सवादियों का पत्र इंस्क्रा जो 1990 में निकला, उन्हें एकबद्ध करने में बड़ा योग दे रहा था। अग्रणी बुद्धिजीवी भी संघर्ष की अगली कतारों में आते जा रहे थे और देश में कुछ ऐसी स्थिति पैदा हो गयी थी जब सभी किसी बड़े उथल-पुथल की प्रत्याशा में थे। स्वयं गोर्की भी मार्क्सवादियों के बहुत निकट आ गये थे। गोर्की ने तूफान का अग्रदूत गद्य गीत रच डाला। 'तूफान का अग्रदूत' में पितरेल पक्षी ललकार की चीख के साथ उड़ रहा है, काली बिजली की तरह, तीर की तरह बादलों का चीरता हुआ लहरों के फेन को पंखों से छूता हुआ।

''देखो तो, वह उड़ान भर रहा है, दानव की तरह, तूफान के गर्वीले काले दानव की तरह और वह हँसता है, और वह सिसकता है, वह बादलों पर हँसता है,

वह ख़ुशी से सिसकता है। यह समझदार दानव बादलों के क्रोधपूर्ण गर्जन में बहुत पहले से ही थकान अनुभव कर रहा है। उसे विश्वास है कि बादल सूर्य को नहीं छिपा सकेंगे—नहीं, नहीं छिपा सकेंगे।''

''तूफान। बहुत जल्द आएगा तूफान।
आए खूब जोर-शोर से आए तूफान।''

कितने जोरदार और खुले शब्दों में तूफान का आह्वान किया है गोर्की ने। लेखक ने साफ ही कह दिया है कि उसे विश्वास है कि बादल सूर्य को नहीं छिपा सकेंगे। गोर्की ने इतना ही नहीं कहा कि तूफान बहुत जल्द आएगा। बल्कि यह भी आए खूब शोर से आए तूफान। सम्भवतः यह कल्पना करना कठिन होगा कि पत्रिका के 1901 के अप्रैल अंक में जब यह रचना प्रकाशित हुई होगी इसने जागरूक पाठकों में कैसी हलचल पैदा कर दी होगी और यदि जार की सरकार ने इसी कारण से जीवन पत्रिका के प्रकाशन पर रोक लगा दी और पुलिस गोर्की पर कड़ी नजर रखने लगी तो इसमें भी हैरान होने की कोई बात नहीं है। इस गद्य गीत के बाद गोर्की को न केवल तूफान का अग्रदूत बल्कि तूफान का उद्घोषक कहा जाने लगा।

गोर्की की रोमानी कहानियों का संक्षिप्त विवेचन करने के बाद हम उनकी यथार्थवादी कहानियों की ओर आते हैं। रोमानी कहानियों से भिन्न यथार्थवादी कहानियों के कथानक, घटनाएँ और पात्र वास्तविक जीवन से लिए गये हैं, ऐसी समस्याएँ प्रस्तुत की गयी हैं जो हर दिन के जीवन में सामने आ रही थीं, जिनका स्वयं लेखक को अपने इर्द-गिर्द के जीवन में अनुभव हुआ था और जो तत्कालीन रूस से पुराने सामन्तवादी-पितृसत्तात्मक ढाँचे के टूटने और पूँजीवाद की ओर तीव्र संक्रमण के फलस्वरूप जन्म लेते हुए नये सामाजिक सम्बन्धों, नये रिश्तों का परिणाम था। इनमें जहाँ मध्यम वर्ग के लोगों की कूपमंडूकता, उनके बौद्धिक दैन्य, उनकी उदासीनता, उनकी क्रूरता और संकीर्णता पर जोरदार चोट की गयी है, ऐसे बुद्धिजीवियों तथा साहित्यकारों पर भी प्रहार किया गया है। वहीं ऐसे बुद्धिजीवियों को भी प्रस्तुत किया गया है जो तत्कालीन जीवन से असन्तुष्ट थे, उसे बदलना चाहते थे, उसके लिए यत्नशील ही नहीं थे बल्कि बड़े-बड़े बलिदान करने को भी तैयार थे। गोर्की ने जीवन के स्वामियों अर्थात साधन सम्पन्न शोषक वर्ग के लालच, स्वार्थपरता और उसके मुकाबले में ऐसे पात्रों को भी पेश किया है जो जीवन की ऐसी क्रूर परिस्थितियों के परिणामस्वरूप जीवन के गर्त या तल में पहुँच गये थे, उनमें से कुछ अपने मानवीय लक्षणों या गुणों को भी खो बैठे थे, किन्तु अधिकांश की आत्मा में उनका मानव जीवित रहा था। गोर्की ने उन सामाजिक परिस्थितियों पर प्रकाश डाला है, उनका विश्लेषण किया है जो लोगों को पतन की ओर ले जाती हैं, किसी नारी को वेश्या बनने के लिए विवश करती हैं, बच्चों से भीख मँगवाती हैं।

गोर्की की कुछ यथार्थवादी कहानियों का विवेचन करते हुए हम उनके दृष्टिकोण के लाक्षणिक तत्त्वों की व्याख्या करेंगे।

19वीं शताब्दी के अन्त में रूस के राजनीतिक-सामाजिक वातावरण में जो हलचल और बेचैनी थी, उसमें कुलीनों, बड़े व्यापारियों और पूँजीपति वर्ग के लोगों की मानसिक घबराहट और परेशानी कैसे बढ़ रही थी, इसका गोर्की ने अपनी कई प्रारम्भिक कहानियों में बड़ा सुन्दर और यथार्थवादी चित्रण किया है। हम उदाहरण के लिए 'घंटा' और 'ऊब' कहानियों को ले सकते हैं जो 1896 में लिखी गयीं।

हम पूर्व में भी कह चुके हैं गोर्की की यथार्थवादी कहानियों के कथानक और चरित्र वास्तविक जीवन से लिए गये हैं। इनमें तत्कालीन रूसी जीवन के सभी वर्गों तथा सामन्तवादी ढाँचे के टूटने और पूँजीवादी व्यवस्था की ओर तीव्र संक्रमण के फलस्वरूप उत्पन्न हुए नये सामाजिक सम्बन्धों का सजीव वर्णन है 'मेरा राहगीर साथी' में सामन्ती वर्ग अकर्मण्यता और स्वार्थपरायणता 'घंटा', 'ऊब' और 'बेकरी का मालिक' कहानियों में मध्यमवर्गीय व्यापारी वर्ग के स्वार्थी और लोभी चरित्र 'चेत्काश' और 'मालवा' में किसानों को व्यक्तिवादी, लालची और सन्देहभरी मनोवृत्ति, 'कवि और भेंट' में समाज के प्रति अपने कर्तव्य को भूलकर और उच्च आदर्शों से हटकर तुच्छ और संकीर्ण जीवन बिताने वाले लेखकों, 'स्कूल मास्टर कोर्जिका के अवकाश के क्षण' में एक ऐसे बुद्धिजीवी का जो अपने चरित्र की दुर्बलता के कारण जीवन को सुधारने में अपना योगदान करने में असमर्थ हैं और 'भंडाभोड़' कहानी में औरतों के प्रति मनुष्यों के पाशविक और निर्मम व्यवहार का चित्रण सफलता के साथ किया गया है। गोर्की ने इस दयनीय और हास्यास्पद चित्रण के हर एक पहलू का कड़े सूक्ष्म व्यंग्य के साथ कुशलतापूर्वक वर्णन किया है। गोर्की सदैव ऐसे कर्मठ व्यक्तियों को पसन्द करते थे जो हर प्रकार से हिंसा द्वारा भी, जीवन की बुराइयों का विरोध कर सके। चेखव को यह कहानी बहुत पसन्द थी। उसकी प्रशंसा करते हुए उन्होंने गोर्की को लिखा था—क्या उतनी ही अच्छी है जितनी स्तेपी में इस कहानी की चर्चा स्वयं गोर्की ने टाल्सटाय से भी की थी। 1919 में गोर्की ने स्वयं इस कहानी के विषय में लिखा था। यह कहानी 23 वर्ष पूर्व लिखी गयी थी। उस समय से मैं अनेक अनुभवों के बीच गुजरा हूँ और शाक्रों की तरह के कितने ही राहगीर साथियों ने विभिन्न पथों पर मेरे साथ रास्ता तय किया है और कभी-कभी मुझे सीधे मार्ग से भरमाया है। मैं उनके विषय में शिकायत नहीं करना चाहता और न ही अपने को दोष देना चाहता हूँ, लेकिन प्रत्येक बार जब किसी ने अपना बोझ मेरे ऊपर डाला और मुझे उसे कहीं ले जाना पड़ा तो मैंने उसका बोझ उस समय तक सम्भाला जब तक मेरी शक्ति और निश्चय उसे सहन कर सके और मैंने शाक्रों अपने पहले राहगीर साथी...मैं उसे यहीं छोड़ सकता हूँ। लेकिन मैं कभी

भी उससे अलग नहीं हो सकता क्योंकि उसके अनेक नाम हैं...वह मेरे सारे जीवन के लिए मेरा राहगीर साथी है...वह कब तक मेरे साथ जाएगा।

'बेकरी का मालिक' गोर्की की आत्मकथात्मक कहानी है। कजान के अपने आवास के दिनों में उसने क्रान्तिकारी विद्यार्थियों के गुप्त अध्ययन मंडल में सम्मिलित होने के साथ जीविकोपार्जन के लिए सेम्योनोव की बिस्कुट और पावरोटी बनाने वाले बेकरी में नौकरी भी कर ली थी। इस कहानी में इसी बेकरी के लालची और निष्ठुर मालिक का तथा वहाँ काम करने वाले मजदूरों के कष्टप्रद जीवन का यथार्थवादी चित्रण किया गया है।

गोर्की ने क्रान्नोवीदोबों गाँव में रोमांस के साथ रहते हुए वहाँ के किसानों का जो रूप देखा था उससे उन्हें बहुत निराशा हुई। किसानों के जीवन में मनहूसियत, छोटापन, धूर्तता और एक दूसरे के प्रति सन्देह दिखलाई पड़ता है। सभी अपने व्यक्तिगत स्वार्थों में लगे हुए थे और कोई किसी पर विश्वास नहीं करता था। इसके विपरीत आवारागर्दी और मजदूरों में उन्हें उदात्त और हृदय की विशालता तथा उदारता दिखलाई पड़ी। उनके अन्दर एक-दूसरे की सहायता करने और एक-दूसरे के लिए त्याग करने की भावना पायी जाती थी। 'चेल्काश' और 'मालवा' कहानियों में गोर्की ने आवारागर्दों और किसानों के चरित्र के इसी वैषम्य को चित्रित किया है।

'चेल्काश' कोरोलेन्को के सहयोग से मास्को के पत्र रूस्सकोये बोगत्सत्वों (रूसी सम्पदा) में 1895 में प्रकाशित हुई। वह एक यथार्थ घटना पर आधारित है। चेल्काश का मूल रूप ओदेरसा का एक आवारागर्द था जिससे गोर्की का परिचय निकोलाएव (वेरसोन) नगर के एक अस्पताल में हुआ। उसी ने इस कहानी में चित्रित घटना गोर्की को सुनाई थीं।

ग्रिशको चेल्काश पक्का पियक्कड़, साहसी और बहुत ही दक्ष चोर है। अपने छरहरे शरीर और चौकस चाल के कारण वह स्तेप के बाज जैसा लगता है। वह जहाज घाट से जहाजों पर आने और जाने वाले माल की चोरी करता है और इसी प्रकार के किसी अभियान के लिए साथी मिश्का की तलाश में वहाँ आता है। जब उसे पता चलता है कि मिश्का की टाँग कुचल गयी है और वह अस्पताल में है तो उसे कुछ मायूसी होती है। थोड़ी देर बाद वह अपनी मदद के लिए किसी और आदमी की तलाश में निकलता है। एकाएक उसकी भेंट गाँव से आए हुए गावरीला नामक एक नवयुवक से होती है। उसकी बातों से चेल्काश को पता चलता है कि उसके अन्दर भी उसी की तरह आजादी का जीवन बिताने की कसक है। वह मारफा नाम की लड़की से प्यार करता है। पर गरीब होने के कारण उसके साथ विवाह करके अपना स्वतन्त्र जीवन बिताने में असमर्थ है। उसके पास मारफा के धनी पिता के यहाँ बन्धक पर जमाई बनने के अतिरिक्त और कोई चारा नहीं है। गावरीला चाहता है कि

यदि उसे डेढ़ सौ रूबल मिल जाए तो वह अपना आजाद जीवन बिताने योग्य बन सकता है। आजाद जीवन की अपनी लालसा के विषय में वह चेल्काश से कहता है।

चेल्काश को गावरीला की आत्मा-परमात्मा की बात पसन्द आई है और उसके कारण उसके हृदय में उसके प्रति घृणा भी उत्पन्न होती है फिर भी यह सोचकर उसका हृदय कसकता है कि अगर वह दूसरे उससे भी बुरे हाथों में पड़ गया तो क्या होगा। अपने मुहिम की सफलता के लिए वह उस किसान युवक की आवश्यकता भी अनुभव करता है और उसे उस पर तरस भी आता है। इस प्रकार अन्त में चेल्काश के हृदय को मथने वाले दो विभिन्न भाव घृणा और दया मिलकर एक ऐसे भाव का रूप धारण कर लेते हैं जिसमें पिता का स्नेह भी है और व्यवहारिकता भी। वह उसे धन देने का लोभ देकर अपने साथ काम में लगा देता है।

रात में जब गावरीला चेल्काश के साथ समुद्र में नाव खेता हुआ अनुभव करता है कि चेल्काश उसे जहाज से माल चोरी करने के लिए वहाँ लाया है तो उसकी आत्मा उसे कचोटने लगती है। उसे भय भी लगता है कि कहीं वह पकड़ा न जाए। कई बार वह अपना धीरज खो बैठता है और बचकर भागने की बात सोचता है पर उसे कोई रास्ता नजर नहीं आता और वह सहमा हुआ चुपचाप चेल्काश के आदेशों का पालन करता रहता है। जब चेल्काश कपड़े की गाँठें चुराकर नाव में सुरक्षित स्थान पर लौट जाता है और उन्हें बेचकर पाँच सौ से अधिक रूबल प्राप्त कर लेता है तो गावरीला का हृदय लोभ से भर जाता है। चेल्काश उसका लोभी चेहरा देखकर उसकी परीक्षा लेने के लिए उससे पूछता है।

चेल्काश अपने प्राप्त किए हुए धन में से कुछ गावरीला को देते हुए कहता है तुम लालच की पोर में हो। यह अच्छा नहीं है। लेकिन इसके सिवा और आशा भी क्या की जा सकती है? आखिर तो तुम किसान हो न? गावरीला अपने स्वाभिमान की तनिक परवाह किए बिना उसके सामने गिड़गिड़ाने लगता है 'तुम बड़े अच्छे आदमी हो। वह धन मुझे दे दो। भगवान तुम्हारा भला करेगा, वह मुझे दो।...मैं तुम्हारे लिए दुआ करूँगा, तीनों गिरिजों में। तुम्हारी आत्मा के लिए प्रार्थना करूँगा। तुम इसे यहाँ यों ही उड़ा दोगे, जबकि मैं इसे जमीन में लगाऊँगा। मुझे दे दो।' चेल्काश का मन घृणा से भर उठता है। वह उसके सामने नोटों का बंडल फेंकते हुए कहता है, यह लो, अब चाटो इन्हें लेकर। मैं खुद तुम्हें ज्यादा देने जा रहा था। लेकिन मैं देख रहा था कि तुम खुद भी दाँत निपोरते हो या नहीं। और तुमने दाँत निपोर दिए। तुम निरे भिखारी निकले। धन क्या ऐसी चीज है जिसके लिए इस तरह जान दी जाए। बेवकूफ, लालची, शैतान। गर्व का नाम नहीं। धन देते हुए चेल्काश एक प्रकार का गर्व अनुभव करता है और सोचता है, 'वह चोर और पियक्कड़ होने पर भी इतना नीचे नहीं गिरेगा, कभी इस प्रकार हद तक अपना आत्म सम्मान खोकर

धन के पीछे नहीं पड़ेगा।''

चेल्काश उस समय स्तंभित रह जाता है जब गावरीला धन को जेब में डालने के बाद उसे बताता है कि इसे पाने के लिए वह उसकी हत्या कर डालने की सोचता था। उसके स्वार्थी और लालची स्वभाव को देखकर चेल्काश क्रुद्ध हो उठता है और उससे सारा धन वापस लेकर एक ओर चल देता है। तभी लालची गावरीला उसके सिर पर पीछे से पत्थर मारकर उसे घायल कर देता है और वह रेत पर घायल पड़े चेल्काश के पास आकर उसे उठाता है और अपनी मूर्खता के लिए क्षमा माँगता है। वह मिन्नत करते हुए कहता है—भाई मेरे, मुझे माफ करो। मेरे सिर पर शैतान सवार था। यह उसी की करतूत है। चेल्काश उस पर जोर से चिल्लाता है—जाओ, चले जाओ। जहन्नुम में जाओ। फिर अपनी जाकेट की जेब से निकालकर उसमें से पाँच सौ रूबल स्वयं लेकर बाकी धन गावरीला को देता है। गावरीला विक्षुब्ध होकर, ओह भाई, मेरे भाई कहते हुए उससे क्षमा याचना करता रहता है।

'कवि', 'भेंट', 'स्कूल मास्टर कोजिक के अवकाश के क्षण' और 'उत्पाती' कहानियों में गोर्की ने जनता से कटे हुए लक्ष्यहीन बुद्धिजीवियों की मानसिक संकीर्णता को उद्घाटित किया है। गोर्की ने जनता और समाज के प्रति उदासीन इन व्यक्तिवादी लेखकों और बुद्धिजीवियों के स्वार्थपरायण जीवन को और भी नजदीक से देखा था, इसलिए उन्होंने अपनी कहानियों, नाटकों और उपन्यासों में उन पर करारी चोट की है।

'कवि' कहानी में शुरा नाम की छठी कक्षा में पढ़ने वाली लड़की को उस समय बहुत दुःख होता और निराशा होती है जब वह अनुभव करती है कि किस्की, जिसे वह और उसके स्कूल की लड़कियाँ आधुनिकों में सबसे अच्छा कवि मानती हैं और जिसकी कविताएँ बार-बार पढ़कर भी वे नहीं अघातीं एक खोखला और सामान्य व्यक्ति है।

'भेंट' कहानी में गोर्की ने एक ऐसे लेखक को चित्रित किया है जो अपना साहित्यिक जीवन ऊँचे आदर्शों को सामने रखकर प्रारम्भ करता है, परन्तु बाद में वह अपने ऊँचे उद्देश्यों को भूलकर धनी व्यक्तियों के मनोरंजन के लिए लिखने लगता है।

'स्कूल मास्टर कोजिक के अवकाश के क्षण' कहानी में गोर्की ने एक ऐसे बुद्धिजीवी स्कूल मास्टर कोजिक को चित्रित किया है जो अपने चरित्र की दुर्बलता के कारण मानवीय जीवन को सुधारने में कोई योगदान नहीं कर पाता। वह समाज के सदस्य की हैसियत से भी अपने कर्तव्य की उपेक्षा करता है। उसके जीवन का कोई उद्देश्य नहीं है। वह अपने लक्ष्यहीन जीवन की दयनीय अवस्था से परिचित है और हर शाम वोदका के नशे में मेज पर रखे हुए अपनी माँ, प्रेमिका और एक

दार्शनिक के चित्रों से बात करते हुए वह बुदबुदाता है।

'उत्पाती' कहानी में गोर्की ने सामाचार पत्रों के सम्पादकों के ढोंगी स्वभाव पर व्यंग्य किया है। एक ओर तो यह सम्पादक लोगों पर अपनी ईमानदारी और सच्चाई का सिक्का जमाने के लिए अपने सम्पादकीय लेखों में नैतिक मूल्यों और उच्च आदर्शों की सीख देते हैं और दूसरी ओर यथार्थ जीवन में बिल्कुल उनके विपरीत व्यवहार करते हैं।

मैक्सिम गोर्की ने 'एक पाठक' कहानी में जो 1918 में कोस्मोपोलिस पत्रिका में पहली बार छपी साहित्य के उद्देश्य और लेखकों के दायित्व के विषय में अपने विचार बहुत ही रोचक ढंग से प्रस्तुत किए हैं। साहित्य पर एक मनोरंजक और सफल कहानी भी गढ़ सकता है यह हमें यही दिखलाई पड़ता है। एक साहित्यिक गोष्ठी में अपनी कहानी सुनाकर और उससे अभीभूत हुए श्रोताओं के प्रशंसा से भरे शब्दों से पुलकित हुआ एक लेखक अपने घर लौटता है। उसका हृदय हर्ष और उल्लास से भरा है और वह एक ऐसे सुख का अनुभव करता है जैसा उसने पहले कभी नहीं किया। तभी उसकी अन्तरात्मा उसके अहम् को उपस्थित करते हुए एक पाठक के रूप में उसके सामने प्रस्तुत होती है। लेखक का उपहास करते हुए यह पाठक साहित्य के उद्देश्य और साहित्यकार के जनता के प्रति दायित्व के विषय में उससे कितने ही परेशान करने वाले प्रश्न पूछता है। पाठक की बातों से झुँझलाया और आतंकित लेखक उससे छुटकारा पाने के लिए तेज डग बढ़ाते हुए आगे चलने लगता है। पाठक मुस्कराता हुआ उससे कहता है, 'जाओ लेकिन यह जान लो कि तुम खुद अपने से भाग रहे हो।''

जब लेखक रुक जाता है तो पाठक उसे चुप देखकर स्वयं ही अपने प्रश्नों का उत्तर देने लगता है। साहित्य के उद्देश्य की व्याख्या करते हुए वह कहता है : शायद मेरी बात से तुम सहमत होगे अगर मैं कहूँ कि साहित्य का उद्देश्य है खुद अपने को जानने में मानव की मदद करना, उसके आत्मविश्वासों को दृढ़ बनाना और उसके सत्यान्वेशण को सहारा देना, लोगों की अच्छाइयों का उद्घाटन करना और बुराइयों का उन्मूलन करना, लोगों के हृदय में हयादारी, गुस्सा और साहस पैदा करना, ऊँचे उद्देश्यों के लिए शक्ति बटोरने में उनकी मदद करना और सौन्दर्य की पवित्र भावना से उसके जीवन को शुभ्र बनाना। यद्यपि लेखक पाठक की बातों की सहमति में अपना सिर हिलाता है पर जब वह अनुभव करता है कि उसकी रचनाएँ साहित्य के इस ध्येय की पूर्ति नहीं करतीं तो उसकी खोज और झुँझलाहट और अधिक बढ़ जाती है।

मैक्सिम गोर्की ने अपनी अनेक कहानियों में नारी के शोषण और उत्पीड़न के बहुत ही मार्मिक चित्र प्रस्तुत किए हैं। 'भंडाफोड़' कहानी में दिखलाया गया है

किस प्रकार एक गाँव के लोगों की भीड़ एक बिल्कुल नंगी युवा स्त्री को गाड़ी के तख्ते से बाँधे घसीटते हुए ले जाती है। उस स्त्री की बाईं छाती में गहरा घाव है जिससे खून की धार निकल रही है और उसका निर्मम पति उसके ऊपर कोड़े बरसाते हुए कहता जाता है, 'ले, यह ले, कुतिया। हा-हा-हा। और ले यह और ले।' गाँव के लोगों की भीड़ गाड़ी के पीछे चलती हुई उस नि:सहाय स्त्री पर फब्तियाँ कसती है और उसकी हँसी उड़ाती है। यह कहानी एक वास्तविक घटना के आधार पर लिखी गयी है। यहूदी अपनी विश्वासघातिनी कुलटा स्त्रियों को इसी प्रकार दंडित करते थे। गोर्की ने स्वयं लिखा है "यह जीवन से लिया गया चित्र है। यह उन प्रथाओं में से है जो हमारे यहाँ प्रचलित हैं और उसे 15 जुलाई, 1891 के दिन निकोलाएवस्की जिले के खेरमोन गुवनियाँ के कान्दीवोवकाँ गाँव में खुद अपनी आँखों से मैंने देखा था। निहत्थे गोर्की ने इस घटना में निपीड़ित स्त्री को बचाने में अपनी जान गवाँ ही दी होती, यदि एक राहगीर उन्हें अस्पताल न पहुँचा देता। गोर्की ने कहानी में अपने द्वारा अपनी निभाई गयी भूमिका का वर्णन नहीं किया है।"

'खाली पक्षी क्या करे?' कहानी में दिखाया गया है कि यद्यपि पाप में स्त्री और पुरुष दोनों ही भागीदार होते हैं, परन्तु उसका दंड स्त्री को ही भोगना पड़ता है। स्तेपी के छोटे से रेलवे स्टेशन पर बावर्ची अरीना और स्विचमैन गामोजीव के बीच अवैध सम्बन्ध हो जाता है।

'नीली आँखों वाली स्त्री' एक ऐसी स्त्री की कहानी है जो गरीबी के कारण वेश्या के घिनौने पेशे को अपनाने के लिए मजबूर होती है। उसके पति की जो नाव चलाता था, बर्फ टूटने से डूब जाने के कारण मृत्यु हो जाती है। उसके दो बच्चे हैं— नौ साल का एक लड़का और सात साल की एक छोटी-सी लड़की। दोनों होनहार बच्चों का भविष्य बनाने और अपनी जीविका चलाने के लिए और कोई साधन न जुटा सकने के कारण वह मेले में जाकर वेश्या का धंधा करती है और फिर धन कमाकर अपने नगर वापस चली जाती है तथा सम्मानित जीवन बिताने लगती है। मेले में नियुक्त पुलिस ऑफिसर जो इस स्त्री को कुलटा समझता है उसके साहसपूर्ण व्यवहार को देखकर चकित रह जाता है।

'एक बार पतझर में' शीर्षक वाली 1895 में लिखी गयी उक्त कहानी में गोर्की ने बड़ी ही सहानुभूति और सहृदयता से समाज की उपेक्षित और कभी-कभी तो अन्यायवश घृणित नारी (वेश्या के रूप में) के भाग्य की ओर समाज के दायित्व का ध्यान आकृष्ट किया है। जीवन के गर्त में जीवन के तल में पहुँचे हुए अवारा, पतित, शराबी, चोर और इसी तरह के अन्य समाजोपेक्षित लोगों का गोर्की के साहित्य में महत्त्वपूर्ण स्थान है।

'सोमागा कैसे पकड़ गया' यह भी एक चोर की कहानी है जो पुलिस से बच

निकलने की कोशिश में रात के वक्त छिपते-छिपते बढ़ता चला जा रहा था कि उसे एक नन्हे बच्चे के रोने की आवाज सुनाई देती है। वह पास जाकर देखता है—बंडल में लिपटा हुआ एक नवजात शिशु था, जिसकी माँ उसे वहाँ ठंड में फेंक गयी थी। चोर सोमागा की आत्मा के कोमल तार झनझना उठे, वह बच्चे को अपने कोट के नीचे छिपाकर विचारों में खोया-उलझा चलता जाता है और पुलिस वाले उसे पकड़ लेते हैं। वह केवल बच्चे की जान बचाने के लिए ही अपने बचाव की कोशिश नहीं करता किन्तु थाने में पहुँचने पर बच्चा भी मर जाता है। बच्चे के मृत शरीर की ओर देखा। उसकी नजर में विक्षोभ था। एक आह भरते हुए बोला : "तुम भी एक ही रहे। तुम्हारी खातिर मैं पकड़ा गया और नतीजा कुछ नहीं। मैं सोच रहा था कि... लेकिन तुम अपनी करनी से बाज न आए और शरीर पर ही मर गये। भाई, वाह।"

चोर की आत्मा में बच्चे के प्रति स्नेह की भावनाओं का यह कितना मर्मस्पर्शी चित्रण है। जीवन में हिसाब किताब जोड़कर जीने वाला व्यक्ति कभी अपने को मुसीबत में फँसाने की जोखिम न लेता, किन्तु सोमागा की आत्मा ने अपनी सहज प्रेरणा से ऐसा किया, अपनी चिन्ता नहीं की।

'माल' कहानी की नायिका माल्वा भी स्वच्छन्द जीवन की अभ्यस्त है और गाँव से पैसे कमाने के लिए आए वसीली और उसके जवान बेटे यकीव में से किसी को भी इसलिए नहीं अपनाती कि चेल्काया कहानी के किसान गवरीला की भाँति वे भी संकीर्ण मनोभावों और लालची प्रवृत्तियों से ओत-प्रोत है। उनमें स्वामित्व की भावना प्रबल है और वे नारी को भी इसी रूप में ग्रहण करना चाहते हैं।

मैक्सिम गोर्की की श्रेष्ठ और महत्त्वपूर्ण कहानियाँ आवारागर्दी और गरीब लोगों के जीवन को लेकर लिखी गयी हैं। इन कहानियों में उन्होंने जीवन से अभिशप्त, निम्नवर्गीय चरित्रों के उदात्त रूप को उद्घाटित किया है। अपने कजान के आवास और रूसी भ्रमण के दौरान गोर्की ऐसे अनेक लोगों के सम्पर्क में आए जो आवारा, पियक्कड़, झगड़ालू और चोर होते हुए भी मानवीय भावनाओं से ओत-प्रोत थे। यद्यपि वे अक्सर आपस में लड़ते-झगड़ते रहते थे, परन्तु अपने साथियों की परस्पर सहायता करने की भावना उनमें बहुत विकसित थी। जो कुछ भी वे कमा कर अथवा चुराकर लाते थे उसे सदैव आपस में बाँटकर खा-पी लेते थे। उनमें धनी और व्यापारी वर्ग के लोगों की तरह व्यक्तिगत स्वार्थ और लोभ की भावना नहीं पायी जाती थी। 'एक बार पतझर', 'एक चुम्बन', 'दादा आखिप और ज्योंका', 'सेमागा कैसे पकड़ा गया', 'छब्बीस आदमी और एक लड़की', 'वह जरा सी लड़की', 'वान्का माजिन', 'कोनोबालोव', 'ओरलोव दम्पती' आदि कहानियों में गोर्की ने समाज से ठुकराए और पीड़ित लोगों के उदार और सहानुभूति पूर्व मानवीय स्वरूप को चित्रित किया है।

इस तरह हम गोर्की की महत्त्वपूर्ण कहानियों को देख चुके। मैं पहले भी कह चुका हूँ कि हर कहानी का अपना गुण-दोष होता है। वर्गीकरण के सन्दर्भ में भी पुन: कहना चाहूँगा कि एक ही कहानी राजनीतिक भी हो सकती है और मनोवैज्ञानिक भी। फिर भी हम उन पर गोर्की की महत्त्वपूर्ण उपलब्ध कहानियों पर एक बार दृष्टिपात करें तो उनमें मनोवैज्ञानिक कहानियों की संख्या कम है। इस श्रेणी में गोर्की की 'माल्वा' और 'चेल्काश' कहानियों को रखा जा सकता है। माल्वा कहानी की नायिका माल्वा स्वच्छन्द जीवन बिताने की अभ्यस्त है और गाँव से पैसे कमाने के लिए आए वसीली और जवान बेटे चाकोव में किसी को भी इसलिए नहीं अपनाती कि 'चेल्काश' कहानी के किसान गावरीला की भाँति वे भी संकीर्ण मनोभावों और लालची प्रवृत्तियों के लोग हैं। उनमें स्वामित्व की भावना प्रबल है। और नारी को भी हम इस श्रेणी में रख सकते हैं। 'एमीलिदन पिल्लहे' या 'एक चुम्बन' को भी हम इस श्रेणी में रख सकते हैं। एक सफल मनोवैज्ञानिक की तरह गोर्की अपने पात्रों की मन:स्थिति, आकांक्षाओं, भावनाओं, उनके विभिन्न क्रूर एवं उदास रूपों को विश्वसनीय ढंग से प्रस्तुत करते हैं। वे आधुनिकतावादी मनोवैज्ञानिक लेखकों की तरह उनकी मानसिक दशा का विश्लेषण नहीं करते बल्कि उनकी मानसिक बेचैनी, द्वन्द, आत्मवंचना, आत्मग्लानि आदि को उनके कथोपकथन द्वारा प्रदर्शित करते हैं। इस प्रकार उनकी कहानियों में सभी पात्रों का बाह्य एवं आन्तरिक स्वरूप सजीव हो जाता है।

सामाजिक कहानियों में हम गोर्की की उन सारी कहानियों को रख सकते हैं जो गरीब लोगों की कहानियाँ हैं—उनकी व्यक्तिगत या पारिवारिक। नारी शोषण और उत्पीड़न की कहानियाँ भी अच्छी संख्या में हैं। गोर्की ने अपनी कहानियों द्वारा निम्न वर्ग के शोषित लोगों में नई उमंगों का संचार किया। इस तरह की कहानियों की लम्बी कतार उनके पास है।

अन्त में हम कहना चाहेंगे कि राजनीतिक कहानियों की श्रेणी में तो उनकी वे सारी कहानियाँ आ सकती हैं, जिनमें उन्होंने सर्वहारा को उमंगित किया और उनके हृदयों में समाजवादी क्रान्तिकारी भावनाओं की जर्बदस्त अभिव्यक्ति हुई है।

लू शुन की कहानियाँ एवं अन्य लेखन

लू शुन के सोलह खंडों में बिखरे निबन्ध, तीन कहानी संग्रह, गद्य कविताएँ और संस्मरण चीनी समाज का विश्वकोष हैं, जिनमें जनता का जीवन और संघर्ष तथा बीसवीं शताब्दी के शुरू से लगाकर चौथे दशक तक के महान ऐतिहासिक काल के अनुभव भरे पड़े हैं। उनमें साम्राज्यवाद और सामन्तवाद के विरुद्ध, जनता के सभी उत्पीड़कों के विरुद्ध तथा चीन की प्रगति में बाधक सभी अँधेरी भ्रष्ट शक्तियों के विरुद्ध युद्ध की घोषणा है। उनकी रचनाओं में हमें 1911 ई. की क्रान्ति के समय से लगाकर 4 मई आन्दोलन और फिर पहले और दूसरे क्रान्तिकारी गृहयुद्ध की स्थितियों का विस्तृत और गहरा चित्रण मिलता है।

लू शुन की कहानियों, निबन्धों, गद्य कविताओं और संस्मरणों का यह एक सामान्य परिचय है। लेखक बनने के बाद उन्होंने एक क्रान्तिकारी जनवादी से एक कम्युनिस्ट में व्यक्तित्वांतरण किया। उन्होंने वृद्ध श्वान रुन थू, आ क्यू, श्यांगलिन की पत्नी जैसे मामूली लोगों को उनके दुर्भाग्य से छुटकारा दिलाने के लिए रास्ता तलाशा और उनके लिए लड़े। वह अपने उद्‌देश्य के प्रति समर्पित रहे और क्रान्ति के रास्ते पर बढ़ते रहे। जैसे ही उन्होंने उस रास्ते पर कदम रखा वह चीन की भावी मुक्ति की रोशनी में नहा गये। जनता की असीम रचानात्मक शक्ति ने लगातार उनकी प्रतिभा को नया जीवन दिया।

उन्होंने कहा कि ''वर्तमान समय में हमारे तीन प्रमुख उद्‌देश्य हैं—पहला अस्तित्व बनाए रखना, दूसरा भोजन और कपड़ा प्राप्त करना और तीसरा आगे बढ़ना। उनके बीच आने वाली हर बाधा को हटाना होगा चाहे वह प्राचीन हो या आधुनिक मानव-निर्मित हो या दैवी या प्राचीन विधि-विधान, गौरव-ग्रन्थ, पवित्र भविष्य-दर्शी बहुमूल्य मूर्तियाँ, परम्परागत नुस्खे और गुप्त निदान कुछ भी क्यों न हों।'' और अन्ततः उन्होंने घोषणा की कि ''तथ्यों से मैंने सीखा है कि भविष्य निश्चय ही उभरते सर्वहारा के हाथ है।'' इसलिए वे 'सर्वहारा क्रान्ति के उमड़ते तूफान' का उपयोग 'अपने देश की धरती को साफ करने' तथा 'जड़ निरर्थक और

सड़े गले' को ख़त्म करने के लिए करना चाहते थे। वे सोवियत संघ के समर्थक थे और आशा करते थे कि चीन में भी एक दिन समाजवादी समाज स्थपित होगा। वे चाहते थे कि शोषित–पीड़ित लोग 'मनुष्यों की तरह' रह सकें तथा पृथ्वी के तल से एकदम नई अनजानी समाज व्यवस्था पैदा हो सके 'जिससे कि करोड़ों लोग अपने भाग्य के खुद मालिक बन सकें।'

चीनी संस्कृति में उनकी जड़ें गहरी थीं। उन्होंने एक सुधारक की लगन से विदेशी साहित्य का विस्तार से अध्ययन किया था। उनके लेखन पर विदेशी, विशेषकर रूसी (उसमें भी गोगोल का विशेष रूप से) प्रभाव देखा जा सकता है। इस प्रकार उन्होंने चीनी साहित्य को आधुनिक विश्व साहित्य के प्रगतिशील रुझानों से जोड़ा। लू शुन ने जिस प्रकार विदेशी साहित्य के प्रभावों को ग्रहण कर चीन की राष्ट्रीय संस्कृति का अंग बना दिया, वह ऐतिहासिक महत्त्व का कार्य था। उन्होंने स्वयं अपने लेखन में उस कार्य को सम्पन्न किया। उदाहरण के लिए अपनी प्रारम्भिक रचना 'एक पागल की डायरी' में उन्होंने लिखा, "मैंने इसको लिखते समय सौ या उससे अधिक विदेशी कहानियों का और अपने चिकित्सा ज्ञान का सहारा लिया है। लू शुन के विचारों की व्यापकता और गहराई उनकी कला में साथ-साथ दिखाई पड़ती है। उनमें चीनी समाज और संस्कृति की गहरी पड़ताल और जनता से गहरे सम्बन्धों का प्रमाण मिलता है।

इन जनवादी लेखकों की मान्यता रही है कि पूँजीपति वर्ग केवल धन के लिए धन कमाता है। उसका न कोई सामाजिक उद्देश्य होता है, न सांस्कृतिक ध्येय। इन्होंने अपने समाज में व्याप्त इस अन्धकार के विरुद्ध संघर्ष करते हुए प्रकाश की पक्षधरता स्वीकार की और आह्वान किया कि हर गम्भीर, यथार्थवादी लेखक का दायित्व है कि प्रकाश की ओर से अन्धकार के विरुद्ध संघर्ष में शामिल हो जिससे मानवजाति के विरोध में खड़ी आदिम भयावहता, पाश्विक दासता उद्घाटित हो और मनुष्य की अनिवार्य महत्ता एवं प्रकाश की कामना प्रकट हो सके। अन्धकार के विरुद्ध प्रकाश के संघर्ष में हिस्सेदारी के सिलसिले में 1923 में प्रकाशित कहानी संग्रह 'द आऊँट क्राय' में लू शुन ने लिखा है : "किसी देश की जनता को बदलने के लिए, उसका मनोबल ऊँचा करने के लिए, साहित्य से अधिक उत्तम माध्यम दूसरा नहीं हो सकता। लू शुन ने सभी प्रकार की रचनाओं में नितान्त संघर्षशील चेतना की अभिव्यक्ति, सामाजिक अनुभवलब्ध विभिन्न द्वन्द्व-संघातों के रूपायन एवं शैल्पिक प्रतिफलन के माध्यम से किया है। उनकी यह संघर्षशील चेतना तर्क-निर्भर सुतीक्ष्ण अस्त्र-उपकरण की तरह प्रयुक्त हुई है जिसके द्वारा उनके चिन्तन-जगत में एक महत्तर संघर्ष निरन्तर जारी रहता है। उनके साहित्य में भावुकता का अतिरेक कहीं भी नहीं देखा जा सकता। माओत्से तुंग ने लू शुन के इसी वैशिष्ट्य

को लक्ष्य कर कहा था कि, लू शुन प्रकृत यथार्थवादी, सदा-सर्वदा आक्रोशहीन एवं नितान्त स्थिर संकल्प पुरुष थे।

लू शुन की कहानी 'दवाई' रुग्ण समाज का यथार्थवादी 'एक्सपोजर' है, क्रान्ति के सम्बन्ध में प्रतीकात्मक पैरेबुल है, सन्तान की असामयिक मृत्यु पर माता-पिता की प्रगाढ़ वेदना का मर्मस्पर्शी चित्र है, नियोजित क्रूरता की निर्मम कथा है। लू शुन ने इस कहानी में चीन की सामन्ती समाज-व्यवस्था की निश्चित मृत्यु की घोषणा की है। एक क्रान्तिकारी के रक्त में सनी हुई रोटी खा लेने के बाद भी 'हुआ' की मृत्यु प्रतीक के इसी पक्ष को उजागर करती है। 'शिया' की मृत्यु के माध्यम से लेखक ने तत्कालीन चीन में क्रान्तिकारी पक्ष को एक तरह से निराशापूर्ण स्थिति प्रदान कर दी है फिर भी उसकी मृत्यु का प्रतिवाद जिस दृढ़ स्वर में किया गया है, वह अविस्मरणीय और प्रेरणादायक है।

'शिया' की कब्र के समक्ष उसकी माँ का आत्मालाप और चीत्कार तथा कौए के काँव-काँव एवं माँ के स्वगतकथन ने मिलकर चीन की भावी क्रान्ति के सम्बन्ध में लू शुन की आकल्पित उँचाई को देखने लायक बना दिया है। लू शुन के पूर्व चीनी कहानी-साहित्य में रूप और वस्तु के समाहार की दृष्टि से ऐसी श्रेष्ठ कहानी नहीं लिखी गयी थी।

'एक पागल की डायरी' शैलीगत वैशिष्ट्य तथा 'आइरनी' के प्रतिफलन की दृष्टि से एक महत्त्वपूर्ण कहानी है। यद्यपि यह पाश्चात्य ढंग पर लिखी गयी कहानी मानी जाती है, किन्तु इस कहानी का शिल्प तथा शीर्षक भी विख्यात रूसी कथाकार गोगोल की एक कहानी के आधार पर निर्मित मानी गयी है।

'आः क्यू की सच्ची कहानी' लू शुन की ही नहीं, आधुनिक चीनी कथा-साहित्य की उपलब्धि मानी जाती है। यह एक विश्वविख्यात कहानी है, किन्तु कुछ समीक्षकों की राय में कलात्मक उपलब्धि की दृष्टि से इस कहानी की अत्यधिक प्रशंसा कर दी गयी है।

'कफन' के घीसू की तरह ही आः क्यू को भी बार-बार अपमानित-लांछित होना पड़ता है अर्थात् घीसू और आः क्यू सामन्ती व्यवस्था द्वारा लांछित-प्रताड़ित जीवन जीने को बाध्य कर दिए गये हैं, किन्तु घीसू उस आत्मछल का शिकार नहीं है, क्यू जिसकी जकड़बन्दी की गिरफ्त में बुरी तरह फँसा है।

'कुंग ई ची', कहानी सामन्ती-व्यवस्था में साधारण व्यक्ति की दयनीय स्थिति का मार्मिक चित्र है। कहानी का नायक किताबों की चोरी करता है। यह एक लिरिकल कहानी है, रेखाचित्र जैसी रचना। एक अँग्रेज समीक्षक ने इस कहानी में हेमिंग्वे की—'निक आदम्स' सिरीज वाली कहानियों की-सी विशेषता देखी है। 'तलाक' कहानी में एक परित्यक्ता ग्रामीण युवती के अन्तर्द्वन्द्व का सजीव चित्र

अंकित है। 'मेरा पुराना घर' में पुराने नियम-कानून पर आक्रमण किया गया है। प्रेमचन्द की 'कजाकी' की तरह लू शुन की कहानी 'द कन्ट्री थियेटर' उनके बाल्यकाल का सजीव चित्र है। इन दोनों रचनाओं को ठीक-ठीक कहानी की संज्ञा न देकर सोद्‌देश्यता से इनकार नहीं किया जा सकता, विधा कोई भी हो। इन कहानियों की तुलना में उनकी 'साबुन' कहानी शिल्प की प्रौढ़ता व व्यंग्य-कौशल की दृष्टि से अधिक प्रखर है। शहरी जीवन को आधार बनाकर रचित इस कहानी में निहित व्यंग्य एक चातुरीयुक्त बिम्ब-विधान पर स्थिर है।

लू शुन की कहानियाँ समय की चाप से उपजी हैं। यथार्थ निरपेक्ष सौंदर्यशास्त्रीय प्रेरणा से उन्होंने कुछ भी नहीं लिखा। उन्होंने जो कुछ लिखा है—सोद्‌देश्य, जनगण के पक्ष में, इस बात का प्रचार करने के लिए कि अपमानपूर्ण जीवन जीने से अच्छा मर जाना है। इस दिशा में मिली उनकी सफलता इस तथ्य को पुष्ट करती है कि किसी बड़े उद्‌देश्य का प्रचार करने वाली रचना ही महान होती है। लगभग अपनी समस्त रचनाओं में लू शुन ने इस साहित्यिक कार्यभार का जैसा कलात्मक निर्वाह किया है, वह विश्वसाहित्य में बेजोड़ माना जाता है। लू शुन की कहानी-कला के उस सर्वाधिक समृद्ध-पक्ष का, जिसे 'सटायर' या विद्रूप प्रवणता कहा जाता है, 'चन्द्रलोक की उड़ान' कहानी में उत्तम प्रतिफल हुआ है। उनके इस वैशिष्ट्य की चर्चा करते हुए माओत्से तुंग ने कहा था: 'लू शुन की निर्मम लेखनी ने तलवार की तरह समस्त घृण्य तत्त्वों का सिरच्छेद किया है।' ध्यान में रखना चाहिए लू शुन की यह तलवार सीधी-सरल रेखा की तरह न थी—उसमें थी व्यंग्य की वक्रता है। विश्व के महान लेखकों की स्वभावसंगत निरासक्ति तथा उदासीन विषाद लू शुन में भी था। कहने की आवश्यकता नहीं कि इसी के वशीभूत उन्होंने अपने प्रथम कहानी संग्रह 'युद्ध का आह्वान' की भूमिका में लिखा कि : 'इट इज क्लियर, देन, दैट माई स्टोरिज फाल फार शॉर्ट ऑव बींग वर्क्स ऑव आर्ट।' इस अत्यधिक नम्रतापूर्ण कथन से भी यही प्रकट होता है कि लू शुन अपनी कहानियों को चीनी जनता को शिक्षित करने का एक सशक्त माध्यम ही मानते थे 'कलात्मक उपलब्धि' नहीं।

'औषधि' कहानी में एक युवक कहता है : 'इस विशाल छिड़ राज्य के मालिक तो हम हैं। असली राजा तो प्रजा है। 'शराब की दुकान', 'मानव विद्वेषी', 'सुखी परिवार', 'तलाक' तथा 'कुंग ई ची' जैसी कहानियाँ तत्कालीन समाज में बुद्धिजीवियों के संघर्ष तथा आशाभंग के बोध को व्यक्त करती हैं। अब हम उनकी कहानी 'औषधि' के अध्ययन के सिलसिले में उनकी कला, राजनीति तथा सामाजार्थिक प्रश्नों के प्रति दृष्टिकोण को देखेंगे। लू शुन ने राजनीतिक संघर्ष के दौरान जो अनुभव प्राप्त किए थे उनका किसी भी कहानी में प्रत्यक्ष घटनागत वर्णन नहीं मिलता बल्कि कहानियों के पाठ से जो पहली प्रतिक्रिया होती है वह यह कि

राजनीतिक-सचेतन कहानीकार लू शुन कहानियों में 'राजनीतिक चिन्तन' से अधिक 'सामाजिक चिन्तन' के प्रति सचेष्ट थे। 'औषधि' कहानी की विषयवस्तु है सामन्ती चीनी समाज में प्रचलित एक वीभत्स कुसंस्कार कि, यदि यक्ष्मा के किसी रोगी को आदमी के खून में रोटी भिगो कर खिला दी जाए तो वह यक्ष्मा के रोग से अवश्य मुक्त हो जाएगा।

'आ क्यू की सच्ची कहानी' में परम्परागत शिल्प-शैली का निर्वाह एकदम नहीं किया गया है। फिर भी इसे अन्तर्राष्ट्रीय ख्याति मिली। क्यों? इसलिए कि इसके माध्यम से लू शुन ने कहानी की कला में एक सर्वथा नवीन पद्धति का समावेश किया। डॉ. सनयात सेन के नेतृत्व में 1911 में छिड़ वश की निरंकुश राजसत्ता को उखाड़ फेंका गया था किन्तु सामन्ततान्त्रिक समाज में कोई बुनियादी परिवर्तन नहीं हुआ, साधारण मनुष्य की कोई भी आशा पूरी न हुई। राजा का पतन हुआ किन्तु उसकी जगह अनेक सामन्तों और युद्धसरदारों ने ले ली। साम्राज्यवादियों के साथ गठजोड़ से अन्यायपूर्ण शासन चलता रहा, धनिक और धनी होते रहे। आ क्यू की कहानी लू शुन ने इसी पृष्ठभूमि में लिखी है। लू शुन की दृष्टि व्यक्ति की ओर न होकर सम्पूर्ण समाज और देश की ओर रही है, इसी कारण उनकी कहानी की कोई घटना अथवा चरित्र चीनी समाज की कोई किसी विशेष घटना या विशेष चरित्र नहीं। सभी घटनाएँ और चरित्र विशेष से निविशेष हो उठे हैं।

लू शुन के निबंध उनकी साहित्य रचना का सबसे बड़ा और महत्त्वपूर्ण हिस्सा माना जाता है। लू शुन ने चीनी मिथकों और पुराकथाओं को भी विषयवस्तु बनाया है। 'स्वर्ग का सुधार' में उन्होंने प्राचीन चीनियों की अन्वेषण धर्मिता का चित्रण किया है। 'चन्द्रलोक की ओर उड़ान' निजंधरी धनुर्धर ई के बारे में है। 'बाढ़ को शान्त करना' और 'आक्रमण के विरुद्ध' कहानियों में प्राचीन चीन के महान नायक और सन्त ऊ तथा मो त्ज़ी को दिखाया गया है। 'अनोखी तलवार' में अत्याचारियों से बदला लेने के लिए दमितों को विद्रोह करने के लिए उत्साहित किया गया है।

इस प्रकार लू शुन ने बुद्धिजीवियों और नौजवानों के आदर्शों के बारे में निर्णय इस आधार पर किया कि उनका समस्त जनता के साथ सम्बन्ध क्या है। अतः यह कहा जा सकता है कि लू शुन के लेखन में उनका दृष्टिकोण और लक्ष्य उनकी कहानियों में साफ देखे जा सकते हैं। यही बात उनकी गद्य कविताओं, संस्मरणों तथा विशेषकर उनके निबन्धों के बारे में भी सच है। उनके संस्मरणों में सबसे प्रभावशाली हिस्सा वह है जब वे किसानों और हथकरघा मजदूरों की ख़ुशमिजाजी, बुद्धिमानी और जीवन के प्रति लगाव का और उनके द्वारा रची गयी लोक कला का सुन्दर वर्णन करते हैं। 'जंगली घास' में संकलित अधिकांश कविताओं में साम्राज्यवादियों तथा उत्तरी सेनाध्यक्ष सामन्तों के विरुद्ध संघर्ष के दौरान लू शुन की

भावनाओं का वर्णन है। उनमें हमें एक क्रान्तिकारी बुद्धिजीवी का साहस और अँधेरी शक्तियों के विरुद्ध लड़ाई में उसके अनुभव देखने को मिलते हैं।

एक लड़ाकू और एक कलाकार के दृष्टिकोण से लू शुन ने समझाया कि उन्होंने क्यों निबन्ध के रूप को अपनाया। उन्होंने कहा "कुछ लोगों ने मुझे संक्षिप्त आलोचनात्मक निबन्ध न लिखने के लिए कहा। मैं उनकी इस चिन्ता के लिए आभारी हूँ और मैं जानता हूँ कि कहानियाँ लिखना महत्त्वपूर्ण है। लेकिन एक समय ऐसा आया जब मुझे विशेष प्रकार से लिखना पड़ा। मैं समझता हूँ कि अगर कला के राजमहल में इस तरह के विधि-निषेध हैं तो मुझे उसमें नहीं घुसना चाहिए। लेकिन रेगिस्तान में खड़े होकर आँधियों को देखना, खुश होने पर हँस पड़ना और दुःख पर चिल्लाना तथा गुस्से में आकर गाली बकना मुझे अच्छा लगता है। रेत और पत्थरों से मुझे खरोंचें आ सकती हैं और मेरा शरीर लहूलुहान और क्षत-विक्षत हो सकता है। लेकिन समय-समय पर मैं जमे हुए खून और खरोचों को सहला तो सकता हूँ। और यह उन चीनी साहित्यकारों के पद-चिह्नों पर चलने से कम रुचिकर नहीं है जो शेक्सपियर से निकटता बनाने के नाम पर विदेशी डबलरोटी और मक्खन खाते हैं।" अपनी पहली कहानी के प्रकाशन के कुछ ही महीनों बाद 1918 ई. में उन्होंने 'कौमार्य पर मेरे विचार' नामक निबन्ध लिखा। तब से लगाकर मृत्युपर्यन्त तक उन्होंने छः-सात सौ निबन्ध लिखे। इन निबन्धों से उन्हें खुले में साँस लेने के लिए ऐसा विशाल मैदान मिला जिसमें वे एक महत्त्वपूर्ण चिन्तक और लड़ाकू के रूप में सामने आए और अपनी कलात्मक प्रतिभा का पूर्ण परिचय दे सके।

इन निबन्धों की विषय-वस्तु इतनी विविध और सर्व समाहारी है कि उसमें क्रान्ति की बुनियादी समस्याओं से लगाकर बच्चों के खिलौनों तक सब कुछ समा गया है। उन्होंने अनगिनत लड़ाइयाँ लड़ीं और अनगिनत शत्रुओं पर हमले किए। इनमें साम्राज्यवादी, भूस्वामी, कोमिनतांग समर्थक, अतीत की वकालत करने वाले लोग, प्रतिक्रियावादी लेखक, 'क्रान्ति का व्यवसाय करने वाले लोग', 'वर्तमान और भविष्य के हत्यारे' तथा 'मौत के मसीहा' शामिल थे। उन्होंने इतने विविध विषयों को इसलिए उठाया क्योंकि वे चीनी जनता को नई ज़िन्दगी का रास्ता दिखाना चाहते थे। वे घट रही जनवादी क्रान्ति और आने वाली समाजवादी क्रान्ति का रास्ता दिखाना चाहते थे। लू शुन ने दिखाया कि शासकों व विदेशी आक्रमणकारियों के लिए अनन्त काल से चीनी इतिहास मानव भक्षी उत्सवों से भरा पड़ा है। जनता की नियति यही रही है कि उत्पीड़कों ने उनका 'भक्षण' किया है।

एक महान निबन्धकार की अपनी इस भिन्न शैली के कारण लू शुन चीन की सांस्कृतिक क्रान्ति में एक प्रसिद्ध विवादी और महानतम प्रतिभा के लेखक बन गये जिन्होंने अपने से पूर्व के सभी लोगों को पीछे छोड़ दिया। इस पूरे काल में लू शुन

नए साहित्य के केंद्रीय व्यक्तित्व और प्रमुख प्रतिनिधि रहे। उन्होंने आधुनिक चीनी लेखकों को जो यथार्थवादी दृष्टिकोण और कला के सिद्धान्त दिए वे पुराने के अस्वीकार और नए के स्वीकार के लिए तथा लेखन में नए सौंदर्य प्रतिमानों की स्थापना में कारगर हथियार थे। उनका अपना लेखन और बाद के वर्षों में उनके द्वारा लिखा समाजवादी यथार्थवादी साहित्य आधुनिक चीनी लेखन में एक नए युग के विकास का सूचक है।

लू शुन की शैली सबसे भिन्न उनकी विशेष अपनी होने के साथ-साथ खास चीनी भी है। वे चीनी साहित्य में नवजागरण के अग्रदूत हैं। और क्योंकि उन्होंने अपनी नवीनता को लोकप्रिय माँगों से जोड़ा इसलिए वे चीनी साहित्य की महान गौरवशाली परम्परा के समर्थक और सच्चे उत्तराधिकारी थे। लू शुन की रुचि और शैली में हम चीनी श्रमिक जनता की बुद्धिमत्ता, रुचि और शैली को साकार देख सकते हैं।

लू शुन के पास विशाल शब्द-भंडार है। उन्होंने भाषा पर बहुत ध्यान दिया। उन्होंने कहा, ''मैं किसी चीज को लिखकर उसे कई बार पढ़ता हूँ। अगर कोई वाक्य मेरे कानों को खटका तो मैं उसे सहज बनाने के लिए कुछ शब्द जोड़ या काट देता हूँ। जब मुझे उपयुक्त बोलचाल के शब्द नहीं मिले तो मैंने इस उम्मीद से क्लासिकल का सहारा लिया कि पाठक उन्हें समझ लेंगे। मैंने स्वेच्छाचारी ढंग से ऐसे मुहावरों का कभी प्रयोग नहीं किया जिन्हें केवल मैं ही (और कभी-कभी तो मैं भी नहीं) समझ सकता। उनकी भाषा का मुख्य स्रोत था लोगों की जीवित ज़बान, उनके मुहावरे, उनकी बातचीत तथा पुरानी पुस्तकों और क्लासिकल सन्दर्भों से कुछ सूक्तियाँ। कभी-कभी वे विदेशी शब्दों या वाक्यगठन का भी उपयोग करते हैं। लू शुन के लेखन ने चीनी भाषा को समृद्ध किया और उसमें संक्षिप्तता, शक्ति, विविधता तथा व्यंग्य के गुणों को विकसित किया।''

लू शुन का व्यंग्य समाज के अँधेरे पक्ष को संक्षेप में उघाड़कर सामने रख देता है। उन्होंने कहा, ''व्यंग्य की जान सच्चाई है। सच्चाई के बिना व्यंग्य हो नहीं सकता। और उन्होंने इन विचारों को व्यवहार में लागू किया। उनके व्यंग्य अत्यन्त शक्तिशाली और मारक हैं क्योंकि उनमें यथार्थ का सच्चा प्रतिबिम्ब है। उनके 'भाले और तलवार' की कार्य नीति के साथ मिलकर उनके ये व्यंग्य शत्रु पर प्रहार करने की शक्ति, बुराई की शक्तियों को बेपर्द करने के साहस को और पैना और तेज कर देते हैं। शत्रु चाहे किसी भी वेश में क्यों न हो, वह लू शुन के भाले या सर्जरी के चाकू से बच नहीं सकता। वे बड़ी ही सहजता से आदमी के दिल को खोल देते हैं। लू शुन का व्यंग्य ठंडा दिखते हुए भी भावनाओं से भरा है। वह तीखा भी है और मजबूत भी। अन्त में विश्व साहित्य में एक महान लेखक के रूप में लू शुन की

विशेषता है चीनी श्रमिक जनता के साथ उनका गहरा सम्बन्ध और उनके लेखक में चीनी वैशिष्ट्य की गहरी पकड़।

लू शुन की गद्य-कविताओं का संकलन 'जंगली-घास' उनकी उपलब्धि माना जाता है। गद्य-काव्य हृदय पर चोट करता है, कहानी से अधिक, क्योंकि वह तो चोट करने के लिए ही लिखा जाता है। इस संकलन की रचनाएँ शोषक-वर्ग की स्वार्थी नीतियों को बेपर्द करती हैं, उसकी दुरंगी चालों का पोल खोलती हैं, पाठकों की आँखों में उँगलियाँ डालकर जमींदारों-सामन्तों के विरुद्ध संघर्ष के लिए प्रेरित करती हैं।

लू शुन के निबन्ध में रिपब्लिकन काल के चारित्रिक दौर्बल्य तथा फैशनों को अत्यन्त कलात्मक व्यंग्य-उपहासपूर्ण शैली में उपस्थित किया गया है। ये निबन्ध देश-काल की विचारधारा तथा उन तत्त्वों की पहचान कराते हैं जो मनुष्यता के विकास में पथावरोध बनते हैं, अपनी काली करतूतों से मानव सभ्यता की गति को पीछे ढकेल रहे हैं।

लू शुन के साहित्य की चर्चा उनके जीवन संघर्ष का ही अंश है, अपने देश को शोषण-दोहन मुक्त कराने का संघर्ष ही उनके जीवन और शिल्प की मूल प्रेरणा है। इसी कारण उनकी हर कहानी प्रतिवाद, प्रतिरोध और प्रतिज्ञा के उच्चारण से युक्त है। अन्त में लू शुन की कला तथा सोद्देश्य लेखन के अन्तरसम्बन्धों की अवधारणा के सन्दर्भ में इस तथ्य का उल्लेख अनिवार्य है कि, कहानीकार लू शुन एक क्रान्तिकारी डेमोक्रेट हैं, निबन्धकार लू शुन कम्युनिस्ट मतावलम्बी।

प्रेमचन्द : एक परिचय

31 जुलाई, 1880	:	बनारस से 6 किलोमीटर दूर लमही में जन्म। पिता—अजाएब लाल, माता—आनन्दी देवी। पिता द्वारा धनपत राय एवं चाचा नवाब राय नामकरण।
1888	:	माता की मृत्यु।
1896	:	बस्ती जिला के एक छोटे भूमिहार की बेटी से प्रथम विवाह।
1897	:	पिता की मृत्यु।
1898	:	मैट्रिक की परीक्षा।
1899	:	चूनागढ़ मिशन स्कूल में एक साधारण शिक्षक की नौकरी।
1900	:	बहराइच के सरकारी जिला स्कूल में मास्टरी फिर प्रतापगढ़ में तबादला।
अक्तूबर 1903 से फरवरी 1905	:	बनारस के एक उर्दू साप्ताहिक आवाज-ए-खल्क में 'असरारे मजाबिद' का धारावाहिक प्रकाशन।
1904	:	सहायक अँग्रेज़ी अध्यापक की परीक्षा श्रेणी में उत्तीर्ण, हिन्दी और उर्दू की विशेष परीक्षाएँ इलाहाबाद विश्वविद्यालय से उत्तीर्ण।
1905	:	इलाहाबाद के सेंट्रल ट्रेनिंग कालेज से सम्बद्ध मॉडल स्कूल में प्रधान शिक्षक के पद पर नियुक्ति। कानपुर के जिला स्कूल में आठवें मास्टर के पद पर नियुक्ति बाल विधवा शिवरानी देवी से विवाह।
1905	:	'हम खुर्मा हम शबाब' का प्रकाशन।
1907	:	'प्रेमा', 'रूठी रानी' और 'किशना' का प्रकाशन, प्रथम कहानी 'दुनिया का सबसे अनमोल रतन' का 'जमाना' में प्रकाशन।
1909	:	हमीरपुर में स्कूलों के डिप्टी सब-इंस्पेक्टर के पद पर नियुक्ति, 'सोजेवतन' जब्त।

1910	: प्रेमचन्द के नाम से पहली रचना 'बड़े घर की बेटी' 'जमाना' के दिसम्बर अंक में प्रकाशित।
1912	: 'जलवा-ए-ईसार' (वरदान) का प्रकाशन।
1915	: हिन्दी में प्रथम कहानी 'सौत' का 'सरस्वती' में प्रकाशन, बस्ती जिला में अध्यापक की नौकरी।
1916	: एफ. ए. की परीक्षा उत्तीर्ण।
1917	: 'सप्तसरोज' और 'नवनिधि' का प्रकाशन।
1918	: 'सेवा सदल' और 'महात्मा शेख सादी' का प्रकाशन।
1919	: बी. ए. की परीक्षा उत्तीर्ण, 'रूठी रानी' का प्रकाशन।
1920	: 'प्रेम बत्तीसी' और 'प्रेम पूर्णिमा' का प्रकाशन।
1921	: सरकारी नौकरी से इस्तीफा। कानपुर के मारवाड़ी स्कूल में मुख्य अध्यापक। 'जबला-ए-ईसार' का हिन्दी रूपान्तरण, 'वरदान का प्रकाशन'।
1922	: मारवाड़ी स्कूल से इस्तीफा एवं काशी विद्यापीठ में नियुक्ति, 'प्रेमाश्रम' का प्रकाशन, 'बाजारे हुस्न' का प्रकाशन।
1923	: 'प्रेम पचीसी' एवं 'संग्राम' का प्रकाशन, टाल्स्टाय की कहानियों का अनुवाद।
1924	: 'कर्बला' और 'प्रेम प्रसून' का प्रकाशन, अलवर नरेश के राजमहल का निमन्त्रण अस्वीकार।
1925	: 'रंगभूमि' एवं 'प्रेम प्रतिमा' का प्रकाशन।
1926	: 'कायाकल्प' 'प्रेम द्वादसी' 'प्रेम प्रमोद' का प्रकाशन, 'माधुरी' का सम्पादन।
1927	: 'निर्मला' और 'ख्वाबों-ओ-ख्याल' का प्रकाशन।
1928	: 'अग्लि', 'बेवा', 'चौगानेहस्ती', 'फिरदौस-ए-ख्याल', 'गल्परत्न', 'गोश-ए-आफियत', 'अवेवतन के किस्से', 'मारूक', 'पंचफूल', 'प्रतिज्ञा' 'प्रेम तीर्थ' का प्रकाशन।
1930	: 'प्रेम चालीसा', 'प्रेम पचीसी' और 'सप्त सुमन' का प्रकाशन।
1931	: 'गबन' का प्रकाशन।
1932	: 'कर्मभूमि', 'समरयात्रा' और 'प्रेम की वेदी' का प्रकाशन।
1934	: बम्बई की एक फिल्म कम्पनी से आठ हजार वार्षिक का अनुबन्ध, एक वर्ष बाद लमही वापस।
1935	: 'मैदाने अमूल', 'नवजीवन' और 'प्रेम पीयूष' का प्रकाशन।
1936	: लखनऊ में 'प्रगतिशील लेखक संघ' के प्रथम अधिवेशन की

अध्यक्षता। 'गोदान' का प्रकाशन। अन्तिम लेख 'महाजनी सभ्यता' का 'हँस' के सितम्बर अंक में प्रकाशन। 'मंगलसूत्र का अपूर्ण लेखन'। 8 अक्तूबर, 1936: बनारस में मृत्यु।

प्रेमचन्द की प्रकाशित कहानियों की सूची—कालक्रमानुसार

सन् 1907 ई. से 1913 ई. तक की कहानियाँ—

दुनिया का सबसे अनमोल रतन
सामाजिक प्रेम और देशप्रेम
शोक का पुरस्कार
शेख मखमूर
शिकार
बड़े घर की बेटी
रानी सारांधा
पाप का अग्निकुंड
गरीब का हाथ
राजा हरदोल
ममता
नसीहतों का दफ्तर
राजहठ
धर्म-संकट
अमावस की रात
अन्धेर
तिरिया-चरित्तर
बाँका-जमींदार
मिलाप एक आवाज
नमक का दारोगा
अमृत
कर्मों का फल
नेकी

सन् 1914 ई. की कहानियाँ—

खून सफेद
शिकारी राजकुमार
पछतावा
अनाथ लड़की
अपनी करनी

सन् 1915 ई. की कहानियाँ—

विस्तृति
बेटी का धन
सत (1) औरत की कटार

सन् 1916 ई. की कहानियाँ—

दो भाई
सज्जनता का दंड
पंच परमेश्वर
घमंड का पुतला
जुनून की चमक
धोखा

सन् 1917 ई. की कहानियाँ—

मर्यादा की बेदी
ज्वालामुखी
उपदेश
ईश्वरीय न्याय
महातीर्थ
कप्तान साहिब
दुर्गा का मन्दिर

सन् 1918-19 ई. की कहानियाँ—

फतेह	बलिदान	वफा का खंजर
सेवा मार्ग		

सन् 1920 ई. की कहानियाँ—

आत्माराम	दफ्तरी	पशु से मनुष्य
मनुष्य का परमधर्म	इज्जत का खून	ब्रह्मा का स्वाँग
पुत्र प्रेम	मृत्यु के पीछे	

सन् 1921 ई. की कहानियाँ—

विचित्र होली	विषम समस्या	विमाता
आदर्श विरोध	लाल-डाट	लाल फीता
प्रारब्ध	त्यागी का प्रेम	शान्ति (1)
बूढ़ी काकी		

सन् 1922 ई. की कहानियाँ—

मूठ	हार की जीत	स्वत्व-रक्षा
अधिकार चिन्ता	चकमा	पूर्व संस्कार

सन् 1923 ई. की कहानियाँ—

नैराश्य लीला	कौशल	
सत्याग्रह	बौड़म	परीक्षा
गृह-दाह	आप-बीती	राज्य-भक्त
आभूषण	हजरत अली	

सन् 1924 ई. की कहानियाँ—

भूत	सवा सेर गेहूँ	उद्धार
निर्वासन	तेंतर	नैराश्य
मुक्ति धन	दीक्षा	क्षमा
सौभाग्य के कोड़े	मुक्ति मार्ग	शतरंज के खिलाड़ी
वज्रपात	विनोद	प्रेमचन्द : विविध आयाम
नबी का नीति-निर्वाह	सैलानी बन्दर	

सन् 1925 ई. की कहानियाँ—

सभ्यता का रहस्य	धिक्कार (2)	विश्वास
नरक का मार्ग	स्वर्ग की देवी	माता का हृदय
दण्ड	डिक्री के रुपये	भाड़े का टट्टू
चोरी	मन्दिर और मस्जिद	

सन् 1926 ई. की कहानियाँ—

लैला	शुद्रा	मन्त्र (1)
कजाकी	प्रेम सूत्र	लांदन (1)
ताँगेवाले की बड़	रामलीला	निमन्त्रण (1)
हिंसा परमो धर्म:	बहिष्कार	

सन् 1927 ई. की कहानियाँ—

बड़े बाबू	शादी की वजह	सती
कामना तरू	सुजान भगत	मन्दिर
माँगे की घड़ी	आत्म संगीत	एक्ट्रेस

सन् 1928 ई. की कहानियाँ—

दरोगा जी	अभिलाषा	आगा-पीछा
दो सखियाँ	विद्रोही	अग्नि-समाधि
पिसनहारी का कुआँ	सोहाग का शव	मन्त्र (2)
बोहनी	इस्तीफा	मोटेराम शास्त्री

सन् 1929 ई. की कहानियाँ—

खुचड़	अलग्यौझा	माँ
घर जमाई	घास वाली	न्याय
कानूनी कुमार	प्रायश्चित	फातिहा
कवच	गुल्ली-डंडा	पर्वत-यात्रा

सन् 1930 ई. की कहानियाँ—

दो कब्रें	पूस की रात	धिक्कार (1)
सुभागी	पत्नी से पति	शराब की दुकान
जुलूस	मैकू	समर-यात्रा

आहुति

सन् 1931 ई. की कहानियाँ—

प्रेरणा
सद्गति
ढपोरसंख
डिमांस्ट्रेशन
प्रेम का उदय
स्वामिनी
आखिरी लीला
तावान
उन्माद
लांछन (2)
जेल
सौत (2)
शात (सैरे दरवेश)
आखिरी तोहफा
दूसरी शादी
दो बैलों की कथा
लेखक
होली का उपहार

सन् 1932 ई. की कहानियाँ—

बेटों वाली विधवा
ठाकुर का कुआँ
झाँकी
गिला
कुसुम
चमत्कार
कुत्सा
डामुल का कैदी

सन् 1933 ई. की कहानियाँ—

ईदगाह
ज्योति
दिल की रानी
कायर
रसिक सम्पादक
वेश्या
कैदी
बालक
नेउर

सन् 1934 ई. की कहानियाँ—

बड़े भाई साहिब
शान्ति
नशा
मनोवृत्ति
खुदाई फौजदार
रियासत का दीवान
मुफ्त का यश
बासी भात में खुदा का साझा
दूध का दाम
जादू
शान्ति (2)
पंडित मोटेराम की डायरी

सन् 1935 ई. की कहानियाँ—

कफन (उर्दू में)
कफन (हिन्दी में)
दो बहनें
रहस्य
क्रिकेट मैच

गोर्की : एक परिचय

सन् 1968 में दुनिया भर में गोर्की महान का जन्म-शताब्दी समारोह मनाया गया था। वह आज भी अपने साहित्य द्वारा जिन्दा मिसाल हैं और करोड़ों पाठकों के लिए प्राणों की ऊर्जा हैं।

1868	:	मार्च में मास्को से कुछ दूर निजनी नोवोगोरोद में मैक्सिम पेशकोव और बारबरा के पुत्र अलेक्सेई मैक्सिमोविच पेश्कोव (मैक्सिम गोर्की) का जन्म।
1871	:	हैजे से पिता की अस्त्राखान में मौत। माँ बेटे को लेकर मायके आई।
1874	:	नाना ने कुछ प्रार्थनाएँ व पढ़ना सिखाया।
1879-84	:	पेट पालने के लिए तरह-तरह के काम।
1888	:	ऊबकर आत्महत्या की कोशिश। फिर पावरोटी के कारखाने में काम, फिर मछुओं के साथ काम। क्रान्तिकारियों की सभाओं में जाना शुरू किया। मार्क्सवादियों से परिचय। गाँव में क्रान्तिकारी प्रचार करने जाना। रेलवे में चौकीदारी और तरह-तरह के काम।
1889	:	गिरफ्तारी, निझनी नोवोगोरोद जेल में। छूटने पर पुलिस की निगरानी में।
1891	:	रूस में दूर-दूर तक चक्कर काटना। तरह-तरह के खट्टे-कड़वे अनुभव।
1892	:	'मैक्सिम गोर्की' के नाम से पहली कहानी छपी। निझनी-नोवोगोरोद लौटे। इसी साल और कहानियाँ छपी।
1893	:	रूसी लेखक कोरोलेन्को से परिचय। इनसे तरह-तरह की साहित्यिक मदद पाना। लिखना जारी रखा।

1895	:	समारा में पेशेवर पत्रकार और कहानियों का प्रकाशन।
1896	:	निझनी नोवोगोरोद के अखबार में काम। तपेदिक की बीमारी।
1897	:	बहुत-सी कहानियाँ छपीं। पहला उपन्यास लिखना शुरू किया।
1898	:	दो खंडों में लेख और कहानियाँ छपीं। पुलिस ने निझनी नोवोगोरोद से निकाल दिया। तिफलिस जेल से छूटने पर पुलिस की निगरानी में।
1899	:	रूसी लेखक चेखव से परिचय। पहली बार रूस की राजधानी सेंट पीट्सवर्ग में, फिर निझनी नोवोगोरोद में गिरफ्तार। जनप्रियता बढ़ती गयी।
1900	:	मास्को में तॉलस्तॉय से परिचय। पहला उपन्यास छपा। नाटक लिखना शुरू किया।
1901	:	क्रान्तिकारी कामों के लिए गिरफ्तारी। क्रान्तिकारी सोशल-डिमोक्रेटों (कम्युनिस्टों) से सम्बन्ध। जेल से छूटे, घर में नजर बन्द।
1902	:	विज्ञान एकेडमी के सम्मानित सदस्य चुने गये। रूस के बादशाह जार ने चुनाव रद्द कर दिया। इसके विरोध में प्रसिद्ध लेखक चेखब और कोरोलेन्को ने एकेडेमी की मेम्बरी इनकार कर दी। गोर्की के दो नाटक मास्को में खेले गये।
1905	:	रूस की क्रान्ति में डटकर काम। कम्युनिस्ट अखबारों को बहुत रुपया दिया। साम्राज्यवादी जार के राज्य का तख्ता उलटने के बारे में परचा लिखने के कारण गिरफ्तार। जेल में बीमार। जमानत पर छूटे, फिर पुलिस की निगरानी में। लेनिन के सम्पादकत्व में पहला कम्युनिस्ट अखबार 'नोवाया झील' को निकालने के लिए अथक काम। पीट्र्सवर्ग में सोशल डिमोक्रेटिक पार्टी की केन्द्रीय कमेटी की सभा में लेनिन से पहली मुलाकात।
1906	:	क्रान्तिकारी आन्दोलन में लगे रहना। स्विट्‌जरलैड, फ्रांस और अमेरिका जाना। विदेशी लेखकों से भेंट। लौटकर कैप्री (इटली) में 1913 तक रहना। 'माँ' उपन्यास लिखना खत्म किया।
1907	:	रूसी लेखकों डिमोक्रेटिक लेबर पार्टी (बाद में कम्युनिस्ट पार्टी) की लन्दन में होने वाली पाँचवीं काँग्रेस के प्रतिनिधि।

लन्दन में लेनिन से भेंट व मैत्री। यहाँ से इटली लौटना।

1909 : 'माँ' उपन्यास के लिए गोर्की की गिरफ्तारी का वारंट। कैप्री में अस्थायी निवास।

1911 : पार्टी के अखबार में लिखते रहे। नये लेखकों की रचनाओं का संसोधन करते रहे।

1914 : इटली से स्वदेश लौटे। पुलिस की स्थायी निगरानी में रखे गये। गोर्की के सम्पादकत्व में रूस के सर्वहारा लेखकों की रचनाओं का पहला संग्रह निकला।

1915–16 : जनवादी प्रकाशन संस्था संगठित करने के लिए अथक काम। यहाँ से कई भाषाओं में किताबें निकलने लगी।

1917 : क्रान्ति के दिनों में मास्को में। लेनिनग्राद में रहकर सर्वहारा समाजवादी संस्कृति के काम में जुटना।

1919 : विश्व साहित्य प्रकाशन गृह संगठित करना। दुनिया की प्रगतिशील किताबों का प्रकाशन करना।

1921 : तपेदिक बढ़ा। लेनिन के कहने पर तन्दुरूस्ती सुधारने के लिए जर्मनी जाना।

1924 : गोर्की की सारी रचनाओं का संग्रह मास्को से छपने लगा। वे चेकोस्लोवाकिया, आस्ट्रिया होते हुए इटली पहुँचे।

1925–27 : इटली में ही तन्दुरूस्ती सुधारते हुए लिखते रहे। देश के लेखकों से बड़े पैमाने पर चिट्ठी–पत्री करते रहे।

1928 : सोवियत संघ लौटे। सारे देश में 60वीं वर्षगाँठ मनाई गयी। 'मजदूर वर्ग, सर्वहारा क्रान्ति और सोवियत संघ की महान सेवाओं के लिए' सरकार की तरफ से बधाइयाँ।

1929 : तन्दुरूस्ती बिगड़ने लगी तो इटली गये।

1930–31 : कई पत्रिकाओं का सम्पादन किया।

1932 : लिखते और मजदूरों की रचनाओं को छापने का इन्तजाम करते रहे। मास्को पहुँचे, सोवियत लेखक संस्था के सभापति चुने गये।

1934 : सोवियत लेखकों के पहले सम्मेलन में जनता के साहित्य पर भाषण।

1936 : निझनी नोवोगोरोद (अब गोर्की) में बीमारी बढ़ी। 19 जून को साढ़े ग्यारह बजे गोर्की की मौत। उनका शव मास्को लाया गया। 20 जून को मास्को के लाल मैदान में 'सोवियत

लेखकों और सरकार' की ओर से श्रद्धांजलियाँ अर्पित की गयी। शाम को 3 बजकर 47 मिनट पर उन्हें दफनाया गया।

गोर्की की प्रमुख कहानियाँ—

चेल्काश	बुढ़िया इजरगिल	बाज का गीत
मकर मुद्रा	नमक की दलदली में	भंडाफोड़
एक चुहिया लड़की	कोलुशा	नीली आँखों वाली स्त्री
सेमागा कैसे पकड़ा गया	एक पाठक	कवि
कोनोवालोव	बाँका मांजिन	उत्पाती
ओरलोव दम्पति	खाली पंछी क्या करे	तूफानी पितरेल पक्षी का गीत
गीत	संगीत	एक गीत की रचना
छब्बीस आदमी और एक लड़की	एक बार पतझड़ में	एक चुम्बन
मेरा राहबीर साथी	आमिसार	दादा आर्खिप और ल्योका
तूफान का अग्रदूत	घंटा	ऊब
बेकरी का मालिक	भेंट	दुनिया
उत्पाती	इन्सान पैदा हुआ	प्रथम प्यार
रेंगते हुए कीड़े	विश्वासघात	खड्ड में
आ रहे हैं	शामत्वे के यहाँ शाम	मालवा
एक संध्या	परमा का पुत्र	देशद्रोही की माँ
सुरंग	बर्फ पिघल रहा है	शहर
फूल	बदला	शादी
सजा	समाजवादी	इस्टर का त्योहार
माँ	घृणा	राक्षस
कोलुशा	वीरों की कहानी	पुस्तक
नमकसार	कहानी संग्रह	रूस के आर पार

इटली की कहानियाँ
कज्जाक युवती खान और उसका बेटा
स्कूल मास्टर कोजिक के अवकाश के क्षण

लू शुन : एक परिचय

1881 : आधुनिक चीनी साहित्य के जनक लू शुन का वास्तविक नाम चओ शूरन था। उनका जन्म चच्याड़ प्रान्त के शाओशिंड़ नगर में सन् 1881 में हुआ था। वे न केवल एक महान लेखक थे, बल्कि एक महान क्रान्तिकारी तथा विचारक भी थे।

1902 : 1902 में औषधिशास्त्र का अध्ययन करने जापान गये। बाद में वे साहित्यिक सृजन में संलग्न होने लगे।

1909 : 1909 में चीन लौटने के बाद, उन्होंने हाड़चओ तथा शाओशिंड़ में मिडिल स्कूलों में अध्यापन भी किया।

1911 : 1911 में प्रजातान्त्रिक क्रान्ति के पश्चात् उन्हें नानचिंड़ की अस्थाई सरकार और पेइचिड़ की सरकार के शिक्षा मन्त्रालय का सदस्य नियुक्त किया गया। उसी काल में वे पेइचिड़ विश्वविद्यालय तथा पेइचिड़ महिला नार्मल कालेज में पढ़ाते भी रहे थे।

1914 : मई 1914 में उन्होंने लू शुन के उपनाम से आधुनिक चीनी साहित्य के इतिहास की पहली बोलचाल की भाषा की कहानी 'एक पागल की डायरी' प्रकाशित की, जिसमें नरभक्षी सामन्तवादी व्यवस्था की भीषण एवं निर्मम आलोचना की गयी है।

1919 : 1919 के नव संस्कृति आन्दोलन के काल में उन्होंने 'नवयुवा' नामक एक प्रगतिशील पत्रिका के सम्पादन में भाग लिया। साम्राज्यवाद तथा सामन्तवाद-विरोधी इस नव संस्कृति आन्दोलन के अग्रणियों की प्रथम पंक्ति में खड़े लू शुन पूँजीवादी बुद्धिजीवियों की समझौतापरस्ती तथा आत्मसमर्पणवादी मनोवृत्ति का सदैव डटकर प्रतिरोध करते थे।

1914 से 1926 : 1914 से 1926 के बीच उन्होंने—'ललकार', 'कब्र', 'गर्म हवा', 'विचरण', 'जंगली घास', 'संध्या में तोड़े गये भोर के

पुष्प', 'दुर्भाग्य, खंड एक' तथा 'दुर्भाग्य, खंड दो' आदि कहानियों के संकलन प्रकाशित किए जिनमें उन्होंने अपनी देशभक्ति और क्रान्तिकारी तथा जनवादी भावनाओं का प्रचुर दिग्दर्शन किया है। इन संकलनों में उनका 'आ क्यू की सच्ची कहानी' नामक लघु उपन्यास आधुनिक चीनी साहित्य की उत्कृष्ट कृतियों में से एक माना जाता है। इसी काल में लू शुन ने मार्क्सवादी जीवन-दर्शन अपना लिया था। 1926 में पेइचिड़ के छात्रों के देशभक्तिपूर्ण आन्दोलन का समर्थन करने के कारण वे प्रतिक्रियावादी युद्ध सरदारों के कोपभाजन बन गये और उन्हें पेइचिड़ छोड़कर फुच्येन में श्यामन विश्वविद्यालय में अध्यापक बनने पर बाध्य होना पड़ा।

1927 : जनवरी 1927 में वे क्रान्ति के तत्कालीन केंद्र क्वांड़ चओ स्थित सुनयातसेन विश्वविद्यालय में शिक्षक हो गये। उसी वर्ष अप्रैल में, जब च्याड़ काईषेक ने क्रान्ति के प्रति विश्वासघात किया, लू शुन ने इसके तीव्र प्रतिवाद में अपने पद से त्यागपत्र दे दिया। अक्तूबर 1927 में वे शाड़हाए आ गये और वहाँ मार्क्सवाद का अध्ययन करने लगे।

1930 : 1930 के बाद उन्होंने चीनी स्वातंत्र्य लीग, चीनी वामपन्थी लेखक लीग, चीनी नागरिक अधिकार लीग एवं अन्य प्रगतिशील संगठनों की सदस्यता ग्रहण कर ली। क्वोमिनताड़ की प्रतिक्रियावादी सरकार की धमकियों तथा दमन की उपेक्षा कर वे क्रान्तिकारी साहित्य आन्दोलन में सक्रिय बने रहे और उन्होंने मार्क्सवादी साहित्यिक सिद्धान्तों का अध्ययन किया। चीन की कम्युनिस्ट पार्टी के नेतृत्व में तथा अन्य क्रान्तिकारी लेखकों के सहयोग से वे क्वोमिनताड़ के किराए के टट्टू लेखकों के विरुद्ध लगातार संघर्ष करते रहे। जब 1936 में चीनी वामपन्थी लेखक लीग भंग कर दी गयी, तब वे जापान-विरोधी साहित्यकारों तथा कलाकारों के संयुक्त मोर्चे में शामिल हो गये।

1936 : क्षय रोग से पीड़ित होने पर भी लू शुन 19 अक्तूबर 1936 के दिन शाड़हाए में अपनी मृत्यु होने तक काम में निरन्तर लगे रहे थे।

लू शुन की कुछ प्रमुख पुस्तकें

1. लू शुन–चुनी हुई रचनाएँ—
   विदेशी भाषा प्रेस बिजिंग
   4 भाग में
2. प्रेमचन्द और लू शुन लेखक
   अलख नारायन यात्री प्रकाशन
   दिल्ली
3. लू शुन पुरानी कहानियाँ नये रूप में
4. लू शुन की रचनाएँ
   अनुवादक कर्ण सिंह चौहान
   साहित्य अकादेमी प्रकाशन

5. लू शुन की प्रमुख कहानियाँ—

एक पागल की डायरी	औषधि	आ क्यू की सच्ची कहानी
नववर्ष की बलि	चन्द्रलोक की उड़ान	अनोखी तलवार
शरत की रात	स्वर्ग की मरम्मत	बाढ़ नियन्त्रण
दर्रे से विदाई	आक्रमण का विरोध	पुनर्जीवन
कुंग ई ची	मेरा पुराना घर	तलाक
सराय	स्वर्ग का सुधार	मानवद्रोही

6. कविता संग्रह - जंगली घास

7. कुछ प्रमुख निबन्ध—

कौमार्य पर मेरे विचार	व्यंग्य पर	चीनी आग
चीन का शाही तरीका	चीनी जेले	न्यायोचित व्यवहार
योद्धा और मक्कखीया	जीवन नश्वर है	अच्छा जो नरक खो गया
बुझी आग	शरत की रात	अतीत के लिए पछतावा

कफन

(1)

झोपड़े के द्वार पर बाप और बेटा दोनों एक बुझे हुए अलाव के सामने चुपचाप बैठे हुए हैं और अन्दर बेटे की जवान बीवी बुधिया प्रसव-वेदना से पछाड़ खा रही थी। रह-रहकर उसके मुँह से ऐसी दिल हिला देने वाली आवाज निकलती थी कि दोनों कलेजा थाम लेते थे। जाड़ों की रात थी, प्रकृति सन्नाटे में डूबी हुई। सारा गाँव अन्धकार में लय हो गया था।

घीसू ने कहा—'मालूम होता है, बचेगी नहीं। सारा दिन दौड़ते हो गया। जा, देख तो आ।'

माधव चिढ़कर बोला—'मरना ही है तो जल्दी मर क्यों नहीं जाती। देखकर क्या करूँ?'

'तू बड़ा बेदर्द है बे! साल भर जिसके साथ सुखचैन से रहा, उसी के साथ इतनी बेवफाई।'

'तो मुझसे तो उसका तड़पना और हाथ-पाँव पटकना नहीं देखा जाता।'

चमारों का कुनबा था और सारे गाँव में बदनाम। घीसू एक दिन काम करता तो तीन दिन आराम। माधव इतना कामचोर था कि आध घंटे काम करता तो घंटे भर चिलम पीता। इसलिए उन्हें कहीं मजदूरी नहीं मिलती थी। घर में मुट्ठी भर भी अनाज मौजूद हो, तो उनके लिए काम करने की कसम थी। जब दो-चार फाके हो जाते तो घीसू पेड़ पर चढ़कर लकड़ियाँ तोड़ लाता और माधव बाजार में बेच आता और जब तक वह पैसे रहते, दोनों इधर-उधर मारे-मारे फिरते। जब फाके की नौबत आ जाती तो फिर लकड़ियाँ तोड़ते या मजदूरी तलाश करते। गाँव में काम की कमी न थी। किसानों का गाँव था, मेहनती आदमी के पचास काम थे। मगर इन दोनों को लोग उसी वक्त बुलाते, जब दो आदमियों से एक का काम पाकर भी सन्तोष कर लेने के सिवा और कोई चारा न होता। अगर दोनों साधु होते तो उन्हें सन्तोष और

धैर्य के लिए संयम और नियम की बिलकुल जरूरत न होती। यह तो इनकी प्रकृति थी। विचित्र जीवन था इनका। घर में मिट्टी के दो-चार बर्तनों के सिवा कोई सम्पत्ति नहीं। फटे-चीथड़ों से अपनी नग्नता को ढाँके हुए जिये जाते थे। संसार की चिन्ताओं से मुक्त। कर्ज से लदे हुए। गालियाँ भी खाते, मार भी खाते, मगर कोई भी गम नहीं। दीन इतने कि वसूली की आशा न रहने पर भी लोग इन्हें कुछ-न-कुछ कर्ज दे देते थे। मटर, आलू की फसल में दूसरों के खेतों से मटर या आलू उखाड़ लाते और भून-भूनकर खा लेते या दस-पाँच ऊख उखाड़ लाते और रात को चूसते। घीसू ने इसी आकाश-वृति से साठ साल की उम्र काट दी और माधव भी सपूत बेटे की तरह बाप ही के पद-चिह्नों पर चल रहा था, बल्कि उसका नाम और भी उजागर कर रहा था। इस वक्त भी दोनों अलाव के सामने बैठकर आलू भून रहे थे, जो कि किसी के खेत से खोद लाए थे। घीसू की स्त्री का तो बहुत दिन हुए, देहान्त हो गया था। माधव का ब्याह पिछले साल हुआ था। जब से वह औरत आई थी, उसने इस खानदान में व्यवस्था की नींव डाली थी। पिसाई करके या घास छीलकर वह सेर भर आटे का इन्तजाम कर लेती थी और इन दोनों बे-गैरतों का दोजख भरती रहती थी। जब से वह आई, यह दोनों और भी आलसी और आराम-तलब हो गये थे, बल्कि कुछ अकड़ने भी लगे थे। कोई कार्य करने को बुलाता, तो निर्ब्याज भाव से दुगुनी मजदूरी माँगते। वही औरत आज प्रसव-वेदना से मर रही थी और यह दोनों शायद इसी इन्तजार में थे कि वह मर जाए, तो आराम से सोएँ।

घीसू ने आलू निकालकर छीलते हुए कहा—'जाकर देख तो, क्या दशा है उसकी? चुड़ैल का फिसाद होगा, और क्या? यहाँ तो ओझा भी एक रुपया माँगता है?'

माधव को भय था कि वह कोठरी में गया तो घीसू आलुओं का बड़ा भाग साफ कर देगा। बोला—'मुझे वहाँ जाते डर लगता है।'

'डर किस बात का है, मैं तो यहाँ हूँ ही?'

'तो तुम्हीं जाकर देखो न?'

'मेरी औरत जब मरी थी तो मैं तीन दिन तक उसके पास से हिला तक नहीं था और फिर मुझसे लजाएगी कि नहीं? जिसका कभी मुँह नहीं देखा, आज उसका उघड़ा हुआ बदन देखूँ। उसे तन की सुध भी तो न होगी? मुझे देख लेगी तो खुलकर हाथ-पाँव भी न पटक सकेगी।'

'मैं सोचता हूँ, कोई बाल-बच्चा हो गया तो क्या होगा? सोंठ, गुड़, तेल कुछ भी तो नहीं घर में।'

'सब कुछ आ जाएगा। भगवान दें तो जो लोग अभी तक पैसा नहीं दे रहे हैं, वे ही कल बुलाकर रुपये देंगे। मेरे नौ लड़के हुए, घर में कभी कुछ न था, मगर

भगवान ने किसी तरह बेड़ा पार ही लगाया।'

जिस समाज में रात-दिन मेहनत करने वालों की हालत उनकी हालत से कुछ बहुत अच्छी न थी और किसानों के मुकाबले में वे लोग, जो किसानों की दुर्बलता से लाभ उठाना जानते थे, कहीं ज्यादा सम्पन्न थे, वहाँ इस तरह की मनोवृत्ति का पैदा हो जाना कोई अचरज की बात न थी। हम तो कहेंगे, घीसू किसानों से कहीं ज्यादा विचारवान था, जो किसानों के विचारशून्य समूह में शामिल होने के बदले बैठकबाजों की कुत्सित मंडली में जा मिला था। हाँ, उसमें यह शक्ति न थी कि बैठकबाजों के नियम और नीति का पालन करता। इसलिए जहाँ उसकी मंडली के और लोग गाँव के सरगना और मुखिया बने हुए थे, उस पर सारा गाँव उँगली उठाता था। फिर भी उसे यह तसकीन तो थी ही कि अगर वह फटेहाल है तो कम-से-कम उन किसानों की-सी जी-तोड़ मेहनत तो नहीं करनी पड़ती और उसकी सरलता और निरीहता से दूसरे लोग बेजा फायदा तो नहीं उठाते।

दोनों आलू निकाल-निकालकर जलते-जलते खाने लगे। कल से कुछ नहीं खाया था। इतना सब्र न था कि उन्हें ठंडा हो जाने दें। कई बार दोनों की जबानें जल गयीं। छिल जाने पर आलू का बाहरी हिस्सा तो बहुत ज्यादा गर्म न मालूम होता, लेकिन दाँतों तले पड़ते ही अन्दर का हिस्सा जबान, हलक और तालू को जला देता था और उस अंगारे को मुँह में रखने से ज्यादा खैरियत इसी में थी कि वह अन्दर पहुँच जाए। वहाँ उसे ठंडा करने के लिए काफी सामान थे। इसलिए दोनों जल्दी-जल्दी निगल जाते। हालाँकि इस कोशिश में उनकी आँखों से आँसू निकल आते।

घीसू को उस वक्त ठाकुर की बारात याद आई, जिसमें बीस साल पहले वह गया था। उस दावत में उसे जो तृप्ति मिली थी, वह उसके जीवन में, एक याद रखने लायक बात थी और आज भी उसकी याद ताजा थी। बोला—'वह भोज नहीं भूलता। तब से फिर उस तरह का खाना और भरपेट नहीं मिला। लड़की वालों ने सबको भरपेट पूरियाँ खिलाई थीं, सबको! छोटे-बड़े सबने पूरियाँ खायीं और असली घी की। चटनी, रायता, तीन तरह के सूखे साग, एक रसेदार तरकारी, दही, चटनी, मिठाई। अब क्या बताऊँ कि उस भोज में क्या स्वाद मिला? कोई रोक-टोक नहीं थी। जो चीज चाहो माँगो और जितनी चाहो खाओ। लोगों ने ऐसा खाया, ऐसा खाया, किसी से पानी न पिया गया। मगर परोसने वाले हैं कि पत्तल में गर्म-गर्म, गोल-गोल, सुवासित कचौरियाँ डाल देते हैं। मना करते हैं कि नहीं चाहिए, पत्तल पर हाथ से रोके हुए हैं, मगर वह हैं कि दिए जाते हैं और जब मुँह धो लिया तो पान-इलायची भी मिली, मगर मुझे पान लेने की कहाँ सुध थी? खड़ा न हुआ जाता था। चटपट जाकर अपने कम्बल पर लेट गया। ऐसा दिल-दरियाव था वह ठाकुर।'

माधव ने इन पदार्थों का मन-ही-मन मजा लेते हुए कहा—'अब हमें कोई ऐसा भोज नहीं खिलाता।'

'अब कोई क्या खिलाएगा? वह जमाना दूसरा था। अब तो सबको किफायत सूझती है। शादी-ब्याह में मत खर्च करो, क्रिया-कर्म में मत खर्च करो। पूछो, गरीबों का माल बटोर-बटोरकर कहाँ रखोगे? बटोरने में कमी नहीं है। हाँ, खर्च में किफायत सूझती है।'

'तुमने एक बीस पूरियाँ खायी होंगी?'

'बीस से ज्यादा खायी थीं।'

'मैं पचास खा जाता।'

'पचास से कम मैंने भी न खाई होंगी। अच्छा पट्ठा था तू तो मेरा आधा भी नहीं है।'

आलू खाकर दोनों ने पानी पिया और वहीं अलाव के सामने अपनी धोतियाँ ओढ़कर, पाँव पेट में डाले सो रहे। जैसे दो बड़े-बड़े अजगर, गेंडुलियाँ मारे पड़े हों।'

और बुधिया अभी तक कराह रही थी।

(2)

सवेरे माधव ने कोठरी में जाकर देखा तो उसकी स्त्री ठंडी हो गयी थी। उसके मुँह पर मक्खियाँ भिनक रही थीं। पथराई हुई आँखें ऊपर टँगी हुई थीं। सारी देह धूल से लथपथ हो रही थी। उसके पेट में बच्चा मर गया था।

माधव भागा हुआ घीसू के पास आया। फिर दोनों जोर-जोर से हाय-हाय करने और छाती पीटने लगे। पड़ोस वालों ने यह रोना-धोना सुना, तो दौड़े हुए आए और पुरानी मर्यादा के अनुसार इन अभागों को समझाने लगे।

मगर ज्यादा रोने-पीटने का अवसर न था। कफन की और लकड़ी की फिक्र करनी थी। घर में तो पैसा इस तरह गायब था, जैसे चील के घोंसले में मांस।

बाप-बेटे रोते हुए गाँव के जमींदार के पास गये। वह इन दोनों की सूरत से नफरत करते थे। कई बार इन्हें अपने हाथों पीट चुके थे। चोरी करने के लिए, वादे पर काम पर न आने के लिए। पूछा—'क्या है बे घिसुआ, रोता क्यों हैं? अब तो कहीं दिखाई नहीं देता। मालूम होता है, इस गाँव में रहना नहीं चाहता।'

घीसू ने जमीन पर सिर रखकर आँखों में आँसू भरे हुए कहा—'सरकार! बड़ी विपत्ति में हूँ। माधव की घर वाली रात को गुजर गयी। रात भर तड़पती रही सरकार! हम दोनों उसके सिरहने बैठे रहे। दवा-दारू जो कुछ हो सका, सब कुछ

किया, मुदा वह हमें दगा दे गयी। अब कोई एक रोटी देने वाला भी न रहा मालिक। तबाह हो गये। घर उजड़ गया। आपका गुलाम हूँ। अब आपके सिवा कौन उसकी मिट्टी पार लगाएगा? हमारे हाथ में जो कुछ था, वह सब तो दवा-दारू में उठ गया। सरकार की ही दया होगी तो उसकी मिट्टी उठेगी। आपके सिवा किसके द्वार पर जाऊँ?'

ज़मींदार साहिब दयालु थे। मगर घीसू पर दया करना काले कम्बल पर रंग चढ़ाना था। जी में तो आया, कह दें, चल, दूर हो यहाँ से। यों तो बुलाने से भी नहीं आता, आज जब गरज पड़ी तो आकर ख़ुशामद कर रहा है। हरामखोर कहीं का, बदमाश! लेकिन यह क्रोध या दंड का अवसर न था। जी में कुढ़ते हुए दो रुपये निकाल कर फेंक दिए। मगर सान्त्वना का एक शब्द भी मुँह से न निकला। उसकी तरफ ताका भी नहीं। जैसे सिर का बोझ उतारा हो।

जब जमींदार साहिब ने दो रुपये दिए तो गाँव के बनिये-महाजनों को इनकार का साहस कैसे होता? घीसू जमींदार के नाम का ढिंढोरा भी पीटना खूब जानता था। किसी ने दो आने दिए, किसी ने चार आने। एक घंटे में घीसू के पास पाँच रुपये की अच्छी रकम जमा हो गयी। कहीं से नाज मिल गया, कहीं से लकड़ी और दोपहर को घीसू और माधव बाजार से कफन लाने चले। इधर लोग बाँस-वाँस काटने लगे।

गाँव की नर्म दिल स्त्रियाँ आ-आकर लाश को देखती थीं और उसकी बेकसी पर दो बूँद आँसू गिराकर चली जाती थीं।

(3)

बजार में पहुँचकर घीसू बोला—'लकड़ी तो उसे जलाने भर को मिल गयी है, क्यों माधव?'

माधव बोला—'हाँ, लकड़ी तो बहुत है, अब कफन चाहिए।'

'तो चलो, कोई हलका-सा कफन ले लें।'

'हाँ और क्या, लाश उठते-उठते रात हो जाएगी। रात को कफन कौन देखता है?'

'कैसा बुरा रिवाज है कि जिसे जीते जी तन ढाँकने को चीथड़ा भी न मिले, उसे मरने पर नया कफन चाहिए।'

'कफन लाश के साथ जल ही तो जाता है।'

'और क्या रखा रहता है? यही पाँच रुपये पहले मिलते तो कुछ दवा-दारू कर लेते।'

दोनों एक-दूसरे के मन की बात ताड़ रहे थे। बाजार में इधर-उधर घूमते रहे। कभी इस बजाज की दुकान पर गये। कभी उसकी दुकान पर। तरह-तरह के कपड़े, रेशमी और सूती देखे, मगर कुछ जँचा नहीं। यहाँ तक कि शाम हो गयी। तब दोनों न जाने किस दैवी प्रेरणा से एक मधुशाला के सामने आ पहुँचे और जैसे किसी पूर्व योजना से अन्दर चले गये। वहाँ जरा देर तक दोनों, असमंजस में खड़े रहे। फिर घीसू ने गद्दी के सामने जाकर कहा—'साहू जी, एक बोतल हमें भी देना।'

इसके बाद कुछ चिखौना आया, तली हुई मछलियाँ आईं और दोनों बरामदे में बैठकर शान्तिपूर्वक पीने लगे।

कई कुज्जियाँ ताबड़-तोड़ पीने के बाद दोनों सरूर में आ गये।

घीसू बोला—'कफन लगाने से क्या मिलता? आखिर जल ही तो जाता। कुछ बहू के साथ तो न जाता।'

माधव आसमान की तरफ देखकर बोला, मानो देवताओं को अपनी निष्पापता का साक्षी बना रहा हो—'दुनिया का दस्तूर है, नहीं लोग बामनों को हजारों रुपये क्यों दे देते हैं? कौन देखता है, परलोक में मिलता है या नहीं?'

'बड़े आदमियों के पास धन है, चाहे फूँकें। हमारे पास फूँकने को क्या है?'

'लेकिन लोगों को जवाब क्या दोगे? लोग पूछेंगे नहीं, कफन कहाँ है?'

घीसू हँसा—'अबे, कह देंगे कि रुपये कमर से खिसक गये। बहुत ढूँढ़ा मिले नहीं। लोगों को विश्वास तो न आएगा, लेकिन फिर वही रुपये देंगे।'

माधव भी हँसा, इस अनपेक्षित सौभाग्य पर बोला—'बड़ी अच्छी थी बेचारी। मरी तो खूब खिला-पिलाकर।'

आधी बोतल से ज्यादा उड़ गयी। घीसू ने दो सेर पूरियाँ मँगाईं। चटनी, अचार, कलेजियाँ। शराबखाने के सामने ही दूकान थी। माधव लपककर दो पत्तलों में सारे सामान ले आया। पूरा डेढ़ रुपया और खर्च हो गया। सिर्फ थोड़े से पैसे बच रहे।

दोनों इस वक्त शान से बैठे हुए पूरियाँ खा रहे थे, जैसे जंगल में कोई शेर अपना शिकार उड़ा रहा हो। न जवाबदेही का खौफ था, न बदनामी की फिक्र। इन भावनाओं को उन्होंने बहुत पहले ही जीत लिया था।

घीसू दार्शनिक भाव से बोला—'हमारी आत्मा प्रसन्न हो रही है तो क्या उसे पुन्न न होगा?'

माधव ने श्रद्धा से सिर झुकाकर तसदीक की—'जरूर से जरूर होगा। भगवान तुम अन्तर्यामी हो। उसे बैकुंठ ले जाना। हम दोनों हृदय से आशीर्वाद दे रहे हैं। आज जो भोजन मिला, वह कभी उम्र भर न मिला था।'

एक क्षण के बाद माधव के मन में एक शंका जागी। बोला—'क्यों दादा,

हम लोग भी एक-न-एक दिन वहाँ जाएँगे ही।'

घीसू ने इस भोले-भाले सवाल का कुछ उत्तर न दिया। वह परलोक की बातें सोचकर इस आनन्द में बाधा न डालना चाहता था।

'जो वहाँ वह हम लोगों से पूछे कि तुमने हमें कफन क्यों नहीं दिया तो क्या कहोगे?'

'कहेंगे तुम्हारा सिर!'

'पूछेगी तो जरूर।'

'तू कैसे जानता है कि उसे कफन न मिलेगा? तू मुझे ऐसा गधा समझता है? साठ साल क्या दुनिया में घास खोदता रहा हूँ? उसको कफन मिलेगा और बहुत अच्छा मिलेगा।'

माधव को विश्वास न आया, बोला—'कौन देगा? रुपये तो तुमने चट कर दिए। वह तो मुझसे पूछेगी। उसकी माँग में सेंदुर तो मैंने डाला था।'

घीसू गर्म होकर बोला—'मैं कहता हूँ, उसे कफन मिलेगा। तू मानता क्यों नहीं?'

'कौन देगा, बताते क्यों नहीं?'

'वही लोग देंगे, जिन्होंने कि अबकी दिया। हाँ, अबकी रुपये हमारे हाथ न आएँगे।'

ज्यों-ज्यों अँधेरा बढ़ता था और सितारों की चमक तेज होती थी, मधुशाला की रौनक भी बढ़ती जाती थी। कोई गाता था, कोई डींग मारता था, कोई अपने संगी के गले लिपटा जाता था। कोई अपने दोस्त के मुँह से कुल्हड़ लगाये देता था।

वहाँ के वातावरण में सरूर था, हवा में नशा। कितने तो यहाँ आकर चुल्लू में मस्त हो जाते थे। शराब से ज्यादा यहाँ की हवा उन पर नशा करती थी। जीवन की बाधाएँ यहाँ खींच लाती थीं और कुछ देर के लिए वे यहाँ भूल जाते थे कि वे जीते हैं या मरते हैं या न जीते हैं, न मरते हैं।

और यह दोनों बाप-बेटा अब भी मजे ले-लेकर सुसकियाँ ले रहे थे। सबकी निगाहें इनकी ओर जमी हुई थीं। दोनों कितने भाग्य के बली हैं! पूरी बोतल बीच में है।

भरपेट खाकर माधव ने बची हुई पूरियों का पत्तल उठाकर एक भिखारी को दे दिया, जो खड़ा इनकी ओर भूखी आँखों से देख रहा था और 'देने' के गौरव, आनन्द और उल्लास का उसने अपने जीवन में पहली बार अनुभव किया।

घीसू ने कहा—'ले जा, खूब खा और आशीर्वाद दे। जिसकी कमाई है, वह तो मर गयी। मगर तेरा आशीर्वाद उसे जरूर पहुँचेगा। रोएँ-रोएँ से आशीर्वाद दे, बढ़ी गाढ़ी कमाई के पैसे हैं।'

माधव ने फिर आसमान की तरफ देखकर कहा—'वह बैकुंठ में जाएगी दादा, वह बैकुंठ की रानी बनेगी।'

घीसू खड़ा हो गया और जैसे उल्लास की लहरों में तैरता हुआ बोला—'हाँ बेचारी, बैकुंठ में जाएगी। किसी को सताया नहीं, किसी को दबाया नहीं। मरते-मरते हमारी ज़िन्दगी की सबसे बड़ी लालसा पूरी कर गयी। वह न बैकुंठ में जाएगी, तो क्या ये मोटे-मोटे लोग जाएँगे, जो गरीबों को दोनों हाथों से लूटते हैं और अपने पाप धोने के लिए गंगा में नहाते हैं और मन्दिरों में जल चढ़ाते हैं?'

श्रद्धालुता का यह रंग तुरन्त ही बदल गया। अस्थिरता नशे की खासियत है। दुख और निराश का दौरा हुआ।

माधव बोला—'मगर दादा, बेचारी ने ज़िन्दगी में बड़ा दुःख भोगा, कितना दुःख झेलकर मरी।'

वह आँखों पर हाथ रखकर रोने लगा, चीखें मार-मार कर।

घीसू ने समझाया—'क्यों रोता है बेटा, ख़ुश हो कि वह मायाजाल से मुक्त हो गयी, जंजाल से छूट गयी। बड़ी भागयवान थी, जो इतनी जल्द माया-मोह के बन्धन तोड़ दिए।'

और दोनों खड़े होकर गाने लगे—

'ठगिनी क्यों नैना झमकावै। ठगिनी।''

पियक्कड़ों की आँखें इनकी ओर लगी हुई थीं और यह दोनों अपने दिल में मस्त गाये जाते थे। फिर दोनों नाचने लगे। उछले भी, कूदे भी। गिरे भी, मटके भी। भाव भी बनाए, अभिनय भी किए और आखिर नशे से बदमस्त होकर वहीं गिर पड़े।

शतरंज के खिलाड़ी

वाजिदअली शाह का समय था। लखनऊ विलासिता के रंग में डूबा हूआ था। छोटे-बड़े, अमीर-गरीब, सभी विलासिता में डूबे हुए थे।

कोई नृत्य और गान की मजलिस सजाता था, तो कोई अफीम की पीनक ही के मजे लेता था। जीवन के प्रत्येक विभाग में आमोद-प्रमोद का प्राधान्य था। शासन-विभाग में, साहित्य-क्षेत्र में, सामाजिक व्यवस्था में, कला-कौशल में, उद्योग-धन्धों में, आहार-विहार में, सर्वत्र विलासिता व्याप्त हो रही थी। कर्मचारी विषय-वासना में, कविगण प्रेम और विरह के वर्णन में, कारीगर कलाबत्तू और चिकन बनाने में, व्यवसायी सुरमे, इत्र, मिस्सी और उबटन का रोजगार करने में लिप्त थे। सभी की आँखों में विलासिता का मद छाया हुआ था। संसार में क्या हो रहा है इसकी किसी को खबर न थी। बटेर लड़ रहे हैं। तीतरों की लड़ाई के लिए पाली बदी जा रही है। कहीं चौसर बिछी हुई है। पौ बारह का शोर मचा हुआ है। कहीं शतरंज का घोर संग्राम छिड़ा हुआ है। राजा से लेकर रंक तक इसी धुन में मस्त थे। यहाँ तक कि फकीरों को पैसे मिलते तो वे रोटियाँ न लेकर अफीस खाते या मादक पीते। शतरंज, ताश; गंजीफा खेलने में बुद्धि तीव्र होती है, विचार शक्ति का विकास होता है, पेचीदा मसलों को सुलझाने की आदत पड़ती है, ये दलीलें जोर के साथ पेश की जाती थीं। (इस सम्प्रदाय के लोगों से दुनिया अब भी खाली नहीं है।) इसलिए अगर मिर्जा सज्जाद अली और मीर रौशन अली अपना अधिकाश समय बुद्धि-तीव्र करने में व्यतीत करते थे तो किसी विचारशील पुरुष को क्या आपत्ति हो सकती थी? दोनों के पास मौरूसी जागीरें थीं, जीविका की कोई चिन्ता न थी। घर में बैठे चखौतियाँ करते। आखिर और करते ही क्या? प्रातःकाल दोनों मित्र नाश्ता करके बिसात बिछाकर बैठ जाते, मुहरे सज जाते और लड़ाई के दाँवपेंच होने लगते थे। फिर खबर न होती थी कि कब दोपहर हुई, कब तीसरा पहर, कब शाम। घर के भीतर से बार-बार बुलावा आता था—'खाना तैयार है।' यहाँ से जवाब मिलता—'चलो आते हैं, दस्तरख्वान बिछाओ।' यहाँ तक कि बावर्ची विवश होकर

कमरे ही में खाना रख जाता था, और दोनों मित्र दोनों काम साथ-साथ करते थे। मिर्जा सज्जाद अली के घर में कोई बड़ा-बूढ़ा न था, इसलिए उन्हीं के दीवानखाने में बाजियाँ होती थीं; मगर यह बात न थी कि मिर्जा के घर के और लोग उसके इस व्यवहार से ख़ुश हों। घरवाली का तो कहना ही क्या, मुहल्ले वाले घर के नौकर—चाकर तक नित्य द्वेषपूर्ण टिप्पणियाँ किया करते थे—

'बड़ा मनहूस खेल है। घर को तबाह कर देता है। खुदा न करे किसी को इसकी चाट पड़े। आदमी दीन दुनिया किसी के काम का नहीं रहता, न घर का न घाट का। बुरा रोग है। यहाँ तक कि मिर्जा की बेगम साहिबा को इससे इतना द्वेष था कि अवसर खोज-खोजकर पति को लताड़ती थीं। पर उन्हें इसका अवसर मुश्किल से मिलता था। वह सोचती ही रहती थी, तब तक उधर बाजी बिछ जाती थी। और रात को जब सो जाती थीं, तब कहीं मिर्जा जी भीतर आते थे। हाँ, नौकरों पर वह अपना गुस्सा उतारती रहती थीं—'क्या पान माँगे हैं? कह दो आकर ले जाएँ। खाने की भी फुर्सत नहीं है? ले जाकर खाना सिर पर पटक दो, खाएँ चाहे कुत्ते को खिलावें। पर रूबरू वह भी कुछ न कह सकती थीं। उनको अपने पति से उतना मलाल न था जितना मीर साहिब से। उन्होंने उसका नाम मीर बिगाडू रख छोड़ा था। शायद मिर्जा जी अपनी सफाई देने के लिए सारा इल्जाम मीर साहिब ही के सिर थोप देते थे।

एक दिन बेगम साहिबा के सिर में दर्द होने लगा। उन्होंने लौंडी से कहा—'जाकर मिर्जा साहिब को बुला ला। किसी हकीम के यहाँ से दवा लाएँ। दौड़, जल्दी कर।' लौंडी गयी तो मिर्जा ने कहा—'चल, अभी आते हैं।' बेगम साहिबा का मिजाज गरम था। इतनी ताब कहाँ कि उनके सिर में दर्द हो, और पति शतरंज खेलता रहे। चेहरा सुर्ख हो गया। लौंडी से कहा—'जाकर कह, अभी चलिए नहीं तो वह आप ही हकीम के यहाँ चली जाएँगी।' मिर्जा जी बड़ी दिलचस्प बाजी खेल रहे थे; दो ही किस्तों में मीर साहिब को मात हुई जाती थी, झुंझलाकर बोले—'क्या ऐसा दम लबों पर है? जरा सब्र नहीं होता?'

मीर—अरे तो जाकर सुन ही आइए न। औरते नाजुक-मिजाज होती ही हैं।

मिर्जा—जी हाँ, चला क्यों न जाऊँ। दो किस्तों में आपको मात होती है।

मीर—जनाब, इस भरोसे में न रहिएगा। वह चाल सोची है कि आपके मुहरे धरे रहें, और मात हो जाए। पर जाइए, सुन आइए, क्यों ख्वाहमख्वाह उनका दिल दुखाइएगा?

मिर्जा—इसी बात पर मात ही करके जाऊँगा।

मीर—मैं खेलूँगा ही नहीं। आप जाकर सुन आइए।

मिर्जा—अरे यार, जाना ही पड़ेगा हकीम के यहाँ। सिर-दर्द खाक नहीं है,

मुझे परेशान करने का बहाना है।

मीर—कुछ भी हो; उनकी खातिर तो करनी ही पड़ेगी।

मिर्जा—अच्छा, एक चाल और चल लूँ।

मीर—हरगिज नहीं, जब तक आप सुन न आवेंगे, मैं मुहरे में हाथ न लगाऊँगा।

मिर्जा साहिब मजबूर होकर अन्दर गये तो बेगम साहिबा ने त्योरियाँ बदलकर, लेकिन कराहते हुए कहा—तुम्हें निगोड़ी शतरंज इतनी प्यारी है! चाहे कोई मर ही जाए, पर उठने का नाम नहीं लेते! नौज कोई तुम जैसा आदमी हो!

मिर्जा—क्या कहूँ, मीर साहिब मानते ही न थे। बड़ी मुश्किल से पीछा छुड़ा कर आया हूँ।

बेगम-क्या जैसे वह खुद निखट्टू हैं, वैसे ही सबको समझते हैं? उनके भी बाल-बच्चे हैं, या सबका सफाया कर डाला है!

मिर्जा—बड़ा लती आदमी है। जब आ जाता है तब मजबूर होकर मुझे खेलना ही पड़ता है।

बेगम-दुत्कार क्यों नहीं देते?

मिर्जा—बराबर के आदमी हैं, उम्र में, दर्जे में, मुझसे दो अंगुल ऊँचे। मुलाहिजा करना ही पड़ता है।

बेगम—तो मैं ही दुत्कार देती हूँ। नाराज हो जाएँगे, हो जाएँ। कौन किसी की रोटियाँ चला देता है। रानी रूठेगी, अपना सुहाग लेंगी। हिरिया, बाहर से शतरंज उठा ला । मीर साहिब से कहना, मियाँ अब न खेलेंगे, आप तशरीफ ले जाइए।

मिर्जा—हाँ-हाँ, कहीं ऐसा गजब भी न करना! जलील करना चाहती हो क्या?—ठहर हिरिया, कहाँ जाती है!

बेगम-जाने क्यों नहीं देते? मेरे ही खून पिये, जो उसे रोके। अच्छा, उसे रोका, मुझे रोको तो जानूँ।

यह कहकर बेगम साहिबा झल्लाई हुई दीवानखाने की तरफ चलीं। मिर्जा बेचारे का रंग उड़ गया। बीवी की मिन्नतें करने लगे—'खुदा के लिए, तुम्हें हजरत हुसेन की कसम। मेरी ही मैयत देखे, जो उधर जाए।' लेकिन बेगम ने एक न मानी। दीवानखाने के द्वार तक चली गयीं। पर एकाएक परपुरुष के सामने जाते हुए पाँव बँध से गये। भीतर झाँका, संयोग से कमरा खाली था; मीर साहिब ने दो-एक मुहरे इधर-उधर कर दिए थे और अपनी सफाई बताने के लिए बाहर टहल रहे थे। फिर क्या था, बेगम ने अन्दर पहुँचकर बाजी उलट दी; मुहरे कुछ तख्त के नीचे फेंक दिए, कुछ बाहर और किवाड़ अन्दर से बन्द करके कुंडी लगा दी। मीर साहिब दरवाजे पर तो थे ही, मुहरे बाहर फेंके जाते देखे, चूड़ियों की झनक भी कान में पड़ी। फिर

दरवाजा बन्द हुआ, तो समझ गये बेगम साहिबा बिगड़ गयीं। घर की राह ली।

मिर्जा ने कहा—तुमने गजब किया।

बेगम—अब, मीर साहिब इधर आए तो खड़े-खड़े निकलवा दूँगी। इतनी लौ खुदा में लगाते तो क्या गरीब हो जाते? आप तो शतरंज खेलें और मैं यहीं चूल्हे-चक्की की फिक्र में सिर खपाऊँ। बोलो, जाते हो हकीम साहिब के यहाँ कि अब भी ताम्मुल है?

मिर्जा घर से निकले तो हकीम के घर जाने के बदले मीर साहिब के घर पहुँचे, और सारा वृत्तान्त कहा। मीर साहिब बोले—मैंने तो जब मुहरे बाहर आते देखे, तभी ताड़ गया। फौरन भागा। बड़ी गुस्सेवर मालूम होती है। मगर आपने उन्हें यों सिर चढ़ा रखा है यह मुनासिब नहीं। उन्हें इससे क्या मतलब कि आप बाहर क्या करते हैं। घर का इन्तजाम करना उनका काम है, दूसरी बातों से उन्हें क्या सरोकार?

मिर्जा—खैर, यह तो बताइए, अब कहाँ जमाव होगा?

मीर—इसका क्या गम? इतना बड़ा घर पड़ा हुआ है? बस यहीं जमें।

मिर्जा—लेकिन बेगम साहिब को कैसे मनाऊँगा? जब घर पर बैठा रहता था तब तो वह इतना बिगड़ती थीं, यहाँ बैठक होगी तो शायद जिन्दा न छोड़ेंगी।

मीर—अजी बकने भी दीजिए, दो-चार रोज में आप ही ठीक हो जाएँगी। हाँ, आप इतना कीजिए कि आज से जरा तन जाइए!

मीर साहिब की बेगम किसी अज्ञात कारण से उनका घर से दूर रहना ही उपयुक्त समझती थीं। इसलिए वह उनके शतरंज-प्रेम की कभी आलोचना न करतीं बल्कि कभी-कभी मीर साहिब को देर हो जाती तो याद दिला देती थीं। इन कारणों से मीर साहिब को भ्रम हो गया था कि मेरी स्त्री अत्यन्त विनयशील और गम्भीर है। लेकिन जब दीवानखाने में बिसात बिछने लगी, और मीर साहिब दिन भर घर में रहने लगे तो उन्हें बड़ा कष्ट होने लगा। उनकी स्वाधीनता में बाधा पड़ गयी। दिन भर दरवाजे पर झाँकने को तरस जातीं।

उधर नौकरों में काना-फूसी होने लगी। अब तक दिन भर पड़े-पड़े मक्खियाँ मारा करते थे। घर में चाहे कोई आवे, चाहे कोई जाए, इनसे कुछ मतलब न था। आठों पहर की धौंस हो गयी। कभी पान लाने का हुक्म होता, कभी मिठाई लाने का। और हुक्का तो किसी प्रेमी के हृदय की भाँति नित्य जलता ही रहता था। वे बेगम साहिब से जा-जा कर कहते—हुजूर, मियाँ की शतरंज तो हमारे जी का जंजाल हो गयी! दिन भर दौड़ते-दौड़ते पैरों में छाले पड़ गये। यह भी कोई खेल है कि सुबह को बैठे तो शाम ही कर दी। घड़ी आध घड़ी दिल-बहलाव के लिए खेल लेना बहुत है। खैर, हमें तो कोई शिकायत नहीं, हुजूर के गुलाम हैं, जो हुक्म होगा बजा ही लावेंगे; मगर यह खेल मनहूस है। इसका खेलने वाला कभी पनपता नहीं,

घर पर कोई न कोई आफत जरूर आती है। यहाँ तक कि एक के पीछे मुहल्ले के मुहल्ले तबाह हो जाते देखे गये हैं। सारे मुहल्ले में यही चर्चा होती रहती है। हुजूर का नमक खाते हैं। अपने आका की बुराई सुन-सुन कर रंज होता है। मगर क्या करें? इस पर बेगम साहिबा कहती—मैं तो, खुद इसको पसन्द नहीं करती, पर वह किसी की सुनते ही नहीं, क्या किया जाए?

मुहल्ले में भी दो-चार पुराने जमाने के लोग थे। वे आपस में भाँति-भाँति के अमंगल की कल्पनाएँ करने लगे—अब खैरियत नहीं है। जब हमारे रईसों का यह हाल है, तो मुल्क का खुदा ही हाफिज। यह बादशाहत शतरंज के हाथों तबाह होगी। आसार बुरे हैं।

राज्य में हाहाकार मचा हुआ था। प्रजा दिन-दहाड़े लूटी जाती थी। कोई फरियाद सुनने वाला न था। देहातों की सारी दौलत लखनऊ में खिंची चली आती थी, और वह वेश्याओं में, भांडों में और विलासिता के अन्य अंगों की पूर्ति में उड़ जाती थी। अँगरेजी कम्पनी का ऋण दिन-दिन बढ़ता जाता था। कमली दिन-दिन भीग कर भारी होती जाती थी। देश में सुव्यवस्था न होने के कारण वार्षिक कर भी न वसूल होता था। रेसिडेंट बार-बार चेतावनी देता था, पर यहाँ तो लोग विलासिता के नशे में चूर थे। किसी के कानों पर जू न रेंगती थी।

खैर, मीर साहिब के दीवानखाने में शतरंज होते कई महीने गुजर गये। नये-नये नक्शे हल किए जाते, नये-नये किले बनाए जाते, नित-नयी व्यूह रचना होती; कभी-कभी खेलते-खेलते भीड़ हो जाती। तू-तू मैं-मैं तक की नौबत आ जाती। पर शीघ्र ही दोनों में मेल हो जाता। कभी-कभी ऐसा भी होता कि बाजी उठा दी जाती, मिर्जा जी रूठ कर अपने घर चले जाते, मीर साहिब अपने घर में जा बैठते। पर रात भर की निद्रा के साथ सारा मनोमालिन्य शान्त हो जाता था। प्रातःकाल दोनों मित्र दीवानखाने में आ पहुँचते थे।

एक दिन दोनों मित्र बैठे शतरंज की दलदल में गोते खा रहे थे कि इतने में घोड़े पर सवार एक बादशाही फौज का अफसर मीर साहिब का नाम पूछता हुआ आ पहुँचा। मीर साहिब के होश उड़ गये। यह क्या बला सिर पर आई? यह तलबी किसलिए हुई? अब खैरियत नहीं नजर आती! घर के दरवाजे बन्द कर लिए। नौकर से बोले—कह दो, घर में नहीं है।

सवार—घर में नहीं, तो कहाँ हैं?

नौकर—यह मैं नहीं जानता। क्या काम है?

सवार—काम तुझे क्या बतलाऊँ? हुजूर में तलबी है—शायद फौज के लिए कुछ सिपाही माँगे गये हैं। जागीरदार हैं कि दिल्लगी? मोरचे पर जाना पड़ेगा तो आटे-दाल का भाव मालूम हो जाएगा।

नौकर—अच्छा तो जाइए, कह दिया जाएगा।

सवार—कहने की बात नहीं। कल मैं खुद आऊँगा। साथ ले जाने का हुक्म हुआ है।

सवार चला गया। मीर साहिब की आत्मा काँप उठी। मिर्जा जी से बोले—कहिए जनाब, अब क्या होगा?

मिर्जा—बड़ी मुसीबत है। कहीं मेरी भी तलबी न हो।

मीर—कम्बख्त कल आने को कह गया है।

मिर्जा—आफत है, और क्या! कहीं मोरचे पर जाना पड़ा तो बेमौत मरे।

मीर—बस, यही एक तदबीर है कि घर पर मिलें ही नहीं। कल से गोमती पर कहीं वीराने में नक्शा जमे। वहाँ किसे खबर होगी? हजरत आकर लौट जाएँगे।

मिर्जा—वल्लाह, आपको खूब सूझी! इसके सिवा और कोई तदबीर नहीं है।

इधर मीर साहिब की बेगम उस सवार से कह रही थीं—तुमने खूब धता बताई।

उसने जवाब दिया—ऐसे गावदियों को तो चुटकियों पर नचाता हूँ। इनकी सारी अक्ल और हिम्मत तो शतरंज ने चर ली। अब भूल कर भी घर न रहेंगे।

दूसरे दिन से दोनों मित्र मुँह अन्धेरे घर से निकल खड़े होते। बगल में एक छोटी-सी दरी दबाए, डिब्बे में गिलोरियाँ भरे, गोमती पार कर एक पुरानी वीरान मस्जिद में चले जाते, जिसे शायद नवाब आसफउद्दौला ने बनवाया था। रास्ते में तम्बाकू, चिलम और मदरिया ले लेते, और मस्जिद में पहुँच, दरी बिछा, हुक्का भर, शतरंज खेलने बैठ जाते थे। फिर उन्हें दीन-दुनिया की फिक्र न रहती थी। 'किस्त', 'शह' आदि दो-एक शब्दों के सिवा मुँह से और कोई वाक्य नहीं निकलता था। कोई योगी भी समाधि में इतना एकाग्र न होता। दोपहर को जब भूख मालूम होती तो दोनों मित्र किसी नानबाई की दूकान पर जाकर खाना खा आते और एक चिलम हुक्का पीकर फिर संग्राम-क्षेत्र में डट जाते। कभी-कभी तो उन्हें भोजन का भी खयाल न रहता था।

इधर देश की राजनीतिक दशा भयंकर होती जा रही थी। कम्पनी की फौजें लखनऊ की तरफ बढ़ी चली आती थीं। शहर में हलचल मची हुई थी। लोग बाल-बच्चों को ले-लेकर देहातों में भाग रहे थे। पर हमारे दोनों खिलाड़ियों को इसकी जरा भी फिक्र न थी। वे घर से आते तो गलियों में से होकर। डर था कि कहीं किसी बादशाही मुलाजिम की निगाह न पड़ जाए, नहीं तो बेगार में पकड़े जाएँ। हजारों रुपये सलाना की जागीर मुफ्त में ही हजम करना चाहते थे।

एक दिन दोनों मित्र मस्जिद के खंडहर में बैठे हुए शतरंज खेल रहे थे। मिर्जा

की बाजी कुछ कमजोर थी। मीर साहिब उन्हें किस्त पर किस्त दे रहे थे। इतने में कम्पनी के सैनिक आते हुए दिखाई दिए। यह गोरों की फौज थी जो लखनऊ पर अधिकार जमाने के लिए आ रही थी।

मीर साहिब बोले—अँगरेजी फौज आ रही है खुदा खैर करे।

मिर्जा—आने दीजिए, किस्त बचाइए। लो यह किस्त!

मीर—जरा देखना चाहिए; यहीं आड़ में खड़े हो जाएँ।

मिर्जा—देख लीजिएगा, जल्दी क्या है, फिर किस्त!

मीर—तोपखाना भी है। कोई पाँच हजार आदमी होंगे। कैसे जवान हैं। लाल बन्दरों से मुँह हैं। सूरत देखकर खौफ मालूम होता है।

मिर्जा—जनाब हीने न कीजिए। ये चकमे किसी और को दीजिएगा। यह किस्त!

मीर—आप भी अजीब आदमी हैं। यहाँ तो शहर पर आफत आई हुई है, और आपको किस्त की सूझी है! कुछ इसकी खबर है कि शहर घिर गया तो घर कैसे चलेंगे?

मिर्जा—जब घर चलने का वक्त आएगा तो देखी जाएगी—यह किस्त, बस अब की शह में मात है।

फौज निकल गयी। दस बजे का समय था। फिर बाजी बिछ गयी। मिर्जा बोले—आज खाने की कैसी ठहरेगी?

मीर—अजी, आज तो रोजा है। क्या आपको भूख ज्यादा मालूम होती है?

मिर्जा—जी नहीं। शहर में जाने क्या हो रहा है?

मीर—शहर में कुछ न हो रहा होगा। लोग खाना खा-खाकर आराम से सो रहे होंगे। हुजूर नवाब भी ऐशगाह में होंगे।

दोनों सज्जन फिर जो खेलने बैठे तो तीन बज गये। अब की मिर्जा की बाजी कमजोर थी। चार का गजर बज रहा था कि फौज की वापसी की आहट मिली। नवाब वाजिदअली शाह पकड़ लिये गये थे, और सेना उन्हें किसी अज्ञात स्थान को लिए जा रही थी। शहर में न कोई हलचल थी, न मार-काट। एक बूँद भी खून नहीं गिरा था। आज तक किसी स्वाधीन देश के राजा की पराजय इतनी शान्ति से, इस तरह खून बहे बिना न हुई होगी। यह अहिंसा न थी, जिस पर देवगण प्रसन्न होते हैं। यह कायरपन था जिस पर बड़े से बड़े कायर आँसू बहाते हैं। अवध के विशाल देश का नवाब बन्दी बना चला जाता था और लखनऊ ऐश की नींद में मस्त था। यह राजनीतिक अध:पतन की चरम सीमा थी।

मिर्जा ने कहा—हुजूर नवाब को जालिमों ने कैद कर लिया है।

मीर—होगा, यह लीजिए शह!

मिर्जा—जनाव, जरा ठहरिए। इस वक्त इधर तबीयत नहीं लगती। बेचारे नवाब साहिब इस वक्त खून के आँसू रो रहे होंगे।

मीर—रोया ही चाहें, यह ऐश वहाँ कहाँ नसीब होगा? यह किस्त।

मिर्जा—किसी के दिन बराबर नहीं जाते। कितनी दर्दनाक हालत है।

मीर—हाँ, सो तो है ही—यह लो, फिर किस्त! बस अब की किस्त में मात है। बच नहीं सकते।

मिर्जा—खुदा की कसम, आप बड़े बेदर्द हैं। इतना हादसा देखकर भी आपको दु:ख नहीं होता। हाय, गरीब वाजिदअली शाह!

मीर—पहले अपने बादशाह को तो बचाइए, फिर नवाब का मातम कीजिएगा। यह किस्त और मात! लाना हाथ!

बादशाह को लिए हुए सेना सामने से निकल गयी। उनके जाते ही मिर्जा ने फिर बाजी बिछा ली। हार की चोट बुरी होती है। मीर ने कहा—आइए, नवाब के मातम में एक मरसिया कह डालें। लेकिन मिर्जा की राज्यभक्ति अपनी हार के साथ लुप्त हो चुकी थी। वह हार का बदला चुकाने के लिए अधीर हो गये थे।

शाम हो गयी। खंडहर में चमगादड़ों ने चीखना शुरू किया। अबनीलें आ-आकर अपने घोंसलों में चिपटीं। पर दोनों खिलाड़ी डटे हुए थे। मानो दोनों खून के प्यासे सूरमा आपस में लड़ रहे हों। मिर्जा जी तीन बाजियाँ लगातार हार चुके थे; इस चौथी बाजी का रंग भी अच्छा न था। वह बार-बार जीतने का दृढ़ निश्चय कर सम्भल कर खेलते थे, लेकिन एक न एक चाल बेढब आ पड़ती थी जिससे बाजी खराब हो जाती थी। हर बार हार के साथ प्रतिकार की भावना और उग्र होती जाती थी। उधर मीर साहिब मारे उमंग के गजलें गाते थे; चुटकियाँ लेते थे, मानो कोई गुप्त धन पा गये हों। मिर्जा सुन-सुनकर झुँझलाते और हार की झेंप मिटाने के लिए उनकी दाद देते थे। ज्यों-ज्यों बाजी कमजोर पड़ती थी, धैर्य हाथ से निकलता जाता था। यहाँ तक कि वह बात-बात पर झुँझलाने लगे। 'जनाब, आप चाल न बदल कीजिए। यह क्या कि चाल चले और फिर उसे बदल दिया। जो कुछ चलना है एक बार चल दीजिए। यह आप मोहरे पर ही क्यों हाथ रखे रहते हैं! मोहरे छोड़ दीजिए। जब तक आपको चाल न सूझे, मोहरा छुइए ही नहीं। आप एक-एक चाल आध-आध घंटे में चलते हैं। इसकी सनद नहीं। जिसे एक चाल चलने में पाँच मिनट से ज्यादा लगे उसकी मात समझी जाए। फिर आपने चाल बदली? चुपके से मोहरा वहीं रख दीजिए।'

मीर साहिब का फरजी पिटता था। बोले—मैंने चाल चली ही कब थी?

मिर्जा—आप चाल चल चुके हैं। मोहरा वहीं रख दीजिए—उसी घर में।

मीर—उसमें क्यों रखूँ? हाथ से मोहरा छोड़ा कब था?

मिर्जा –मोहरा आप कयामत तक न छोड़ें, तो क्या चाल ही न होगी? फर जी पिटते देखा तो धाँधली करने लगे।

मीर—धाँधली आप करते हैं। हार-जीत तकदीर से होती है। धाँधली करने से कोई नहीं जीतता।

मिर्जा—तो इस बाजी में आपकी मात हो गयी।

मीर—मुझे क्यों मात होने लगी?

मिर्जा—तो आप मोहरा उसी घर में रख दीजिए, जहाँ पहले रखा था।

मीर—वहाँ क्यों रखूँ? नहीं रखता।

मिर्जा—क्यों न रखिएगा? आपको रखना होगा।

तकरार बढ़ने लगी। दोनों अपनी-अपनी टेक पर अड़े थे। न यह दबता, न वह। अप्रासंगिक बातें होने लगीं। मिर्जा बोले—किसी ने खानदान में शतरंज खेली होती तब तो इसके कायदे जानते। वे तो हमेशा घास छीला किए, आप शतरंज क्या खेलिएगा? रियासत और ही चीज है। जागीर मिल जाने ही से कोई रईस नहीं हो जाता।

मीर—क्या! घास आपके अब्बाजान छीलते होंगे। यहाँ तो पीढ़ियों से शतरंज खेलते चले आते हैं!

मिर्जा—अजी जाइए भी, गाजीउद्दीन हैदर के यहाँ बावर्ची का काम करते-करते उम्र गुजर गयी। आज रईस बनने चले हैं। रईस बनना कुछ दिल्लगी नहीं।

मीर—क्यों अपने बुजुर्गों के मुँह पर कालिख लगाते हो—वे ही बावर्ची का काम करते होंगे। यहाँ तो हमेशा बादशाह के दस्तरख्वान पर खाना खाने चले आए हैं।

मिर्जा—अरे चल चरकटे, बहुत बढ़कर बातें न कर!

मीर—जबान सम्भालिए, वरना बुरा होगा। मैं ऐसी बातें सुनने का आदी नहीं हूँ। यहाँ तो किसी ने आँखें दिखाईं कि उसकी आँखें निकालीं। है हौसला?

मिर्जा—आप मेरा हौसला देखना चाहते हैं, तो फिर आइए, आज दो-दो हाथ हो जाएँ, इधर या उधर।

मीर—तो यहाँ तुमसे दबने वाला कौन है?

दोनों दोस्तों ने कमर से तलवारें निकाल लीं। नवाबी जमाना था। सभी तलवार, पेशकब्ज, कटार बगैरह बाँधते थे। दोनों बिलासी थे, पर कायर न थे। उनमें राजनीतिक भावों का अध:पतन हो गया था। बादशाह के लिए क्यों मरें? पर व्यक्तिगत वीरता का अभाव न था। दोनों ने पैंतरे बदले, तलवारें चमकीं, छपाछप की आवाजें आईं। दोनों जख्मी होकर गिरे, और दोनों ने वहीं तड़प-तड़प कर जानें दीं। अपने बादशाह के लिए उनकी आँखों से एक बूँद आँसू न निकला, उन्होंने शतरंज के

वजीर की रक्षा में प्राण दे दिए।

अँधेरा हो चला था। बाजी बिछी हुई थी। दोनों बादशाह अपने-अपने सिंहासनों पर बैठे मानो इन वीरों की मृत्यु पर रो रहे थे।

चारों तरफ सन्नाटा छाया हुआ था। खंडहर की टूटी हुई मेहराबें, गिरी हुई दीवारें और धूल-धूसरित मीनारें इन लाशों को देखती और सिर धुनती थीं।

ईदगाह

रमज़ान के पूरे तीस रोज़ों के बाद ईद आई है। कितना मनोहर, कितना सुहावना प्रभात है। वृक्षों पर कुछ अजीब हरियाली है, खेतों में कुछ अजीब रौनक है, आसमान पर कुछ अजीब लालिमा है। आज का सूर्य देखो, कितना प्यारा, कितना शीतल है, मानो संसार को ईद की बधाई दे रहा है। गाँव में कितनी हलचल है। ईदगाह जाने की तैयारियाँ हो रही हैं। किसी के कुरते में बटन नहीं है। पड़ोस के घर से सुई-तागा लाने दौड़ा जा रहा है। किसी के जूते कड़े हो गये हैं, उनमें तेल डालने के लिए तेली के घर भागा जाता है। जल्दी-जल्दी बैलों को सानी-पानी दे दें। ईदगाह से लौटते-लौटते दोपहर हो जाएगी। तीन कोस का पैदल रास्ता, फिर सैकड़ों आदमियों से मिलना-भेंटना। दोपहर के पहले लौटना असम्भव है। लड़के सबसे ज्यादा प्रसन्न हैं। किसी ने एक रोज़ा रखा है, वह भी दोपहर तक, किसी ने वह भी नहीं; लेकिन ईदगाह जाने की ख़ुशी उनके हिस्से की चीज है। रोज़े बड़े-बूढ़ों के लिए होंगे। इनके लिए तो ईद है। रोज ईद का नाम रटते थे। आज वह आ गयी। अब जल्दी पड़ी है कि लोग ईदगाह क्यों नहीं चलते। इन्हें गृहस्थी की चिन्ताओं से क्या प्रयोजन। सेवैयों के लिए दूध और शक्कर घर में है या नहीं, इनकी बला से, ये तो सेवैयाँ खाएँगे। वह क्या जानें कि अब्बाजान क्यों बदहवास चौधरी कायमअली के घर दौड़े जा रहे हैं। उन्हें क्या खबर कि चौधरी आज आँखें बदल लें, तो यह सारी ईद मुहर्रम हो जाए। उनकी अपनी जेबों में तो कुबेर का धन भरा हुआ है। बार-बार जेब से अपना खजाना निकालकर गिनते हैं और ख़ुश होकर फिर रख लेते हैं। महमूद गिनता है, एक-दो, दस-बारह। उसके पास बारह पैसे हैं। मोहसिन के पास एक, दो, तीन, आठ, नौ, पन्द्रह पैसे हैं। इन्हीं अनगिनती पैसों में अनगिनती चीजें लाएँगे—खिलौने, मिठाइयाँ, बिगुल, गेंद और जाने क्या-क्या। और सबसे ज्यादा प्रसन्न है हामिद। वह चार-पाँच साल का गरीब-सूरत, दुबला-पतला लड़का, जिसका बाप गत वर्ष हैजे की भेंट हो गया और माँ न जाने क्यों पीली होती-होती एक दिन मर गयी। किसी को पता न चला, क्या बीमारी है।

कहती भी तो कौन सुनने वाला था। दिल पर जो बीतती थी वह दिल ही में सहती और जब न सहा गया तो संसार से बिदा हो गयी। अब हामिद अपनी बूढ़ी दादी अमीना की गोद में सोता है और उतना ही प्रसन्न है। उसके अब्बाजान रुपये कमाने गये हैं। बहुत-सी थैलियाँ लेकर आएँगे। अम्मीजान अल्लाहमियाँ के घर से उसके लिए बड़ी अच्छी-अच्छी चीजें लाने गयी हैं; इसीलिए हामिद प्रसन्न है। आशा तो बड़ी चीज है और फिर बच्चों की आशा! उनकी कल्पना तो राई का पर्वत बना लेती है। हामिद के पाँव में जूते नहीं हैं, सिर में एक पुरानी-धुरानी टोपी, जिसका गोटा काला पड़ गया है, फिर भी वह प्रसन्न है। जब उसके अब्बाजान थैलियाँ और अम्मीजान नियामतें लेकर आएँगी तो वह दिल के अरमान निकाल लेगा। तब देखेगा महमूद, मोहसिन, नूरे और सम्मी कहाँ से उतने पैसे निकालेंगे। अभागिनी अमीना अपनी कोठरी में बैठी रो रही है। आज ईद का दिन और उसके घर में दाना नहीं! आज आबिद होता तो क्या इसी तरह ईद आती और चली जाती? इस अन्धकार और निराशा में वह डूबी जा रही है। किसने बुलाया था इस निगोड़ी ईद को? इस घर में उसका काम नहीं; लेकिन हामिद! उसे किसी के मरने-जीने से क्या मतलब? उसके अन्दर प्रकाश है, बाहर आशा। विपत्ति अपना सारा दल-बल लेकर आए, हामिद की आनन्द-भरी चितवन उसका विध्वंस कर देगी।

हामिद भीतर जाकर दादी से कहता है—तुम डरना नहीं अम्मा मैं सबसे पहले आऊँगा। बिलकुल न डरना।

अमीना का दिल कचोट रहा है। गाँव के बच्चे अपने-अपने बाप के साथ जा रहे हैं। हामिद का बाप अमीना के सिवा और कौन है? उसे कैसे अकेले मेले जाने दे! उस भीड़-भाड़ में बच्चा कहीं खो जाए तो क्या हो! नहीं, अमीना उसे यों न जाने देगी। नन्ही-सी जान, तीन कोस चलेगा कैसे? पैर में छाले पड़ जाएँगे। जूते भी तो नहीं हैं। वह थोड़ी-थोड़ी दूर पर उसे गोद ले लेगी; लेकिन यहाँ सेवैयाँ कौन पकाएगा? पैसे होते तो लौटते-लौटते सब सामग्री जमा करके चटपट बना लेती। यहाँ तो घंटों चीजें जमा करते लगेंगे। माँगे ही का तो भरोसा ठहरा। उस दिन फहीमन के कपड़े सिये थे। आठ आने पैसे मिले थे। उस अठन्नी को ईमान की तरह बचाती चली आती थी इसी ईद के लिए। लेकिन कल ग्वालन सिर पर सवार हो गयी तो क्या करती! हामिद के लिए कुछ नहीं है तो दो पैसे का दूध तो चाहिए ही। अब तो कुल दो आने पैसे बच रहे हैं। तीन पैसे हामिद की जेब में, पाँच अमीना के बटवे में। यही तो बिसात है और ईद का त्यौहार! अल्लाह ही बेड़ा पार लगाए। धोबन और नाइन और मेहतरानी और चूड़िहारिन सभी तो आएँगी। सभी को सेवैयाँ चाहिए और थोड़ा किसी की आँखों नहीं लगता। किस-किस से मुँह चुराएगी। और मुँह क्यों चुराए? साल-भर का त्यौहार है। ज़िन्दगी खैरियत से रहे, उनकी तकदीर

भी तो उसी के साथ है। बच्चे को खुदा सलामत रखे, ये दिन भी कट जाएँगे।

गाँव से मेला चला। और बच्चों के साथ हामिद भी जा रहा था। कभी सबके सब दौड़कर आगे निकल जाते। फिर किसी पेड़ के नीचे खड़े होकर साथ वालों का इन्तजार करते। ये लोग क्यों इतना धीरे चल रहे हैं। हामिद के पैरों में तो जैसे पर लग गये हैं। वह कभी थक सकता है? शहर का दामन आ गया। सड़क के दोनों ओर अमीरों के बगीचे हैं। पक्की चारदीवारी बनी हुई है। पेड़ों में आम और लीचियाँ लगी हुई हैं। कभी-कभी कोई लड़का कंकड़ी उठाकर आम पर निशाना लगाता है। माली अन्दर से गाली देता हुआ निकलता है। लड़के वहाँ से एक फर्लांग पर हैं। खूब हँस रहे हैं। माली को कैसा उल्लू बनाया है।

बड़ी-बड़ी इमारतें आने लगीं। यह अदालत है, यह कालेज है, यह क्लबघर है। इतने बड़े कालेज में कितने लड़के पढ़ते होंगे। सब लड़के नहीं हैं जी। बड़े-बड़े आदमी हैं, सच! उनकी बड़ी-बड़ी मूँछें हैं, इतने बड़े हो गये, अभी तक पढ़ते जाते हैं। न जाने कब तक पढ़ेंगे और क्या करेंगे इतना पढ़कर? हामिद के मदरसे में दो-तीन बड़े-बड़े लड़के हैं; बिलकुल तीन कौड़ी के, रोज मार खाते हैं, काम से जी चुराने वाले। इस जगह भी उसी तरह के लोग होंगे और क्या। क्लबघर में जादू होता है। सुना है, यहाँ मुरदे की खोपड़ियाँ दौड़ती हैं और बड़े-बड़े तमाशे होते हैं, पर किसी को अन्दर नहीं जाने देते। और यहाँ शाम को साहिब लोग खेलते हैं। बड़े-बड़े आदमी खेलते हैं, मूँछों-दाढ़ी वाले और मेमें भी खेलती हैं, सच। हमारी अम्मा को वह दे दो, क्या नाम है, बैट, तो उसे पकड़ ही न सकें। घुमाते ही लुढ़क न जाएँ।

महमूद ने कहा—हमारी अम्मीजान का तो हाथ काँपने लगे, अल्ला कसम।

मोहसिन बोला—चलो, मनों आटा पीस डालती हैं। जरा-सा बैट पकड़ लेंगी तो हाथ काँपने लगेंगे। सैकड़ो घड़े पानी रोज निकालती हैं। पाँच घड़े तो मेरी भैंस पी जाती है। किसी मेम को एक घड़ा पानी भरना पड़े तो आँखों तले अँधेरा आ जाए।

महमूद—लेकिन दौड़ती तो नहीं, उछल-कूद तो नहीं सकतीं।

मोहसिन—हाँ, उछल-कूद नहीं सकतीं, लेकिन उस दिन मेरी गाय खुल गयी थी और चौधरी के खेत में जा पड़ी थी, तो अम्मा इतनी तेज दौड़ीं कि मैं उन्हें पा न सका, सच!

आगे चले। हलवाइयों की दुकानें शुरू हुईं। आज खूब सजी हुई थीं। इतनी मिठाइयाँ कौन खाता है? देखो न एक-एक दुकान पर मनों होंगी। सुना है रात को जिन्नात आकर खरीद ले जाते हैं। अब्बा कहते थे कि आधी रात को एक आदमी दुकान पर जाता है और जितना माल बचा होता है वह तुलवा लेता है और सचमुच के रुपये देता है, बिलकुल ऐसे ही रुपये।

हामिद को यकीन न आया—ऐसे रुपये जिन्नात को कहाँ से मिल जाएँगे?

मोहसिन ने कहा—जिन्नात को रुपये की क्या कमी? जिस खजाने में चाहें, चले जाएँ। लोहे के दरवाजे इन्हें नहीं रोक सकते जनाव, आप हैं किस फेर में। हीरे-जवाहरात तक उनके पास रहते हैं। जिससे ख़ुश हो गये, उसे टोकरों जवाहरात दे दिए। अभी यहीं बैठे हैं, पाँच मिनट में कलकत्ता पहुँच जाए।

हामिद ने फिर पूछा—जिन्नात बहुत बड़े-बड़े होते होंगे।

मोहसिन—एक-एक आसमान के बराबर होता है जी। जमीन पर खड़ा हो जाए तो उसका सिर आसमान से जा लगे, मगर चाहे तो एक लोटे में घुस जाए।

हामिद—लोग उन्हें कैसे ख़ुश करते होंगे? कोई मुझे वह मन्तर बता दे तो एक जिन्न को ख़ुश कर लूँ।

मोहसिन—अब यह तो मैं नहीं जानता, लेकिन चौधरी साहिब के काबू में बहुत जिन्नात हैं। कोई चीज चोरी जाए, चौधरी साहिब उसका पता लगा देंगे और चोर का नाम भी बता देंगे। जुमराती का बछवा उस दिन खो गया था। तीन दिन हैरान हुए, कहीं न मिला। तब झख मार कर चौधरी के पास गये। चौधरी ने तुरन्त बता दिया कि मवेशीखाने में है और वहीं मिला। जिन्नात आकर उन्हें सारे जहान की खबर दे जाते हैं।

अब उसकी समझ में आ गया कि चौधरी के पास क्यों इतना धन है, और क्यों उनका इतना सम्मान है।

आगे चलें। यह पुलिस लाइन है। यहीं सब कानिसटिबिल कवायद करते हैं। रैटन! फाम फो! रात को बेचारे घूम-घूम कर पहरा देते हैं, नहीं चोरियाँ हो जाएँ। मोहसिन ने प्रतिवाद किया—यह कानिसटिबिल पहरा देते हैं? तभी तुम बहुत जानते हो। अजी हजरत, यही चोरी कराते हैं। शहर के जितने चोर-डाकू हैं, सब इनसे मिलते हैं, रात को ये लोग चोरों से तो कहते हैं कि चोरी करो और आप दूसरे मुहल्ले में जाकर 'जागते रहो! जागते रहो!' पुकारते हैं। जभी इन लोगों के पास इतने रुपये आते हैं। मेरे मामू एक थाने में कानिसटिबिल हैं। बीस रुपये महीना पाते हैं; लेकिन पचास रुपये घर भेजते हैं। अल्ला कसम। मैंने एक बार पूछा था कि मामू, आप इतने रुपये कहाँ से पाते हैं? हँसकर कहने लगे—बेटा, अल्लाह देता है। फिर आप ही बोले—हम लोग चाहें तो एक दिन में लाखों मार लाएँ। हम तो इतना ही लेते हैं, जिसमें अपनी बदनामी न हो और नौकरी न चली जाए।

हामिद ने पूछा—यह लोग चोरी करवाते हैं तो कोई इन्हें पकड़ता नहीं?

मोहसिन उसकी नादानी पर दया दिखाकर बोला—अरे पागल, इन्हें कौन पकड़ेगा? पकड़ने वाले तो यह लोग खुद हैं। लेकिन अल्लाह इन्हें सजा भी खूब देता है। हराम का माल हराम में जाता है। थोड़े ही दिन हुए, मामू के घर आग लग

गयी। सारी लेइ-पूँजी जल गयी। एक बरतन तक न बचा। कई दिन पेड़ के नीचे सोये, अल्ला कसम, पेड़ के नीचे। फिर न जाने कहाँ से एक सौ कर्ज लाए तो बरतन-भाँड़े आए।

हामिद—एक सौ तो पचास से ज्यादा होते हैं।

'कहाँ पचास, कहाँ एक सौ। पचास एक थैली भर होता है। सौ तो दो थैलियों में भी न आए।'

अब बस्ती घनी होने लगी थी। ईदगाह जाने वालों की टोलियाँ नजर आने लगीं। एक से एक भड़कीले वस्त्र पहने हुए। कोई इक्के-ताँगे पर सवार, कोई मोटर पर, सभी इत्र में बसे, सभी के दिलों में उमंग। ग्रामीणों का वह छोटा-सा दल, अपनी विपन्नता से बेखबर, सन्तोष और धैर्य में मगन चला जा रहा था। बच्चों के लिए नगर की सभी चीजें अनोखी थीं। जिस चीज की ओर ताकते, ताकते ही रह जाते। और पीछे से बार-बार हार्न की आवाज होने पर भी न चेतते। हामिद तो मोटर के नीचे जाते-जाते बचा।

सहसा ईदगाह नजर आया। ऊपर इमली के घने वृक्षों की छाया है। नीचे पक्का फर्श है, जिस पर जाजिम बिछा हुआ है। और रोजेदारों की पंक्तियाँ एक के पीछे एक न जाने कहाँ तक चली गयी हैं, पक्की जगत के नीचे तक, जहाँ जाजिम भी नहीं है। नये आने वाले आकर पीछे की कतार में खड़े हो जाते हैं। आगे जगह नहीं है। यहाँ कोई धन और पद नहीं देखता। इस्लाम की निगाह में सब बराबर हैं। इन ग्रामीणों ने भी वजू किया और पिछली पंक्ति में खड़े हो गये। कितना सुन्दर संचालन है, कितनी सुन्दर व्यवस्था! लाखों सिर एक साथ सिजदे में झुक जाते हैं, फिर सब के सब एक साथ खड़े हो जाते हैं। एक साथ झुकते हैं और एक साथ घुटनों के बल बैठ जाते हैं। कई बार यही क्रिया होती है, जैसे बिजली की लाखों बत्तियाँ एक साथ प्रदीप्त हों और एक साथ बुझ जाएँ, और यही क्रम चलता रहे। कितना अपूर्व दृश्य था। जिसकी सामूहिक क्रियाएँ, विस्तार और अनन्तता हृदय को श्रद्धा, गर्व और आत्मानन्द से भर देती थी। मानो भ्रातृत्व का एक सूत्र इन समस्त आत्माओं को एक लड़ी में पिरोये हुए है।

नमाज खत्म हो गयी है, लोग आपस में गले मिल रहे हैं। तब मिठाई और खिलौने की दूकानों पर धावा होता है। ग्रामीणों का वह दल इस विषय में बालकों से कम उत्साही नहीं है। यह देखो, हिंडोला है। एक पैसा देकर चढ़ जाओ। कभी आसमान पर जाते हुए मालूम होगे, कभी जमीन पर गिरते हुए। यह चर्खी है, लकड़ी के हाथी, घोड़े, ऊँट छड़ों से लटके हुए हैं। एक पैसा देकर बैठ जाओ और पच्चीस चक्करों का मजा लो। महमूद और मोहसिन, नूरे और सम्मी इन घोड़ों और ऊँटों पर बैठते हैं। हामिद दूर खड़ा है। तीन ही पैसे तो उसके पास हैं। अपने कोश का एक-

तिहाई, जरा-सा चक्कर खाने के लिए, वह नहीं दे सकता।

सब चर्खियों से उतरे हैं। अब खिलौने लेंगे। इधर दूकानों की कतार लगी हुई है। तरह-तरह के खिलौने हैं—सिपाही और गुजरिया, राजा और वकील, भिश्ती और धोबिन और साधु। वाह! कितने सुन्दर खिलौने हैं। अब बोला ही चाहते हैं। अहमद सिपाही लेता है, खाकी वर्दी और लाल पगड़ी वाला, कन्धे पर बन्दूक रखे हुए। मालूम होता है, अभी कवायद किए चला आ रहा हैं। मोहसिन को भिस्ती पसन्द आया। कमर झुकी हुई, ऊपर मशक रखे हुए है। मशक का मुँह एक हाथ से पकड़े हुए है। कितना प्रसन्न है। शायद कोई गीत गा रहा है। बस, मशक से पानी उँडेला चाहता है। नूरे को वकील से प्रेम है। कैसी विद्वत्ता है उसके मुख पर! काला चोगा, नीचे सफेद अचकन, अचकन के सामने की जेब में घड़ी सुनहरी जंजीर, एक हाथ में कानून का पोथा लिए हुए है। मालूम होता है, अभी किसी अदालत में जिरह या बहस किए चले आ रहे हैं। यह सब दो-दो पैसे के खिलौने हैं। हामिद के पास कुल तीन पैसे हैं, इतने महँगे खिलौने वह कैसे ले? खिलौना कहीं हाथ से छूट पड़े, तो चूर-चूर हो जाए। जरा पानी पड़े तो सारा रंग धुल जाए। ऐसे खिलौने लेकर वह क्या करेगा, किस काम के?

मोहसिन कहता है—मेरा भिस्ती रोज पानी दे जाएगा, साँझ-सवेरे।

महमूद—और मेरा सिपाही घर का पहरा देगा। कोई चोर आएगा, तो फौरन बन्दूक से फैर कर देगा।

नूरे—और मेरा वकीन खूब मुकदमा लड़ेगा।

सम्मी—और मेरी धोबिन रोज कपड़े धोएगी।

हामिद खिलौनों की निन्दा करता है—मिट्टी ही के तो हैं, गिरें तो चकनाचूर हो जाएँ। लेकिन ललचाई हुई आँखों से खिलौनों को देख रहा है। और चाहता है कि जरा देर के लिए उन्हें हाथ में ले सकता! उसके हाथ अनायास ही लपकते हैं, लेकिन लड़के इतने त्यागी नहीं होते, विशेषकर जब अभी नया शौक हो। हामिद ललचाता रह जाता है।

खिलौनों के बाद मिठाइयाँ आती हैं। किसी ने रेवड़ियाँ ली हैं; किसी ने गुलाबजामुन, किसी ने सोहन हलवा। मजे से खा रहे हैं। हामिद बिरादरी से पृथक् है। अभागे के पास तीन पैसे हैं। क्यों नहीं कुछ लेकर खाता? ललचाई आँखों से सबकी ओर देखता है।

मोहसिन कहता है—हामिद, रेवड़ी ले जा, कितनी ख़ुशबूदार हैं।

हामिद को सन्देह हुआ, यह केवल क्रूर विनोद है, मोहसिन इतना उदार नहीं है; लेकिन यह जानकर भी उसके पास जाता है। मोहसिन दोने से एक रेवड़ी निकाल कर हामिद की ओर बढ़ाता है। हामिद हाथ फैलाता है। मोहसिन रेवड़ी अपने मुँह में

रख लेता है। महमूद, नूरे और सम्मी खूब तालियाँ बजा-बजा कर हँसते हैं। हामिद खिसिया जाता है।

मोहसिन—अच्छा, अब की जरूर देंगे हामिद, अल्ला कसम, ले जा।

हामिद—रखे रहो। क्या मेरे पास पैसे नहीं हैं?

सम्मी—तीन ही पैसे तो हैं। तीन पैसे में क्या-क्या लोगे?

अहमद-हमसे गुलाबजामुन ले जा हामिद। मोहसिन बदमाश है।

हामिद—मिठाई कौन बड़ी नेमत है। किताब में इसकी कितनी बुराइयाँ लिखी हैं।

मोहसिन—लेकिन दिल में कह रहे होगे कि मिले तो खा लें। अपने पैसे क्यों नहीं निकालते?

महमूद—हम समझते हैं इसकी चालाकी। जब हमारे सारे पैसे खर्च हो जाएँगे, तो हमें ललचा-ललचाकर खाएगा।

मिठाइयों के बाद कुछ दूकानें लोहे की चीजों की हैं, कुछ गिलट और कुछ नकली गहनों की। लड़कों के लिए यहाँ कोई आकर्षण न था। वह सब आगे बढ़ जाते हैं। हामिद लोहे की दूकान पर रुक जाता है। कई चिमटे रखे हुए थे। उसे ख्याल आया दादी के पास चिमटा नहीं है। तवे से रोटियाँ उतारती हैं, तो हाथ जल जाता है। अगर वह चिमटा ले जाकर दादी को दे दे, तो वह कितनी प्रसन्न होंगी। फिर उनकी उँगलियाँ कभी न जलेंगी। घर में एक काम की चीज हो जाएगी। खिलौने से क्या फायदा। व्यर्थ में पैसे खराब होते हैं। जरा देर ही तो ख़ुशी होती है। फिर तो खिलौने को कोई आँख उठाकर नहीं देखता। यह तो घर पहुँचते-पहुँचते टूट-फूट बराबर हो जाएँगे। चिमटा कितने काम की चीज हैं। रोटियाँ तवे से उतार लो, चूल्हे में सेक लो, कोई आग माँगने आए तो चटपट चूल्हे से आग निकालकर उसे दे दो। अम्मा बेचारी को कहाँ फुसरत है कि बाजार आएँ, और इतने पैसे ही कहाँ मिलते हैं। रोज हाथ जला लेती हैं। हामिद के साथी आगे बढ़ गये हैं। सबील पर सबके सब शर्बत पी रहे हैं। देखो, सब कितने लालची हैं! इतनी मिठाइयाँ लीं, मुझे किसी ने एक भी न दी। उस पर कहते हैं, मेरे साथ खेलो। मेरा यह काम करो। अब अगर किसी ने कोई काम करने को कहा, तो पूछूँगा। खाएँ मिठाइयाँ, आप मुँह सड़ेगा, फोड़े-फुन्सियाँ निकलेंगी, आप ही जबान चटोरी हो जाएगी। अब घर से पैसे चुराएँगे और मार खाएँगे। किताब में झूठी बाते थोड़ें ही लिखी हैं। मेरी जबान क्यों खराब होगीं? अम्मा चिमटा देखते ही दौड़कर मेरे हाथ से ले लेंगी और कहेंगी—मेरा बच्चा अम्मा के लिए, चिमटा लाया है! हजारों दुआएँ देगी। फिर पड़ोस की औरतों को दिखाएँगी। सारे गाँव में चर्चा होने लगेगी, हामिद चिमटा लाया है। कितना अच्छा लड़का है। इन लोगों के खिलौने पर कौन इन्हें दुआएँ देंगा? बड़ों की दुआएँ सीधे

अल्लाह के दरबार में पहुँचती हैं और तुरन्त सुनी जाती हैं। मेरे पास पैसे नहीं हैं। तभी तो मोहसिन और महमूद यों मिजाज दिखाते हैं। मैं भी इनसे मिजाज दिखाऊँगा। खेलें खिलौने और खाएँ मिठाइयाँ। मैं नहीं खेलता खिलौने, किसी का मिजाज क्यों सहूँ? मैं गरीब सही, किसी से कुछ माँगने तो नहीं जाता? आखिर अब्बाजान कभी न कभी आएँगे। अम्मा भी आएँगी। फिर इन लोगों से पूछूँगा, कितने खिलौने लोगे? एक-एक को टोकरियों खिलौने दूँ और दिखा दूँ कि दोस्तों के साथ इस तरह सलूक किया जाता है। यह नहीं कि एक पैसे की रेवड़ियाँ लीं तो चिढ़ा-चिढ़ा कर खाने लगे। सब के सब हँसेंगे कि हामिद ने चिमटा लिया है। हँसें मेरी बला से। उसने दूकानदार से पूछा—'यह चिमटा कितने का है?'

दूकानदार ने उसकी ओर देखा और कोई आदमी साथ न देखकर कहा—'यह तुम्हारे काम का नहीं है जी।'

'बिकाऊ है कि नहीं?'

'बिकाऊ क्यों नहीं हैं? और यहाँ क्यों लाद लाए हैं?'

'तो बताते क्यों नहीं, कै पैसे का है?'

'छः पैसे लगेंगे।'

हामिद का दिल बैठ गया।

'ठीक-ठीक बताओ।'

'ठीक-ठीक पाँच पैसे लगेंगे, लेना हो लो, नहीं चलते बनो।'

हामिद ने कलेजा मजबूत करके कहा—तीन पैसे लोगे?

यह कहता हुआ वह आगे बढ़ गया कि दूकानदार की घुड़कियाँ न सुने। लेकिन दूकानदार ने घुड़कियाँ नहीं दीं। बुलाकर चिमटा दे दिया। हामिद ने उसे इस तरह कन्धे पर रखा, मानो बन्दूक है और शान से अकड़ता हुआ संगियों के पास आया। जरा सुनें, सब के सब क्या-क्या आलोचनाएँ करते हैं।

मोहसिन ने हँसकर कहा—यह चिमटा क्यों लाया पगले। इसे क्या करेगा?

हामिद ने चिमटे को पटककर कहा—जरा अपना भिश्ती जमीन पर गिरा दो। सारी पसलियाँ चूर-चूर हो जाएँ बचा की।

महमूद बोला—यह चिमटा कोई खिलौना है?

हामिद—खिलौना क्यों नहीं है! अभी कन्धे पर रखा, बन्दूक हो गयी। हाथ में ले लिया, फकीरों का चिमटा हो गया। चाहूँ तो इससे मजीरे का काम ले सकता हूँ। एक चिमटा जमा दूँ तो तुम लोगों के सारे खिलौनों की जान निकल जाए। तुम्हारे खिलौने कितना ही जोर लगावें, मेरे चिमटे का बाल भी बाँका नहीं कर सकते। मेरा बहादुर शेर है—चिमटा।

सम्मी ने खंजरी ली थी। प्रभावित होकर बोला—मेरी खंजरी से बदलोगे?

दो आने की है।

हामिद ने खंजरी की ओर उपेक्षा से देखा—मेरा चिमटा चाहे तो तुम्हारी खंजरी का पेट फाड़ डाले। बस, एक चमड़े की झिल्ली लगा दी ढब-ढब बोलने लगी। जरा-सा पानी लग जाए तो खतम हो जाए। मेरा बहादुर चिमटा आग में, पानी में, आँधी में तूफान में बराबर डटा खड़ा रहेगा।

चिमटे ने सभी को मोहित कर लिया; लेकिन अब पैसे किसके पास धरे हैं! फिर मेले से दूर निकल आए हैं, नौ कब के बज गये, धूप तेज हो रही है, घर पहुँचने की जल्दी हो रही है। बाप से जिद भी करें, तो चिमटा नहीं मिल सकता। हामिद है बड़ा चालाक। इसीलिए बदमाश ने अपने पैसे बचा रखे थे।

अब बालकों के दो दल हो गये हैं। मोहसिन, महमूद, सम्मी और नूरे एक तरफ हैं, हामिद अकेला दूसरी तरफ। शास्त्रार्थ हो रहा है। सम्मी तो विधर्मी हो गया। दूसरे पक्ष से जा मिला; लेकिन मोहसिन, महमूद और नूरे भी, हामिद से एक-एक, दो-दो साल बड़े होने पर भी हामिद के, आघातों से आतंकित हो उठे हैं। उसके पास न्याय का बल है और नीति की शक्ति। एक ओर मिट्टी है, दूसरी ओर लोहा, जो इस वक्त अपने को फौलाद कह रहा है; वह अजेय है, घातक है। अगर कोई शेर आ जाए, तो मियाँ भिश्ती के छक्के छूट जाएँ, मियाँ सिपाही मिट्टी की बन्दूक छोड़कर भागें, वकील साहिब की नानी मर जाए, चोंगे में मुँह छिपाकर जमीन पर लेट जाएँ। मगर यह चिमटा, यह बहादुर, रुस्तमे-हिन्द लपककर शेर की गर्दन पर सवार हो जाएगा और उसकी आँखें निकाल लेगा।

मोहसिन ने एड़ी-चोटी का जोर लगाकर कहा—अच्छा पानी तो नहीं भर सकता।

हामिद ने चिमटे को सीधा खड़ा करके कहा—भिस्ती को एक डाँट चटाएगा, तो दौड़ा हुआ पानी लाकर उसके द्वार पर छिड़कने लगेगा।

मोहसिन परास्त हो गया; पर महमूद ने कुमक पहुँचाई—अगर बच्चा पकड़े जाएँ तो अदालत में बँधे-बँधे फिरेंगे। तब तो वकील साहिब के ही पैरों पड़ेंगे।

हामिद इस प्रबल तर्क का जवाब न दे सका। उसने पूछा—हमें पकड़ने कौन आएगा?

नूरे ने अकड़कर कहा—यह सिपाही बन्दूक वाला।

हामिद ने मुँह चिढ़ाकर कहा—यह बेचारे हम बहादुर रुस्तमे-हिन्द को पकड़ेंगे? अच्छा लाओ, अभी जरा कुश्ती हो जाए। इनकी सूरत देखकर दूर से भागेंगे। पकड़ेंगे क्या बेचारे!

मोहसिन को एक नयी चोट सूझ गयी—तुम्हारे चिमटे का मुँह रोज आग में जलेगा।

उसने समझा था कि हामिद लाजवाब हो जाएगा लेकिन यह बात न हुई। हामिद ने तुरन्त जवाब दिया—आग में बहादुर ही कूदते हैं। जनाब, तुम्हारे यह वकील, सिपाही और भिश्ती लेडियों की तरह घर में घुस जाएँगे। आग में कूदना वह काम है, जो रुस्तमे-हिन्द ही कर सकता है।

महमूद ने एक जोर और लगया—वकील साहिब कुरसी-मेज पर बैठेंगे, तुम्हारा चिमटा तो बावरचीखाने में पड़ा रहेगा।

इस तर्क ने सम्मी और नूरे को भी सजीव कर दिया। कितने ठिकाने की बात कही है पट्ठे ने। चिमटा बावरचीखाने में पड़े रहने के सिवा और क्या कर सकता है।

हामिद को कोई फड़कता हुआ जवाब न सूझा तो उसने धाँधली शुरू की—मेरा चिमटा बावरचीखाने में नहीं रहेगा। वकील साहिब कुरसी पर बैठेंगे, तो जाकर उन्हें जमीन पर पटक देगा और उनका कानून उनके पेट में डाल देगा।

बात कुछ बनी नहीं। खासी गाली-गलौज थी; लेकिन कानून को पेट में डालने वाली छा गयी। ऐसी छा गयी कि तीनों सूरमा मुँह ताकते रह गये, मानो कोई धेलचा कनकौआ किसी गंडेवाले कनकौए को काट गया हो। कानून मुँह से बाहर निकालने वाली चीज है। उसको पेट के अन्दर डाल दिया जाए, बेतुकी-सी बात होने पर भी कुछ नयापन रखती है। हामिद ने मैदान मार लिया। उसका चिमटा रुस्तमे-हिन्द है अब इसमें मोहसिन, महमूद, नूरे, सम्मी किसी को आपत्ति नहीं हो सकती।

विजेता को हारने वालों से जो सत्कार मिलना स्वाभाविक है, वह हामिद को भी मिला। औरों ने तीन-तीन, चार-चार आने पैसे खर्च किए पर कोई काम की चीज न ले सके। हामिद ने तीन पैसे में रंग जमा लिया। सच ही तो है, खिलौने का क्या भरोसा? टूट-फूट जाएँगे। हामिद का चिमटा बना रहेगा बरसों।

सन्धि की शर्तें तय होने लगीं मोहसिन ने कहा—जरा अपना चिमटा दो, हम भी देखें। तुम हमारा भिश्ती लेकर देखो।

महमूद और नूरे ने भी अपने-अपने खिलौने पेश किए।

हामिद को इन शर्तों के मानने में कोई आपत्ति न थी। चिमटा बारी-बारी से सबके हाथ में गया, और उनके खिलौने बारी-बारी से हामिद के हाथ में आए। कितने खूबसूरत खिलौने हैं!

हामिद ने हारने वालों के आँसू पोंछे—मैं तुम्हें चिढ़ा रहा था, सच। यह लोहे का चिमटा भला इन खिलौनों की क्या बराबरी करेगा; मालूम होता है, अब बोले, अब बोले।

लेकिन मोहसिन की पार्टी को इस दिलासे से सन्तोष नहीं होता। चिमटे का सिक्का खूब बैठ गया है। चिपका हुआ टिकट अब पानी से नहीं छूट रहा।

मोहसिन—लेकिन इन खिलौनों के लिए कोई हमें दुआ तो न देगा?

महमूद—दुआ को लिए फिरते हो। उल्टे मार न पड़े। अम्मा जरूर कहेंगी कि मेले में यही मिट्टी के खिलौने तुम्हें मिले?

हामिद को स्वीकार करना पड़ा कि खिलौने को देखकर किसी की माँ इतनी ख़ुश न होंगी जितनी दादी चिमटे को देखकर होंगी। तीन पैसों ही में तो सब कुछ करना था, और उन पैसों के इस उपयोग पर पछतावे की बिलकुल जरूरत न थी। फिर अब तो चिमटा रुस्तमे-हिन्द है और सभी खिलौनों का बादशाह।

रास्ते में महमूद को भूख लगी। उसके बाप ने केले खाने को दिए। महमूद ने केवल हामिद को साझी बनाया। उसके अन्य मित्र मुँह ताकते रह गये। यह उस चिमटे का प्रसाद था।

ग्यारह बजे सारे गाँव में हलचल मच गयी। मेले वाले आ गये। मोहसिन की छोटी बहन ने दौड़कर भिस्ती उसके हाथ से छीन लिया और मारे ख़ुशी के जो उछली, तो मियाँ भिश्ती नीचे आ रहे और सुरलोक सिधारे। इस पर भाई-बहन में मार-पीट हुई। दोनों खूब रोये। उनकी अम्मा यह शोर सुनकर बिगड़ीं और दोनों को ऊपर से दो-दो चाँटे और लगाये।

मियाँ नूरे के वकील का अन्त उसके प्रतिष्ठानुकूल इससे ज्यादा गौरवमय हुआ। वकील जमीन पर या ताक पर तो नहीं बैठ सकता। उसकी मर्यादा का विचार तो करना ही होगा। दीवार में दो खूँटियाँ गाड़ी गयीं। उन पर लकड़ी का एक पटरा रखा गया। पटरे पर कागज का कालीन बिछाया गया। वकील साहिब राजा भोज की भाँति सिंहासन पर बिराजे। नूरे ने उन्हें पंखा झलना शुरू किया। अदालतों में खस की टट्टिया और बिजली के पंखे रहते हैं। क्या यहाँ मामूली पंखा भी न हो? कानून की गर्मी दिमाग पर चढ़ जाएगी कि नहीं। बाँस का पंखा आया और नूरे हवा करने लगे। मालूम नहीं, पंखे की हवा से या पंखे की चोट से वकील साहिब स्वर्ग-लोक से मृत्युलोक में आ रहे और उनका माटी का चोला माटी में मिल गया। बड़े जोर-जोर से मातम हुआ और वकील साहिब की अस्थि घूरे पर डाल दी गयीं।

अब रहा महमूद का सिपाही। उसे चटपट गाँव का पहरा देने का चार्ज मिल गया। लेकिन पुलिस का सिपाही कोई साधारण व्यक्ति तो था नहीं, जो अपने पैरों चले। वह पालकी पर चलेगा। एक टोकरी आई, उसमें कुछ लाल रंग के फटे-पुराने चिथड़े बिछाये गये, जिसमें सिपाही साहिब आराम से लेटे। नूरे ने यह टोकरी उठाई और अपने द्वार का चक्कर लगाने लगे। उनके दोनों छोटे भाई सिपाही की तरफ से 'छाने वाले, जागते रहो' पुकारते हैं। मगर रात तो अन्धेरी होनी ही चाहिए। महमूद को ठोकर लग जाती है। टोकरी उसके हाथ से छूट कर गिर पड़ती है और मियाँ सिपाही अपनी बन्दूक लिए जमीन पर आ जाते हैं और उनकी एक टाँग में विकार आ

जाता है। महमूद को आज ज्ञात हुआ कि वह अच्छा डॉक्टर है। उसको ऐसा मरहम मिल गया है, जिससे वह टूटी टाँग को आनन-फानन जोड़ सकता है। केवल गूलर का दूध चाहिए। गूलर का दूध आता है। टाँग जोड़ दी जाती है; लेकिन सिपाही को ज्यों ही खड़ा किया जाता है, टाँग जवाब दे देती है। शल्यक्रिया असफल हुई, तब उसकी दूसरी टाँग भी तोड़ दी जाती है। अब कम से कम एक जगह आराम से बैठ तो सकता है। एक टाँग से तो न चल सकता था, न बैठ सकता था। अब वह सिपाही संन्यासी हो गया है। अपनी जगह पर बैठा-बैठा पहरा देता है। कभी-कभी देवता भी बन जाता है। उसके सिर का झालरदार साफा खुरच दिया गया है। अब उसका जितना रूपान्तर चाहो, कर सकते हो। कभी-कभी तो उससे बाट का काम भी लिया जाता है।

अब मियाँ हामिद का हाल सुनिए। अमीना उसकी आवाज सुनते ही दौड़ी और उसे गोद में उठाकर प्यार करने लगी। सहसा उसके हाथ में चिमटा देखकर वह चौंकी।

'यह चिमटा कहाँ था?'

'मैंने मोल लिया है।'

'कै पैसे में?'

'तीन पैसे दिए।'

अमीना ने छाती पीट ली। यह कैसा बेसमझ लड़का है कि दोपहर हुआ, कुछ खाया न पिया। लाया क्या, चिमटा! सारे मेले में तुझे और कोई चीज न मिली जो यह लोहे का चिमटा उठा लाया?

हामिद ने अपराधी-भाव से कहा—तुम्हारी उँगलियाँ तवे से जल जाती थीं इसलिए मैंने इसे लिया।

बुढ़िया का क्रोध तुरन्त स्नेह में बदल गया, और स्नेह भी वह नहीं, जो प्रगल्भ होता है और अपनी सारी कसक शब्दों में बिखेर देता है। यह मूक स्नेह था, खूब ठोस, रस और स्वाद से भरा हुआ। बच्चे में कितना त्याग, कितना सद्भाव और कितना विवेक है! दूसरों को खिलौना लेते और मिठाई खाते देखकर इसका मन कितना ललचाया होगा। इतना जब्त इससे हुआ कैसे? वहाँ भी इसे अपनी बुढ़िया दादी की याद बनी रही। अमीना का मन गद्गद् हो गया।

और अब एक बड़ी विचित्र बात हुई। हामिद के इस चिमटे से भी विचित्र। बच्चे हामिद ने बूढ़े हामिद का पार्ट खेला था। बुढ़िया अमीना बालिका अमीना बन गयी। वह रोने लगी। दामन फैलाकर हामिद को दुआएँ देती जाती थी और आँसू की बड़ी-बड़ी बूँदें गिराती जाती थीं। हामिद इसका रहस्य क्या समझता।

मकर छुद्रक

चारों तरफ फैले हुए लम्बे-चौड़े मैदान में शीतकालीन पवन, दूर समुद्र-तट पर टकराने वाली लहरों की नीरस मर्मर ध्वनि अपने साथ लिए हुए, बह रहा था। पवन मुरझाई हुई पीली पत्तियों का ढेर जब-तब अपने साथ बटोर लाकर डेरे में जलती हुई आग में झोंक देता था, जिससे उसकी लपट तेज हो उठती थी। चारों तरफ फैले हुए अन्धकार में एक कँपकँपी दौड़ जाती थी। उस क्षणिक प्रकाश में दाहिनी ओर क्षितिज तक फैले हुए मैदान और बाईं तरफ हरहराते सीमाहीन समुद्र के बीच हमें अपनी एकान्त निर्जनता का अच्छी तरह भास हो जाता था, साथ ही हमारी आँखों के सामने उस बुड्ढे जिप्सी मकर छुद्रक का चेहरा भी चमक उठता था, जिसे डेरे के साथ आए हुए घोड़ों की देखभाल करने की जिम्मेदारी सौंपी गयी थी।

मालूम पड़ता था, उस बुड्ढे जिप्सी का ध्यान इस ठिठुरा देने वाले पवन की ओर नहीं था, जो उसके लबादे को झकझोरता हुआ उसकी घने बालों वाली कठोर छाती से टकरा रहा था। वह मुझसे बिना रुके एक प्रवाह में बातें करने लगा।

'तो तुम हम लोगों के दल में शामिल हो रहे हो! बहुत अच्छा किया। होता वही है जो हमारी तकदीर में लिखा होता है। फिर भी हमें चाहिए कि हम आँखें खोलकर घूमें, दुनिया देखें और दुनिया देखने के बाद चादर तानकर लेट जाएँ और मर जाएँ। बस, यही सब कुछ है!''

'आदमी भी क्या तमाशे के हैं!'' उसने बलिष्ठ भुजाएँ लम्बे-चौड़े मैदान की ओर फैला दीं, 'दुनिया में इतनी जगह पड़ी है, फिर भी एक ही जगह इकट्ठा होकर जरा-सी जमीन के लिए मरने-मारने के लिए तैयार हो जाएँगे। अधिक से अधिक मेहनत करेंगे, लेकिन किस वास्ते, किसके लिए—यह कोई नहीं जानता। तुम खुद हल चलाने वाले किसान की ओर देखो, तुम्हें सब कुछ समझ में आ जाएगा। पहले तो वह धरती जोतने में अपनी शक्ति गँवाता है और अन्त में मरने पर उसी खेत में सो जाता है, सड़ जाता है। उसका कुछ भी अवशेष नहीं बचता। वह अपनी पसीने की कमाई का उपभोग नहीं कर पाता। जैसे जन्मा था, वैसे ही मर जाता

है—मूर्ख कहीं का!

'क्या वह इसीलिए जन्मा था कि पहले तो जमीन खोदता रहे और फिर अपनी कब्र तैयार करने से भी पहले टाँग पसार दे? क्या उसने कभी आजादी का अनुभव किया? क्या उसने कभी इस लम्बे-चौड़े मैदान को पहचाना? इस विशालकाय समुद्र की मर्मर ध्वनि को सुना? क्या यह ध्वनि सुनकर कभी उसका हृदय प्रसन्न हुआ? हिः! पैदा होने के समय भी गुलाम था और ज़िन्दगी-भर गुलाम बना रहा। बस, यही गुलामी का पट्टा उसके लिए सब कुछ है! वह कभी अपने लिए कुछ नहीं कर पाता।

'और मुझे देखो! मेरे इन पके बालों ने ज़िन्दगी के पचास वसन्त देखे हैं। अगर तुम मेरी जीवन-कथा लिखने बैठो तो पोथी रंग जाएगी और फिर भी कुछ-न-कुछ बचा ही रहेगा। तुम मुझे ऐसे किसी नगर का नाम बताओ, जो मैंने न देखा हो? तुमने तो उन नगरों का नाम भी न सुना होगा जो मैंने देखे हैं। बस, ज़िन्दगी में ऐसे ही रहना चाहिए—सदा घूमते रहो, घूमते रहो—प्रत्येक स्थान पर थोड़ी देर के लिए ठहरो—बस। जिस प्रकार रात और दिन का क्रम सदा चला करता है, उसी प्रकार तुम भी चलते रहो। ज़िन्दगी के बारे में कभी कुछ मत सोचो, अगर तुम अपना दिमाग नहीं खराब करना चाहते हो। यही मेरी सलाह है। तुम ज़िन्दगी के बारे में जितना विचार करोगे, तुम उससे उतनी ही घृणा करने लगोगे। यही होता है। मैं स्वयं अनुभव कर चुका हूँ। सच, मैं ज़िन्दगी देख चुका हूँ।

'मैं जेल में रह चुका हूँ। वहाँ सोचने-विचारने का बहुत समय मिलता था। इस दुनिया में मैं क्यों पैदा हुआ?—मैं अपने से प्रश्न किया करता। मैं ये सब बातें सिर्फ वहाँ वक्त काटने के लिए सोचा करता था; क्योंकि वहाँ वक्त नहीं कटता था। इन बातों पर विचार करने से मेरा हृदय और भारी हो जाता था।...सच, हम दुनिया में इसीलिए रहते हैं कि रहते आए हैं, बस! क्यों रहते हैं—कौन जानता है? कोई नहीं! और प्रश्न करना व्यर्थ है। अपनी ज़िन्दगी को पूरी तौर से जियो, सदा यहाँ से वहाँ घूमते रहो, अपने चारों ओर आँखें खोलकर देखो! और तब तुम्हें कभी उस वस्तु की इच्छा नहीं होगी जो तुम्हारे पास नहीं है। मैं सच कहता हूँ, मैं यह सब अनुभव कर चुका हूँ।

'हिः! एक बार मेरी एक आदमी से बातचीत हुई ...वह भी तुम्हारी ही तरह हट्टा-कट्टा था। वह रूसी था। उसने कहा—'तुम्हें अपनी मर्जी के अनुसार नहीं रहना चाहिए, बल्कि उस तरह रहना चाहिए, जिस तरह रहने के लिए ईश्वर ने आज्ञा दी है। बस, तुम उसके चरणों में अपने आपको अर्पित कर दो और फिर जिस चीज की प्रार्थना करोगे, तुम्हें प्राप्त हो जाएगी।' और मजे की बात यह कि उस बेचारे के बदन पर फटा हुआ चीथड़े जैसा लबादा था। मैंने उससे कहा की तुम प्रार्थना कर

अपने लिए नए कपड़े क्यों नहीं प्राप्त कर लेते? इस पर वह मुझसे नाराज होकर, गालियाँ देने लगा और अपने रास्ते चला गया। इससे कुछ ही देर पहले वह क्षमा और प्रेम की बात कर रहा था। उसे चाहिए था कि जब मैंने अपनी बात से उसके अहंकार को चोट पहुँचाई तब मुझे क्षमा कर देता! बस, ऐसे ही शिक्षक होते हैं! वे तुम्हें शिक्षा देंगे—'थोड़ा खाओ' और खुद दिन में दस बार खाएँगे ...''

वह आग में थूककर चुप हो गया और अपने पाइप में तम्बाकू भरने लगा। पवन का वेग शान्त होकर अब कराह रहा था। घोड़े अँधेरे में हिनहिना रहे थे। डेरे से, जो हम लोगों से पचास कदम की दूरी पर था, एक वेदनापूर्ण कंठ से अलाप भरने की आवाज आ रही थी। वह छुद्रक की सुन्दर बेटी नानका थी, जो गा रही थी। मैं उसकी आवाज पहचानता हूँ, जो बड़ी कोमल और कसक-भरी है। व्यथा और अभाव की साकार मूर्ति है। गा क्या रही थी, मानो वह अपने हृदय की पीड़ा उँडेल रही थी! अभिमान से छलकती अपनी खूबसूरती में वह कोई रानी मालूम पड़ती है। उसकी गहरी भूरी आँखों में, जिनमें सदैव वेदना की लकीरें छाई रहती हैं, साफ झलकता है कि वह अपने अनुपम सौन्दर्य के आकर्षण से भली-भाँति परिचित है, साथ ही उसमें उन लोगों के प्रति घृणा भी है जो उसके समान सुन्दर नहीं हैं।

छुद्रक ने तम्बाकू पीने के लिए पाइप मुझे दिया।

''लो, तमाखू पियो! यह लड़की बहुत अच्छा गाती है! क्यों, तुम्हारा क्या विचार है?'' अच्छा, इस लड़की के समान कोई सुन्दर लड़की तुम्हें प्यार करे तो तुम पसन्द करोगे? नहीं? ठीक है, ठीक है, तुम सही हो! कभी भी स्त्रियों पर विश्वास मत करना, सदा उनसे दूर रहना। हालाँकि यह बात सही है कि तम्बाकू पीने की अपेक्षा किसी लड़की को चूमना अधिक अच्छा लगता है ...लेकिन जहाँ एक बार किसी स्त्री के ओठों को तुमने चूमा, तुम्हारी स्वतन्त्रता छिन जाती है। स्त्री तुम्हें ऐसे पाश में बाँध लेती है जो तुम्हें दिखाई भी नहीं पड़ता और जिससे तुम मुक्त भी नहीं हो पाते। तुम अपनी आत्मा तक उसे भेंट चढ़ा देते हो और बदले में कुछ नहीं मिलता। मेरी यह सलाह गाँठ में बाँध लो। स्त्रियों से सदैव सावधान रहना—वे नागिनें होती हैं, नागिन। 'मैं तुम्हें संसार में सबसे अधिक प्रेम करती हूँ ' वह कहेगी, लेकिन तुम चाहे अनजान में ही उसके पिन चुभो दो तो वह तुम्हें फाड़ खाने को तैयार हो जाएगी। मैं अच्छी तरह यह जानता हूँ, खूब अच्छी तरह जानता हूँ! अगर तुम सुनना चाहो तो तुम्हें एक कहानी सुना सकता हूँ। लेकिन मेरी यह बात गाँठ बाँध लो कि सदा सावधान रहना, किसी के शिकार मत होना, सदा पक्षी की भाँति स्वतन्त्र रहना।

'बहुत समय पहले की बात है। एक नौजवान जिप्सी था। उसका नाम जोबर था। हंगरी, बोहेमिया, स्लावोनिया और समुद्रतट के सभी देश उससे परिचित थे;

क्योंकि वह एक बहादुर जवान था। ऐसा कोई गाँव न था, जहाँ के कम-से-कम एक दर्जन लोगों ने यह शपथ न खायी हो कि वे जोबर का खून करेंगे, फिर भी वह जिन्दा था। अगर उसे कोई घोड़ा पसन्द आ जाता था तो फिर वह उसे लेकर ही रहता था—चाहे एक पूरी फौजी टुकड़ी ही उसकी निगरानी के लिए नियुक्त क्यों न हो! उसे न ईश्वर का डर था, न मनुष्य का। अगर शैतान भी अपनी पूरी सेना लेकर उसका सामना करता तब भी वह अकेले ही उससे लोहा लेता और मुझे पूरा विश्वास है, शैतान के जबड़े भी जोबर की मजबूत कलाइयों का स्वाद चख लेते।

'जिप्सियों के सभी दल या तो उससे परिचित थे या उन्होंने उसका नाम सुन रखा था। उसे केवल घोड़े का शौक था, और वह भी केवल दो-चार घड़ी के लिए। एक बार सवारी करने के बाद उस घोड़े से उसका मन इस तरह उचाट हो जाता था कि घोड़े के बेचने पर उसे जो पैसा मिलता था, वह उससे कोई भी माँग सकता था। उसके पास ऐसी कोई भी वस्तु न थी जो वह दूसरों को नहीं दे सकता था। अगर तुम उसका हृदय भी माँगते तो वह अपना सीना चीरकर तुम्हारे हाथों पर रख देता, सिर्फ इसी सन्तोष के वास्ते कि उसने तुम्हारा मान रखा।

'हमारा दल उस समय बुकोनिया में था। यह दस वर्ष पहले की बात है। लेकिन मुझे ऐसा मालूम पड़ता है, जैसे वह कल की ही घटना हो! वसन्त ऋतु थी। हम लोग एक जगह डेरा डाले थे। मैं था, सिपाही दानिला था जो कितनी ही लड़ाइयाँ लड़ चुका था। बूढ़ा नूर था, और भी कई आदमी थे। हमारे साथ दानिला की लड़की राद्दा भी थी।

'तुमने तो नानका को देखा ही है। क्या वह कोई रानी नहीं मालूम पड़ती? लेकिन राद्दा की तुलना उससे नहीं की जा सकती; नानका तो उसके पैरों की धूल भी नहीं है। उसके सौन्दर्य का वर्णन शब्दों में नहीं हो सकता। हाँ, बेला से तुलना की जा सकती है, लेकिन ऐसा वही कर सकता है जो बेला की आत्मा से वाकिफ हो।

'कितने ही बहादुर नौजवान उसके पीछे अपना दिल खो बैठे थे। एक बार एक अमीर आदमी की उस पर नजर पड़ गयी। वह अपनी जगह पर बस खड़ा ही रह गया, जैसे उसके शरीर पर फालिज गिर पड़ा हो! वह अपने घोड़े पर बैठा हुआ इस तरह काँप रहा था, जैसे बुखार से कँपकँपा रहा हो। वह अमीर आदमी बेहद खूबसूरत था। उसकी पोशाक पर जरी का काम था। जब उसका घोड़ा अपनी टाप पटकता था, उसकी पोशाक बिजली की तरह चमक उठती थी। उसकी नीली टोपी में हीरे जड़े थे। वह राद्दा की ओर देखता रहा, फिर उसने सहसा उससे कहा—'तुम मुझे एक प्यार दो और मैं तुम्हें उसके बदले में रुपयों से भरी थैली दूँगा।' राद्दा ने उत्तर में मुँह फेर लिया ...'माफ करो! अगर मेरी बात से नाराज हो गयी हो तो इतनी

ही कृपा करो कि एक बार केवल मुस्करा दो—बस, केवल एक बार!' वह उसके सामने इस प्रकार दीन बन गया कि रुपयों से भरी एक बड़ी थैली पैरों पर उसने फेंक दी! लेकिन जानते हो, राद्दा ने क्या किया? उसने रुपयों की थैली पैरों से ठुकरा दी, बस! ...'अच्छा, तुम दूसरे प्रकार की लड़की हो!' उस अमीर आदमी ने बुदबुदाकर कहा, और घोड़े को ऐड़ लगाई। उसके पीछे केवल गर्द का बादल रह गया।

'दूसरे रोज वह अमीर फिर आया। 'इस लड़की का बाप कौन है?' उसकी आवाज डेरे-भर में गूँज उठी। दानिला सामने आया। 'इस लड़की को मेरे हाथ बेच दो। तुम जितना रुपया चाहो, मुझसे ले लो।' लेकिन दानिला ने उत्तर दिया—'यह रिवाज केवल रईसजादों में है; वे सब कुछ बेच सकते हैं—साधारण वस्तु से लेकर अपनी आत्मा तक; लेकिन मैं फौज में लड़ चुका हूँ, मैं कोई चीज बेच नहीं सकता!' वह अमीर आदमी गुस्से से लाल-पीला हो उठा, अपना हंटर फटकारने लगा, लेकिन हमने उसी समय उसके घोड़े के कानों के निकट दियासलाई की तीली जलाकर दिखा दी, जिससे वह घोड़ा अपने सवार को लेकर छू-मन्तर हो गया।

'हम लोगों ने अपना डेरा समेट लिया और आगे बढ़े। हम लोग दो दिन से यात्रा कर रहे थे, फिर भी उसने हम लोगों को पकड़ लिया। 'सुनो जी!' उसने चिल्लाकर कहा—'मैं ईश्वर की शपथ खाकर कहता हूँ कि मेरे दिल में कोई मैल नहीं है। मेरी इस लड़की से शादी करवा दो, मैं तुम लोगों के साथ रहूँगा। मेरे पास बहुत दौलत है!' वह बड़े आवेश में था और अपने घोड़े पर बैठा हुआ थर-थर काँप रहा था, जैसे तेज हवा में घास का तिनका काँपता है। 'बोलो, बेटी!' दानिला अपनी दाढ़ी के भीतर गुर्राया। 'अगर एक सिंह की लड़की किसी सियार के साथ चली जाए तो लोग उसे क्या कहेंगे?' राद्दा ने पूछा। दानिला हँस पड़ा और हम लोग भी उसके साथ हँसने लगे—'खूब कहा बेटी! महाशय, आपने सुन लिया? यह हो नहीं सकता। अच्छा होगा, आप किसी सियार की लड़की तलाश करें। बहुत-सी मिल जाएँगी।'

'हम लोग आगे बढ़े। उस अमीर आदमी ने अपनी टोपी गुस्से में जमीन पर पटक दी और इतनी तेजी से घोड़ा दौड़ाया कि पृथ्वी काँपने लगी। ऐसी लड़की थी राद्दा!

'एक दिन हम लोग बैठे हुए संगीत सुन रहे थे। मैदान में संगीत की धारा प्रवाहित हो रही थी। बड़ा मधुर संगीत था। वह हमारी नसों के खून को उछाल रहा था। ऐसा मालूम पड़ता था, जैसे किसी दूर देश की पुकार हो! उस संगीत ने हममें एक ऐसी अभिलाषा जाग्रत कर दी थी कि हममें से प्रत्येक आदमी को ऐसा अनुभव हो रहा था कि या तो हम मर जाएँ या फिर सारी दुनिया के शासक होकर जिएँ! ऐसा था वह संगीत।

'वह संगीत प्रतिपल हमारे निकट आता जा रहा था। सहसा हमारे सामने अँधेरे में एक घोड़ा प्रकट होता है और उस घोड़े पर हम एक आदमी बैठा देखते हैं, जिसके हाथ में एक बेला है। 'जोबर, तुम हो!'—दानिला ने हर्ष प्रकट किया।

''तो वह जोबर था! उसकी मूँछें उसके कन्धों तक लटकती हुई उसके लम्बे-लम्बे बालों के गुच्छों से उलझ रही थीं। उसकी आँखें तारों जैसी चमक रही थीं। जब हँसता था, तो ऐसा लगता था, जैसे सूरज चमक रहा हो! दूर से वह ऐसा मालूम पड़ता था, जैसे घोड़े के ऊपर एक पत्थर की मूर्ति अंकित हो। हमारे डेरे में जलती हुई आग उस पर लाल प्रकाश फेंक रही थी। दुनिया में ऐसा कौन आदमी होगा जो उसे देखते ही उस पर मोहित न हो जाए! मैं सच कहता हूँ।''

सच, दुनिया में ऐसे कुछ लोग होते हैं। उन्होंने तुम्हारी ओर नजर उठाई कि तुम्हारा दिल बेकाबू हुआ। और इसके लिए तुम लज्जित नहीं होते, बल्कि एक प्रकार का गर्व होता है। लेकिन दोस्त! दुनिया में ऐसे बहुत-से आदमी नहीं हैं, और यह अच्छा ही है। अगर दुनिया में अच्छाइयाँ ही अच्छाइयाँ होतीं तो लोग उन्हें अच्छाइयाँ मानने से इनकार कर देते। दुनिया का यही रिवाज है। खैर, आगे की कथा सुनो।

''राद्दा ने उससे कहा—'जोबर, तुम बेला खूब बजाते हो। बेला तुम्हारे हाथों का स्पर्श पाकर जैसे अपना हृदय खोलकर रख देता है।'

'जोबर हँसने लगा। उसने कहा—'मैंने इसे अपने हाथों बनाया है—लकड़ी से नहीं, एक नवयुवती के हृदय से, जिसे मैं बहुत प्यार करता था। इसमें मेरी हृत्तिन्द्रियाँ लगी हुई हैं। यह बेला तो मात्र दिखाने का है। मैं जानता हूँ, मेरे हाथों को कौन चलाता है। समझ गयी न?'

'हम जिप्सी लोग आरम्भ से ही स्त्रियों की दृष्टि की उपेक्षा करते आए हैं, जिससे वे हमारे हृदयों में आग न लगा सकें। हम चाहते हैं, उन्हीं के हृदयों में पहले आग लगे! जोबर भी ऐसे ही चाल चल रहा था, पर राद्दा दूसरे प्रकार की युवती थी। उसने मुँह फेरकर जम्हाई लेते हुए कहा—'लोग जो कहते हैं कि जोबर बड़ा बुद्धिमान और चतुर है, वे झूठे हैं।' राद्दा दूसरी ओर चली गयी।... 'आह, निष्ठुर सौन्दर्य!' जोबर की आँखें चमकने लगीं। वह घोड़े पर से कूद पड़ा। 'दोस्तो, मैं भी आता हूँ।' ...'आओ, स्वागत!' दानिला ने कहा। उससे गले मिलने के बाद हम लोग थोड़ी देर तक तो बातचीत करते रहे, फिर सोने चले गये...हम लोग खूब निश्चिन्तता से सोए ...। दूसरे रोज सुबह हमने देखा कि जोबर के माथे पर पट्टी बँधी है। 'क्या बात हुई?' ... 'कुछ नहीं, घोड़े ने लात मार दी,' उसने कहा।

''हा-हा! हम लोग जानते थे, किस घोड़े ने लात मारी है। हम लोग की दाढ़ियाँ चमक उठीं! दानिला भी मुस्कराने लगा—'क्या जोबर भी राद्दा को पसन्द

नहीं आया?' अवश्य ही नहीं! स्त्री चाहे जितनी सुन्दर हो, उसका हृदय कमीना होता है। तुम उसके गले में सोने की थैली लटका दो, फिर भी वह वही-की-वही बनी रहेगी। मैं ठीक कहता हूँ।

''इस प्रकार हम लोगों के दिन कटते रहे। उस स्थान पर व्यापार अच्छा था। जोबर भी हमारे साथ रहा। वह बड़ा स्मार्ट साथी था। बूढ़ों की तरह बुद्धिमान, सब कामों में चतुर। वह रूसी और हंगेरियन भाषा पढ़ और लिख सकता था। जब वह बोलने लगता था तब बस यही इच्छा होती थी कि नींद को सदा के लिए विदा दे दी जाए और उसकी बातें बैठा सुनता रहूँ। वह बेला तो इतना सुन्दर बजाता था कि मुझसे कसम ले लो कि मैंने दुनिया में और किसी को इतना सुन्दर बेला बजाते देखा हो। वह जैसे ही कमानी अपने हाथ में लेता था, हृदय उछलने लगता था। तारों के झंकृत होते ही हृदय की धड़कन रुक जाती थी! वह बजाता ही जाता था और हमारी ओर देख-देखकर मुस्कराता जाता था। हमारा दिल एक साथ ही हँसने और रोने को चाहता था। उसकी करुण तान हृदय को बींध देती थी और जब वह सहसा दूसरी मधुर रागिनी छेड़ देता था, तो हृदय आनन्द से झूम उठता था। ऐसा मालूम पड़ता था, जैसे आसमान, चाँद और तारे भी उसके ताल पर नाच रहे हों! ऐसा सुन्दर बेला बजाता था वह ।

''उस संगीत की एक ध्वनि पर शरीर की एक-एक नस उमड़कर उसकी गुलाम हो जाती थी, और अगर ऐसे वक्त जोबर हम लोगों को आज्ञा देता—'दोस्तो, हथियार सँभालो,' तो हम एक साथ ही, जिस किसी की ओर वह संकेत करता, उसके सीने में खंजर भोंक देते। वह हम लोगों से सब कुछ करवा सकता था। हम उसे बहुत प्यार करते थे। केवल राद्दा उसकी ओर ध्यान न देती थी। अगर इतना ही होता तब भी गनीमत थी, पर वह तो उसकी हँसी भी उड़ाती थी। वह उसके हृदय को बन्दी बनाए थी। जोबर दाँत किटकिटाता, मूँछें टेढ़ी करता। उसकी आँखें अँधेरी रात की तरह काली थीं, फिर भी कभी-कभी इतनी तेजी से चमक उठती थीं कि हम लोगों को डर लगने लगता था। रात को वह दूर मैदान में चला जाता और सुबह होने तक बेला बजाता रहता। बेला करुण स्वर में चीत्कार करता, क्योंकि उसकी स्वतन्त्रता छिन चुकी थी। हम लोग अपने डेरे में आँखें खोले हुए पड़े रहते और सोचते—क्या होगा? हम जानते थे कि दो चट्टानों के बीच अपने को डालना मौत को निमन्त्रण देना है।

''एक दिन हम लोग बैठे अपने व्यवसाय के बारे में बातचीत कर रहे थे। हमारी बातचीत नीरस होती जा रही थी, इसलिए दानिला ने कहा—'जोबर, एक गाना सुनाओ। हमारे हृदयों को अपनी मधुर तान से सरस कर दो।' जोबर ने एक दृष्टि राद्दा पर डाली। वह हमसे थोड़ी दूर पर पीठ के बल लेटी हुई आसमान की

ओर ताक रही थी। जोबर ने अपना बेला उठा लिया। बेला वाचाल हो उठा—किसी नवयुवती की तरह। जोबर गाने लगा—'हो! लम्बे-चौड़े मैदान में मैं घोड़े पर चढ़कर भागा जा रहा हूँ। मेरे हृदय में आग लगी है। मेरा घोड़ा तीर की तरह भाग रहा है।'

"राद्दा ने अपना सिर घुमाया, कुहनी के बल बैठ गयी और जोबर की आँखों में मुस्कराने लगी। जोबर के मुख पर सूर्योदय हो आया। वह गाता गया—'हो! चलो, हम लोग भाग चलें। चलो, हम रात से भागकर दिन के निकट चलें। चलो, हम कोहरे के परदे को चीरकर सूर्य को पहाड़ियों के सिर का चुम्बन लेते हुए देखें। हम लोग सूर्य के साथ रात्रि होने तक आसमान में प्रकाश बिखेरते हुए यात्रा करेंगे। हम दोपहर से अर्द्धरात्रि तक घोड़ा दौड़ाएँगे, और फिर चन्द्रमा की शीतल गोद में सो जाएँगे।'

"बस, वह ऐसे ही गाता था। अब उसकी तरह कोई नहीं गा पाता। राद्दा ने जैसे ठंडे पानी का छींटा देते हुए कहा—'जोबर, मैं तो कभी इतना ऊँचे उड़कर चन्द्रमा की गोद में सोने न जाऊँ, क्योंकि तब गिरने का भी तो खतरा रहता है और गिरने पर तुम्हारी नाक पिचक जाएगी, मूँछों में कीचड़ लग जाएगी। इसलिए जरा सावधान रहना।' जोबर पल-भर तक उसकी ओर एकटक देखता रहा, उसने कोई उत्तर नहीं दिया। अपने क्रोध को वश में करके वह गाता रहा—'और जब दूसरा दिन आसमान से झाँकेगा तब वह हमें गहरी नींद में सोता हुए पाएगा। हम लोग सूर्य के लाल प्रकाश में सदा के लिए सो जाएँगे।'

"बस इसे कहते हैं गीत!" दानिला ने कहा—'मैंने अपने जीवन में ऐसा सुन्दर गीत कभी नहीं सुना। मैं अगर सच न बोलता होऊँ तो शैतान मुझे इसी वक्त पत्थर बना दे!' बूढ़े नूर ने भी अपनी मूँछें उमेठीं और कन्धे हिलाए। जोबर का यह गीत हम सब लोगों के हृदय में प्रतिध्वनित हो उठा। लेकिन राद्दा इस गीत से भी प्रसन्न नहीं हुई। 'गीत में क्या है? मिमियाना है!' उसने कहा। हम सब लोगों को यह बहुत बुरा लगा।

"राद्दा, शायद तुम्हें कोड़ा खाने की इच्छा है!" उसके पिता ने कहा। लेकिन बीच में जोबर ने टोपी जमीन पर पटककर, आँखें निकालते हुए कहा—'नहीं दानिला। बिगड़ैल घोड़े के लिए जरा नोकदार लोहे के बूटों की आवश्यकता होती है। मैं तुम्हारी लड़की से विवाह करने के लिए तुम्हारी अनुमति चाहता हूँ।' ... 'ठीक कहा!' दानिला मुस्कराया—'और तुममें इच्छा और शक्ति हो तो इसे अपनी बना लो।' ...'बहुत अच्छा!' जोबर ने उत्तर दिया और राद्दा की ओर मुड़ पड़ा—'... ओ खूबसूरत लड़की, मेरी बात सुन, इतनी हठीली न बन! मैंने तेरी जैसी कितनी ही लड़कियाँ देखी हैं ...हाँ, न मालूम कितनी! लेकिन किसी ने भी मेरे दिल में इस

प्रकार आग नहीं लगाई। आह, राद्दा तूने मेरी आत्मा को अपना बन्दी बना लिया है—तो अब मैं क्या करूँ? जो होना होगा, होगा—मैं तुझसे ईश्वर के सामने, तेरे पिता के सामने, इन सब लोगों के सामने कहता हूँ कि मुझसे शादी कर ले। लेकिन यह बात सदा याद रखना, मेरी स्वतन्त्रता में कभी बाधा डालने का प्रयत्न न करना; क्योंकि मैं एक स्वतन्त्र आदमी हूँ और जिस तरह मन आए, उस तरह रहना चाहता हूँ।' इसके बाद होंठ चबाता हुआ वह राद्दा की ओर बढ़ा—उसे घोड़े पर बिठाकर ले भागने के लिए। ' ...आह!' हम लोगों ने आपस में एक-दूसरे से कहा—'अब राद्दा को सेर का सवा सेर मिला है।' लेकिन सहसा हमने जोबर को हवा में हाथ नचाते और पीठ के बल जमीन पर गिरते देखा!

"वह गोली खाए मनुष्य की भाँति जमीन पर गिर पड़ा। यह घटना कैसे हुई? यों कि राद्दा ने अपने कोड़े में उसके पैरों को लपेटकर उसे अपनी ओर खींचा था, जिससे वह जमीन पर गिर पड़ा।"

"इसके बाद राद्दा फिर धरती पर लेटकर मुस्कराती हुई आसमान निहारने लगी। हम लोग साँसें बाँधकर प्रतीक्षा कर रहे थे कि देखें, जोबर अब क्या करता है। लेकिन जोबर तो जमीन पर बैठकर दोनों हाथों से अपना माथा दबा रहा था। वह इस प्रकार मुँह बना रहा था जैसे उसका माथा अभी फट जाएगा। इसके बाद वह शान्तिपूर्वक उठा और हम लोगों की ओर दृष्टि डाले बगैर मैदान की ओर चल दिया। बूढ़े नूर ने मुझसे फुसफुसाकर कहा—'देखो, वह जा रहा है।' मैं भी उस अँधेरी रात में जोबर के पीछे-पीछे चल पड़ा।"

छुद्रक ने अपने पाइप की राख झाड़ी और फिर उसमें तम्बाकू भरने लगा। मैं अपने लबादे के अन्दर काँपता हुआ छुद्रक के चेहरे की ओर देखने लगा, जो हवा और धूप के थपेड़े सहते-सहते काला पड़ गया था। वह अपना भारी सिर हिलाकर कुछ बड़बड़ाने लगा, जो मैं सुन न सका। उसकी बड़ी-बड़ी मूँछें भी उसके लम्बे-लम्बे बालों की भाँति हवा में हिल रही थीं। वह किसी पुराने पेड़ की भाँति मालूम पड़ता था, जिस पर बिजली गिरती है, फिर भी वह अभिमान के साथ सिर ऊँचा उठाए खड़ा रहता है। समुद्रतट पर लहरें शोर मचा रही थीं और पवन उनकी मर्मर-ध्वनि अपने साथ लिए मैदान पर दौड़ रहा था। नानका ने गाना बन्द कर दिया था। आसमान में बादल छा आए थे, जिससे रात और अँधेरी हो गयी थी।

"जोबर सिर झुकाए, हाथ लटकाए, कदम नापता हुआ चल पड़ा। नदी के निकट आकर वह एक चट्टान पर बैठ गया और कराहने लगा। वह इतने करुण स्वर से कराह रहा था कि मेरा हृदय सहानुभूति से द्रवित हो गया। फिर भी मैं उसके निकट नहीं गया। क्या केवल शब्दों से मनुष्य की पीड़ा को सान्त्वना मिल सकती है? नहीं! ...वह चट्टान पर पत्थर की भाँति अचल होकर एक घंटे, दो घंटे, तीन

घंटे—न मालूम कितने समय तक बैठा रहा।

"मैं थोड़ी ही दूर पर जमीन पर लेटा था। उजियाली रात थी। चन्द्रमा के प्रकाश में सारा मैदान चाँदी के समान चमक रहा था। सब चीजें साफ-साफ दिखाई पड़ रही थीं।

"सहसा मैंने राद्दा को जिप्सियों के डेरे से जोबर की ओर जाते देखा। मुझे बड़ी प्रसन्नता हुई। राद्दा बड़ी विचित्र लड़की थी। राद्दा जोबर के निकट जाकर कुछ कहने लगी, जोबर ने सुना ही नहीं। राद्दा ने उसके कन्धे पर हाथ रखा, जोबर ने चौंककर अपना हाथ मुँह पर से हटाया। वह उछलकर खड़ा हो गया। उसके हाथों ने कसकर कटारी की मूठ पकड़ ली। 'वह इस लड़की का खून कर डालेगा!' मैंने मन-ही-मन कहा। मैं सहायता के लिए डेरे की ओर दौड़ने ही वाला था कि मैंने ये शब्द सुने—'उसे फेंक दो, नहीं तो मैं तुम्हारी खोपड़ी उड़ा दूँगी, इसे देखते हो?' राद्दा जाबर के सिर पर पिस्तौल ताने थी। ऐसी औरत थी राद्दा! मैंने सोचा—अच्छी जोड़ी मिली है। अब आगे क्या होगा?

"राद्दा ने पिस्तौल पेटी में रखते हुए कहा—'मैं तुम्हारी जान लेने के लिए नहीं, बल्कि तुमसे सुलह करने आई हूँ! अपनी कटार फेंक दो।' उसने कटार फेंक दी और उसकी ओर आँखें तरेरकर देखने लगा। बड़ा विचित्र दृश्य था। दोनों एक-दूसरे की ओर इस प्रकार देख रहे थे जैसे कोई हिंसक पशु हों, फिर दोनों ही बहादुर और दिलेर थे। केवल चन्द्रमा उन्हें देख रहा था, और मैं ...बस, और कोई नहीं।

"'जोबर, मेरी बात सुनो! मैं तुम्हें प्यार करती हूँ!"

जोबर ने केवल अपने कन्धे हिलाए, जैसे उसके हाथ और पैर बँधे हों!

"'मैंने बहुत-से जवान देखे हैं, पर तुम सबसे बहादुर और खूबसूरत हो। और कोई होता तो मेरे आँखें तरेरते ही मूँछ मुँड़ा डालता, मेरे संकेत करते ही अपना सिर मेरे पैरों पर रख देता, लेकिन इससे फायदा क्या होता? वह मुझे प्रसन्न नहीं रख सकता था और मैं उसे भेड़ बनाकर रखती। जोबर, दुनिया में बहुत थोड़े जिप्सी हैं। मैंने तुमसे पहले किसी को प्यार नहीं किया, अब तुम्हें प्यार करती हूँ। मुझे अपनी स्वतन्त्रता प्यारी है, लेकिन उससे भी अधिक तुम प्यारे हो। मैं भी अब तुम्हारे बगैर नहीं रह सकती, जिस प्रकार तुम मेरे बगैर नहीं रह सकते, इसलिए अब मैं चाहती हूँ, तुम मेरे हो जाओ—सम्पूर्ण रूप से मेरे! सुनो जोबर?"

जोबर मुस्कराया—"मुझे तुम्हारी बातें सुनकर बहुत प्रसन्नता हुई। हाँ, कहती जाओ, रुको मत!"

"'मैं बस इतना ही और कहूँगी जोबर, तुम चाहे जितना भागो, मैं तुम्हें अपना बनाकर छोड़ूँगी। इसलिए मैं तुमसे कहती हूँ कि अब समय मत गँवाओ, मेरे गर्म चुम्बन और आलिंगन तुम्हारी प्रतीक्षा कर रहे हैं—वे बहुत गर्म हैं। मेरी बाँहों की

गर्मी में तुम अपना सारा साहसी जीवन भूल जाओगे, अपने सुन्दर गीत भी भूल जाओगे, जो इस मैदान में गूँजा करते हैं ...तब तुम अपने प्रणय-गीत मुझे ही सुनाओगे—अपनी राद्दा को! ...इसीलिए मैं कहती हूँ, समय मत गँवाओ। जैसे किसी अफसर की आज्ञा का पालन किया जाता है, उसी तरह कल से तुम्हें मेरी आज्ञा का पालन करना होगा। कल तुम्हें सारे डेरे के लोगों के सामने मेरे पैरों पर गिरकर मेरा दाहिना हाथ चूमना होगा—और तब मैं तुम्हारी बीवी बन जाऊँगी।''

''तो इस शैतान लड़की की यह इच्छा थी! ऐसी बातें पुराने जमाने में हुआ करती थीं, वह भी जिप्सियों में कभी नहीं। औरत के पैर पड़ना!—क्या इससे भी अधिक अपमान की बात और कुछ हो सकती है? क्यों, तुम तो ऐसा सात जन्म भी न करो। कभी नहीं।''

''जोबर उछल पड़ा और उसने इस प्रकार दारुण आह भरी, जैसे उसके सीने से गोली पार कर गयी हो! उसकी वह दारुण आह सारे मैदान में गूँज उठी। राद्दा भी काँप उठी फिर भी डिगी नहीं।

'''अच्छा जोबर, कल तक के लिए विदा! तो कल तुम मेरी आज्ञा का पालन करोगे? सुन लिया न?

'''सुन लिया। मैं पालन करूँगा!' जोबर ने व्यथित कंठ से कहा और उसकी ओर हाथ बढ़ा दिया। लेकिन वह उससे दूर चली गयी। वह कटे हुए वृक्ष के समान जमीन पर गिर पड़ा और पागलों की भाँति कभी हँसने तो कभी रोने लगा।

''सुन्दर नागिनें इसी प्रकार पुरुषों को डँस लेती हैं। मैंने बड़ी मुश्किल से जोबर को सँभाला।

''मुझे आश्चर्य होता है, शैतान को इस प्रकार मनुष्य के शोक में डूबकर कौन-सा सुख मिलता है? उसे इस प्रकार स्त्रियों और पुरुषों की भयानक आहें सुनकर कैसी ख़ुशी मिलती है? क्या दार्शनिकों के पास इसका कोई उत्तर है? मुझे सन्देह है ...।

''मैंने डेरे पर लौटकर सब बातें लोगों को बता दीं। उन्होंने आपस में सलाह करने के बाद यह निश्चय किया कि कल तक की प्रतीक्षा की जाए। दूसरे रोज हम लोग शाम को जब डेरे के निकट बैठे हुए थे तब जोबर आया। वह विचारमग्न दिखाई पड़ रहा था। उसका चेहरा उतरा हुआ था। आँखों के नीचे काली लकीरें खिंची हुई थीं। वह धरती की ओर एकटक निहारता रहा। हम लोगों की ओर देखे बगैर ही उसने कहा—'दोस्तो, मैंने सारी रात अपने हृदय को टटोला और मैंने पाया कि अब उसमें पुरानी स्वतन्त्रता नहीं है। उसमें अब केवल राद्दा का निवास है। खूबसूरत राद्दा खड़ी हुई मुस्करा रही है—किसी रानी की तरह! वह अब भी मुझसे अधिक अपनी स्वतन्त्रता को प्यार करती है। और मैं? मैं अपनी स्वतन्त्रता से अधिक

उसे प्यार करता हूँ, इसलिए मैंने उसके पैरों पर सिर झुकाने का निश्चय कर लिया है। उसने मुझे यही आज्ञा दी है, जिससे आप सब लोग अपनी आँखों देख लें कि किस प्रकार खूबसूरत राद्दा ने बहादुर जोबर को अपना गुलाम बना लिया है। उस बहादुर जोबर को, जो राद्दा से मिलने से पहले स्त्रियों को उसी प्रकार खिलाया करता था, जिस प्रकार सिंह अपने शिकार को खिलाता है। पैरों पर पड़ने के बाद राद्दा मेरी बीवी हो जाएगी और अपने चुम्बनों और आलिंगनों से मेरा दुलार करेगी। इसके बाद मुझे तुम सब लोगों को अपना गीत सुनाने की जरा भी इच्छा न रह जाएगी, न अपनी स्वतन्त्रता के खोने ही का पश्चाताप होगा! क्यों, मैं ठीक कहता हूँ न, राद्दा?' आँखें उठाकर जोबर ने उदास नेत्रों से उसकी ओर देखा। राद्दा ने उत्तर में कुछ कहा नहीं, केवल अपना सिर हिलाया और अपने पैरों की ओर संकेत किया। हम लोग दु:ख और आश्चर्य से सब कुछ देख रहे थे। समझ में कुछ न आ रहा था। हमारी इच्छा हो रही थी कि हम किसी दूर देश में चले जाएँ, जिससे जोबर को किसी औरत के पैरों पर—चाहे वह राद्दा ही क्यों न हो—सिर नवाते न देखें। इस दुखद दृश्य के कारण हम लोगों के हृदय में लज्जा, शोक और दया का समुद्र उमड़ रहा था।

"'तो फिर?' राद्दा ने जोबर से कहा।

"'आह, इतनी जल्दी मत करो! अभी बहुत समय है। आज तुम महिमामयी बनोगी!' जोबर हँसने लगा। उसकी हँसी बिजली की कड़क जैसी थी। ...'तो दोस्तो, यह सारी कथा है। अब मेरे लिए और क्या रास्ता है? अब मुझे देखना है कि मेरी राद्दा उतनी ही कठोर-हृदय है कि नहीं, जितनी ऊपर से दीखती है! अब मैं यही जानने के लिए उत्सुक हूँ ...दोस्तो, मुझे क्षमा करना!'

"इससे पहले कि हम लोग समझ सकें कि जोबर क्या करने जा रहा है, राद्दा जमीन पर तड़प रही थी, उसकी छाती में जोबर की कटार पूरी घुस गयी थी। हम लोग चित्रलिखित-से खड़े रहे।

"राद्दा ने अपने हाथ से सीने में से कटार निकालकर एक ओर फेंक दी। घाव ... को अपने बालों के एक गुच्छे से दबा लिया और मुस्कराने लगी। उसने बहुत ही स्पष्ट और तेज स्वर में कहा—'जोबर, विदा! मैं जानती थी, तुम ऐसा ही करोगे! ...' और इन शब्दों के साथ उसकी पलकें मुँद गयी।

"अब तुम समझ गये होगे कि राद्दा किस प्रकार की लड़की थी। विचित्र लड़की थी!

"'मेरी हठीली रानी, मैं अब तुम्हारे पैरों पर गिरूँगा!' जोबर ने चीखकर कहा। उसकी हृदय-विदारक चीख सारे मैदान में गूँज उठी। उसने जमीन पर गिरकर मृत राद्दा के पैरों को चूमा, फिर निर्जीव के समान वहीं लुढ़क गया। हम लोगों ने

आदर-भाव से अपनी टोपी उतार ली और चुपचाप दोनों की ओर देखने लगे।

"अन्त में बूढ़े नूर ने चाहा, उसे बाँध दिया जाए, पर हम लोगों में से कोई भी जोबर को बाँधने के लिए हाथ न बढ़ाएगा, यह नूर अच्छी तरह जानता था। दानिला ने राद्दा के खून से डूबी हुई कटार उठा ली। यह कटार राद्दा ने अपने हाथों से अपने सीने से निकालकर एक ओर फेंक दी थी। दानिला बड़ी देर तक एकटक उस कटार को निहारता रहा। उसके होंठ काँपने लगे। कटार पर अब भी राद्दा का गर्म खून लिपटा था। दानिला ने तेजी से बढ़कर वह कटार जोबर के हृदय में भोंक दी। आखिर दानिला भी एक सिपाही था, राद्दा का पिता था।

" 'शाबाश!' जोबर ने दानिला की ओर घूमते हुए तेज स्वर में कहा। उसका शरीर राद्दा के निकट ढेर हो गया और उसकी आत्मा भी राद्दा से मिलने दूसरे लोक चली गयी।

"और हमारी आँखों के सामने राद्दा पड़ी थी। उसका एक हाथ बालों के गुच्छे के साथ छाती के घाव को दबाए था, खुली आँखें आसमान की ओर निहार रही थीं।

"उसके पैरों के पास जोबर पड़ा था। उसके लम्बे-लम्बे केश उसके मुख पर बिखरे हुए थे, जिससे उसके चेहरे का भाव हम लोग नहीं देख सकते थे।

"हम लोग विचार-मग्न खड़े रहे। बूढ़े दानिला की मूँछें काँप रही थीं, आँखों में एक भयानक अन्धकार था। वह आसमान की ओर निहार रहा था। मुँह से उसके एक शब्द भी नहीं निकला। लेकिन बूढ़ा नूर बालकों की भाँति जमीन पर लोटता हुआ रो रहा था।

"और रोता क्यों नहीं, रोने की ही बात थी!

"दोस्त, मेरी यही कामना है, ईश्वर सदा तुम्हारा भला करे। तुम सदा आगे देखते हुए चलो, पीछे सिर मत फेरो; क्योंकि अगर तुम किसी जगह रुक गये तो फिर तुम्हारी मौत है। बस, यही मेरी कहानी है!"

छुद्रक मौन हो गया। उसने अपना पाइप बटुए में रखा और अपना लबादा ठीक से ओढ़ लिया। पानी बरसने लगा था, हवा भी तेज हो गयी थी और समुद्र-तट पर लहरें चीख रही थीं। घोड़े हमारे चारों ओर आकर खड़े हो गये और अपनी बड़ी बड़ी आँखों से हमें देखने लगे।

छुद्रक ने प्यार से उन्हें चुमकारा, उनकी गर्दन थपथपाई, फिर मेरी ओर घूमकर कहा, "अब सोने का समय हो गया!" लबादे से अपना मुँह ढँककर वह जमीन पर लेट गया और शीघ्र ही गहरी नींद सो गया। लेकिन मेरी सोने की इच्छा नहीं हो रही थी। मैं मैदान में छाए हुए अन्धकार और दूर गरजते हुए समुद्र की ओर टकटकी बाँधे निहार रहा था। मेरी आँखों के सामने राद्दा का रानियों के समान अभिमान से ऊँचा

सिर चित्रित था। वह अपने हाथ में बालों के एक गुच्छे से हृदय के घाव को दबाए थी और उसकी कोमल उँगलियों से अग्निकणों की भाँति बूँद-बूँद खून पृथ्वी पर टपक रहा था।

राद्दा के पीछे बहादुर जोबर पड़ा था। उसके मुख पर लम्बे-लम्बे बाल छितराए थे और उन बालों की ओट में से आँसुओं की लम्बी-लम्बी धारा बह रही थी ...।

पानी और तेज हो गया। हवा किसी व्यथित हृदय की भाँति चीखने लगी। मालूम पड़ता था, जैसे वह जोबर और राद्दा की स्मृति में शोक प्रकट कर रही हो! रात के अँधेरे में दो छायाएँ एक-दूसरे के निकट नाचती रहीं, फिर भी वह मनमोहक गायक जोबर अपनी उस अभिमानिनी प्रिया राद्दा को अपना नहीं सका।

बाज़ का गीत

तट-रेखा के निकट अलस भाव से छलछलाता और तट से दूर निश्चल, नींद में डूबा सीमाहीन सागर नीली चाँदनी में सराबोर था। क्षितिज के निकट दक्षिणी आकाश की मुलायम और रुपहली नीलिमा में विलीन होता हुआ वह मीठी नींद सो रहा था—रूई-जैसे बादलों के पारदर्शी ताने-बाने को प्रतिबिम्बित करता हुआ, जो उसकी ही भाँति आकाश में निश्चल लटके थे—तारों के सुनहरे बेलबूटों पर अपना आवरण डाले, लेकिन उन्हें छिपाए हुए नहीं। ऐसा लगाता था, जैसे आकाश सागर पर झुका पड़ रहा हो! जैसे वह कान लगाकर यह सुनने को उत्सुक हो कि उसकी बेचैन लहरें, जो अलस भाव से तट को पखार रही थीं, फुसफुसाकर क्या कह रही हैं।

आँधी के थपेड़े से झुके पेड़ों से आच्छादित पहाड़ अपनी खुरदरी कगारदार चोटियों से ऊपर नीले शून्य को छू रहे थे, जहाँ दक्षिणी रात का सुहाना और दुलार-भरा अँधेरा अपने शीतल स्पर्श से उनके खुरदरे कठोर कगारों को मुलायम बना रहा था।

पहाड़ गम्भीर चिन्तन में लीन थे। उनके काले साए उमड़ती हुई हरी लहरों पर अवरोधी आवरणों की भाँति पड़ रहे थे, जैसे वे ज्वार को रोकना चाहते हों! पानी की निरन्तर छपछपाहट, झागों की सिसकारियों और उन तमाम आवाजों को शान्त करना चाहती हो, जो अभी तक पहाड़ की चोटियों के पीछे छिपे चाँद की रुपहली नीली आभा की भाँति समूचे दृश्यपट को प्लावित करने वाली रहस्यमयी निस्तब्धता का उल्लंघन कर रही थीं।

''अल्लाह ओ अकबर!' नादिर रहीम ओगली ने धीमी आवाज में कहा। वह वृद्ध गड़ेरिया कीमिया का रहने वाला था—लम्बा कद, सफ़ेद बाल, दक्षिणी धूप में तपा, दुबला-पतला, समझदार बुजुर्ग।

हम रेत पर पड़े थे—साये में लिपटी और काई-जीम एक भीमाकार, उदास और खिन्न चट्टान की बगल में, जो अपने मूल पहाड़ से टूटकर अलग हो गयी थी। उसके समुद्र वाले पहलू पर समुद्री सरकंडों और जल-पौधों की बन्दनवार थी

जो उसे सागर तथा पहाड़ों के बीच रेत की सँकरी पट्टी से जकड़े मालूम होती थी। हमारे अलाव की लपटें पहाड़ों वाले पहलू को आलोकित कर रही थीं और उनकी काँपती हुई लौ की परछाइयाँ उसकी प्राचीन सतह पर, जो गहरी दरारों से क्षत-विक्षत हो गयी थी, नाच रही थीं।

रहीम और मैं कुछ मछलियाँ उबाल रहे थे, जिन्हें हमने अभी पकड़ा था, और हम दोनों ऐसे मूड में थे जिसमें हर चीज स्पष्ट, अनुप्राणित और बोधगम्य मालूम होती है, जब हृदय बेहद हलका और निर्मल होता है—चिन्तन में डूबने के सिवा मन में और कोई इच्छा नहीं होती।

सागर तट पर छपछपा रहा था। लहरों की आवाज ऐसी प्यार-भरी थी जैसे हमारे अलाव से अपने आपको गरमाने की याचना कर रही हो! लहरों के एकरस नर्तन में रह-रहकर एक ऊँचा आह्लादपूर्ण स्वर सुनाई दे जाता—यह अधिक साहसी लहरों में से किसी एक का स्वर होता जो हमारे पाँवों के निकट रेंग आती थी।

रहीम सागर की ओर मुँह किए पड़ा था। उसकी कोहनियाँ रेत में धँसी पड़ी थीं। उसका सिर उसके हाथों पर टिका था और वह विचारों में डूबा दूर धुँधलके को ताक रहा था। उसकी भेड़ की खाल की टोपी खिसककर उसकी गुद्दी पर पहुँच गयी थी और समुद्र की ताजा हवा झुर्रियों की महीन रेखाओं से ढके उसके ऊँचे मस्तक पर पंखा झल रही थी। उसके मुँह से दार्शनिकी उद्गार प्रकट हो रहे थे—इस बात की चिन्ता किए बिना कि मैं उन्हें सुन भी रहा हूँ या नहीं। ऐसा लगता था, जैसे वह समुद्र से बातें कर रहा हो!

"जो आदमी खुदा में अपना ईमान बनाए रखता है, उसे बहिश्त नसीब होता है। और वह, जो खुदा या पैगम्बर को याद नहीं करता? शायद वह वहाँ है, उस झाग में ...पानी की सतह पर वे रुपहले धब्बे शायद उसी के हों, कौन जाने!"

विस्तारहीन काला सागर अधिक उजला हो चला था और उसकी सतह पर लापरवाही से जहाँ-तहाँ बिखेर दिए गये चाँदनी के धब्बे दिखाई दे रहे थे। चाँद पहाड़ों की कगारदार झबरीली चोटियों के पीछे से बाहर खिसक आया था और तट पर, उस चट्टान पर, जिसकी बगल में हम लेटे हुए थे, और सागर पर, जो उससे मिलने के लिए हलकी उसाँसें भर रहा था, उनींदा-सा अपनी आभा बिखेर रहा था।

"रहीम, कोई किस्सा सुनाओ।" मैंने वृद्ध से कहा।

"किसलिए?" अपने सिर को मेरी ओर मोड़े बिना ही उसने पूछा।

"यों ही! तुम्हारे किस्से मुझे बहुत अच्छे लगते हैं।"

"मैं तुम्हें सब सुना चुका। अब और याद नहीं ..."

वह चाहता था कि मैं ख़ुशामद करूँ, और मैंने उसकी ख़ुशामद की।

"अगर तुम चाहो तो मैं तुम्हें एक गीत सुना सकता हूँ।" उसने राजी होते हुए

कहा।

"गीत ही सही।" मैंने ख़ुशी जताते हुए कहा।

दरअसल मैं एक पुराना गीत सुनना चाहता था और उसने मौलिक धुन को कायम रखते हुए सधी हुई आवाज में गीत गाना शुरू कर दिया।

"ऊँचे पहाड़ पर एक साँप रेंग रहा था और एक सीलन-भरे दर्रे में जाकर उसने कुंडली मारी और समुद्र की ओर देखने लगा।

ऊँचे आसमान में सूरज चमक रहा था, पहाड़ों की गर्म साँस आसमान में उठ रही थी और नीचे लहरें चट्टानों से टकरा रही थीं।

दर्रे के बीच से, अँधेरे और धुन्ध में लिपटी, एक नदी तेजी से बह रही थी—समुद्र से मिलने की उतावली में राह के पत्थरों को उलटती-पलटती।

झागों का ताज पहने सफेद और शक्तिशाली लहरें चट्टानों को काटती, गुस्से में उबलती-उफनती गरज के साथ समुद्र में छलाँग मार रही थीं।

अचानक उसी दर्रे में, जहाँ साँप कुंडली मारे पड़ा था, एक बाज़, जिसके पंख खून से रँगे थे और जिसके सीने में एक घाव था, आकाश से वहाँ आ गिरा।

धरती से टकराते ही उसके मुँह से एक चीख निकली और हताश क्रोध में चट्टान पर वह छाती पटकने लगा।

साँप डर गया। तेजी से रेंगता हुआ भागा, लेकिन वह शीघ्र ही समझ गया कि पक्षी पल-दो पल का मेहमान है। सो वह रेंगकर घायल पक्षी के पास लौटा और उसके मुँह के पास फुंकार छोड़ी, 'मर रहे हो क्या?'

'हाँ, मर रहा हूँ!' गहरी उसाँस लेते हुए बाज़ ने जवाब दिया, 'खूब जीवन बिताया है मैंने! बहुत सुख भोगा है मैंने! जमकर लड़ाइयाँ लड़ी हैं। आकाश की ऊँचाइयाँ मैंने नापी हैं। तुम उसे कभी इतने निकट से नहीं देख सकोगे—तुम बेचारे!'

'आकाश? वह क्या है? निरा शून्य! मैं वहाँ कैसे रेंग सकता हूँ? मैं यहाँ बहुत मजे में हूँ—गरमाई भी है और तरी भी!'

इस प्रकार साँप ने आजाद पंछी को जवाब दिया और बाज़ के बेतुकेपन पर मन-ही-मन हँसने लगा।

उसने अपने मन में सोचा—चाहे रेंगो, चाहे उड़ो, अन्त सबका एक ही है—सबको इसी धरती पर मरना है, धूल बनना है।

मगर निर्भीक बाज़ ने एकाएक पंख फड़फड़ाए और दर्रे पर नजर डाली भूरी चट्टानों से पानी रिस रहा था और अँधेरे दर्रे में घुटन और सड़ाँध थी। बाज़ ने अपनी समूची शक्ति बटोरी और तड़प तथा वेदना से चीख़ उठा, 'काश, एक बार फिर आकाश में उड़ सकता! दुश्मन को भींच लेता—अपने सीने के घावों के साथ! मेरे रक्त की धारा से उसका दम घुट जाता! ओह, कितना सुख है संघर्ष में!'

साँप ने अब सोचा—वह जिस तरह इतनी वेदना से चीख़ रहा है, तो क्या वास्तव में आकाश में रहना ही अच्छा होगा?

और फिर उसने आजादी के प्रेमी बाज़ से कहा—'रेंगकर चोटी के सिरे पर आ जाओ और लुढ़ककर नीचे गिरो। शायद तुम्हारे पंख अब भी काम दे जाएँ और तुम अपने अभ्यस्त आकाश में कुछ क्षण और जी लो।'

बाज़ ख़ुशी से लहरा उठा। उसके मुँह से गर्व-भरी हुंकार निकली और काई-जमी चट्टान पर पंजों के बल चलते हुए कगार की ओर बढ़ने लगा।

कगार पर पहुँचकर अपने पंख उसने फैला दिए और गहरी साँस ली, फिर आँखों से एक चमक-सी छोड़ता हुआ शून में कूद गया।

बाज़ पत्थर की भाँति चट्टानों पर लुढ़कता हुआ तेजी से नीचे गिरने लगा। उसके पंख टूट रहे थे, रोएँ बिखर रहे थे ...।

नदी ने उसे लपक लिया, उसका रक्त धोकर झागों में उसे लपेटा और उसे दूर समुद्र में बहा ले गयी।

और समुद्र की लहरें, शोक से सिर धुनती, चट्टान की सतह से टकरा रही थीं ...पक्षी की लाश समुद्र के व्यापक विस्तारों में ओझल हो गयी थी ...

साँप बहुत देर तक कुंडली मारे दर्रे में पड़ा हुआ सोचता रहा-पक्षी की मौत के बारे में, आकाश के प्रति उसके प्रेम के बारे में।

उसने उस विस्तार में आँखें जमा दीं जो निरन्तर सुख के सपने से आँखों को सहलाते हैं।

'क्या देखा उसने—उस मृत बाज़ ने—इस शून्य में, इस अन्तहीन आकाश में? क्यों उसके जैसे आकाश में उड़ान भरने के अपने प्रेम से दूसरों की आत्मा को परेशान करते हैं? क्या पाते हैं वे आकाश में? मैं भी तो थोड़ा-सा उड़कर यह रहस्य जान सकता हूँ।' साँप ने ऐसा सोचा और फिर उसने कसकर कुंडली मारी, हवा में उछला और, सूरज की धूप में एक काली धारी-सी कौंध गयी।

धरती पर रेंगने के लिए जो जन्मे हैं, वे उड़ नहीं सकते—इसे भूल साँप नीचे चट्टानों पर जा गिरा, लेकिन गिरकर मरा नहीं बल्कि जोर से हँसा।

'तो यही है आकाश में उड़ने का आनन्द—नीचे गिरने में! मूर्ख पक्षी! जिस धरती को वे नहीं जानते, उससे उबरकर आकाश में उड़ते हैं और उसके अनन्त विस्तारों में ख़ुशी खोजते हैं। लेकिन वहाँ तो केवल शून्य है। माना कि वहाँ प्रकाश बहुत है, लेकिन वहाँ न तो खाने को कुछ है और न शरीर को सहारा देने के लिए ही कोई आधार। फिर इतना गर्व किसलिए? धिक्कार-तिरस्कार क्यों? दुनिया की नज़रों से अपनी मूर्खता-भरी आकांक्षाओं को छिपाने के लिए, जीवन के व्यापार में अपनी विफलता पर पर्दा डालने के लिए ही न? मूर्ख पक्षी! तुम्हारे शब्द अब मुझे

कभी धोखा नहीं दे सकते! अब मुझे सारा भेद मालूम हो गया है! मैंने आकाश को देख लिया है! उसमें उड़कर, उसको नाप लिया और गिरकर भी देख लिया, हालाँकि मैं गिरकर मरा नहीं, उल्टे मुझे अपने-आपमें विश्वास और भी दृढ़ हो गया है। बेशक वे अपने भ्रमों में डूबे रहें—वे, जो धरती को प्यार नहीं करते। मैंने सत्य का पता लगा लिया है। पक्षियों की ललकार अब कभी मुझ पर असर नहीं करेगी। धरती से जन्मा हूँ। और धरती का ही मैं हूँ।'

ऐसा कहकर, एक पत्थर पर गर्व से कुंडली मारकर, वह जम गया।

सागर चुँधिया देने वाले प्रकाश का पुंज बना चमचमा रहा था और लहरें पूरे जोर-शोर से तट से टकरा रही थीं।

उनकी सिंह जैसी गर्जन में गर्वीले पक्षी का गीत गूँज रहा था। चट्टानें काँप-काँप उठती थीं समुद्र के आघातों से और आसमान गूँज उठा था दिलेरी के गीत से।

'साहस के उन्मादियों की हम गौरव-गाथा गाते हैं—उनके यश का गीत!

'साहस का उन्माद—यही है जीवन का मूलमन्त्र! ओह, दिलेर बाज़! दुश्मन से लड़कर तूने रक्त बहाया ...लेकिन वह समय आएगा जब तेरा यह रक्त जीवन के अन्धकार में चिनगारी बनकर चमकेगा और अनेक साहसी हृदयों को आजादी तथा प्रकाश के उन्माद से अनुप्राणित करेगा!

'बेशक तू मर गया, लेकिन दिल के दिलेरों और बहादुरों के गीतों में तू सदा जीवित रहेगा—आजादी और प्रकाश के लिए संघर्ष की गर्वीली ललकार बनकर गूँजता रहेगा!

'हम साहस के उन्मादियों का गीत गाते हैं!'

सागर के पारदर्शी विस्तार निस्तब्ध हैं, तट से छलछलाती लहरें धीमे स्वरों में गुनगुना रही हैं और दूर समुद्र के विस्तार को देखता हुआ मैं भी चुप हूँ। पानी की सतह पर चाँदनी के रुपहले धब्बे अब पहले से कहीं अधिक पैदा हो गये हैं ...हमारी केतली धीमे से भुनभुना रही है।

एक लहर खिलवाड़ करती आगे बढ़ आई मानो चुनौती का शोर मचाती हुई रहीम के सिर को छूने का प्रयत्न कर रही हो!

"भाग यहाँ से! क्या सिर पर चढ़ेगी?" हाथ हिलाकर उसे दूर करते हुए रहीम चिल्लाया और वह उसका कहना मान तुरन्त लौट गयी।

लहर को सजीव मानकर रहीम के इस तरह उसे झिड़कने में मुझे हँसने या चौंक जाने वाली कोई बात नहीं लगी। हमारे चारों ओर की हर चीज असाधारण रूप से सजीव, कोमल और सुहावनी थी। समुद्र शान्त था और उसकी शीतल साँसों में, जिन्हें वह दिन की तपन से तप्त पहाड़ों की चोटियों की ओर प्रवाहित कर रहा था, बड़ी सचित्र शक्ति मालूम होती थी। गहरी नीली आकाश की पृष्ठभूमि पर सुनहरे

बेल-बूटों के रूप में तारों ने कुछ ऐसा गम्भीर चित्र उकेर दिया था कि वह आत्मा को मन्त्र-मुग्ध तो करता ही था, हृदय को भी किसी नए आत्मबोध की मधुर आशा से विचलित करता महसूस होता था।

हर चीज उनींदी थी, लेकिन फिर भी जागरूकता की गहरी चेतना अपने हृदय में सहेजे, मानो अगले ही पल वे सभी अपनी नींद की चादर उतार फेंक अवर्णनीय मधुर स्वर में समवेत गान शुरू कर देंगी। और फिर उनका यह समवेत गान जीवन के ऐसे रहस्यों को प्रकट करेगा, जो उनके मस्तिष्क को समझाएगा फिर उसे छलावे की अग्नि-शिखा की भाँति ठंडा कर देगा और आत्मा को गहरे नीले अनन्त विस्तार में उड़ा ले जाएगा, जहाँ तारों के कोमल बेल-बूटे भी आत्मबोध का दैवी गीत गा रहे होंगे ...।

बुढ़िया इज़रगिल

(1)

मैंने ये कहानियाँ अक्करमन के निकट बेस्सारबिया के समुद्र-तट पर सुनी थीं।

सूर्यास्त होने ही वाला था। अंगूर तोड़ने का काम अब ख़त्म हो चुका था। मोल्दावियावासियों का दल, जिसके साथ मैं अंगूर तोड़ने का काम किया करता था, समुद्र-तट की ओर चल पड़ा। मैं और बुढ़िया इज़रगिल अंगूर के बेलों की घनी छाँव में चुपचाप लेटे थे और समुद्र-तट की ओर जाते लोगों की परछाइयों को शाम के धुँधलके में विलीन होते देखते रहे थे।

वे हँसते-खेलते और गाते जा रहे थे। ताँबे-से रंग के मर्दों की मूँछें घनी और काली थीं, कन्धों तक के बाल घुँघराले थे। वे छोटे कुरते और ढीले-ढीले पाजामे पहने थे। गहरी नीली आँखों और सुघड़-सुडौल बदन वाली प्रसन्न तथा प्रफुल्ल औरतों और लड़कियों का रंग भी ताँबे जैसा ही था। रेशम से मुलायम उनके काले बाल लहरा रहे थे। सुहानी हवा उनके बालों के साथ खेल रही थी और उनमें गुँथे सिक्के आपस में टकराकर झनकार पैदा कर रहे थे। हवा अपनी निर्बाध गति से बह रही थी, लेकिन बीच-बीच में जैसे वह किसी अदृश्य चीज़ के ऊपर से ज़ोर की छलाँग लगा रही हो, ऐसा तेज़ झोंका आता जो स्त्रियों के बालों को छितरा देता। उनके सिरों के इर्द-गिर्द लहराने वाले बाल काल्पनिक अयाल-से प्रतीत होने लगते। इससे औरतें परी-लोक की अद्‌भुत-सी जीव मालूम होतीं। जितना ही वे हमसे दूर होते जाते थे, रात और कल्पना उन्हें उतने ही सुन्दर आवरणों में लपेटती जाती थीं।

कोई वायलिन बजा रहा था तो कोई लड़की भारी कंठ से गा रही थी, तो किसी के हँसने की आवाज़ आ रही थी।

समद्र की तीखी गन्ध और कुछ देर पहले हुई बारिश की वजह से मिट्‌टी की सोंधी सुगन्ध हवा में गड्डमड्ड होकर रह गयी थी। विचित्र आकारों और रंगों वाले बादल आकाश में अभी भी इधर से उधर तैर रहे थे—कहीं धुएँ की परतों की

भाँति अस्पष्ट, भूरे और राख जैसे हलके नीले रंग के और कहीं चट्टान के खंडों की भाँति कटावदार, एकएक काले या कत्थई। उनके बीच से झाँक रहा था प्यार से सुनहरे तारों-जड़ी रात का आकाश। लोगों की आवाजें, समुद्र की तीखी गन्ध के साथ मिट्टी की सोंधी-सोंधी सुगन्ध, आकाश में भूरी-काली घटाएँ-विचित्र रूप से सुन्दर और उदास लग रही थीं। ऐसा लगा रहा था, जैसे किसी अद्भुत परी-कथा का आरम्भ होने जा रहा हो! ऐसा मालूम होता था, जैसे विकास रुक गया हो, मर गया हो! जैसे-जैसे लोग दूर होते गये, उनकी आवाजें धुँधली और उदास उसाँसों में परिणत होकर शून्य में खोती गयीं।

"तुम उनके साथ क्यों नहीं गये?" समुद्र की ओर इशारा करते हुए बुढ़िया इज़रगिल ने मुझसे पूछा।

समय ने उसकी कमर को दोहरा कर दिया था। उसकी आँखें, जो कभी खूब काली और चमकदार रही होंगी, अब धुँधली और पनीली हो गयी थीं। उसकी खरखरी आवाज़ अजीब थी। जब वह बोलती, तो ऐसा लगता, जैसे हड्डियाँ चटक रही हों!

"मन नहीं चाहता।" मैंने जवाब दिया।

"तुम रूसी लोग जन्म से ही बूढ़े होते हो—सब-के-सब अजगर की भाँति उदास! हमारी लड़कियाँ तुमसे डरती हैं, क्योंकि तुम जवान और मज़बूत हो ..."

चाँद निकल आया था—खूब बड़ा और रक्ताभ। ऐसा मालूम होता था, जैसे वह इस स्तेपी के अन्तहीन मैदानों के गर्भ में से प्रकट हुआ हो, जिसमें न जाने कितना मानवीय रक्त और मांस समाया है और जो शायद इसीलिए इतना सम्पन्न और उपजाऊ है। बुढ़िया और मैं पत्तों की बेलबूटेदार परछाइयों के जाल में घिर-से गये थे। बाईं ओर स्तेपी के ऊपर बादलों की परछाइयाँ दौड़ रही थीं जिन्हें नीली चाँदनी ने और भी अधिक झीना और पारदर्शी बना दिया था।

"देखो, वह लारा है!"

मेरी आँखें उस ओर मुड़ गयीं, जिधर बुढ़िया की काँपती हुई टेढ़ी उँगली इशारा कर रही थी। वहाँ बहुत-सी परछाइयाँ तैर रही थीं। उनमें से एक, जो अन्य सबसे गहरी और घनी थी, तेज़ी से बढ़ रही थी। वह बादल के उस गोले की छाया थी, जो धरती के बहुत निकट तैर रही थी। वह गोला अपने साथी बादलों की तुलना में अधिक तेज़ी से उड़ रहा था।

"वहाँ तो कोई नहीं है!" मैंने कहा।

"तुम्हारी नज़र मुझ बुढ़िया से भी गयी-बीती है। देखो, वह काला-सा स्तेपी में दौड़ रहा है!"

मैंने फिर देखा लेकिन परछाइयों के सिवा मुझे कुछ भी दिखाई नहीं दिया।

"वह तो केवल परछाईं है। तुम उसे लारा क्यों कहती हो?" मैंने बुढ़िया से पूछा।

"क्योंकि यह वही है।" बुढ़िया बोली, "वह अब मात्र छाया बनकर रह गया है—इसका वक़्त जो आ गया है। हज़ारों वर्ष हो गये उसे भटकते हुए। सूरज ने उसके मांस, रक्त और हड्डियों को सुखा दिया है और हवा ने उन्हें छितरा दिया। देखा तुमने, खुदा किस तरह घमंडी को दंड देता है!"

"मुझे पूरी कथा सुनाओ।" मैंने इस आशा से बुढ़िया से अनुरोध किया ताकि स्तेपी में जन्मी एक अद्भुत कहानी सुनने को मिल जाए।

और बुढ़िया ने मुझे यह कहानी सुनाई :

"हज़ारों साल पहले की बात है, जब यह घटना घटी थी। समुद्र के पार—बहुत दूर, जहाँ सूरज निकलता है—एक बहुत बड़ी नदी वाला देश है। उस देश का प्रत्येक पत्ता और घास का प्रत्येक डंठल इतनी छाँह देता है कि उसके नीचे बैठकर आदमी बेरहम सूरज की गर्मी से अपना बचाव कर सकता है।

तो इतनी उपजाऊ है उस देश की धरती!

उस देश में शक्तिशाली लोगों का एक कबीला बसता था। वे रेवड़ पालते, शक्ति तथा साहस के साथ जंगली जानवरों का शिकार करते। शिकार के बाद खूब जश्न मनाते, गीत गाते और लड़कियों के साथ मौज करते।

एक दिन, ऐसे ही एक जश्न के समय एक बाज़ ने सहसा आकाश से नीचे झपट्टा मारा और रात जैसे काले बालों वाली एक खूबसूरत लड़की को उठा ले गया। लोगों ने बाज़ को मार गिराने के लिए उस पर तीर छोड़े, लेकिन बाज़ का बाल तक बाँका नहीं हुआ और तीर वैसे ही धरती पर आ गिरे। लोग लड़की की खोज में गये, लेकिन व्यर्थ। समय के बीतने के साथ वे लोग भी उसे भूल गये, जैसे कि अकसर इस धरती पर होता आया है कि समय के साथ हर चीज़ भुला दी जाती है।"

एक गहरी साँस लेकर बुढ़िया चुप हो गयी। उसकी चरचराती आवाज़ ऐसी लगती थी, जैसे उसके हृदय की गहराइयों में संचित स्मृतियाँ बड़बड़ा रही हों! समुद्र धीमे स्वरों में, सम्भवत: इन्हीं तटों पर जन्म लेने वाली इस प्राचीन दन्त-कथा को प्रतिध्वनित कर रहा था।

"लेकिन बीस वर्ष बाद वह अपने-आप लौट आई-क्षीण और मुरझाई हुई। उसके साथ एक युवक भी था—उतना ही मज़बूत और सुन्दर, जितनी कि वह खुद बीस साल पहले थी—जब उससे पूछा गया कि इतने दिन वह कहाँ रही तो उसने जवाब दिया—'बाज़ मुझे उठाकर पहाड़ों में ले गया और मैं उसकी पत्नी के रूप में वहीं रही। यह युवक हमारा पुत्र है। इसका पिता अब इस दुनिया में नहीं रहा। जब

वह समझ गया कि उसकी शक्ति जवाब दे रही है, वह आख़िरी बार आकाश में ऊँचे उड़ता चला गया और फिर अपने पंखों को समेट जो नीचे गिरा तो नुकीली चट्टानों से टकराकर चूर-चूर हो गया... '

बाज़ के पुत्र को सभी आश्चर्य से देख रहे थे। उन्होंने देखा कि वह उनसे किसी भी तरह बेहतर नहीं है, सिवा इसके कि उसकी आँखें पक्षियों के राजा बाज़ की भाँति ठंडे गर्व से चमक रही हैं। उससे बातें की गयीं, लेकिन इच्छा होने पर उसने जवाब दिया या फिर वह चुप रहा। जब एक बड़े बूढ़े आए तो वह उनसे इस तरह बातें कीं जैसे वह उसके ही समान हों। इसे उन्होंने अपना अपमान समझा और उसे बे-पर के तथा कुंठित फलक वाले तीर की संज्ञा देकर बताया गया कि उसके बराबर के और उससे दुगनी आयु वाले हज़ारों लोग उनका आदर करते हैं और उनका हुक्म मानते हैं। लेकिन इसके बावजूद उस युवक ने उद्धतपन से उनकी आँखों में आँखें डालकर इस तरह देखा, जैसे वह कह रहा हो कि उस जैसा अन्य कोई नहीं है; अगर अन्य तुम्हारा आदर करते हैं तो करें, लेकिन उसका ऐसा करने का कोई इरादा नहीं है, तो लोग उसकी उद्दंडता देख गुस्से में आ गये। बड़े बूढ़े उस पर बिगड़ उठे। बोले—'हमारे बीच इसके लिए जगह नहीं है। जहाँ इसके सींग समाएँ, यह चला जाए।'

यह सुनकर वह जोर से हँस पड़ा और हँसते हुए जिधर उसका मन हुआ, वह उधर ही चल दिया। वह एक सुन्दर लड़की के पास पहुँचा, जो टकटकी बाँधकर उसे देख रही थी। वह उसके पास गया और उसे अपनी बाँहों में भर लिया। वह उसे दुत्कारने वाले उन बड़े-बूढ़ों में से ही एक की बेटी थी। हालाँकि वह खूबसूरत था, फिर भी लड़की ने उसे धकेलकर अलग कर दिया, क्योंकि वह अपने बाप से डरती थी। उसने उस युवक को धक्का दिया और अपने घर की ओर चल दी। लेकिन तभी उसने उस लड़की पर प्रहार किया और जब वह गिर पड़ी तो उसके सीने को अपने पैरों से उसने ऐसे रौंदा कि उसके मुँह से खून का फव्वारा फूट निकला। लड़की ने आह भरी, साँप की भाँति बल खाकर मर गयी।

जो लोग यह दृश्य देख रहे थे, भय से स्तम्भित रह गये—पहली बार इस तरह किसी लड़की की हत्या की गयी थी। काफी देर तक वे अपने सामने पड़ी लड़की की लाश को, जिसकी आँखें फटी हुई थीं और मुँह रक्त से सना हुआ था, अवाक् खड़े देखते रहे। वे देख रहे थे उस युवक को, जो लड़की के पास गर्व से खड़ा था। अपने सिर को इस तरह ऊँचा उठाए खड़ा था, जैसे आकाश को कहर बरपा करने के लिए ललकार रहा हो। आखिर लोगों को जब कुछ चेत हुआ तो उन्होंने उसे पकड़ लिया। लोग चाहते तो उसी समय उसकी हत्या कर सकते थे और इस तरह अपने हृदय की जलन मिटा सकते थे, लेकिन तत्काल इस युवक की हत्या करना

उन्हें यह मामूली सजा लगी। यह सोचकर लोगों ने ऐसा नहीं किया। लोग उसे कड़ी-से-कड़ी सजा देना चाहते थे, अतः उसे बाँधकर वहीं छोड़ दिया ...''

इतना कहकर बुढ़िया चुप हो गयी।

रात अधिक गहरी और काली हो चली थी और विचित्र तरह की धीमी आवाजें सुनाई देने लगीं। धानीमूष की उदास सीं-सीं स्तेपी में छा गयी, अंगूरी बेलों में झींगुरों की झनकार भर गयी, पत्ते उसाँसें छोड़ने और कानाफूसी करने लगे। गोल चाँद, जो पहले रक्ताभ था, धरती से दूर होता हुआ फीका पड़ गया और स्तेपी पर अधिकाधिक नीला धुँधलका-सा फैलता जा रहा था।

कुछ देर बाद बुढ़िया ने धीरे-धीरे कहना शुरू किया :

''और तब बड़े-बूढ़े उस अपराध की उचित सजा देने के लिए जमा हुए। कुछ लोगों ने यह राय दी कि घोड़ों से उसकी बोटी-बोटी रौंदवाई जाए, लेकिन यह सजा उन्हें काफी मालूम नहीं हुई। फिर कुछ लोगों ने राय दी कि वे सब एक-एक तीर से उसका शरीर बींध डालें, लेकिन यह सजा भी कुछ जँची नहीं। फिर यह सुझाव आया कि उसे जिन्दा जला दिया जाए, लेकिन ऐसा करने से वे धुएँ के कारण उसे तड़पता हुआ नहीं देख सकेंगे। अतः इस सजा को भी टाल दिया गया। उन्हें कुछ भी ऐसा नहीं सूझा, जो सभी को पसन्द आता। इस बीच युवक की माँ उनके सामने घुटने टेके चुपचाप बैठी रही। उसे न तो उनके हृदयों में दया उपजाने वाले शब्द मिल रहे थे और न ही आँसू। बहुत देर तक वे आपस में राय-विचार करते रहे, अन्त में बुद्धिमानों में से एक ने काफी सोच-विचार के बाद कहा—'उससे पूछें तो कि उसने ऐसा क्यों किया?'

और उन्होंने उससे पूछा। उसने कहा—'मुझे खोलो! जब तक मैं बँधा हूँ, एक शब्द भी मुँह से नहीं निकालूँगा!'

और जब उन्होंने उसे खोल दिया तो उस युवक ने पूछा—'आखिर तुम लोग क्या चाहते हो?' उस युवक का लहजा ऐसा था जैसे वहाँ उपस्थित लोग उसके गुलाम हों!

'यह तुम जानते हो ...' उस बुद्धिमान ने कहा।

'मैं तुम्हें अपने कृत्यों की सफाई किसलिए दूँ?'

'इसलिए कि हम तुम्हें समझ सकें। सुनो गर्वीले, तुम्हारी मौत तो निश्चित है ...हमें यह समझने में मदद करो कि तुमने ऐसा काम क्यों किया। हम तो जीवित रहेंगे, और जितना कुछ हम जानते हैं, अपने उस अनुभव में वृद्धि करने से हमें आगे सोचने में लाभ होगा ...'

'अच्छी बात है, मैं तुम्हें बताता हूँ हालाँकि मैं खुद भी पूरी तरह नहीं जानता कि मैंने ऐसा क्यों किया। मुझे ऐसा लगता है कि मैंने इसलिए उसकी हत्या की कि

उसने मेरी अवहेलना की ...मैं उसे चाहता था।'

'लेकिन वह तुम्हारी नहीं थीं', उन्होंने उससे कहा।

'क्या तुम केवल उन्हीं चीजों से काम लेते हो जो तुम्हारी होती हैं? मैं देखता हूँ कि हर आदमी के पास हाथ, पाँव और बोलने के लिए एक जबान के सिवा और कुछ अपना नहीं होता ...फिर भी वह ढोर-डंगरों, स्त्रियों, जमीन और अन्य कितनी ही चीजों का स्वामी होता है ...'

इसका उन्होंने यह जवाब दिया—'मानव जिस भी चीज का स्वामी बनता है, उसका दाम चुकाता है—अपनी बुद्धि से, अपनी शक्ति से, कभी अपनी जान तक से।'

'लेकिन मैं कोई दाम नहीं चुकाना चाहता।' उस युवक ने कहा।

काफी देर तक उससे बातें करने के बाद वे लोग इस निष्कर्ष पर पहुँचे कि वह युवक अपने-आपको उन सबसे ऊपर समझता है, अपने सिवा अन्य किसी को खातिर में नहीं लाता। जब उन्होंने अनुभव किया कि वह बिलकुल एकाकी है, तो वे सभी चिन्तित हो उठे। उसकी न तो कोई जाति थी, न कोई अपना था, न ढोर-डंगर थे, न पत्नी थी और न वह ऐसा कुछ चाहता ही था।

यह सब जानने के बाद लोगों ने फिर से यह विचार करना शुरू किया कि उसके लिए कौन-सी सजा उपयुक्त होगी, लेकिन उन्हें बहुत देर तक आपस में बातचीत नहीं करनी पड़ी। उसी बुद्धिमान ने, जो अब तक चुप बैठा था, उनसे कहा—'उसे हाथ नहीं लगाना, क्योंकि वह स्वयं ही मरना चाहता है!'

और लोग रुक गये। वे नहीं चाहते थे कि वह व्यक्ति, जिसने ऐसा नृशंस अपराध किया है, उनके हाथों मरकर अपनी यन्त्रणा से छुट्‌टी पा जाए।

वे रुक गये और उस पर हँसने लगे। उनकी हँसी सुन वह युवक काँप उठा और दोनों हाथों से अपने सीने को टटोलने लगा, जैसे कोई चीज खोज रहा हो! फिर पत्थर लेकर वह एकाएक लोगों पर टूट पड़ा। उन्होंने उसके पत्थरों से अपने को बचाया लेकिन पलटकर एक भी पत्थर नहीं मारा। अन्त में, जब वह थक गया और निराशा से चीखकर धरती पर गिर पड़ा, तो वे लोग एक तरफ खड़े होकर उसे देखने लगे। वह अचानक खड़ा हो गया और जमीन पर पड़े एक चाकू को उसने उठा लिया, जो भगदड़ में किसी के हाथ से गिर गया था और अपने सीने पर उससे वार किया। लेकिन आश्चर्य! चाकू के दो टुकड़े हो गये, जैसे किसी पत्थर से वह टकरा गया हो! फिर वह जमीन पर गिर पड़ा और उस पर अपना सिर पटकने लगा, लेकिन जमीन भी, जहाँ उसका सिर टकराता, नीचे धसक जाती और इस तरह कठोर जमीन उससे दूर खिसकती गयी।

'यह मर भी नहीं सकता!' लोग ख़ुशी से चिल्लाए।

और वे उसे वहीं छोड़कर चले गये। वह चित पड़ा आकाश को ताक रहा था। उसने देखा कि दूर, बहुत दूर, शक्तिशाली बाज़ काले धब्बों की भाँति उड़ रहे हैं। उसकी आँखों में इतना दुःख, इतनी वेदना तैर रही थी कि समूची दुनिया उसमें डूब सकती थी। तब से वह अकेला और एकदम आजाद मौत की प्रतीक्षा कर रहा है। वह बस इस धरती पर मँडराता रहता है ...देख रहे हो न, वह एक परछाईं-भर रह गया है, और अनन्त काल तक इसी रूप में भटकता रहेगा! न वह मानव की बोली समझता है और न ही उनका काम-काज। वह बस चलता ही जाता है—किसी चीज की खोज में, हर क्षण और हर घड़ी। न तो वह जीवित है और न उसे मौत ही आती है और न मानवों के बीच ही उसके लिए कोई जगह है ...तो घमंड के लिए ऐसा बुरा हाल किया गया था उस मानव का!''

बुढ़िया ने एक आह भरी और चुप हो गयी। अपने सिर को अजीब ढंग से हिलाया जो उसके सीने पर लुढ़क आया था।

मैंने उसकी ओर देखा। ऐसा मालूम होता था कि नींद उस पर हावी हो रही है। न जाने क्यों, मेरा हृदय उसके लिए वेदना से भर उठा। हालाँकि एक ऊँचे प्रताड़ना के स्वर में उसने अपनी कहानी का अन्त किया था, लेकिन फिर भी मुझे ऐसा लगा जैसे उसमें भय और दयनीयता का पुट मिला हो!

(2)

समुद्र-तट पर लोग गाने लगे—अजीब ढंग से गाने लगे। स्त्री के पतले स्वर ने गीत को छेड़ा। दो या तीन स्वरों के बाद एक दूसरी आवाज ने उसे फिर शुरू से उठाया, जबकि पहले वाली आवाज अगले स्वरों पर बढ़ती गयी। इसी प्रकार तीसरी, चौथी और पाँचवीं आवाज ने उसे उठाया और फिर, एकाएक, पुरुष-कंठों ने मिलकर उसे गाना शुरू कर दिया।

स्त्रियों की आवाजों में से प्रत्येक अलग सुनाई दे रही थी। ऐसा मालूम होता था जैसे वे विभिन्न रंगों की धाराएँ हों, जो चट्टानों को पार करती, उछलती और चमचमाती पुरुष-कंठों की उमड़ती-घुमड़ती घनी धारा की ओर लपक रही हों, उसमें डूब गयी हों, बल खाकर फिर बाहर निकल आई हों और इस बार पुरुष-कंठों को उन्होंने डुबो दिया हो और फिर एक-एक करके-भारी धारा से अलग होकर, सबल और सुस्पष्ट रूप में ऊँची उठती चली गयी हों!

लहरों का शोर इन स्वरों में खो गया था।

''क्या तुमने ऐसा गाना इससे पहले भी कभी सुना है?'' सिर उठाते हुए बुढ़िया इज़रगिल ने मुझसे पूछा और उसका दन्तविहीन मुँह पोपली मुस्कराहट से

खिल उठा।

"नहीं, कभी नहीं सुना।" मैंने कहा।

"और कहीं तुम्हें सुनने को मिलेगा भी नहीं। गाना हम लोगों की जान है। केवल सहृदय लोग, जीवन के प्रेम में पगे लोग ही इतना अच्छा गा सकते हैं। हम लोग जीवन के प्रेम में पगे हुए हैं। जरा सोचो तो कि क्या ये लोग, जो अब गा रहे हैं, दिन-भर के काम के बाद थककर चूर नहीं हो गये होंगे? सूरज निकलने से लेकर दिन छिपने तक उन्होंने हाड़ तोड़, लेकिन चाँद के निकलते ही वे गाने लगे। जो लोग जीवन जीना नहीं जानते, वे बिस्तरों पर जा लेटते हैं, और जो जीवन में रस लेना जानते हैं, वे गा रहे हैं।"

"लेकिन स्वास्थ्य ..." मैंने कहना चाहा।

"स्वास्थ्य की क्या बात करते हो! स्वास्थ्य तो जीवन-भर के लिए हमेशा ही काफी रहता है। धन होने पर क्या तुम उसे खर्च नहीं करोगे? स्वास्थ्य भी सोना ही है। जानते हो, जब मैं जवान थी तो क्या करती थी? सुबह से शाम तक कालीन बुनती थी। बैठे-बैठे कमर अकड़ जाती थी। मैं, जो सूरज की किरण की तरह चंचल थी, हिले-डुले बिना पत्थर की भाँति बैठी रहती। कभी-कभी, इतनी देर बैठे रहने के कारण, मेरी हड्डियाँ तक दुखने लगतीं। लेकिन रात होते ही उस आदमी को चूमने के लिए हवा हो जाती, जिसे प्यार करती थी। तीन महीने तक मेरा वह प्रेम चला और मेरी हर रात उसके साथ बीती। फिर भी, देखो तो, मैं अब तक—इतनी बड़ी उम्र तक—जीवित हूँ। खून की कमी नहीं पड़ी! न जाने कितनी बार मैं प्रेम में डूबी-उतराई, न जाने कितने चुम्बनों की मैंने बौछार की और बौछार ली!"

मैंने उसके चेहरे पर नजर डाली। उसकी काली आँखें इतनी धुँधली थीं कि उसकी ये स्मृतियाँ भी उनमें चमक नहीं ला सकी थीं। उसके सूखे-फटे हुए होंठ, उसकी नुकीली ठोड़ी जिस पर सफेद बालों के गुच्छे उगे थे और उल्लू की चोंच की भाँति टेढ़ी उसकी झुर्रीदार नाक चाँद की रोशनी में चमक रही थी। गालों की जगह काले गड्ढे पड़े थे और उनमें से एक पर उसके सफेद बालों की एक लट पड़ी हुई थी, जो लाल रंग के उस चिथड़े से बाहर निकल आई थी, जिसे उसने अपने सिर पर लपेट रखा था। उसके चेहरे, गर्दन और हाथों पर झुर्रियों का जाल बिछा था और जब भी वह हिलती-डुलती थी तो ऐसा लगता था, जैसे उसकी यह झुर्रीदार सूखी खाल अभी तड़ककर अलग जा गिरेगी और धुँधली काली आँखों वाला हड्डियों का एक ढाँचा मात्र यहाँ बैठा रह जाएगा।

अपनी चरचराती आवाज में उसने अब फिर बोलना शुरू कर दिया था :

"मैं अपनी माँ के साथ फाल्मी के निकट बिरलात नदी के किनारे रहती थी। मैं पन्द्रह वर्ष की थी जब वह हमारे यहाँ आया-लम्बा कद, काली मूँछ, सुहावना

और बहुत ही ख़ुशमिजाज। हमारी खिड़की के निकट उसने अपनी नाव रोक दी और गूँजदार आवाज में पुकार उठा—'अरे, क्या कुछ खाने-पीने को मिल सकता है?' मैंने खिड़की के पास खड़े ऐश वृक्ष की टहनियों के बीच से देखा कि नदी नीली चाँदनी में चमक रही है और वह सफेद कमीज पर पटका कसे, जिसके सिरे खुले थे, वहाँ खड़ा है। उसका एक पाँव नाव में था और दूसरा तट पर। वह हिलता-डुलता हुआ कुछ गा रहा था। जब उसकी नजर मुझ पर पड़ी तो बोला—'ओह, कैसी सुन्दरी रहती है यहाँ, और मुझे पता तक नहीं!' जैसे वह दुनिया-भर की सुन्दरियों का हिसाब रखता हो! कुछ शराब और कुछ गोश्त मैंने उसको दे दिए...इसके चार दिन बाद मैं खुद भी उसकी हो गयी। हर रात हम एक साथ नाव पर घूमने जाते। वह आता और गिलहरी की भाँति धीमे से सीटी बजाता और मैं खिड़की में से मछली की भाँति कूद पड़ती, और हम दोनों नाव में चल देते। वह प्रूत नदी के तटवर्ती प्रदेश का मछुआरा था। जब मेरी माँ को हम दोनों की करतूत का पता चला और उसने मेरी मरम्मत की तो उसने मुझसे दोब्रूजा, बल्कि इससे भी दूर दान्यूब की उपनदियों की ओर भाग चलने को कहा। लेकिन तब तक मैं उससे ऊब चली थी—वह बस, गाता और चूमता ही रहता था। मैं इससे उकता गयी थी। उन दिनों हुत्सूलों का एक दल घूमता-घामता इधर के इलाकों में आ धमका। उन्होंने इस देश की लड़कियों पर डोरे डालना शुरू किया। उन लड़कियों ने खूब मौज-मस्ती की। कभी-कभी ऐसा भी होता कि प्रेमी गायब हो जाता और उसकी प्रेमिका उसकी याद में घुलने लगती। सोचती, हो न हो, या तो वह जेल में डाल दिया गया होगा, या लड़ाई में मारा गया होगा। और कुछ दिनों बाद एकाएक वह अकेला ही या फिर अपने दो-तीन साथियों के साथ इस तरह प्रकट हो जाता, जैसे आसमान से टपक पड़ा हो! बहुमूल्य उपहारों का वह ढेर लगा देता। उनके लिए तो यह बाएँ हाथ का खेल था—अपनी प्रेमिका के साथ दावतें उड़ाना, अपने साथियों के सामने उसे लेकर खूब शेखी बघारना। इस सबसे वे खिल उठतीं।

एक बार एक लड़की से, जिसका प्रेमी ऐसा ही मनमौजी था, मैंने कहा कि मेरा भी किसी हुत्सूल से परिचय करवा दे ...भला क्या नाम था उसका? ओह, भूल गयी। मेरी याददाश्त अब अच्छी नहीं रही। फिर यह बात इतनी पुरानी है कि उसे कोई भी भूल सकता है। उस लड़की ने एक जवान हुत्सूल से मेरी जान-पहचान करवा दी। बहुत खूबसूरत था वह—लाल मूँछें और लाल घुँघराले बाल! दहकते हुए लाल था वह लेकिन उदास-सा। कभी प्यार की तरंग में बहता तो कभी खूब गरजता और मरने-मारने पर उतर आता। एक बार उसने मेरे मुँह पर थप्पड़ दे मारा ...बिल्ली की भाँति उछलकर मैं उसकी छाती पर सवार हो गयी और उसके गाल में मैंने अपने दाँत गड़ा दिए ...तब से उसके गाल में एक गड्ढा पड़ गया और जब मैं उसे चूमती

तो उसे बहुत अच्छा लगता।''

''लेकिन उस मछुआरे का क्या हुआ?'' मैंने पूछा।

''वह मछुआरा? वह ...यहीं बना रहा। वह भी उनमें—हुत्सूलों में—शामिल हो गया। शुरू में उसने मिन्नतें कीं कि मैं उसके पास लौट जाऊँ, फिर धमकियाँ दीं कि अगर मैंने ऐसा नहीं किया तो वह मुझे नदी में फेंक देगा, लेकिन उसके दिल का वह घाव जल्दी ही भर गया। वह उन लोगों में शामिल हो गया और उसने एक नई प्रेमिका खोज ली। वे दोनों—वह मछुआरा और मेरा वह हुत्सूल प्रेमी-एकसाथ फाँसी पर लटका दिए गये। मैं उन्हें फाँसी लगते देखने गयी थी। दोब्रूजा में उन्हें फाँसी लगी। मछुआरे को जब लटकाने के लिए ले जाया गया तो उसके चेहरे पर मुर्दनी छाई थी और वह रो रहा था, लेकिन हुत्सूल पाइप पीता रहा। वह मजे से चला जा रहा था—पाइप पीता हुआ, जेबों में हाथ डाले। उसकी मूँछों का एक सिरा उसके कन्धे पर लटक रहा था और दूसरा उसके सीने पर। जब उसकी नजर मुझ पर पड़ी तो उसने अपने मुँह से पाइप निकाला और चिल्लाकर कहा—'अलविदा!' उसके लिए मैंने पूरे एक साल तक आँसू बहाए। वे ठीक उस वक्त पकड़े गये जब वे अपने कार्पेथिया पहाड़ों में वापस लौटने वाले थे। किसी रूमानियावासी के घर उनकी विदाई की दावत हो रही थी। तभी उन्हें पकड़ लिया गया। केवल वे दो ही पकड़े गये। कई वहीं के वहीं मारे गये और बाकी बचकर भाग निकले ...लेकिन रूमानियावासी को अपनी करनी का फल भुगतना पड़ा। उसका घर और खेत-खलिहान, उसकी पनचक्की और अनाज—सब जलाकर राख कर दिए गये। भिखारी बनकर रह गया।''

''क्या यह तुम्हारी करतूत थी?'' मैंने यों ही पूछा।

''हुत्सूलों के अनेक मित्र थे—अकेली मैं ही नहीं। उनके सबसे पक्के मित्र ने ही उनकी याद में यह बदला लिया था।''

समुद्र-तट पर गाना अब बन्द हो गया था और लहरों की मर्मर ध्वनि ही बुढ़िया की इस कहानी का साथ दे रही थी। लहरों की यह चिन्तापूर्ण और बेचैन ध्वनि जीवन की इस कहानी के सर्वथा अनुकूल थी। रात की मृदुलता जितनी बढ़ती थी, चाँदनी की नीलिमा उतनी ही घनी होती जाती थी और रात के अदृश्य जीवों की अस्पष्ट आवाजों का जोर उतना ही धीमा पड़ता जाता था समुद्र का गर्जन बढ़ता जा रहा था, हवा तेज होती जा रही थी।

''एक तुर्क से भी मैंने प्रेम किया था। मैं उसके हरम में दाखिल हो गयी, जो स्कूतारी में था। हफ्ते-भर मैं वहाँ रही—कुछ बुरा नहीं था, लेकिन फिर भी मैं वहाँ के जीवन से ऊब गयी। जिधर नजर डालो—औरतें ही औरतें। पूरी आठ थीं। दिन-भर वे चरती रहतीं, सोतीं, बेमतलब चिचियातीं या फिर कुड़क मुर्गियों की तरह

लड़तीं। वह तुर्क जवान नहीं था। उसके बाल करीब-करीब पक गये थे। वह बहुत ही अमीर आदमी था। शाहों की भाँति बोलता था। उसकी आँखें काली और पैनी थीं। वे सीधे आत्मा की टोह लेती थीं। खुदा को बहुत याद करता था वह। सबसे पहले बुकुरेश्ती में उससे मेरी भेंट हुई। शाह की तरह बड़ी शान से वह बाजार में से चला जा रहा था। मैंने मुस्कराकर उसकी ओर देखा। उसी रात मुझे पकड़कर उसके सामने पेश किया गया। वह चन्दन और ताड़ की लकड़ी का व्यापार करता था और कुछ माल खरीदने बुकुरेश्ती आया था।

''बोलो, मेरे साथ चलोगी?'' उसने पूछा।

''ओह, हाँ, चलूँगी।'' मैंने कहा।

''तो ठीक है।'' वह बोला।

''और मैं उसके साथ हो ली।

बहुत अमीर था वह तुर्क। उसके एक लड़का था-दुबला—पतला, काले बालों वाला, सोलह वर्ष का। उसी के साथ मैं तुर्क के यहाँ से भागी—बुल्गारिया, लोम-पलान्का। वहाँ एक बुल्गारी स्त्री ने मेरी छाती में चाकू भोंक दिया। उसे वहम था कि कहीं मैं उसके पति प्रेमी को—मुझे ठीक याद नहीं रहा—भगा न ले जाऊँ।

इसके बाद, एक लम्बे अर्से तक मैं एक मठ में बीमार पड़ी रही। स्त्रियों का मठ था वह। एक पोलिश लड़की मेरी देख-भाल करती थी। उसका भाई, जो आर्त्सेर-पलान्का के निकट एक मठ में साधु था, उससे मिलने आया करता था। वह कीड़े की भाँति मेरे चारों ओर रेंगता रहता था। जब मैं अच्छी हो गयी तो उसके साथ पोलैंड चली गयी ...''

''जरा रुको तो, उस तुर्क के लड़के का क्या हुआ?'' मैंने पूछा।

''लड़का? वह मर गया।'' बुढ़िया कुछ याद करती हुई बोली, ''घर की याद में या शायद प्रेम में घुलकर। वह वैसे ही मुरझाने लगा जैसे ज्यादा धूप खाकर पौधा मुरझा जाता है। बस, मुरझाता चला गया और बिस्तर से लग गया। नीला-सा और बर्फ की भाँति पारदर्शी हो गया था, लेकिन प्रेम की आग अब भी उसके अन्दर जल रही थी। वह बार-बार अपने बिस्तर पर मुझे बुलाता, अनुरोध करता कि मैं झुककर उसको चुम्बन दूँ और मैंने खूब-खूब चुम्बन उसे दिए क्योंकि मैं भी उसे बहुत चाहती थी; लेकिन वह तिल-तिल करके गलता गया, हिल-डुल तक न पाता। वह बस वैसे ही पड़ा रहता और मेरी मिन्नतें करता—भिखारियों की भाँति गिड़गिड़ाता कि मैं उसके पास लेटकर उसे गरमा दूँ। और मैं ऐसा ही करती। जैसे ही मैं उसके पास लेटती, उसका रोम-रोम सिहर उठता।

एक दिन, जब मैं सुबह उठी, तो देखा, वह पत्थर की भाँति ठंडा पड़ा है। वह मर गया था। मैं खूब रोई। कौन जाने, शायद मेरी वजह से ही उसकी मृत्यु हुई हो!

मैं उम्र में उससे दुगुनी थी—मजबूत और रसीली थी। लेकिन वह? वह तो निरा बच्चा था!''

बुढ़िया ने एक लम्बी साँस छोड़ी और अपने सूखे होंठों से कुछ बुदबुदाते हुए तीन बार सलीब का निशान बनाया। इससे पहले मैंने कभी उसे ऐसा करते नहीं देखा था।

''फिर तुम पोलैंड चली गयीं ...'' मैंने कहानी को आगे बढ़ाते हुए कहा।

''हाँ, उस नन्हे पोल के साथ। वह नीच और कुत्सित व्यक्ति था। जब उसे औरत की जरूरत होती, तो वह बिल्ले की भाँति मेरे चारों ओर मँडराता। उसके होंठों से शहद टपकता। लेकिन जब उसकी भूख मिट जाती, तो उसके तीखे शब्द मेरे दिल पर कोड़े की तरह चोट करते। एक दिन जब हम नदी-तट पर घूम रहे थे, उसने दम्भ में भरकर कोई अपमानजनक बात कही। ओह, मैं बुरी तरह झुँझला उठी। गुस्से में उबलने लगी। बच्चे की भाँति—वह बहुत छोटा जो था—मैंने उसे ऊपर उठाकर इतनी जोर से भींचा कि उसका मुँह नीला पड़ गया। इसके बाद मैंने उसे नदी में फेंक दिया। उसके मुँह से एक चीख निकली, जो बड़ी मजेदार लगी। तट की ऊँचाई से मैंने उसे पानी में हाथ-पाँव मारते देखा, फिर मैं वहाँ से चली आई—उसे उसके भाग्य पर छोड़ते हुए। इस मामले में मैं भाग्यवान रही—जिस प्रेमी को मैंने छोड़ा, उससे फिर कभी भेंट नहीं हुई। कितना बुरा मालूम होता है छोड़े हुए प्रेमियों से मिलना, जैसे मुर्दों से मिल रहे हों!''

यह कहते हुए बुढ़िया का चेहरा नफरत से सिकुड़ गया। उसके चुप होते ही मेरी कल्पना में उन लोगों के चित्र चक्कर काटने लगे, जिन्हें उसकी कहानी ने उभारा था। वह रहा धधकते लाल बालों और लाल मूँछों वाला हुत्सूल प्रेमी, जो फाँसी की ओर जाते समय भी शान्त भाव से पाइप पीता रहा था। ऐसा मालूम हुआ कि उसकी आँखें ठंडे नीले रंग की थीं और उसकी नजर दृढ़ और गहरी थी। उसके साथ-साथ काली मूँछों वाला, प्रूत नदी के तटवर्ती प्रदेश का वासी मछुआरा चला जा रहा था। मौत के भय से वह रो रहा था और उसकी आँखें, जिनमें कभी प्रसन्नता नाचती थी, अब पथराई-सी ताक रही थीं। उसका चेहरा आसन्न मौत के भय से सफेद पड़ गया था और आँसुओं से भीगी तथा शोक में डूबी उसकी ऐंठी हुई मूँछें उसके होंठों के छोरों पर लटक आई थीं। और वह रहा रोब-दाब वाला बूढ़ा तुर्क, जो शायद भाग्यवादी और पूरा स्वेच्छाचारी था। पास ही में था उसका पुत्र—चुम्बनों के विष का मारा हुआ। और वह रहा पोलैंडवासी, वह दम्भी युवक, विनम्र और क्रूर, अत्यन्त भावप्रवण और भावनाहीन—वे सब क्षीण छायाओं के सिवा अब और कुछ नहीं रह गये थे और जिसे उन्होंने चूमा था, वह मेरे पास बैठी थी—जीवित, लेकिन उम्र की मार से जर्जर, रक्तहीन, मांसहीन, इच्छाहीन हृदय और चमकहीन आँखों वाली—वह

भी तो लगभग छाया ही थी।

उसने अपनी बात आगे बढ़ाई, ''पोलैंड में बड़ी मुसीबत में गुजरी। वहाँ के लोग झूठे और हृदयहीन हैं। मैं उनकी साँपों जैसी भाषा नहीं बोल सकती थी। वे जब बोलते तो लगता, जैसे फुँफकार रहे हों! जाने क्या फुँफकारते हैं! झूठ उनकी घुट्टी में मिला है, इसीलिए खुदा ने उन्हें साँपों जैसी जबान दी है। सो मैं चल पड़ी-किधर और क्यों, नहीं जानती थी। मैंने देखा कि पोलैंडवासी तुम रूसियों के खिलाफ विद्रोह की तैयारी कर रहे हैं। मैं बोहनिया नगर में पहुँची। वहाँ एक यहूदी ने मुझे खरीद लिया–अपने लिए नहीं, बल्कि मेरे शरीर से पैसा कमाने के लिए। मैं इसके लिए तैयार हो गयी। आखिर जीने के लिए कोई हुनर जरूर आना चाहिए जबकि मैं कुछ नहीं जानती थी। सो अपने शरीर से मैंने उसका मूल्य चुकाया। लेकिन मैंने सोचा कि जब मेरे पास अपने बिरलात लौटने लायक पैसा हो जाएगा, तो अपने बन्धनों को, चाहे वे कितने ही मजबूत क्यों न हों, तोड़कर फेंक दूँगी। और जब तक मैं वहाँ रही एक-से-एक धनी लोग मेरे पास आते, मेरे साथ खाते-पीते। इसकी उन्हें भारी कीमत चुकानी पड़ती। मुझे लेकर वे एक-दूसरे से लड़ते और तबाह होते। उनमें से एक मेरा हृदय जीतने के लिए बहुत दिनों तक मेरे पीछे लगा रहा। एक दिन जब वह आया तो उसका नौकर उसके पीछे-पीछे बहुत बड़ा थैला उठाए दाखिल हुआ। वह भला आदमी थैला लेकर मेरे सिर पर उलटने लगा। सोने की मुद्राएँ मेरे सिर पर लगतीं तो चोट से मैं कराह उठती, लेकिन जब वह फर्श पर गिरकर खन्न से बोलतीं, तो मेरा हृदय ख़ुशी से नाच उठता। लेकिन फिर भी मैंने उस महानुभव को बाहर निकाल दिया। उसका चेहरा चर्बी—चढ़ा था और उसकी तोंद ऐसी थी जैसे गोल कद्दू। वह मोटे-ताजे सुअर-सा लगता था। हाँ, मैंने बेशक उसे बाहर निकाल दिया लेकिन वह कहता रहा कि उसने मुझे सोने से लाद देने के लिए ही अपनी सारी जमीन, घर-बार और घोड़े बेच डाले हैं। उस समय मैं एक अन्य आदमी से प्रेम करने लगी थी। उसके चेहरे पर घाव के निशान थे—निशानों का एक जाल-सा बिछा था उसके चेहरे पर। ये निशान तुर्कों की तलवारों की यादगार थे। यूनानियों की खातिर तुर्कों के खिलाफ लड़कर वह उन्हीं दिनों लौटा था। क्या शानदार आदमी था वह भी! पोलैंड का रहने वाला। भला क्या लेना-देना था उसे यूनानियों से? फिर भी वह यूनानियों के साथ उनके दुश्मनों से जूझा। तुर्कों ने बड़ी बेरहमी से उसके अंग-भंग किए, उनकी मार से उसकी एक आँख और बाएँ हाथ की दो उँगलियाँ गायब हो गयीं ...यूनानियों से उसका—एक पोल का—क्या वास्ता? दरअसल बात यह थी कि वह बहादुरी के कारनामों के लिए छटपटाता रहता था, और आदमी का हृदय जब वीर-कृत्यों के लिए छटपटाता हो, तो इसके लिए वह सदा अवसर भी ढूँढ़ लेता है। जीवन में ऐसे अवसरों की कुछ कमी नहीं है और अगर

किसी को ऐसे अवसर नहीं मिलते, तो समझ लो कि वह काहिल है या फिर कायर, या यह कि वह जीवन को नहीं समझता। अगर वह समझता होता, तो निश्चय ही वह अपनी छाप छोड़ जाना चाहता। और तब जीवन उसे इस तरह न निगल पाता कि उसका कोई नाम-निशान तक बाकी न रहे। वह घावों वाला बहुत ही बढ़िया आदमी था। कुछ-न-कुछ करने के लिए वह दुनिया के छोर पर भी जा पहुँचता। शायद तुम्हारे लोगों ने विद्रोह के दौरान ऐसा हाल कर डाला है। तुम मगयारों से लड़ने क्यों गये? बस, चुप रहना!''

मुझे मुँह बन्द रखने का आदेश देकर बुढ़िया इज़रगिल खुद चुप हो गयी और विचारों में खो गयी। फिर कुछ देर बाद बोली :

''मेरी जान-पहचान का एक मगयार भी था। एक दिन वह मुझे छोड़कर चला गया। जाड़ों के दिन थे—बसन्त के दिनों में जब बर्फ़ पिघली, तो एक खेत में उसकी लाश मिली। उसके सिर में गोली लगने का निशान था। देखा तुमने, प्रेम से इतने ही लोग मरते हैं, जितने प्लेग से। अगर गिनती की जाए, तो कम नहीं निकलेंगे ... लेकिन हाँ, मैं क्या कह रही थी? पोलैंड की बात थी ...अपना आखिरी खेल मैंने वहीं खेला। एक बड़े अमीर से वहाँ मेरी मुलाकात हुई। बहुत खूबसूरत था वह—बेहद खूबसूरत। लेकिन तब मैं बूढ़ी हो चली थी। चालीस वर्ष की? हाँ, शायद चालीस वर्ष की ...और वह दम्भी स्त्रियों के मुँह चढ़ा था। बहुत महँगा पड़ा वह मुझे। उसने समझा कि उसका इशारा करते ही मैं उसके सामने बिछ जाऊँगी, लेकिन मैं इतनी आसानी से झुकने वाली नहीं थी। किसी की गुलाम बनकर रहना मेरे लिए सम्भव नहीं था। उस वक़्त तक मैंने यहूदी से नाता तोड़ लिया था—बहुत पैसे दिए थे मैंने उसे। मैं तब क्रैको में थी। मेरे पास सब कुछ था—घोड़े थे, सोना, नौकर-चाकर। वह मुझसे मिलने आता—दम्भी शैतान—और यह चाहता कि मैं खुद उसके सामने बिछ जाऊँ। जमकर खींच-तान चली। इतना अधिक तनाव बढ़ा कि अंजर-पंजर और भी ढीले हो गये। काफी समय तक ऐसी ही स्थिति बनी रही, लेकिन अन्त में विजय मैंने ही प्राप्त की। उसने मेरे सामने घुटने टेके, तभी वह मुझे पा सका ...लेकिन जैसे ही मैं उसकी हुई, फटे कपड़े की भाँति उसने मुझे फेंक दिया। तब मुझे वास्तव में अनुभव हुआ कि अब मैं बूढ़ी हो चुकी हूँ। बड़ा कटु अनुभव था वह—बहुत ही कटु! मैं उसे चाहती थी—उस शैतान को, और वह मेरे मुँह पर ही मेरी हँसी उड़ाता था। नीच था वह। दूसरों के सामने भी मेरा मज़ाक उड़ाने से न चूकता—मुझसे यह छिपा नहीं था। ओह, कितना असह्य था यह सब! लेकिन वह मेरी आँखों के सामने रहता था और मैं उसे देख-देखकर ख़ुश होती रहती थी! और जब वह तुम रूसियों से लड़ने चला गया, तो मेरे लिए यह सहन करना मुश्किल हो गया। मैंने अपने को बहुत सँभाला, लेकिन दिल पर काबू न पा सकी। मैंने उसके

पास जाने का निश्चय कर लिया। वार्सा के निकट एक जंगल में वह तैनात था।

लेकिन जब मैं वहाँ पहुँची, तो मालूम हुआ कि वह तुम्हारे रूसी सैनिकों के सामने टिक नहीं सका, वह युद्ध-बन्दी बना लिया गया। थोड़ी ही दूर एक गाँव में उसे कैद करके रखा गया था।

'इसका मतलब यह कि अब मैं उससे कभी नहीं मिल सकूँगी।' मैंने मन में सोचा। लेकिन मैं उससे मिले बिना रह नहीं सकती थी। सो मैं इसके लिए कोशिश करने लगी। मैंने भिखारिन का भेष बनाया, लँगड़ी होने का ढोंग किया, अपने मुँह को ढँक लिया और उस गाँव की ओर चल पड़ी, जहाँ वह बन्दी था। चारों ओर सैनिक और कज़्ज़ाक थे। वहाँ रहना मुझे बहुत महँगा पड़ा! पोल कैदियों का मैंने पता तो लगा लिया, लेकिन उन तक पहुँचना अत्यन्त कठिन था। लेकिन पहुँचे बिना मैं रह भी नहीं सकती थी। सो एक रात मैं रेंगती हुई उस जगह के पास पहुँची, जहाँ वे बन्दी थे। तरकारियों की क्यारियों में रेंगती हुई मैं बढ़ रही थी कि मैंने देखा, एक सन्तरी मेरे रास्ते में खड़ा है ...पोलों के गाने और बतियाने की ऊँची आवाज़ आ रही थी। वे माँ मरियम के बारे में एक गीत गा रहे थे। मेरा आरकाडेक भी उनके साथ गा रहा था। और यह सोचकर मेरे दिल को बड़ा दुःख हुआ कि एक वह भी ज़माना था, जब लोग मेरे लिए रेंगते थे, और एक यह भी ज़माना आया है कि मैं एक आदमी के लिए—शायद अपनी मौत को गले लगाने—साँप की भाँति रेंग रही हूँ। सन्तरी के कान खड़े हो गये और वह आगे की ओर झुक आया। अब मैं क्या करूँ? मैं खड़ी हो गयी और उसकी ओर बढ़ चली। मेरे पास न तो छुरी थी, न कुछ और ही—बस हाथ और जबान ही थी। मुझे अफ़सोस हुआ कि मैं अपने साथ छुरी लेकर क्यों नहीं आई। सन्तरी ने मेरी गरदन की सीध में अपनी संगीन तान ली। मैं फुसफुसाई—'ठहरो। मैं जो कहना चाहती हूँ, पहले उसे सुन लो, अगर तुम्हारी छाती में हृदय हो! तुम्हें देने के लिए मेरे पास कुछ नहीं है, मैं तुमसे दया की भीख माँगती हूँ ...

उसने अपनी संगीन झुका ली और मेरी ही तरह फुसफुसाकर पूछा—'दफ़ा हो जाओ! जाओ यहाँ से! किसलिए आई हो यहाँ?'

मैंने उसे बताया—'मेरा बेटा यहाँ बन्दी है। मेरा बेटा है यहाँ, समझते हो न, सैनिक? आख़िर तुम्हारे भी माँ है, तुम भी किसी के बेटे हो! मेरी ओर देखो और सोचो कि मेरा भी तुम्हारे जैसा ही बेटा है और वह यहाँ बन्दी है! मुझे नज़र-भर उसे देख लेने दो। कौन जाने उसके भाग्य में मौत बदी हो ...और यह भी हो सकता है कि कल तुम ही मारे जाओ—क्या तुम्हारी माँ आँसू नहीं बहाएगी? और अपनी माँ को देखे बिना मरना क्या तुम्हारे लिए सहज होगा? मेरे बेटे के लिए भी यह सहल नहीं होगा। खुद उस पर और मुझ पर—उसकी माँ पर—दया करो!'

ओह, जाने कितनी देर तक मैं उसे मनाती रही! पानी पड़ने लगा और हम

भीग गये। हवा सनसना रही थी। वह कभी पीठ पर थपेड़े मारती थी, तो कभी छाती पर, और मैं काँपती हुई उस पत्थर-दिल सैनिक के सामने खड़ी गिड़गिड़ा रही थी। वह 'नहीं!' की रट लगाए था। और हर बार जब इस संवेदनहीन शब्द को मैं सुनती, तो आरकाडेक को देखने की इच्छा मेरे हृदय में और भी तीव्र हो उठती। बात करते-करते मैंने सैनिक को आँखों-ही-आँखों में तौला। वह दुबला-पतला और नाटे कद का आदमी था। खाँसी ने उसे जकड़ रखा था। चुनांचे मैं उसके सामने ज़मीन पर गिर गयी, मिन्नत-समाजत करते-करते उसके घुटनों को बाँहों में कसकर उसे ज़मीन पर पटक दिया। वह कीचड़ में जा गिरा। तब मैंने उसे औंधा कर दिया और कीचड़ में उसका मुँह ठूँस दिया, जिससे वह चिल्ला न सके। वह चिल्लाया नहीं, लेकिन मुझे अपनी पीठ पर से धकेलने की कोशिश में वह अपना हाथ-पाँव पटकता रहा। मैंने दोनों हाथों से उसका सिर पकड़ा और उसे कीचड़ में तब तक धँसाए रखा जब तक कि उसका दम नहीं निकल गया। फिर मैं बाड़े की ओर लपकी, जहाँ पोल गा रहे थे।

'आरकाडेक!' बाड़ की दरारों में से मैंने धीमी आवाज में पुकारा। बड़े समझदार होते हैं ये पोल, सो मेरी आवाज सुनकर उन्होंने गाना बन्द नहीं किया। ठीक अपनी सीध में मुझे उसकी आँखें दिखाई दीं। 'क्या तुम बाहर आ सकते हो?' मैंने पूछा।

'हाँ, नीचे से रेंगकर आ सकता हूँ।' उसने कहा।

'तो आओ।'

और उनमें से चार बाहर रेंग आए। मेरा आरकाडेक भी उनमें था।

'सन्तरी कहाँ है?' आरकाडेक ने पूछा।

'वह पड़ा है।' मैंने कहा।

और तब, एकदम दोहरे होकर, चुपचाप वे खिसक चले। पानी अभी भी पड़ रहा था और हवा ज़ोरों से फुँफकार रही थी। हम गाँव के छोर पर पहुँचे और चुपचाप जंगल में बढ़ते गये। हम तेज़ी से डग भर रहे थे। आरकाडेक मेरा हाथ अपने हाथ में थामे था। उसका हाथ गर्म था और काँप रहा था। ओह, जब तक वह चुप रहा, तब तक उसके साथ चलना कितना अच्छा लग रहा था! वे मेरे आख़िरी क्षण थे—कभी न तृप्त होने वाले मेरे जीवन के आख़िरी सुखद क्षण! अन्त में हम एक चरागाह में पहुँचे और वहाँ रुक गये। मैंने जो किया था, उसके लिए चारों ने मुझे धन्यवाद दिया। बहुत देर तक बहुत कुछ कहा उन्होंने मुझे। मैं सुन रही थी और अपने प्यारे की ओर देख रही थी, अब वह मेरे साथ कैसे पेश आएगा? उसने मुझे अपनी बाँहों में कस लिया और भारी-भरकम शब्दों में कुछ कहा। शब्द तो मुझे याद नहीं आ रहे, लेकिन उनका आशय यह था कि अब वह मुझे—जिसने उसे कैद से छुड़ाया था—प्यार करेगा ...और उसने घुटनों के बल मेरे सामने बैठकर मुस्कराते हुए कहा—

'मेरी रानी!'

उफ़, कितना फ़रेबी था वह घिनौना कुत्ता! तब मैंने उसे एक ठोकर मारी और उसके मुँह पर भी एक तमाचा जड़ा होता, लेकिन वह उछलकर पीछे हटा और बच गया। वह मेरे सामने खड़ा था—बहुत ही भयावह और स्तब्ध ...अन्य तीनों भी वहाँ खड़े थे—भारी मुँह लिए और निर्वाक्। मैंने उन्हें देखा, और मुझे याद है कि एक भारी ऊब और वितृष्णा ने मुझे घेर लिया। मैंने उनसे कहा—'चले जाओ!' और उन्होंने—'कुतिया कहीं की!' मुझसे कहा—'क्या तुम वापस जाकर उन्हें ख़बर दोगी कि हम किस दिशा में भागे हैं?'

देखा, कितने नीच थे वे! हाँ, तो वे चले गये। और मैं भी चली आई। दूसरे दिन तुम्हारे सैनिकों ने मुझे पकड़ लिया, लेकिन उन्होंने मुझे अधिक नहीं रोका। तब मैंने अनुभव किया कि अब कहीं घोंसला बनाकर बैठना चाहिए। पक्षी का जीवन अतीत की वस्तु बन गया था। मेरा बदन भारी हो चला था, डैने कमज़ोर पड़ गये थे, पर झड़ने लगे थे ...हाँ, उसका वक़्त आ गया था! सो मैं गालीशिया चली गयी और वहाँ से दोब्रूजा। पिछले तीस साल से मैं यहाँ रह रही हूँ। मेरा एक पति था—मोल्दावी। उसे मरे करीब एक साल हो गया, और मैं जी रही हूँ—एकदम अकेली ...नहीं, अकेली नहीं, उनके साथ ...''

बुढ़िया ने लहरों की ओर हाथ हिलाया। अब वहाँ सबकुछ शान्त था। जब तब कोई धीमी और तेज कोई ध्वनि सुनाई देती और वह तुरन्त ही खो जाती।

''वे मुझसे प्रेम करते हैं। मैं उन्हें तरह-तरह की कहानियाँ सुनाती हूँ। उन्हें इसकी ज़रूरत है। वे अभी नवउम्र हैं। उनके साथ रहना मुझे भी अच्छा लगता है। मैं उन्हें देखती और सोचती हूँ—एक समय था जब मैं भी उन्हीं जैसी थी ...लेकिन मेरे समय में लोगों में ज़्यादा ताकत और जोश था और इसी कारण जीवन अधिक आनन्दपूर्ण और अच्छा होता था ...हाँ!''

वह चुप हो गयी और उसके पास बैठा हुआ मैं उदास हो उठा। वह ऊँघ रही थी, सिर हिलाकर कुछ बुदबुदा रही थी—शायद वह प्रार्थना कर रही थी।

(3)

समुद्र की ओर से एक बादल उठा—खूब घना और काला, पर्वत-शृंखला की भाँति कटावदार। यह शृखला स्तेपी की ओर बढ़ रही थी। उसके छोर से बादलों के गोले टूटकर अलग हो जाते, तेज़ी से उससे आगे बढ़ते और एक के बाद एक सितारे की रोशनी छीनते जाते। समुद्र फिर से गरजने लगा था। हमसे कुछ ही दूर अंगूरों के बगीचे से चुम्बन, फुसफुसाहट और गहरी साँसें सुनाई दे रही थीं। स्तेपी में कोई कुत्ता रो रहा था। हवा में एक अजीब गन्ध भरी थी, जो नथुनों और रगों में एक

गुदगुदी-सी पैदा करती थी। बादलों की परछाइयों के झुरमुट धरती पर रेंग रहे थे—कभी वे धुँधले पड़ जाते थे और कभी खूब साफ दिखाई देने लगते थे। चाँद अब धुँधली दूधिया आभा का एक गोल धब्बा मात्र रह गया था, जिसे कभी-कभी बादल का एक छोटा-सा टुकड़ा पूर्णतया ओझल कर देता था। स्तेपी-विस्तार में, जो मानो अपने आँचल में कुछ छिपाकर अब काला और भयानक हो उठा था, बहुत दूर छोटी-छोटी नीली लपटें थरथरा रही थीं। वे इस तरह चमक उठतीं जैसे लोग किसी चीज़ की खोज में स्तेपी में घूमते हुए दियासलाइयाँ जलाते हों, जिन्हें हवा तुरन्त बुझा देती हो। बहुत ही अजीब थीं ये नीली रोशनियाँ—परी-कथा की झलक दिखाती-सी।

"देख रहे हो तुम ये चिंगारियाँ?" इज़रगिल ने पूछा।

"वे छोटी-छोटी नीली रोशनियाँ?" स्तेपी की ओर इशारा करते हुए मैंने कहा।

"नीली? हाँ, ये वही हैं ...सो वे अब भी उड़ती रहती हैं! ठीक! मैं तो अब उन्हें देख नहीं पाती। बहुत कुछ नहीं दिखाई देता अब मुझे।"

"कहाँ से निकल रही हैं ये?" मैंने बुढ़िया से पूछा।

उनके बारे में पहले भी मैं कुछ सुन चुका था, लेकिन बुढ़िया इज़रगिल क्या कहेगी, मैं यह सुनना चाहता था।

"ये दान्कों के जलते दिल से निकल रही हैं। बहुत दिन पहले एक हृदय मशाल की भाँति जल उठा था, उसी से अब ये चिंगारियाँ निकलती हैं। मैं तुम्हें उसकी कहानी सुनाऊँगी। यह भी बहुत पुरानी कथा है—बहुत पुरानी! देख रहे हो न, कितना कुछ था पुराने दिनों में! आजकल तो कुछ भी नहीं है—न वे आदमी हैं, न वे कारनामे हैं, न वे किस्से हैं—कुछ भी तो ऐसा नहीं है, जिसकी उन पुराने दिनों से तुलना की जा सके। ऐसा क्यों है? बताओ तो! नहीं बता सकते। क्या जानते हो तुम? नई पीढ़ी के तुम सभी लोग क्या जानते हो? ओह-हो! अगर तुम अतीत की खोज-बीन करो, तो जीवन की सभी पहेलियों का जवाब मिल जाए ...लेकिन तुम लोग ऐसा नहीं करते और इसीलिए जीने का ढंग नहीं जानते। क्या मैं जीवन का रंग-ढंग नहीं देखती? सब कुछ देखती हूँ, बेशक मेरी आँखें कमज़ोर हो गयी हों। और मैं देखती हूँ कि जीने के बजाय लोग अपना समूचा जीवन जीने की तैयारी करने में गँवा देते हैं। और इतना सारा समय हाथ से निकल जाने के बाद जब वे अपने को लुटा हुआ देखते हैं, तो भाग्य को कोसने लगते हैं। भाग्य भला इसमें क्या कर सकता है? हर आदमी खुद ही अपना भाग्य है। आज दुनिया में हर तरह के लोग हैं, लेकिन मुझे उनमें कोई शक्तिशाली नज़र नहीं आता। वे कहाँ गये? और सुन्दर लोग भी तो दिनोदिन कम होते जा रहे हैं।"

बुढ़िया रुककर इस चिन्ता में डूब गयी कि शक्तिशाली और सुन्दर लोग कहाँ गये। वह यह सोच रही थी और उसकी आँखें स्तेपी के अन्धकार में एकटक जमी थीं, जैसे वे वहाँ इस प्रश्न के उत्तर की खोज कर रही हों!

उसके कहानी शुरू करने तक मैं चुपचाप प्रतीक्षा करता रहा। मुझे डर था कि मेरे कुछ कहने से कहीं उसका ध्यान न भटक जाए, और उसने कहानी सुनानी शुरू कर दी :

"बहुत-बहुत पहले एक जाति थी। वह जिस जगह रहती थी, उसके तीन ओर अगम्य जंगल छाए थे तो चौथी ओर घास के मैदान। इस जाति के लोग तगड़े, बहादुर और ख़ुशमिज़ाज थे। लेकिन बुरे दिनों ने उन्हें आ घेरा। कुछ अन्य जातियों ने वहाँ धावा बोल दिया और उन्हें जंगल की गहराइयों में खदेड़ दिया। जंगल अन्धकार में डूबा हुआ और दलदली थी। कारण कि वह बहुत पुराना था और पेड़ों की शाखाएँ ऐसे कसकर एक दूसरी के साथ गुँथी थीं कि आकाश की शक्ल तक नज़र नहीं आती थी और घनी शाखाओं को चीरकर दलदल तक पहुँचने में सूरज की किरणों की सारी शक्ति चुक जाती थी। अगर वे कहीं पानी तक पहुँच जातीं, तो वहाँ विषैली गन्ध उठने लगती थी, जिससे लोग मरने लगते। उस जाति की स्त्रियाँ और बच्चे रोने-पीटने और पुरुष चिन्ता में घुलने लगते। तब जंगल से निकल भागने के सिवा कोई चारा नहीं रहता, लेकिन बाहर निकलने के दो ही रास्ते थे—एक, पीछे की ओर, जहाँ सशक्त और जानी दुश्मन मौजूद थे और दूसरा, आगे की ओर, जहाँ दैत्यों के आकार के पेड़ उनका रास्ता रोके खड़े थे, जिनकी मज़बूत शाखाएँ एक-दूसरे के साथ इस मजबूती के साथ गुँथी हुई थीं कि उनके बीच से निकलना मौत को दावत देने जैसा था। उनकी पेंचदार टेढ़ी-मेढ़ी जड़ें दलदली कीचड़ में काफी गहराई तक चली गयी थीं। ये दैत्यों के आकार के पेड़ दिन के धूसर अँधेरे में निर्वाक् और निश्चल खड़े रहते और रात को जब अलाव जलते, तो लोगों के गिर्द अपना घेरा और भी कस लेते। स्तेपी की उन्मुक्त गोद के अभ्यस्त लोग हमेशा दिन और रात अँधेरे की दीवारों में बन्द रहते जो मानो उन्हें कुचलने की कसम खाए बैठी थीं। इस सबसे भी अत्यन्त भयानक थी हवा। जब वह पेड़ों की चोटियों पर से सनसनाती और फुँफकारती हुई गुज़रती तो ऐसा मालूम होता, जैसे समूचा जंगल उन लोगों के लिए किसी भयंकर शोक-गीत से गूँज उठा हो। वे एक बहादुर जाति के लोग थे और मृत्यु-पर्यन्त उन लोगों से लड़ते रहते थे, जिनसे वे एक बार हार चुके थे। लेकिन वे लड़ाइयों में अपने को मरने नहीं दे सकते थे, क्योंकि उनके अपने जीवन के कुछ आदर्श थे। अगर वे मर जाते, तो उनके जीवन के आदर्श भी उनके साथ ही नष्ट हो जाते। इसीलिए वे दलदल की ज़हरीली गन्ध और जंगल के घुटे-घुटे शोर में लम्बी रातों में बैठे हुए अपने भाग्य के बारे में सोचते रहते थे। जब वे सोच में डूबे बैठे होते, और आग की लपटों की परछाइयाँ उनके इर्द-गिर्द मूक नृत्य में उछलती-

कूदती रहतीं, तब उन्हें ऐसा लगता, जैसे ये निरी परछाइयाँ नृत्य ही नहीं कर रही हैं, बल्कि जंगल और दलदल की प्रेतात्माओं के रूप में अपनी विजय का उत्सव मना रही हैं ... लोग बैठे-बैठे ऐसे सोचते रहते। आदमी को परेशान करने वाले विचार आदमी को जितना निचोड़ते हैं, उतना और कोई चीज़ नहीं—न श्रम, न स्त्रियाँ। लोग चिन्ता से दुबलाने लगे। भय का उनके हृदयों में उदय हुआ और उनकी मज़बूत बाँहों को उसने जकड़ लिया। विषैली गन्ध के कारण मरे लोगों के शवों पर स्त्रियों का विलाप भय से नि:शक्त हुए जीवितों में आतंक पैदा करता और इस तरह जंगल में कायरतापूर्ण शब्द भिनभिनाने लगे—पहले धीमे और फिर दबे-दबे और बाद में मुखर होकर। अन्त में थक-हारकर वे अपने दुश्मनों के समक्ष आत्मसमर्पण करने की सोचने लगे। मृत्यु के भय ने उन्हें इतना अशक्त कर दिया था कि हर कोई गुलाम की भाँति जीवन बिताने को तैयार हो गया था ...लेकिन तभी दान्कों आया और उसने उन सबकी रक्षा ही नहीं की, बल्कि बहादुरी के साथ जीने की राह को प्रशस्त भी किया।''

दान्कों के जलते हुए हृदय की कहानी बुढ़िया शायद अकसर सुनाती थी। बैठे हुए गले से चरचराती आवाज़ में जब वह गाती हुई-सी इसे सुना रही थी, तो मुझे ऐसा लगा, जैसे मैं उस जंगल की गूँज सुन रहा हूँ, जिसकी गहराइयों में वे अभागे लोग विषैली गन्ध से मर रहे थे।

''दान्कों उन्हीं में से एक सुन्दर जवान था। सुन्दर लोग हमेशा साहसी होते हैं। उसने अपने साथियों से कहा :

'राह की चट्टानें सोचने से नहीं हट जातीं। जो कुछ नहीं करते, वे कुछ नहीं पाते। सोच और भय में हम अपनी शक्तियाँ क्यों बरबाद कर रहे हैं? उठो, जंगल को चीरते हुए हम आगे बढ़ चलें—आख़िर कहीं न कहीं तो इसका अन्त होगा ही, क्योंकि हर चीज़ का अन्त होता है। चलो, आगे बढ़ें!'

लोगों की आँखें उसकी ओर उठीं और उन्होंने देखा, वह उनमें सबसे श्रेष्ठ है, क्योंकि उसकी आँखें शक्ति और जीवन जीने की ललक से दमक रही थीं।

'तुम हमारी अगुवाई करो!' लोगों ने उसे आग्रह से कहा।

'और उसने उनकी अगुवाई की।'

बुढ़िया बोलते-बोलते रुक गयी और स्तेपी के उस पार देखने लगी। अन्धकार काजल की भाँति गहरा और घना होता जा रहा था। बहुत दूर दान्कों के जलते हुए हृदय की चिंगारियाँ रह-रहकर चमक उठतीं—नीले आकाश-कुसुमों की भाँति।

''सो दान्कों उन्हें ले चला। वे उत्साह से उसके साथ चले, क्योंकि उनका उसमें विश्वास था। रास्ता बड़ा विकट था। अँधेरा था। क़दम-क़दम पर दलदल मुँह बाए थी, जो लोगों को निगल जाती थी और पेड़ मज़बूत दीवारों की भाँति राह रोके खड़े थे। उनकी शाखाएँ कसकर एक दूसरे में गुँथी थीं, साँप की भाँति हर तरफ फैली

हुई थीं उनकी जड़ें। हर क़दम आगे बढ़ने के लिए उन्हें अपने रक्त और पसीने से कीमत चुकानी पड़ती। देर तक वे चलते रहे। जंगल जब और अधिक घना होता गया तो लोगों की शक्ति क्षीण पड़ती गयी और तब वे दान्कों के ख़िलाफ़ भुनभुनाने लगे। कहने लगे कि वह निरा लड़का और अनुभवहीन है और न जाने हमें कहाँ ले आया है! लेकिन वह उनके आगे-आगे चलता रहा। उसके मन में किसी तरह की शंका और चेहरे पर शिकन नहीं थी।

लेकिन एक दिन तूफ़ान ने जंगल को घेर लिया और पेड़ों में आतंकपूर्ण सनसनाहट दौड़ गयी, और तब इतना घना अँधेरा छा गया कि लगता था, वे तमाम रातें एक साथ यहाँ जमा हो गयी हैं, जो जंगल के जन्म से लेकर अब तक बीती थीं। लेकिन फिर भी वे छोटे-छोटे लोग भीमाकार पेड़ों तथा तूफ़ानी गर्जन के बीच चलते रहे। वे चलते जाते, भीमाकार पेड़ चरचराते, भयंकर गीत-से गाते और पेड़ों की चोटियों के ऊपर बिजली चमकती, क्षण-भर के लिए एक ठंडी नीली रोशनी जंगल में कौंधकर लुप्त हो जाती और फिर उतनी ही तेज़ी से वह प्रकट होती। लोगों के हृदय भय से काँप उठते। बिजली की ठंडी रोशनी में पेड़े जीते-जागते मालूम होते—अपनी गठीली लम्बी बाँहों को फैलाए और उन्हें गूँथकर घना जाल बिछाए, ताकि ये लोग, जो अन्धकार की क़ैद से छूटने की कोशिश कर रहे हैं, उसमें फँसकर रह जाएँ। शाखाओं के घटाटोप में से भी कोई ठंडी, काली और भयानक चीज़ उनकी ओर घूर रही थी। बड़ा ही बीहड़ मार्ग था वह। और लोग, जो थककर चूर-चूर हो गये थे, हिम्मत हार बैठे। लेकिन शर्म के मारे वे अपनी कमज़ोरी स्वीकार नहीं करते और अपना गुस्सा तथा खीज दान्कों पर उतारते, जो उनके आगे-आगे चल रहा था। वे उस पर आरोप लगाते कि वह उनकी अगुवाई करने की योग्यता नहीं रखता ...तो लोगों की ऐसी हालत थी!

वे रुक गये और उस काँपते हुए अँधेरे और जंगल की विजयोन्मत्त गर्जन के बीज थकान तथा गुस्से से बेहाल उन लोगों ने दान्कों को भला-बुरा कहना शुरू किया :

'तुम कमीने और दुष्ट हो! तुम्हीं ने हमें इस मुसीबत में फँसाया है।' उन्होंने कहा, 'यहाँ लाकर तुमने हमारी जान सोख ली और इसके लिए तुम्हें अब अपनी जान से हाथ धोना पड़ेगा!'

दान्कों ने उनकी ओर देखा और चिल्लाकर बोला, 'तुमने कहा—हमारी अगुवाई करो, और मैंने तुम्हारी अगुवाई की। मुझमें तुम्हारी अगुवाई करने की हिम्मत है और इसीलिए मैंने इसका बीड़ा उठाया। लेकिन तुम? तुमने अपनी मदद के लिए क्या किया? चलते ही रहे और अधिक लम्बे रास्ते के लिए अपनी शक्ति सुरक्षित नहीं रख पाए! भेड़ों के रेवड़ की भाँति तुम केवल चलते ही रहे!'

उसके इन शब्दों ने उन्हें और भड़का दिया।

'हम तुम्हारी जान ले लेंगे ...तुम्हारी जान ले लेंगे!' वे चीख़ उठे।

जंगल गूँज रहा था। उनकी चीखों को प्रतिध्वनित कर रहा था। बिजली अँधेरे की चिंदियाँ बिखेर रही थी। दान्कों की नज़र उन पर टिकी थी, जिनके लिए उसने इतना कष्ट उठाया था, और उसने देखा कि वे दरिन्दे बने हुए हैं। लोगों की भीड़ उसे घेरे थी, लेकिन उनके चेहरों पर सद्‌भावना का कोई चिह्न नज़र नहीं आ रहा था। उनसे किसी तरह की दया की उम्मीद नहीं की जा सकती थी। तब गुस्से की एक आग-सी उसके हृदय में धधकी, लेकिन लोगों के प्रति दयाभाव ने उसे शान्त कर दिया। वह लोगों को चाहता था और उसे डर था कि उसके बिना वे नष्ट हो जाएँगे। उन्हें बचाने और सुगम पथ पर ले जाने की एक महत्त्वाकांक्षा की ज्योति उसके हृदय में जल उठी और इस महान ज्योति की तेज़ लपटें उसकी आँखों में नाचने लगीं ...और यह देखकर लोगों ने सोचा कि वह आपे से बाहर हो गया है और इसी कारण उसकी आँखों में आग की प्रखर लौ थिरक रही है। वे भेड़िया की भाँति चौकस हो गये-इस आशंका से कि वह अब उन पर टूट पड़ेगा। वे लोग उसके और भी निकट आ गये ताकि दान्कों को दबोच लें और मार डालें। उसने उनके इस इरादे को भाँप लिया, जिससे उसके हृदय की ज्योति और भी उज्ज्वल हो उठी, क्योंकि उनके इस विचार से उसका दिल तड़प उठा था।

और जंगल अपना शोकपूर्ण गीत गाता जा रहा था, बादल गरजते जा रहे थे और ज़ोर से पानी बरसता जा रहा था। 'लोगों के लिए मैं क्या करूँ?' दान्कों की आवाज़ बादलों की गरज को बेधती हुई गूँज उठी।

और सहसा उसने अपना वक्ष चीर डाला। अपने हृदय को नोचकर बाहर निकाला और उसे अपने सिर से ऊँचा उठा लिया।

वह सूरज की भाँति दमक रहा था, बल्कि उसका प्रकाश सूरज से भी ज्यादा तेज़ था। जंगल की गर्जन शान्त हो गयी और इस मशाल का-मानवजाति के प्रति महान प्रेम की इस मशाल का—आलोक फैल चला। प्रकाश से अन्धकार के पाँव उखड़ गये और वह काँपता-थरथराता दलदल के सड़े-गले गर्त में कूदकर अतल गहराइयों में समा गया, और लोग आश्चर्य के मारे पत्थर की मूर्ति बने वहीं खड़े रह गये।

'बढ़े चलो!' दान्कों ने चिल्लाकर कहा और अपने जलते हुए हृदय को खूब ऊँचा उठाकर लोगों का पथ जगमगाता हुआ तेज़ी से आगे बढ़ चला।

लोग मन्त्रमुग्ध-से उसके पीछे हो लिए। तब जंगल एक बार फिर भिनभिनाने और अपनी शिराओं को अचरज से हिलाने लगा। लेकिन उसकी यह भिनभिनाहट दौड़ते हुए लोगों के पाँवों की आवाज में खो गयी। लोग अब साहस और तेज़ी के साथ भागते हुए आगे बढ़ रहे थे—जलते हुए हृदय का अद्‌भुत आलोक उन्हें

अनुप्राणित कर रहा था। लोग मरते तो अब भी थे, लेकिन आँसुओं और शिकवा-शिकायत के बिना। दान्कों सबसे आगे बढ़ा जा रहा था और उसका हृदय दहकता ही जा रहा था, दहकता ही जा रहा था।

और सहसा जंगल ने उनके लिए रास्ता बना दिया और खुद पीछे रह गया—मूक और घना। और दान्कों तथा वे सभी लोग सूरज की धूप और बारिश से धुली हवा के सागर में हिलोरें लेने लगे। तूफ़ान अब उनके पीछे, जंगल के ऊपर था, जबकि यहाँ सूरज सोना बिखेर रहा था, स्तेपी राहत की साँस ले रही थी। वर्षा के मोतियों में घास चमक रही थी और नदी सोने की तरह चमचमा रही थी। साँझ का समय था और छिपते हुए सूरज की किरणों में नदी वैसी ही लाल लग रही थी, जैसी लाल थी गर्म खून की वह धारा, जो दान्कों की फटी छाती से बह रही थी।

वीर दान्कों ने अन्तहीन स्तेपी-विस्तार पर नज़र डाली-स्वाधीन धरती पर आनन्द से छलछलाती नज़र और फिर गर्व से वह हँसा। फिर ज़मीन पर गिरा और वह मर गया।

लोग तो ख़ुशी में मस्त और आशा से ओतप्रोत थे। वे उसे मरते हुए यह भी नहीं देख पाए कि उसका वीर हृदय उसके मृत शरीर के पास पड़ा अभी भी जल रहा है। सिर्फ़ एक सतर्क आदमी की ही उसकी ओर दृष्टि गयी और उसने भयवश उस गर्वीले हृदय को अपने पैरों से रौंद डाला। चिंगारियों की एक फुहार-सी उसमें से निकली, और वह बुझ गया ...।

यही वजह है कि स्तेपी में तूफान के पहले नीली चिंगारियाँ दिखाई देती हैं।" बुढ़िया की कहानी का अन्त होते न होते स्तेपी में भयानक निस्तब्धता छा गयी थी। ऐसा मालूम होता था, जैसे वीर दान्कों की शक्ति से वह भी आतंकित हो उठी हो—जिसने लोगों के लिए खुद अपने हृदय की मशाल जलाई और बदले में किसी भी चीज की इच्छा किए बिना वह मर गया।

बुढ़िया ऊँघ चली। मैं उसकी ओर देखता हुआ सोच रहा था कि जाने अभी कितनी और कहानियों तथा स्मृतियों का भंडार है उसके पास! और मैं सोच रहा था दान्कों के महान जलते हुए हृदय के बारे में और इतनी सुन्दर तथा प्रभावपूर्ण लोककथाओं को जन्म देने वाली मानवीय कल्पना के बारे में।

इज़रगिल अब गहरी नींद में सो गयी थी। हवा के एक झोंके ने उन चिथड़ों को हटाकर अलग कर दिया था, जो उसकी हड़ियल छाती को ढँके थे। मैंने उसके बूढ़े शरीर को ढँक दिया और उसकी बगल में लेट गया।

स्तेपी अँधेरे से घिरी निस्तब्ध थी। आकाश में बादल तैर रहे थे—धीरे-धीरे, उदास-उदास। सागर मर्मर-ध्वनि कर रहा था—दबी-दबी और दर्दभरी!

पागल की डायरी

(1881–1936) चीन की आधुनिक सांस्कृतिक क्रान्ति के प्रधान सेनापलि लू शुन न सिर्फ एक महान विचारक व राजनीतिक समीक्षक थे बल्कि आधुनिक चीनी साहित्य के संस्थापक भी थे। अपने प्रारम्भिक जीवन में लू शुन एक जनवादी क्रान्तिकारी थे, बाद में परिपक्व होकर एक साम्यवादी बने। लू शुन की 'पागल की डायरी' नामक कहानी में चीन के सामाजिक जीवन का जीवन्त चित्रण है।

दो भाई थे। उनके नाम नहीं बताऊँगा। मेरे स्कूल के दिनों के साथी थे। दोनों से ही अच्छा मेल-जोल था। परन्तु कई वर्ष तक मेल-मुलाकात न हो सका और सम्पर्क टूट गया। कुछ महीने पहले सुना कि उनमें से एक बहुत बीमार है। मैं अपने गाँव लौट रहा था, सोचा रास्ते में उन लोगों के यहाँ भी होता चलूँ। उनके घर गया तो एक ही भाई से मुलाकात हुई। उसने बताया कि छोटा भाई बीमार था।

मित्र ने कहा, 'तुम्हारे दिल में कितना स्नेह है। हम लोगों का ख्याल कर इतनी दूर से मिलने के लिए आए हो। अब छोटे भाई की तबीयत ठीक है। उसे सरकारी नौकरी मिल गयी है, वहीं गया है।' बड़े भाई ने हँसते-हँसते दो मोटी-मोटी जिल्दों में लिखी डायरी मुझे दिखाई और बोला कि अगर कोई इस डायरी को पढ़ ले तो भाई की बीमारी का रहस्य समझ जाएगा और अपने पुराने दोस्त को दिखा देने में हर्ज भी क्या है। मैं डायरी ले आया और उसे पढ़ डाला। समझ गया कि बेचारा नौजवान अजीब आतंक और मानसिक यन्त्रणा से पीड़ित था। लिखावट बहुत उलझी-उलझी और असम्बद्ध थी। कुछ बेसिर-पैर के आरोप भी थे। पृष्ठों पर तारीखें नहीं थीं। जगह-जगह स्याही के रंग और लिखावट के अन्तर से अनुमान हो सकता था कि ये जब-तब आगे-पीछे लिखी गयी चीजें होंगी। कुछ बातें सम्बद्ध भी जान पड़ती थीं और समझ में आती थीं। चिकित्सा-विज्ञान की खोज की दृष्टि से उपयोगी हो सकने वाले कुछ पृष्ठों को मैंने नकल कर लिया। डायरी की एक भी बेतुकी बात को मैंने बदला नहीं, बस नाम बदल दिए हैं, हालाँकि दूर देहात के उन लोगों को जानता भी कौन है। शीर्षक स्वयं लेखक का ही दिया हुआ है। यह दिमाग

ठिकाने आ जाने पर ही दिया होगा। मैंने उसे नहीं बदला।

(1)

आज रात चाँद खूब उजला है।

तीस वर्ष हो गये, चाँद को नहीं देख पाया। इसलिए आज इस चाँदनी में मन में उत्साह उमड़ता जा रहा है। आज अनुभव कर रहा हूँ कि बीते तीस वर्ष अन्धकार में ही बिता दिए; परन्तु अब बहुत चौकस रहना होगा। अवश्य कोई बात है। वरना चाओ परिवार का कुत्ता भला दो बार मेरी ओर क्यों घूरता?

हाँ, समझता हूँ, मेरी आशंका अकारण नहीं है।

(2)

आज अँधेरी रात है। चाँद का कहीं पता नहीं। लक्षण शुभ नहीं हैं। आज सुबह बाहर गया तो बहुत सावधान था। चाओ साहिब ने मेरी ओर ऐसे देखा मानो मुझे देखकर डर गये हों, मानो मेरा खून करना चाहते हों। सात-आठ दूसरे लोग भी थे। एक दूसरे से फुसफुसाकर मेरी बात कर रहे थे और मेरी नजर से बचने की कोशिश कर रहे थे। जितने लोग मिले सबका वही हाल था। उनमें जो सबसे डरावना था, मुझे देखते ही दाँत निकालकर हँसने लगा। मैं सिर से पाँव तक काँप उठा। समझ गया, इन लोगों ने सब तैयारी कर ली है।

मैं डरा नहीं, अपनी राह चलता गया। कुछ बच्चे आगे-आगे जा रहे थे। वे मेरी ही बात कर रहे थे। उनकी नजरें चाओ साहिब की ही तरह थीं और चेहरे डर से जर्द पड़ गये थे। सोच रहा था, मैंने इन लड़कों का क्या बिगाड़ा है। ये क्यों मुझसे खफा हैं? रहा नहीं गया तो मैं पुकार बैठा, 'क्यों, क्या बात है?' मगर तब वे सब भाग गये।

कुछ समझ नहीं पाता कि चाओ साहिब से मेरा क्या झगड़ा है। राह चलते लोगों का मैंने क्या बिगाड़ा है? बस इतना याद है कि बीस वर्ष पहले कू च्यू साहिब की वर्षों पुरानी बही पर मेरा पाँव पड़ गया था और कू साहिब नाराज हो गये थे। पर कू का चाओ से क्या मतलब? एक दूसरे को पहचानते भी नहीं। हो सकता है, चाओ ने इसके बारे में किसी से सुन लिया हो और मुझसे उसका बदला लेने की ठान ली हो। वह राह चलते लोगों को मेरे विरुद्ध भड़काते रहते हैं; पर इन बच्चों को इस सबसे क्या मतलब? ये लोग तो तब पैदा भी नहीं हुए थे। ये लोग मुझे ऐसे घूर-घूर कर क्यों देखते हैं? मानो डरे हुए हों, मेरा खून कर देने की घात में हों। बहुत घबराहट होती है। क्या करूँ? अजब परेशानी है। मैं समझता हूँ। इन लोगों ने यह

सब जरूर अपने माँ-बाप से सीख लिया होगा!

(3)

रात में नींद नहीं आती। बिना अच्छी तरह सोचे-विचारे कोई भी बात समझ में नहीं आ सकती।

इन लोगों को देखो—कई लोगों को मजिस्ट्रेट कठघरे में बन्द करवा चुका है; बहुत से लोग अमीर-उमरावों से मार खा चुके हैं; बहुतों की बीवियों को सरकारी अमले के लोग छीन ले गये हैं; कइयों के माँ-बाप साहूकारों से परेशान होकर गले में फाँसी लगाकर आत्महत्या कर चुके थे। पर इन सब बातों को याद करके भी इन लोगों की आँखों में कभी इतना खून नहीं उतरा होगा, इन्हें कभी इतना गुस्सा नहीं आया होगा जितना कि कल देखने में आया।

उस औरत को क्या कहूँ? कल गली में अपने लड़के को पीट-पीट कर चीख रही थी, 'बदमाश कहीं का! तेरी चमड़ी उधेड़ दूँगी! तेरी बोटी-बोटी काट डालूँगी! तूने मेरा कलेजा जला दिया!' वह बार-बार मेरी तरफ देखने लगती थी। मैं काँप उठा। बड़ी घबराहट हुई। क्रूर चेहरे, लम्बे-लम्बे दाँतों वाले लोग हँसने लगे। बुजुर्ग छन झट आगे बढ़ आया और मुझे पकड़कर घर ले आया।

छन मुझे घर लिवा लाया। सब लोग ऐसे बन गये मानो पहचानते ही न हों। मैंने उनकी आँखें पहचानीं। उनकी नजरों में भी वही गली के लोगों वाली बात थी। मैं अध्ययन-कक्ष में आ गया तो उन्होंने झट दरवाजा बन्द कर दिया और साँकल लगा दी, जैसे मुर्गी या बत्तख को दरबे में बन्द कर दिया गया हो। मैं और भी परेशान हो गया।

कुछ दिन पहले की बात है। शिशु-भेड़िया गाँव से हमारा एक असामी फसल के चौपट होने की खबर देने आया था। उसने मेरे बड़े भाई को बताया कि गाँव के दस लोगों ने मिलकर देहात के एक बदमाश दिलेर गुंडे को घेर लिया और मार-मार कर उसका काम तमाम कर दिया। कुछ लोगों ने उसका सीना फाड़कर दिल और कलेजा निकाल लिया, उन्हें तेल में तला और बाँटकर खा गये कि उनका भी हौसला बढ़ जाए। मुझसे रहा नहीं गया और मैं बोल पड़ा। भैया और असामी दोनों मुझे घूरने लगे। बिलकुल ऐसे ही घूर रहे थे जैसे आज सड़क पर लोगों की नजरें।

यह सब सोचकर एड़ी तक सारा बदन सिहर उठता है।

ये लोग आदमखोर हैं, ये मुझे भी खा सकते हैं।

याद आया, वह औरत कह रही थी, 'तेरी बोटी-बोटी काट डालूँगी!' क्रूर चेहरों पर लम्बे दाँत निकाले लोग हँस रहे थे, और उस असामी ने जो कहानी सुनाई

.ये सब गुप्त संकेत हैं। इन लोगों की बातों में कितना विष भरा है। इनकी हँसी खंजर की धार की तरह काटती है। इनके ये लम्बे-लम्बे सफेद दाँत आदमियों के हाड़-मांस चबा-चबाकर चमक गये हैं। ये सब आदमखोर हैं।

मैं जानता हूँ, यद्यपि मैं कोई बुरा आदमी नहीं, पर जब से कू साहिब की बही पर मेरा पाँव पड़ा है, लोग मेरे पीछे पड़ गये हैं। इन लोगों के मन में ऐसी गाँठ पड़ गयी है कि मैं कुछ कर ही नहीं सकता। ये लोग किसी से एक बार बिगड़ जाते हैं तो उसे बदमाश समझ लेते हैं। खूब याद है, बड़े भाई मुझे निबन्ध लिखना सिखाया करते थे। कोई आदमी कितना ही भला रहा हो, यदि मैं उसके दोष दिखा देता तो उन्हें पसन्द आता था। साथ ही यदि मैं किसी के दोष पर पर्दा डाल देता तो कह बैठते, 'बहुत खूब! यह तुम्हारी नई सूझ है।' उन लोगों के मन की थाह कैसे पा सकता हूँ, खासकर जब ये लोग किसी को खा जाने की बात सोच रहे हों।

बहुत गहराई से विचार किए बिना कुछ समझ पाना कठिन है। याद पड़ता है कि आदिम लोग प्राय: नर-मांस खाते थे, पर बिलकुल ठीक याद नहीं पड़ रहा। इस विषय में इतिहास की पुस्तकों में भी खोज करने का यत्न किया, कहीं क्रमबद्ध इतिहास नहीं मिला। 'सद्‌गुण और सदाचार' यही शब्द सभी पृष्ठों पर मिलते हैं। नींद किसी तरह नहीं आ रही थी, इसलिए बहुत ध्यान से आधी रात तक पढ़ता रहा। जहाँ-तहाँ वास्तविक अभिप्राय समझ में आने लगा। सारी किताब में सब जगह एक ही बात थी, 'मनुष्य को खा जाओ'।

पुस्तक में लिखी ये सारी बातें, उस असामी की सारी बातें, मेरी ओर कैसे घूर रही हैं, गूढ़ मुस्कराहट से!

मैं भी तो मनुष्य हूँ और ये लोग मुझे खा जाना चाहते हैं!

(4)

सुबह कुछ देर से चुपचाप बैठा था। छन खाना लेकर कमरे में आया—एक कटोरे में सब्जी थी, दूसरे में भाप से पकाई हुई मछली। मछली की आँखें पथराई हुई सफेद थीं, मुँह खुला हुआ था, जैसे कोई भूखा आदमखोर मुँह खोले हुए हो। मैं खाने लगा। ग्रास निगलता जा रहा था। नहीं मालूम मछली खा रहा था या नर-मांस। सब उगल डाला।

मैंने छन से कहा, 'छन, भैया से कहो इस कोठरी में मेरा दम घुटा जा रहा है, जरा आँगन में टहलूँगा।' छन चुपचाप चला गया। तुरन्त ही लौटकर आया और उसने दरवाजा खोल दिया।

मैं कोठरी में ही बैठा रहा, उठा नहीं। सोच रहा था, ये लोग अब क्या करेंगे?

यह तो जानता था कि मुझे हाथ से निकल नहीं जाने देंगे। इतना तो निश्चित था। भैया आहिस्ता-आहिस्ता कदम रखते एक बुजुर्ग को साथ लिए आ पहुँचे। बुड्ढे की खून की प्यासी आँखों में कटार की सी चमक थी। वह मुझसे आँख नहीं मिलाना चाहता था कि कहीं मैं ताड़ न लूँ, इसलिए गर्दन झुकाए था। चश्मे के भीतर से कनखियों से मेरी ओर देख लेता था।

'आज तो तुम्हारी तबीयत बहुत अच्छी लग रही है।' भैया बोले। मैंने हामी भरी।

'तुम्हें दिखाने के लिए ही हो साहिब को बुलवाया है।' भैया ने कहा।

'बहुत अच्छा।' मैंने कहा, पर समझ गया कि यह बुड्ढा असल में एक जल्लाद है, जो हकीम बनकर आया है! मेरी नब्ज देखने के बहाने वह मुझे टटोलकर मांस का अनुमान लगा रहा था। इस सेवा के लिए उसे भी मेरे मांस का हिस्सा पाने की आशा थी। इस पर भी मैं डरा नहीं। मैं आदमखोर नहीं हूँ, पर उन लोगों से अधिक साहस मुझमें है। मैंने अपनी दोनों कलाइयाँ आगे बढ़ा दीं, यह सोचकर कि देखूँ क्या करता है। बुड्ढा चौकी पर बैठ गया, आँखें मूँदे मेरी नब्ज देखता रहा। कुछ देर सोचकर मैं मौन रहा फिर अपनी धूर्त आँखें खोलकर बोला, 'अपने विचारों को भटकने मत दो, फिक्र बिलकुल मत करो। कुछ दिनों तक पूरा आराम करो। चैन से रहो, तुम्हारी सेहत बिलकुल ठीक हो जाएगी।'

'अपने विचारों को भटकने मत दो! बिलकुल फिक्र मत करो? कुछ दिन पूरा आराम करो! चैन से रहो!' हाँ, जब मैं खूब मोटा हो जाऊँगा तो इन्हें खूब मांस मिलेगा। पर मुझे इससे क्या मिलेगा? यह क्या सेहत का ठीक होना है? यह इन सब आदमखोरों का नर-मांस के लिए लालच और साथ ही भलमनसाहत का दिखावा है। कायरता के कारण ये लोग तुरन्त कार्यवाही करने का साहस नहीं कर पाते—यह देखकर हँसी के मारे पेट में बल पड़ने लगते हैं। मेरी हँसी रुक न सकी और मैं ठहाका लगाकर हँस पड़ा। खूब मजा आया। मैं जानता था इस हँसी में निर्भीकता और सत्यनिष्ठा छिपी है। भैया और बूढ़े हकीम के चेहरे पीले पड़ गये। वे लोग मेरी निर्भीकता और सत्यनिष्ठा देखकर डर गये।

मैं निडर हूँ, साहसी हूँ, इसीलिए तो वे लोग मुझे खा जाने के लिए और अधिक आतुर हैं, ताकि मेरा दमदार कलेजा खाकर उनका हौसला और बढ़ सके। बूढ़ा हकीम उठकर चल दिया। जाते-जाते भैया के कान में कहता गया, 'इसे अभी खाना है!' भैया ने सर झुकाकर हामी भर ली। अब समझ में आया। विकट रहस्य खुल गया। मन को धक्का तो लगा, पर यह तो होना ही था। मुझे मालूम ही था : मेरा अपना ही भाई मुझे खा डालने के षड्यन्त्र में शामिल है!

यह आदमखोर मेरा अपना ही बड़ा भाई है!

मैं एक आदमखोर का छोटा भाई हूँ!

मुझे दूसरे लोग खा जाएँगे, लेकिन फिर भी मैं एक आदमखोर का छोटा भाई हूँ!

(5)

कुछ दिनों से दूसरी ही बात मन में आ रही है—हो सकता है हकीम के वेश में वह बूढ़ा जल्लाद न हो, हकीम ही हो; अगर ऐसा भी है तो भी वह आदमखोर तो है ही। वैद्यों के पुरखे ली-शी-चन की जड़ी-बूटियों की पोथी में साफ लिखा है कि नर-मांस को उबालकर खाया जा सकता है; सो वह वैद्य आदमखोर नहीं तो क्या है?

बड़े भाई का क्या कहना, वे तो आदमखोर हैं ही। जब मुझे पढ़ाते थे तो अपने मुँह से कहते थे, 'लोग अपने बेटों को एक दूसरे से बदलकर उन्हें खा जाते हैं' और एक बार एक बदमाश के लिए उन्होंने कहा था कि उसे मार डालने से ही क्या होगा, 'उसका गोश्त खा डालें और उसकी खाल को बिछावन बना लें!' तब मेरी उम्र कच्ची थी। सुनकर दिल देर तक धड़कता रहा। जब शिशु-भेड़िया गाँव के असामी ने एक बदमाश का कलेजा निकालकर खा जाने की बात कही थी तब भी भैया को कुछ बुरा नहीं लगा था। सुनकर चुपचाप सिर हिलाते रहे थे, जैसे ठीक ही हुआ हो। मुझसे छुपा क्या है, वे तो पहले की ही तरह खूँखार हैं। चूँकि 'बेटों को एक दूसरे से बदलकर उन्हें खा जाना' सम्भव है, तो फिर हर चीज को बदला जा सकता है, हर किसी को खाया जा सकता है। उन दिनों भैया जब ऐसी बातें समझाते थे तो मैं सुन लेता था, सोचता नहीं था। पर अब खूब समझ में आता है कि ऐसी बातें कहते समय उनके मुँह में नर-मांस का स्वाद भर आता होगा और उनका मन मनुष्य को खाने के लिए व्याकुल हो उठता होगा।

(6)

घना अँधेरा है। जान नहीं पड़ता रात है या दिन। चाओ परिवार का कुत्ता फिर भौंक रहा है।

बबर शेर की तरह खूँखार, खरहे की तरह कातर, लोमड़ी की तरह धूर्त्त। ...

(7)

मैं उन लोगों को खूब जानता हूँ। किसी को एकदम मार डालने को ये तैयार नहीं हैं। ऐसा कर सकने का साहस इन लोगों में नहीं है। परिणाम के भय से इनकी जान

निकलती है, इसलिए ये लोग षड्यन्त्र रचकर जाल बिछा रहे हैं, मुझे आत्महत्या कर लेने के लिए विवश कर रहे हैं। कुछ दिनों से गली के पुरुषों और स्त्रियों का बरताव देख रहा हूँ और बड़े भाई का रंग-ढंग भी देख रहा हूँ। मैं सब समझता हूँ। ये लोग चाहते हैं कि कोई घर की धन्नी से फन्दा लगाकर इनके लिए मर जाए। कत्ल के लिए कोई इन पर उँगली न उठा सके और ये लोग जी भरकर खाएँ। ये लोग इसी बात की कल्पना करके ख़ुशी से फूले नहीं समा रहे। चाहे कोई आदमी चिन्ता और संकट से सूख-सूख कर आत्महत्या कर ले और उसके शरीर में रक्त-मांस कुछ भी न रहे, ये लोग उसे भी खाने के लिए लालायित रहते हैं।

ये लोग केवल मुरदार गोश्त खाते हैं! याद आता है, एक घिनौने जानवर के बारे में पढ़ा है। उसकी आँखें बड़ी डरावनी होती हैं। हाँ, उसे लकड़बग्घा कहते हैं। लकड़बग्घा अकसर मुरदार गोश्त खाता है। मोटी-से-मोटी हड्डी दाँतों में चबाकर निगल जाता है। ख्याल आते ही रोंगटे खड़े हो जाते हैं। लकड़बग्घे की जाति भेड़िये से मिलती है और भेड़िया कुत्ते की जाति का होता है। उस दिन चाओ परिवार का कुत्ता बार-बार मेरी ओर देख रहा था। मालूम होता था वह कुत्ता भी षड्यन्त्र में शामिल है। बूढ़ा हकीम नजरें झुकाए था, पर मैं तो ताड़ गया!

सबसे अधिक दुख तो अपने बड़े भाई के लिए है। वह भी तो आदमी है, उसे डर क्यों नहीं लगता। मुझे खा डालने के लिए वह भी दूसरों के साथ क्यों मिल गया है! शायद जो होता चला आया है उसे करते जाने में लोग अपराध और दोष नहीं समझते। या मेरा भाई जानता है कि यह अपराध है, पाप है, पर उसने पाप करने के लिए अपना दिल पत्थर-सा बना लिया है?

सबसे पहले मैं इसी आदमखोर का भंडाफोड़ करूँगा। सबसे पहले इसी को पाप से रोकूँगा।

(8)

वास्तव में तो यह तर्क बहुत पहले ही मान लिया जाना चाहिए था।

अचानक कोई भीतर आ गया। यही बीसेक वर्ष का नौजवान होगा। चेहरा उसका ठीक-ठीक नहीं देख सका। उस पर मुस्कराहट खेल रही थी। लेकिन जब उसने गर्दन झुकाकर मेरा अभिवादन किया तो उसकी मुस्कान बनावटी-सी लगी। मैंने पूछ ही लिया, 'बताओ, नर-मांस खाना उचित है?'

वह मुस्कराता रहा और बोला, 'क्या कहीं अकाल पड़ा है, नर-मांस कोई क्यों खाएगा?'

मैं भाँप गया, यह भी उन्हीं के दल का था। मैंने साहस किया और फिर कहा:

'मेरी बात का उत्तर दो!'

'आखिर इस प्रश्न का मतलब क्या है? क्या मजाक कर रहे हो? कितना सुहावना मौसम है!'

'हाँ मौसम अच्छा है, चाँदनी खूब उजली है। पर तुम मेरी बात का जवाब दो, क्या यह उचित है?'

वह कुछ परेशान हो गया और बोला : 'नहीं।'

'नहीं? तो फिर लोग ऐसा क्यों करते हैं?'

'तुम्हारा मतलब क्या है?'

'मेरा मतलब? शिशु-भेड़िया गाँव में लोग नर-मांस खा रहे हैं। तुम पोथियाँ-ग्रन्थ उठाकर देख लो। सब जगह यही लिखा है, ताजा लाल-लाल अक्षरों में।'

वह गुमसुम रह गया। उसका चेहरा पीला पड़ गया। मेरी ओर घूरकर बोला, 'होगा, सदा से ही होता आया है।'

'सदा से होता आया है, क्या इसीलिए उचित है?'

'मैं इस बहस में नहीं पड़ना चाहता। तुम्हें भी इन फिजूल के झगड़ों में नहीं पड़ना चाहिए। ऐसी बातें नहीं करनी चाहिए।'

मैं झट से उछल पड़ा, आँखें फाड़कर इधर-उधर देखने लगा। वह आदमी गायब हो गया था। मैं पसीना-पसीना हो रहा था। नौजवान की उम्र मेरे भाई से बहुत कम थी, मगर वह भी उन लोगों के साथ था। अपने माँ-बाप से सब सीख लिया है उसने, भगवान जाने, अपने बेटे को सिखा चुका होगा! तभी तो ये जरा-जरा से छोकरे मुझे यों घूर-घूर कर देखते हैं।

(9)

दूसरों को खा लेने का लालच, परन्तु स्वयं आहार बन जाने का भय। सब एक-दूसरों से आशंकित हैं। ....

यदि इस परस्पर भय से लोगों को मुक्ति मिल सके तो वे निश्शंक होकर काम कर सकते हैं, घूम-फिर सकते हैं, खा-पी सकते हैं, चैन की नींद सो सकते हैं। बस, मन से वह एक विचार निकाल देने की जरूरत है। परन्तु लोग यह कर नहीं पाते और बाप-बेटे, पति-पत्नी, भाई-भाई, मित्र, गुरु-शिष्य एक दूसरे के जाती दुश्मन और यहाँ तक कि अपरिचित भी एक दूसरे को खा जाने के षड्यन्त्र में शामिल हैं, दूसरों को भी इसमें घसीट रहे हैं और इस चक्कर से निकल जाने को कोई तैयार नहीं।

(10)

आज सुबह बड़े भैया से मिलने गया। वे ड्योढ़ी के सामने खड़े आकाश की ओर ताक रहे थे। मैं उनके पीछे दरवाजे और उनके बीच खड़ा हो गया। बहुत ही विनय से बोला :

"भैया, कुछ कहना चाहता हूँ।'

'हाँ कहो क्या है?' उन्होंने तुरन्त मेरी ओर घूमकर सिर हिलाते हुए इजाजत दी।

'बात कुछ खास नहीं है, पर कह नहीं पा रहा हूँ। भैया, आदिम अवस्था में तो शायद सभी लोग थोड़ा-बहुत नर-मांस खा लेते होंगे। जब लोगों का जीवन बदला, उनके विचार बदले, तो उन्होंने नर-मांस त्याग दिया। वे लोग अपना जीवन सुधारना चाहते थे। इसलिए वे सभ्य बन गये, उनमें मानवता आ गयी। परन्तु कुछ लोग अब भी खाए जा रहे हैं—मगरमच्छों की तरह। कहते हैं जीवों का विकास होता है एक जीव से दूसरा जीव बन जाता है। कुछ जीव विकास करके मछली बन गये हैं, पक्षी बन गये हैं, बन्दर बन गये हैं। ऐसे ही आदमी भी बन गया है। परन्तु कुछ जीवों में विकास की इच्छा नहीं होती। उनका विकास नहीं होता, वे सुधरते नहीं, रेंगने वाले जानवर ही बने रहते हैं। नर-मांस खाने वाले असभ्य लोग नर-मांस न खाने वाले मनुष्यों की तुलना में कितना नीचा और लज्जित अनुभव करते होंगे। बन्दर की तुलना में रेंगने वाले जानवर नीचे हैं, परन्तु नर-मांस न खाने वाले सभ्य लोगों की तुलना में नर-मांस खाने वाले लोग उनसे भी नीचे हैं।

'पुराने समय में ई या ने अपने बेटे को उबालकर च्ये और चओ के सामने परोस दिया था। यह एक पुरानी कहानी है। इससे पहले भी जिस दिन से फान कू ने आकाश और पृथ्वी बनाए है, ई या के बेटे के जमाने से श्वी-शी-लिन के जमाने तक मनुष्य एक दूसरे को खाते रहे हैं। श्वी-शी-लिन के जमाने से शिशु-भेड़िया गाँव में पकड़े गये आदमी के जमाने तक यही होता रहा है। पिछले साल शहर में एक अपराधी की गर्दन काट दी गयी थी। खून बहता देखकर तपेदिक के एक मरीज ने उसके खून में रोटी डुबोकर खा ली थी।

'ये लोग मुझे खा जाना चाहते हैं। इन सब लोगों को अकेले रोक पाना तुम्हारे बस का नहीं; पर तुम इनमें क्यों मिल गये हो? ये लोग आदमखोर ठहरे, जो न कर डालें! ये मुझे खा डालेंगे। उसके बाद तुम्हारी भी बारी आएगी। फिर ये लोग आपस में भी एक-दूसरे को नहीं छोड़ेंगे। भैया, अगर तुम लोग आज ही यह रास्ता छोड़ दो तो सबको चैन मिल जाएगा। माना, बहुत-बहुत पुराने समय से ऐसा ही होता आया है, आदमी आदमी को खाता है। पर अब, आपस में हम लोग एक-दूसरे पर दया कर सकते हैं और कह सकते हैं कि ऐसा नहीं होगा! खासकर इस समय तो भैया मुझे विश्वास है कि तुम ऐसा कहोगे। अभी उस दिन वह असामी लगान घटा

देने के लिए कह रहा था। तब भी तुमने कह दिया था, ऐसा नहीं हो सकता।'

भैया पहले तो बेपरवाही दिखाने को मुस्कराते रहे, फिर उनकी आँखों में खून उतर आया और जब मैंने उनका भंडाफोड़ कर दिया तो उनका चेहरा पीला पड़ गया। ड्योढ़ी के बाहर कई लोग जमा थे। चाओ साहिब भी अपना कुत्ता लिए खड़े थे। सब लोग गर्दनें बढ़ा-बढ़ा कर बड़ी उत्सुकता से भीतर झाँक रहे थे। मैं उनके चेहरे नहीं देख पा रहा था। लगता था कई लोग कपड़े से चेहरा छिपाए हैं। कुछ के चेहरे जर्द और डरावने लग रहे थे, कुछ अपनी हँसी दबाए थे। मैं जानता था वे सब आदमखोर हैं, आपस में मिले हुए हैं। पर उनमें आपस में भी एक और मेल कहाँ था। कुछ का ख्याल था कि आदमखोरी सदा से होती आई है और यह कोई बुरी बात नहीं। कुछ मानते थे कि यह अत्याचार है, पर अपना लालच दबा नहीं पाते थे। चाहते थे कि उनका भेद न खुले। इसलिए मेरी बात सुनी तो उन्हें गुस्सा आ गया। पर अपने गुस्से को काबू कर वे होंठ दबाए मुस्कराते रहे।

भैया एकदम ताव में आ गये और जोर से चिल्ला उठे :

'चलो यहाँ से, भाग जाओ सब लोग! किसी का दिमाग खराब हो गया है और तुम उसका तमाशा देखने आए हो!'

मैं उन लोगों की चाल भाँपने लगा था। ये लोग अपनी राह से टलने वाले नहीं, इन लोगों ने पूरा षड्यन्त्र रच लिया है। सबने मिलकर मुझे पागल समझ लिया है। ये लोग मुझे खत्म कर देंगे तो कोई कुछ कहेगा भी नहीं। सब यही समझेंगे कि पगला था, उसे निबटा दिया। ठीक किया। जब शिशु-भेड़िया गाँव के असामी ने एक बदमाश को मारकर खा जाने की बात कही थी, तब भी किसी ने कुछ नहीं कहा था। तब भी इन लोगों ने यही चाल चली थी। यह इन लोगों की एक पुरानी चाल है।

छन भी भीतर चला आया। वह भी बहुत गरम हो रहा था, पर वे लोग मेरा मुँह बन्द नहीं कर सके। मैं बोले बिना नहीं माना :

'यह ठीक नहीं है, ऐसा मत करो। तुम्हें अपना मन बदलना होगा।' मैंने कहा, 'समझ लो, यह अन्याय नहीं चल सकेगा। भविष्य में दुनिया में आदमखोरी नहीं चल सकेगी।

'अगर आदमखोरी नहीं छोड़ोगे तो तुम खत्म हो जाओगे, एक-दूसरे को खा जाओगे। तुम्हारे घरों में चाहे जितनी सन्तानें पैदा हों, सभ्य लोग तुम्हें समाप्त कर देंगे। जैसे शिकारी जंगल में भेड़ियों को समाप्त कर देते हैं, जैसे लोग साँपों को खत्म कर देते हैं।'

छन दादा ने सब लोगों को भगा दिया। भैया चले गये थे। छन ने मुझे कमरे में जाने को कहा। कमरे में घुप अँधेरा था। सिर के ऊपर छत की धन्नियाँ और

कड़ियाँ थिरकती जान पड़ रही थीं। उनका आकार बढ़ता जा रहा था। कुछ पल ऐसे ही खड़खड़ाहट होती रही। फिर छत मुझ पर आ गिरी।

छत के बोझ के नीचे हिल सकना सम्भव नहीं था। वे लोग तो चाहते ही थे कि मैं मर जाऊँ। मैं जानता था कि यह बोझ महज ख्याली ही है। इसलिए हिम्मत बाँधी, कन्धा लगाया और बाहर निकल आया। मैं पसीना-पसीना हो रहा था, परन्तु फिर भी बोले बिना न रह सका :

'तुम्हें तुरन्त बदलना होगा! अपना मन बदलना होगा! याद रखो, भविष्य में दुनिया में आदमखोरी नहीं चल सकेगी।'

(11)

कोठरी का दरवाजा बन्द रहता है। कभी धूप नहीं दिखाई देती। रोजाना दो बार खाना मिल जाता है।

मैंने खाना खाने को चापस्टिकें उठाईं तो भैया का ख्याल आ गया, अपनी छोटी बहन की मृत्यु की घटना याद आ गयी। वह भैया की ही करतूत थी। तब मेरी बहन केवल पाँच वर्ष की थी। कितनी प्यारी और निरीह थी वह! याद आती है तो चेहरा आँखों के सामने घूम जाता है। माँ रो-रो कर बेहाल हो रही थीं। भैया माँ को सांत्वना देकर समझा रहे थे, कारण शायद यह था कि स्वयं ही बेचारी को खा गये थे इसलिए माँ को इस तरह रोते देखकर उन्हें शर्म आ रही थी। अगर उनमें शर्म होती...

भैया मेरी बहन को खा गये थे! नहीं मालूम माँ यह भेद जान सकी थीं या नहीं।

मेरा तो ख्याल है कि माँ सब जानती थीं, पर जब माँ रो रही थीं तो उन्होंने साफ-साफ कुछ भी नहीं कहा था। शायद यह सोचकर चुप रही थीं कि कहने की बात नहीं थी। एक घटना और याद है। तब मेरी उम्र चार या पाँच वर्ष रही होगी। मैं आँगन में छाँह में बैठा हुआ था। भैया ने कहा था—एक सपूत का कर्तव्य है कि अपने माता-पिता के बीमार होने पर उनकी औषधि के लिए यदि जरूरत हो तो अपने शरीर का मांस भी काटकर और उबालकर प्रस्तुत कर दे। माँ उनकी बात सुनकर समर्थन में चुप रह गयी थीं, उन्होंने कोई विरोध नहीं किया था। अगर नर-मांस का एक टुकड़ा खाया जा सकता है तो पूरे आदमी को भी खाया जा सकता है। और जब माँ के शोक और रुदन की याद आती है तो कलेजा टुकड़े-टुकड़े होने लगता है। कितने निराले ढंग हैं इन लोगों के!

(12)

उसे याद करते ही, सोचते ही, रोंगटे खड़े हो जाते हैं। सिर चकरा जाता है।

आखिर यह बात समझ में आई कि उम्रभर से ऐसे लोगों के बीच रह रहा हूँ

जो चार हजार वर्ष से नर–मांस का आहार करते आ रहे हैं। बड़े भैया ने अभी घर सम्भाला ही था कि कुछ दिन बाद छोटी बहन की मृत्यु हो गयी। इन्होंने उसके मांस का उपयोग किया ही होगा, पुलाव में या दूसरी तरह। बेखबरी में हम लोग भी खा गये होंगे।

सम्भव है, अनजाने में मैंने अपनी बहन के मांस के कई टुकड़े खा लिए हों, और अब मेरी बारी आई है।

मैं भले ही बेखबर रहा हूँ, मेरे पुरखे चार हजार वर्ष से आदमखोर रहे हैं। मेरे जैसा आदमी किसी सभ्य, वास्तविक मानव को अपना मुँह कैसे दिखा सकता है?

(13)

सम्भव है नई पीढ़ी के छोटे बच्चों ने अभी नर–मांस न खाया हो। इन बच्चों को तो बचा लें!

शस्त्रों के लिए आह्वान

जब मैं युवा था तो मेरे भी बहुत से सपने थे। बाद में उनमें से अधिकांश मैं भूल गया। लेकिन मुझे इसका कोई अफ़सोस नहीं है। यह सही है कि अतीत को याद करने से ख़ुशी मिलती है, लेकिन कभी-कभी उससे बड़ा अकेलापन भी महसूस होता है और पुराने अकेलेपन के दिनों से चिपके रहने में क्या रखा है? लेकिन मेरी मुश्किल यह है कि मैं पूरी तरह भूल नहीं सकता। ये कहानियाँ उन्हीं चीजों से निकली हैं जिन्हें मैं भूल नहीं पाया।

चार वर्ष से भी अधिक समय तक मैं रोजाना चीजें गिरवी रखने वाली दुकान और दवाखानों के चक्कर लगाता रहा। मुझे ठीक से याद नहीं उस समय मेरी उम्र क्या रही होगी, लेकिन इतना याद है कि दवाखाने का काउंटर मेरी ऊँचाई के बराबर था और गिरवी वाली दुकान का मुझसे दुगना ऊँचा। मैं अपनी ऊँचाई से दुगने उस काउंटर पर जाकर कपड़े और गहने देता था और उनसे मिले पैसों से अपने पिता की दवाइयाँ खरीदता था, जो लम्बे समय से बीमार थे। घर पर मैं और कामों में लगा रहता। हमारा डॉक्टर इतना प्रसिद्ध था कि वह बड़ी अज़ीबो-ग़रीब दवाइयाँ और औषधियाँ लिखता था—सर्दी में खोदी गयी अगरु की जड़ें, तीन साल तक कुहरे में रखा हुआ गन्ना, झींगुर के मूल जोड़े, बीज वाला अर्दीसिया ...। इनमें से अधिकांश को ढूँढ़ पाना मुश्किल था। लेकिन मेरे पिता की हालत दिन-ब-दिन बिगड़ती ही गयी, और अन्ततः वे मर गये।

मेरा यह विश्वास है कि जो भी इस पृथ्वी पर आएगा अपने अनुभव से यह जान लेगा कि यह समाज किस तरह का है । मेरा 'न' -में जाकर 'क' -अकादमी में पढ़ने का विचार अपने से पलायन करने और भिन्न प्रकार के लोगों से मिलने का ही था। मेरी माँ के सामने मेरी बात मानने के सिवाय और रास्ता ही क्या था। उसने मेरी यात्रा के लिए आठ डालर उधार लिए और कहा कि मुझे जो अच्छा लगे वही मैं करूँ। वह बहुत रोई। लेकिन उस समय क्लासिक्स का अध्ययन और सरकारी परीक्षा देना ही योग्यता मानी जाती थी। जो लोग 'विदेशी विषय' पढ़ते थे उन्हें बुरी

नज़र से देखा जाता था और माना जाता था कि वह एक भटका हुआ आदमी है जिसने अपनी आत्मा विदेशी राक्षसों को बेच दी है। इसके साथ ही माँ को मेरी विदाई का भी गहरा दुःख था। इस सबके बावजूद मैं 'न' -में गया और 'क' -अकादमी में प्रवेश लिया। वहीं मैंने शरीर विज्ञान, अंकगणित, भूगोल, इतिहास, रेखाचित्र और शारीरिक प्रशिक्षण के अस्तित्व को जाना। वहाँ शरीरविज्ञान का पाठ्यक्रम नहीं था, लेकिन हमने 'मानव शरीर पर नया पाठ्यक्रम' और 'रसायनशास्त्र तथा स्वास्थ्य पर लेख' आदि के सचित्र संस्करण देखे थे। अपने पुराने डॉक्टरों की बातों और बताए गये नुस्खों की जब अपने आज के ज्ञान से तुलना करता हूँ तो लगता है कि या तो वे अनभिज्ञ थे या जानबूझकर महान विज्ञ बन रहे थे। इसे सोचकर मुझे उनके हाथों फँसे बीमारों और उनके परिवारों पर दया आती है। अनूदित इतिहासों से मैंने यह भी सीखा है कि जापान के सुधार का बड़ा कारण जापान में पश्चिमी चिकित्सा विज्ञान का पढ़ाया जाना है।

इसी के कारण मैंने जापान के गाँव के एक चिकित्सा कॉलेज में प्रवेश ले लिया। मेरी यही आकांक्षा थी कि चीन लौटकर अपने पिता जैसे उन रोगियों की सेवा करूँगा जो ग़लत हाथों में पड़े दुःख भोग रहे हैं या अगर लड़ाई शुरू हो तो मैं सेना का डॉक्टर बन जाऊँगा और साथ-साथ अपने देश के लोगों को जगाने का काम भी करूँगा।

मुझे नहीं मालूम कि आजकल सूक्ष्म जीवविज्ञान पढ़ाने के लिए कौन-से बेहतर तरीके इस्तेमाल किए जाते हैं, लेकिन उन दिनों हमें जीवाणुओं के लालटेन स्लाइड दिखाए जाते थे! और अगर व्याख्यान जल्दी समाप्त हो जाते तो प्रशिक्षक समय पूरा करने के लिए प्राकृतिक दृश्यों या समाचारों के स्लाइड दिखा देते थे। क्योंकि उस समय रूसी-जापानी लड़ाई चल रही थी इसलिए युद्ध के भी अनेक स्लाइड होते और मैं भी दूसरे छात्रों की तरह कमरे में उन्हें देखकर ताली बजाता और ख़ुश होता। मुझे अपने किसी देशवासी को देखे बहुत दिन हो गये थे। एक दिन मैंने चीनियों पर एक समाचार फिल्म देखी जिसमें एक चीनी बँधा खड़ा था बाकी लोग उसे घेरकर खड़े थे। वे सभी हट्टे-कट्टे थे लेकिन पूर्णतया निर्जीव थे। टिप्पणी में बताया गया था कि बँधे हाथों वाला चीनी रूस के लिए जासूसी करता था और जापानी सेना दूसरे लोगों को सबक देने के लिए उसका सिर काटने वाली थी तथा अन्य चीनी इस दृश्य का मजा लूटने के लिए जमा हो गये थे।

पाठ्यक्रम समाप्त होने से पहले ही मैं टोकियो चला गया क्योंकि इस फिल्म से मुझे विश्वास हो गया था कि चिकित्साविज्ञान उतना महत्त्वपूर्ण नहीं जितना मैं समझता था। एक कमजोर और पिछड़े देश के लोगों को इसी तरह के तमाशों का लक्ष्य बनाया जाता रहेगा, चाहे वे कितने भी मजबूत और स्वस्थ क्यों न हों।

इसलिए अगर उनमें से कई बीमारी से मरते हैं तो यह कोई अफ़सोसनाक बात नहीं है। इसलिए सबसे महत्त्वपूर्ण चीज है उनकी आत्मा को बदलना। उसी समय से मैंने समझा कि इस काम के लिए साहित्य सर्वाधिक कारगर हथियार है। इस कारण मैंने साहित्यिक आन्दोलन खड़ा करने का निर्णय लिया। उस समय टोकियो में ऐसे बहुत से छात्र थे जो कानून, राजनीतिशास्त्र, शरीरविज्ञान, रसायन शास्त्र, पुलिस कामकाज या इंजीनियरी पढ़ रहे थे। लेकिन कोई भी साहित्य या कला नहीं पढ़ रहा था। इस विपरीत माहौल में भी सौभाग्य से मुझे कुछ सजग लोग मिल गये। हमने कुछ अन्य को एकत्रित किया और हमारा पहला कदम एक पत्रिका प्रकाशन का था जिसके शीर्षक का अर्थ था 'नया जन्म'। क्योंकि हम सभी का झुकाव क्लासिक्स की ओर था इसलिए हमने उसे 'विटा नोवा' (नया जन्म) नाम दिया।

जब प्रकाशन का समय नज़दीक आया तो हमारे कई लेखक उससे अलग हो गये और हमारे आर्थिक साधन सीमित रह गये। अन्त में हम तीन लोग ही रह गये और हमारे पास धेला भी नहीं बचा था। क्योंकि हमने अपनी योजना बुरी घड़ी में शुरू की थी इसलिए असफल होने पर हम किससे शिकायत करते। अन्ततः हम तीनों को भी अलग होना पड़ा और भावी सपनों की दुनिया के हमारे सारे उद्योग ठंडे पड़ गये। इस तरह 'विटा नोवा' का अन्त हुआ।

बाद में मुझे इस सबकी निरर्थकता का अनुभव हुआ। उस समय तो मैं बिलकुल ही नहीं समझ पाया था, लेकिन बाद में मैंने जाना कि अगर किसी आदमी की योजना को स्वीकृति मिलती है तो उससे उसे आगे बढ़ने का साहस मिलता है, अगर उसका विरोध होता है तो वह उससे संघर्ष कर सकता है। लेकिन सबसे दुःखद स्थिति तो उसकी होगी जिसने ज़िन्दा लोगों के बीच आवाज लगाई हो और उस पर स्वीकार या विरोध में कोई भी प्रतिक्रिया न हुई हो, मानो वह अन्तहीन रेगिस्तान में कहीं फँस गया हो। तभी मुझे अकेलेपन का अनुभव हुआ।

और अकेलेपन की यह भावना दिन-ब-दिन बढ़ती ही गयी जैसे मेरी आत्मा को किसी भयावह ज़हरीले साँप ने डस लिया हो।

लेकिन अपनी इस बेबुनियाद उदासी के बावजूद मुझे क्रोध नहीं आया। इस अनुभव ने मुझे सिखाया कि मैं कोई ऐसा नायक नहीं हूँ कि मेरे आह्वान पर सब दौड़े चले आएँगे।

लेकिन फिर भी मुझे अपने अकेलेपन से मुक्ति पानी थी क्योंकि उससे मुझे बड़ी वेदना हो रही थी। इसलिए मैंने अपनी संवेदनाओं को सुलाने के अनेक प्रयास किए—अपने देशवासियों से घुलना-मिलना और अतीत में खो जाना। बाद में मुझे और अधिक अकेलापन और दुःख महसूस हुआ जिसे मैं अब याद नहीं करना चाहता। लेकिन अपनी संवेदनाओं को सुलाने के मेरे प्रयास पूरी तरह असफल नहीं

गये। मुझमें जवानी का उत्साह और लगन जाती रही।

'स'—नामक छात्रावास में एक तीन कमरों का घर था जिसके पीछे थोड़ी जगह थी जिसमें एक बबूल का पेड़ था। लोग कहते थे कि उस पर एक औरत फाँसी लगाकर मर गयी थी। हालाँकि वह पेड़ अब इतना बड़ा हो गया था कि उसकी शाखाओं को छूना भी मुश्किल था लेकिन कमरे अभी भी खाली थे। मैं कुछ वर्षों तक वहाँ रहकर प्राचीन शिलालेखों की नकल करता रहा। वहाँ मुझसे मिलने बहुत कम लोग आते। उन शिलालेखों में कोई राजनीतिक समस्या या मुद्दे भी नहीं उठते थे इसलिए मेरे दिन बड़े ही शान्तिपूर्वक गुज़र रहे थे। यही मैं चाहता भी था। गर्मी की रातों में जबकि रातों में जब मच्छर उमड़ते तो मैं बबूल के पेड़ के नीचे बैठकर पंखा झला करता और गहरे कोहरे के बीच से नीला आकाश देखा करता जबकि मेरी गर्दन पर पेड़ से कीड़े गिरते रहते।

कभी-कभार मेरा पुराना दोस्त चिन शिनई बात करने के लिए आ जाता। अपना बड़ा-सा बस्ता जीर्ण मेज पर रखकर वह अपना लम्बा चोगा उतारकर मेरे सामने बैठ जाता, जैसे कुत्ते के डर से उसका दिल अभी भी ज़ोर-ज़ोर से धड़क रहा होता।

"इनकी नकल करने से क्या होगा?" एक रात उसने मेरे नकल किए हुए शिलालेखों को पलटते हुए इस बात पर प्रकाश डालने के लिए कहा।

"इससे कुछ नहीं होना है।"

"फिर इनकी नकल क्यों कर रहे हो?"

"इसमें भी कोई तुक नहीं है।"

"तुम कुछ लिखते क्यों नहीं?"

मैं समझ गया। वे 'नव युवा' निकाल रहे थे। लेकिन क्योंकि उसके पक्ष या विरोध में कोई प्रतिक्रिया नहीं हुई, इसलिए वे अकेले महसूस कर रहे थे। फिर भी मैंने कहा, "ऐसे लोहे के घर की कल्पना करो जिसमें कोई भी खिड़की नहीं है और जिसे नष्ट भी नहीं किया जा सकता। उसके निवासी गहरी नींद में सो रहे हैं और वे घुटन से मरने को हैं। नींद में मरकर उन्हें मौत का दर्द नहीं होगा। अब अगर तुम चिल्लाकर कुछ उखड़ी नींद वालों को जगा दो और इन कुछेक को अवश्यंभावी मौत की पीड़ा में झोंक दो तो क्या तुम समझोगे कि तुम अच्छा काम कर रहे हो?"

"लेकिन अगर उनमें से कुछ जग जाएँ तो तुम क्या नहीं सोचते कि उस लोहे के घर को तोड़ना असम्भव नहीं है?"

अपनी धारणाओं के बावजूद मैं उम्मीद को झुठला नहीं सकता था क्योंकि उम्मीद ही भविष्य थी। मुझे उसके विश्वास के विरोध में कोई ठोस प्रमाण नहीं मिला। इसलिए मैं अन्ततः लिखने के लिए तैयार हो गया जिसका परिणाम था मेरी

पहली कहानी—'एक पागल की डायरी।' और एक बार शुरू करके मैं अपने दोस्तों को ख़ुश करने के लिए समय-समय पर कहानियाँ लिखता रहा। इस तरह मैं एक दर्जन कहानियाँ लिख गया।

जहाँ तक मेरा सवाल है, मुझे अपने को अभिव्यक्त करने की कोई बड़ी जरूरत अब महसूस नहीं होती। लेकिन क्योंकि मैं अपने अतीत के अकेलेपन को भूला नहीं हूँ इसलिए मैं कभी-कभी उन संघर्षरत लोगों का उत्साहवर्धन करता हूँ जो अकेलेपन में जी रहे हैं या जिससे कि वे निराश न हों। मैं इसकी चिन्ता नहीं करता कि मेरा आह्वान साहसी है या दुखी, उबाने वाला या हास्यास्पद, लेकिन क्योंकि यह शस्त्रों के लिए आह्वान है इसलिए मुझे अपने सेनानायक के आदेश का पालन करना होगा। यही कारण है कि मैं अकसर संकेतों का सहारा लेता हूँ, जैसे कि 'औषधि' में मैंने बेटे की कब्र पर फूलमाला को पैदा कर दिया जबकि 'कल' में मैंने यह नहीं कहा कि चौथे शान की पत्नी अपने छोटे बच्चे का कभी सपना ही नहीं लेती—क्योंकि उन दिनों हमारे सेनानायक निराशवाद के विरुद्ध थे। जहाँ तक मेरा सवाल है, मैं सुनहरे सपने देखने वाले अपने युवा लोगों को उस मारक अकेलेपन से ग्रस्त नहीं करना चाहता जिसका मैंने अपनी युवावस्था में सामना किया था।

इसलिए यह स्पष्ट है कि मेरी कहानियाँ कला की कसौटी पर पूरी खरी नहीं उतरतीं। मैं तो अपने आपको इसी से भाग्यशाली समझता हूँ कि उन्हें अभी भी कहानियाँ माना जाता है और उन्हें एक संकलन मैं छापने लायक भी समझा गया। हालाँकि इस सौभाग्य से मुझे परेशानी होती है, लेकिन फिर भी मुझे यह सोचकर ख़ुशी होती है कि अभी भी दुनिया में उनके पढ़ने वाले लोग हैं।

अब क्योंकि मेरी ये कहानियाँ एक संकलन में प्रकाशित हो रही हैं, इसलिए उपर्युक्त कारणों से मैंने उन्हें 'शस्त्रों के लिए आह्वान' शीर्षक दिया है।

औषधि

वह शरद ऋतु का उषाकाल था। चाँद क्षितिज पर झुक गया था, पर सूर्योदय में अभी देर थी और आकाश में गहरी नीलिमा छायी हुई थी। रतजगा करने वाले प्राणियों को छोड़कर बाकी अभी सब नींद में थे। बूढ़ा श्वान सहसा अपने बिस्तर में उठ बैठा। उसने माचिस से चीकट कुप्पी जलाई जिससे चायघर की दोनों कोठरियों में धुँधला प्रकाश फैल गया।

"क्या तुम अभी जा रहे हो?" एक बुढ़िया की आवाज़ आई। अन्दर की कोठरी से खाँसने की आवाज़ सुनाई दी।

"हूँ।"

बूढ़े श्वान ने कपड़े पहनते हुए यह सुना। फिर हाथ बढ़ाकर बोला "ला, दे।"

तकिये के नीचे थोड़ी देर टटोलकर बुढ़िया ने चाँदी के डालरों की थैली उसे थमा दी। बूढ़े श्वान ने घबराकर उसे जेब में रख लिया और फिर दो बार जेब को थपथपाया। काग़ज़ की लालटेन जलाकर और कुप्पी को बुझाकर बूढ़ा अन्दर कोठरी में गया। कपड़ों में सरसराहट हुई और फिर खाँसी। खाँसी थमी तो बूढ़ा धीमे से बोला, "बेटा। ...तू बिस्तर में ही रहना। ... दूकान तेरी माँ देख लेगी।"

कुछ उत्तर नहीं मिला तो श्वान ने समझ लिया बेटा फिर गहरी नींद सो गया है। वह गली में जा पहुँचा। बाहर अभी अँधेरा था और सड़क भी मुश्किल से दिखाई पड़ रही थी। कन्दील की रोशनी बूढ़े के चलते पाँवों पर पड़ रही थी। कहीं-कहीं कुत्ते दिखाई दिए, पर वे भौंके नहीं। बाहर खूब ठिठुरन थी परन्तु बूढ़ा उत्साह से चला जा रहा था, जैसे फिर से जवानी आ गयी हो और उसके शरीर में एक अद्भुत प्राणदायक शक्ति उत्पन्न हो गयी हो। वह लम्बे-लम्बे डग भरने लगा। अब आकाश में प्रकाश बढ़ने लगा था और सड़क भी साफ साफ दिखाई पड़ रही थी।

श्वान अपने विचारों में डूबा तेज़ी से चला जा रहा था कि सामने चौराहा दिखाई पड़ा और वह विस्मय से ठिठककर रुक गया। कुछ कदम पीछे लौटा और सड़क के किनारे एक बन्द दुकान के छज्जे के नीचे खड़ा हो गया। कुछ देर खड़ा रहा तो जाड़ा लगने लगा।

"शायद कोई बूढ़ा है।"

"खूब प्रसन्न जान पड़ता है। ..."

श्वान चौंका। उसने ध्यान से देखा—सड़क पर कई लोग चले जा रहे थे। जाने वालों में से एक ने घूमकर उसकी ओर देख भी लिया। उसे पहचान तो नहीं पाया, पर उसकी आँखें चमक गयीं, जैसे भूखे की आँखें खाना देखकर चमक उठती हैं। श्वान ने अपनी कन्दील की ओर नज़र डाली, वह बुझ गयी थी। उसने अपनी बंडी की जेब को हाथ से दबाया। थैली सुरक्षित थी। श्वान ने नजर उठाकर देखा तो सड़क पर दो-दो, तीन-तीन करके कई अजीब-से लोग आ-जा रहे थे, जैसे भटकी आत्माएँ इधर-उधर भटक रही हों। श्वान ने फिर ध्यान से उनकी ओर देखा तो और कोई विशेष बात नज़र नहीं आई।

सड़क पर कुछ सैनिक भी घूमते दिखाई दिए। उनकी वर्दियों पर आगे और पीछे सफेद गोल निशान दूर से ही दिखाई दे रहे थे। सिपाही जब समीप आ गये तो उनकी वर्दियों पर गहरे लाल रंग के बार्डर भी दिखाई देने लगे। कुछ पल बाद एक साथ बहुत से कदमों की आहट सुनाई दी और वे लोग बढ़ गये। पहले से आए लोग भी उनके साथ मिल गये। चौराहे पर जाकर सब लोग ठहर गये और अर्धचन्द्राकार खड़े हो गये।

श्वान ने भी उस ओर देखा मगर लोगों की पीठ ही दिखाई दी। सभी लोगों की पूरी तनी गर्दनें देखकर लगता था जैसे कोई अदृश्य हाथ अनेक बतखों को थामे हों। कुछ देर सन्नाटा रहा, फिर एक आहट हुई। भीड़ में थिरकन-सी जान पड़ी और चौराहे पर खड़े लोग एक साथ हल्ले में पीछे लौट पड़े जिनके धक्के से बूढ़ा श्वान गिरते-गिरते बचा।

"दाम निकाल, तब मैं तेरी चीज़ दूँगा।" एक आदमी श्वान के सामने रुककर बोला। आदमी सिर से पैर तक काले कपड़ों में था। आँखें खंजर की तरह चमक रही थीं। श्वान भयानक आशंका से सिमट गया। स्याहपोश ने अपना बड़ा सा हाथ पैसों के लिए बढ़ा दिया। उसके दूसरे हाथ में भाप छोड़ती बेलनाकार रोटी थी जिससे धरती पर लाल-लाल बूँदें टपक रही थीं।

बूढ़े श्वान ने घबराहट में जेब टटोलकर थैली बाहर निकाली और काँपते हाथ से देना चाहता था पर रोटी ले लेने का उसे साहस न हुआ। काला स्याहपोश अधीरता से झुँझला उठा : "डर से क्यों मरा जा रहा है? लेता क्यों नहीं?" श्वान को फिर भी साहस न हुआ तो स्याहपोश ने श्वान के हाथ से कन्दील छीन ली और कन्दील का काग़ज़ का शेड फाड़ रोटी को काग़ज़ में लपेटकर श्वान के हाथ में ठूँस दिया। श्वान से थैली लेकर उसे टटोलकर देखा। "बूढ़ा मूर्ख ..." बड़बड़ाता हुआ वह चल दिया।

"किसकी बीमारी के लिए ले जा रहा है?" श्वान को सुनाई दिया, पर उसने कोई उत्तर नहीं दिया। श्वान काग़ज़ में लिपटी रोटी को बहुत सावधानी से सँभाले लौट रहा था, जैसे कोई बड़ी साध से पाए बड़े वंश के एकमात्र वारिस को सँभाल कर लिए जा रहा हो। बाकी किसी का कोई महत्त्व नहीं। अब वह इस नए जीवन को अपने घर में रोपेगा और सुखी होगा। सूर्योदय हो गया था। सामने घर तक उजली सड़क दिखाई दे रही थी। श्वान घर की ओर चला जा रहा था। चौराहे पर लगा पत्थर पीछे छूट गया था जिस पर मिटते-से, सुनहरे अक्षरों में लिखा हुआ था—'पुरानी ड्योढ़ी'।

(2)

जब श्वान लौटकर घर पहुँचा तो दुकान में झाड़-पौंछ हो चुकी थी। मेजें धुली-पुँछी चमक रही थीं, परन्तु ग्राहक अभी नहीं आए थे। उसका लड़का ही दीवार के साथ लगी मेज पर बैठा खाना खा रहा था। लड़के के माथे से पसीने की बड़ी-बड़ी बूँदें टपक रही थीं। उसकी दोहरी बंडी पीठ से लदी सटी हुई थी। कन्धों और हँसली के उभर आए हाड़ों के बीच से गर्दन ऐसे उठी हुई थी, जैसे कोई चीज़ गढ़े में खोंस दी गयी हो। लड़के को इस अवस्था में देखकर श्वान के माथे पर फिर चिन्ता की रेखाएँ उभर आईं। उसकी पत्नी हड़बड़ाकर रसोई से निकल आई—उत्सुकता भरी आँखों और अधीर स्वर में पूछा :

"मिल गयी?"

"हूँ।"

श्वान बुढ़िया के साथ रसोई में चला गया। दोनों में कुछ बातें हुई। बुढ़िया रसोई से निकलकर गली में चली गयी और कुछ ही क्षणों में लौटी तो कमल का सूखा पत्ता लिए थी। बुढ़िया ने पत्ता मेज पर फैला दिया। श्वान ने कन्दील के काग़ज़ में लिपटी रक्त भीगी रोटी निकाली और पत्ते पर रख दी। श्वान का बेटा खाकर उठ रहा था। माँ उसको देखकर बोल पड़ी :

"बेटा, अभी न जा। ज़रा बैठा रह।"

बूढ़े ने अँगीठी में आग जला दी और फिर रोटी पर से उतरे कन्दील के रंगीन काग़ज़ और पत्ते में लिपटी रोटी को अँगीठी पर रख दिया। अँगीठी से धुआँ उठा और फिर लाल-काली लपटें उठीं और दुकान में विचित्र-सी गन्ध भर गयी।

"क्या महक रहा है? क्या खा रहे हो?" कुबड़े ने दुकान में कदम रखते ही पूछा। कुबड़े का दिन दुकान में ही बीतता था। सुबह दुकान खुलते ही आ बैठता और रात दुकान बढ़ाने के समय लौटता। वह एक कोने में जा बैठा। उसके प्रश्न का किसी

ने उत्तर नहीं दिया।

"लपसी है?"

श्वान ने कोई उत्तर नहीं दिया और उसके लिए चाय बनाने लगा।

बुढ़िया भीतर की कोठरी में चली गयी थी। उसने बेटे को वहीं बुला लिया। बेटे को चौकी पर बैठाकर एक तश्तरी में काली-सी टिकिया उसके सामने रखकर पुकारा :

"ले बेटा, खा ले ... अब तू चंगा हो जाएगा।"

श्वान के बेटे ने टिकिया उठाकर देखी। अजीब-सा लगा, जैसे स्वयं अपना जीवन-मरण हाथ में उठाए हो। लड़के ने टिकिया को तोड़ा। जली हुई रोटी के भीतर से सफेद-सी भाप उठी और फैल गयी। रोटी ऊपर से जल गयी थी, पर भीतर से अच्छी थी। लड़के ने रोटी खा ली। तश्तरी पड़ी रह गयी। बुड्ढा-बुढ़िया समीप खड़े बेटे की ओर ममताभरी आँखों से देखते रहे जैसे दोनों आँखों से आशीर्वाद दे रहे हों और बेटे के शरीर का रोग समेट लेना चाहते हों। बेटे का हृदय तेज़ी से धड़कने लगा। उसने सीने को दोनों हाथों से दबा लिया और खाँसने लगा।

"बेटे, थोड़ी देरे के लिए सो जा, बस अब तू चंगा हो जाएगा।" माँ ने कहा।

लड़का चुपचाप जाकर खाँसता हुआ बिस्तर में लेट गया। जल्दी ही उसे नींद आ गयी। माँ के कान बेटे के श्वान की गति की ओर थे। जब समझ लिया कि सो गया है तो थेकलीदार पुराना लिहाफ उसे ओढ़ा दिया।

(3)

दुकान में ग्राहकों की भीड़ थी। श्वान ताँबे की बड़ी केतली हाथ में लिए जल्दी-जल्दी ग्राहकों के लिए चाय बनाता जा रहा था। परन्तु आँखों के नीचे काले गड्ढे पड़ गये थे।

"कहो बाबा, क्या हाल-चाल हैं? ... कोई तकलीफ है क्या?" एक दढ़ियल ग्राहक ने पूछ लिया।

"नहीं, कुछ नहीं।" श्वान ज़रा मुस्करा दिया।

"कुछ नहीं? ...तुम ज़रा मुस्कराए तो जान में जान आई। हमें तों फिक्र हो गयी थी।" प्रौढ़ ने अपनी चिन्ता से मुक्ति पाई।

"श्वान को दम लेने की भी फुर्सत नहीं है।" कोने से कुबड़ा बोल उठा, "बेचारे का बेटा ...।" बात पूरी नहीं हुई कि तभी दुकान में एक और आदमी ने कदम रखा—गाल लटके हुए, और शरीर भारी-भरकम। वह कत्थई रंग का कुरता

पहने था, बटन खुले हुए कुरते को कमर पर चौड़ी पेटी से लापरवाही से समेटे। आते ही श्वान से चिल्लाकर बोला :

"खिला दिया लड़के को? कुछ फायदा हुआ? भाग्य अच्छे हैं तुम्हारे श्वान। भाग्य की ही तो बात है कि मुझे समय से खबर मिल गयी। ..."

एक हाथ में केतली और दूसरे से सम्मान दिखाते हुए श्वान ने मुस्कराते हुए सुना पहलवान की बात सभी अदब से सुन रहे थे। भीतर की कोठरी से बुढ़िया भी निकल आई। बुढ़िया की आँखों के नीचे भी चिन्ता की झांई फैली हुई थी। पहलवान की ख़ुशामद में वह भी मुस्कराई। बुढ़िया के हाथ में प्याला था जिसमें चाय की नई पत्ती और जैतून का टुकड़ा था। श्वान ने प्याले में खौलता पानी छोड़कर पहलवान के लिए चाय बना दी।

"शर्तिया इलाज है। कोई मामूली नुस्खा नहीं।" पहलवान बोला।

"देखा नहीं था, बिलकुल ताजा गरम-गरम लाकर दिया था तुम्हें। गरम-गरम तुमने भी खिला दिया होगा।"

"हाँ, और नहीं तो क्या, चाचा खुंग मदद न करते तो यह हमारे बस का थोड़े ही था।" बुढ़िया ने बहुत कृतज्ञता प्रकट की।

"अरे शर्तिया इलाज है। आदमी के ताजे गरम-गरम खून में रोटी भिगोकर खाने से कैसा ही तपेदिक हो, शर्तिया ठीक हो जाता है।"

'तपेदिक' शब्द सुनकर बुढ़िया का चेहरा उतर गया। फिर भी उसने मुस्कराने का यत्न किया और किसी बहाने से उठकर भीतर चली गयी। पहलवान ने उस ओर ध्यान नहीं दिया। बहुत ज़ोर-ज़ोर से बोले जा रहा था जिससे भीतर की कोठरी में सोया लड़का जाग उठा और खाँसने लगा।

"श्वान के लड़के ही के भाग थे कि ऐसा मौका बन गया। अब क्या हैं, अब तो समझो कि लड़का चंगा हो गया। तभी तो बूढ़ा श्वान इतना ख़ुश है।" दढ़ियल आदमी बात करते-करते पहलवान के पास आ बैठा, और उसने धीरे से कहा :

"खुंग साहिब, सुना है आज जिस बदमाश की गर्दन काटी गयी वह श्या परिवार का लड़का था। क्या नाम था? किस जुर्म में गर्दन काटी गयी?"

"कौन? विधवा श्या का लड़का। वह बदमाश?"

पहलवान ने एक नजर चारों ओर डाली। यह देख कि सभी लोगों की उत्सुक आँखें उसी की ओर लगी हुई थीं। वह पहले से भी ऊँचे स्वर में बोला :

"अरे बड़ा बदमाश था। साले के सिर पर मौत खेल रही थी। जानबूझकर मरा। हमारे हाथ क्या लगा, कुछ भी नहीं। उसके कपड़े-लत्ते भी शरीर से उतारकर लाल आँखों वाले जेलर ने दबा लिए। यह तो बूढ़े श्वान की किस्मत थी कि इसका काम बन गया; उसके रिश्ते का चाचा श्या भी भाग्यवान था, उसने ईनाम ले लिया।

पच्चीस औंस नकद चाँदी मार ली। उसके पल्ले से कौड़ी भी खर्च नहीं हुई।''

श्वान का बेटा कोठरी से निकल आया। वह दोनों हाथों से सीना दबाए खाँसता जा रहा था वह रसोई में चला गया। कटोरे में बासी भात ले लिया। भात पर खौलता पानी डाला और खाने लगा। माँ ने लड़के के पास आकर प्यार से पूछा :

''अब कैसा लग रहा है बेटा? वैसी ही भूख मालूम हो रही है?''

''अरे अब यह शर्तिया चंगा हो जाएगा।'' लड़के की ओर देखकर पहलवान बोल उठा और फिर पास बैठे लोगों को बताने लगा, ''उस लड़के का चाचा श्या बड़ा चालू आदमी है। अगर उसने लड़के का भेद न दे दिया होता तो उसके खानदान भर की गर्दन काट दी जाती, घर-जमीन सब ज़ब्त हो जाती। उसने उल्टे ईनाम मार लिया। पर लड़का था बड़ा बदमाश। जेलर को भी बगावत के लिए उकसा रहा था।''

''बाप रे, इतनी हिम्मत?'' एक ओर बैठे पच्चीस-छब्बीस बरस के एक नौजवान ने तिरस्कार के साथ कहा।

''लाल आँखों वाले जेलर ने उसे समझाया कि मुखबिर बन जा। लड़का उल्टे जेलर को ही पाठ पढ़ाने लगा। कहने लगा विशाल छिङ् साम्राज्य के मालिक तो हम ही हैं। सुना तुमने? क्या यह बुद्धिमानी की बात थी? जेलर को यह तो मालूम था कि लड़के की बस बुढ़िया माँ ही है, पर यह ख़्याल थोड़े ही था कि कमबख़्त के घर कुछ भी नहीं निकलेगा। जेलर के हाथ कुछ नहीं लगा तो यों ही चिढ़ा बैठा था। लड़का उसे उल्टा पाठ पढ़ाने लगा। देखो तो साले का दिमाग़। बाघ की मूँछ पकड़ने चला था। जेलर ने दो-चार हाथ जड़ दिए साले को।''

''जेलर साहिब बहुत तगड़े मुक्केबाज़ रहे हैं भैया। वह हाथ पड़े होंगे कि लड़के के होश ठिकाने आ गये होंगे।'' कोने में बैठे हुए कुबड़े ने राय दी।

''बदमाश ने पिटाई की भी परवाह नहीं की। उल्टे अफसोस जताता रहा।''

''ऐसे बदमाश के अफसोस का क्या।'' दढ़ियल ने राय दी। पहलवान ने दढ़ियल की ओर तिरस्कारपूर्ण नज़रों से देखा :

''अरे तुम समझे भी? लड़का अफसोस करके माफी थोड़े ही माँग रहा था। वह तो कोतवाल की अक्ल पर अफसोस जता रहा था कि कितना बेसमझ है।''

सब लोग टकटकी लगाए सुनते रहे। कोई कुछ नहीं बोला। श्वान के लड़के ने भात खा लिया। वह पसीना-पसीना हो रहा था, सिर से भाप निकल रही थी।

''जेलर को अक्ल दे रहा था। बौरा गया था, और क्या।'' दढ़ियल बोल उठा, मानो उसे सहसा सारी बात समझ में आ गयी हो।

''बौरा नहीं गया था तो और क्या?'' पीछे बैठे नौजवान ने कहा। ग्राहकों में एक बार फिर स्फूर्ति आ गयी। सब फिर आपस में बातें करने लगे। दुकान में

बातचीत की गूँज भर गयी। लड़के को फिर खाँसी का दौरा आ गया। पहलवान उठकर उसके पास गया और लड़के के कन्धे पर थपकी दी :

"अरे अब तो इलाज हो गया तेरा, अब काहे को खाँसता है। हो जा चंगा।"

"बौरा रहा है।" पहलवान के समर्थन में कुबड़ा गर्दन हिलाकर बोल उठा।

(4)

शहर की फ़सील के साथ-साथ पश्चिमी दरवाज़े के बाहर की ज़मीन पहले शामिलाती थी। धरती के बीचोबीच पैदल चलने वालों ने राह बनाने के लिए पगडंडी बना दी थी। पगडंडी के दोनों ओर कब्रें फैली हुई थीं। बाएँ हाथ, सजा पाकर कत्ल किए जाने या जेल में मरने वाले लोगों को दफनाया जाता था और दाएँ हाथ बहुत ग़रीब या भिखारी लोगों को दफनाया जाता था। पगडंडी के दोनों ओर पाँतों में बनी कब्रें ऐसी जान पड़ती थीं मानो वे किसी धनी व्यक्ति के जन्म-दिन पर तरतीबवार सजे हुए बेलनाकार पकवान हों।

उस साल बहुत जाड़ा पड़ा था। छिड-मिग का पर्व आ गया था, परन्तु अब भी बहुत सर्दी थी। बेद के पेड़ों पर अभी कल्ले ही फूट रहे थे। पौ फटे अभी बहुत देर नहीं हुई थी। श्वान की बुढ़िया पगडंडी के दाहिनी ओर कब्रिस्तान में पहुँच गयी। एक ताज़ी बनी कब्र के साथ बुढ़िया ने चार तश्तरियों में चार किस्म के पकवान और एक कटोरा भात रख दिया और बैठकर रोने लगी। बुढ़िया ने मृतक की आत्मा की शान्ति के लिए कब्र पर काग़ज़ के कुछ नोट जला दिए और खोई हुई सी बैठी रही, जैसे किसी की प्रतीक्षा कर रही हो। वह स्वयं नहीं जानती थी क्यों बैठी है और किसकी प्रतीक्षा कर रही है? हवा का एक झोंका आया, बुढ़िया के छोटे-छोटे श्वेत केश फैल गये। पिछले एक वर्ष में उसके बाल पहले से ज़्यादा पक गये थे।

पगडंडी पर चिथड़े पहने एक और सफेद बालों वाली बुढ़िया भी चली आ रही थी। बुढ़िया एक पुरानी, लाल रंग की गोल टोकरी लिए थी। टोकरी से डोरी में बँधे नोट भी लटक रहे थे। बुढ़िया धीमे-धीमे कदम रखती चली जा रही थी। उसकी नज़र श्वान की बुढ़िया पर पड़ी तो वह झिझक गयी। मुरझाए चेहरे पर संकोच झलक गया। परन्तु उसने साहस किया और पगडंडी के बायीं ओर घूमकर एक कब्र के समीप जा हाथ की टोकरी धरती पर रख दी।

दोनों कब्रें पगडंडी के समीप ही एक-दूसरे के सामने थीं। श्वान की बुढ़िया दूसरी बुढ़िया को देखती रही। उस बुढ़िया ने भी टोकरी से चार तश्तरियों में पकवान और एक कटोरा भात निकालकर कब्र पर रख दिया और खड़ी होकर रोई। फिर उसने भी नोट जलाए। "उस कब्र में इस अभागी का लड़का होगा", श्वान की

बुढ़िया ने सोचा। वह उधर ही देख रही थी। पगडंडी के बायीं ओर वाली बुढ़िया अपने लड़के की कब्र के सामने लड़खड़ाते हुए दो-चार कदम चली। उसने ठिठक कर खोई-खोई सी नज़रों से चारों ओर देखा। उसके घुटने काँप गये। फैली हुई आँखें पथरा-सी गयीं।

श्वान की बुढ़िया को लगा कि पगडंडी के पार खड़ी बुढ़िया शोक से बेहोश होकर गिर पड़ेगी। वह उठी और पगडंडी लाँघ कर दूसरी बुढ़िया के पास चली गयी। धीमे से बोली : ''धीरज धरो बहन, चलो घर लौट चलें।''

''हूँ'', बढ़िया ने सिर झुका लिया। अपनी धुँधली आँखें कब्र की ओर लगाए उसने पूछा, ''देखो देखो, वह क्या है?''

श्वान की बुढ़िया ने उस ओर ध्यान से देखा, नई बनी कब्र की मिट्टी पर अभी सब जगह घास नहीं उग पाई थी। जगह-जगह नंगी मिट्टी दिखाई दे रही थी। श्वान की बुढ़िया ने आँखें फैलाकर देखा तो विस्मित रह गयी। उस कब्र पर लाल और सफेद फूलों एक माला के आकार में उगे हुए मालूम पड़ते थे।

दोनों बूढ़ियों की नज़रें कमजोर हो चुकी थीं पर उन्होंने ध्यान से देखा तो सन्देह नहीं रहा। सचमुच कब्र पर फूल उगे हुए मालूम पड़ते थे। फूल अधिक नहीं थे, बहुत ताज़े भी नहीं थे, परन्तु बड़ी सावधानी व जतन से उगाए हुए जान पड़ते थे। श्वान की बुढ़िया ने अपने लड़के की कब्र और दूसरी कब्रों पर भी नज़र डाली जहाँ-तहाँ कोई-कोई पीला छोटा-सा फूल सरदी में ठिठुर रहा था। उसे मन में एक कचोट-सी अनुभव हुई। वह स्वयं ही समझ नहीं पा रही थी कि उसे क्यों, कैसा लग रहा है।

दूसरी बुढ़िया इस बीच अपने लड़के की कब्र के बिलकुल करीब पहुँच गयी थी। उसने झुककर ध्यान से फूलों को देखा। ''जड़ें तो नहीं हैं।'' वह बुदबुदाई, ''उग आए तो नहीं लगते। कौन आया होगा? बच्चे भी यहाँ खेलने नहीं आते। हमारे नाते-रिश्ते वालों में से भी कोई कभी नहीं आया। ये फूल कहाँ से आ गये?'' बुढ़िया सोच नहीं पा रही थी। उसकी आँखों से आँसू टपकने लगे और पुकारकर रो उठी :

''हाय मेरे बेटे, तुझ पर बड़ा जुल्म हुआ। हाय, तुझे कब्र में भी चैन नहीं। तू अब भी कलप रहा है। तभी तो ये फूल उग आए हैं, ताकि मैं तेरा दुख जान लूँ।''

बुढ़िया ने फिर चारों ओर देखा। कोई नहीं था। एक पेड़ की सूखी डाल पर सिर्फ़ एक कौआ बैठा था। बुढ़िया फिर बोली, ''ज़ालिमों ने तुझे कत्ल कर डाला। लेकिन बदला चुकाने का दिन ज़रूर आएगा। भगवान कभी न कभी ज़रूर सुनेगा। हे भगवान, मेरे बेटे को शान्ति दे। ... बेटे, अगर तेरी आत्मा यहाँ है और तू सुन रहा है तो उस कौवे को उड़ाकर अपनी कब्र पर बैठा दे।''

बयार रुक गयी थी। घास-फूस सब ताँबे के तार की तरह स्तब्ध तने खड़े थे। हवा का एक हलका-सा झोंका आया, झाड़ियों में तनिक सरसराहट हुई और फिर सन्नाटा। चारों ओर निस्तब्धता छाई हुई थी। दोनों बूढ़ियाँ, सूखी घास में खड़ी, कौए को देख रही थीं। डाल पर कौआ गर्दन सिकोड़े ऐसे निश्चल बैठा था मानो लोहे की प्रतिमा हो।

पल पर पल बीतते जा रहे थे। बूढ़े जवान कई लोग अपने सम्बन्धियों की कब्रों पर चले आ रहे थे।

श्वान की बुढ़िया को लगा जैसे उसके मन पर पड़ा पुराना बोझ कुछ हलका हो गया हो। घर लौटने का ध्यान आया तो दूसरी बुढ़िया से बोली : "चलो बहन, अब चलें।"

दूसरी बुढ़िया के कलेजे से एक गहरी आह निकली। उसने अपने आपको सँभाला और कब्र पर से भात के कटोरे व तश्तरियों को उठा लिया। एक क्षण के लिए वह रुकी और फिर धीरे-से बड़बड़ाती चल दी :

"न जाने इसका क्या मतलब है?"

दोनों बूढ़ियाँ पगडंडी पर कोई तीस एक कदम गयी होंगी कि उनके पीछे कौआ बहुत ज़ोर से काँव-काँव कर उठा। दोनों चौंक पड़ीं और घूमकर देखने लगीं। कौए ने पंख फैला लिए थे। वह उचका और तीर की तरह दूर क्षितिज की ओर उड़ चला।

❑❑❑

श्रेष्ठ भारतीय साहित्य

भारतीय ज्ञानपीठ